Sommer im Breisgau. Kirchzarten ist der friedlichste Ort der Welt. Bis eines Tages im Morgengrauen ein kleiner Holzschuppen in Flammen aufgeht – und urplötzlich ein Inferno losbricht. Verheerende Explosionen überraschen die Freiwillige Feuerwehr und fordern ein Menschenleben. Die Idylle von Kirchzarten war trügerisch, denn unter dem Schuppen hatten Unbekannte ein illegales Waffenlager angelegt.
Die Freiburger Hauptkommissarin Louise Boni steht vor dem schwierigsten Fall ihrer Karriere. Erste Spuren führen zurück in das zerfallende Jugoslawien der Neunziger Jahre. Doch als ein kaltblütiger Mord geschieht, beginnt Louise zu begreifen, dass der Fall weit größere Dimensionen hat.
Oliver Bottini, der für seinen ersten Kriminalroman »Mord im Zeichen des Zen« den Deutschen Krimi Preis 2005 erhielt, hat einen hochaktuellen und brisanten Roman geschrieben, in dem es um Waffenschmuggel und internationalen Terrorismus geht.

Der Autor: Oliver Bottini, geb. 1965 in Nürnberg, studierte in München Neuere deutsche Literatur, Italianistik und Markt- und Werbepsychologie. Er praktiziert seit zehn Jahren Kung Fu und Qi Gong und lebt als Autor und freier Redakteur mit seiner Frau in München. Sein erster Roman »Mord im Zeichen des Zen« (Bd. 16545) ist ebenfalls im Fischer Taschenbuch Verlag lieferbar. Für den zweiten Roman mit der Freiburger Kommissarin Louise Bonì, »Im Sommer der Mörder«, erhielt der Autor den Deutschen Krimi Preis 2007 (3. Platz) und wurde für den Friedrich-Glauser-Preis 2007 vorgeschlagen.

Unsere Adresse im Internet: www.fischerverlage.de

Oliver Bottini

Im Sommer der Mörder

Kriminalroman

Fischer Taschenbuch Verlag

3. Auflage: Oktober 2007

Veröffentlicht im Fischer Taschenbuch Verlag,
einem Unternehmen der S. Fischer Verlag GmbH,
Frankfurt am Main, Juli 2007

Lizenzausgabe mit freundlicher Genehmigung des
Scherz Verlages, ein Unternehmen der S. Fischer Verlag GmbH,
Frankfurt am Main
© S. Fischer Verlag GmbH, Frankfurt am Main 2006
Gesamtherstellung: Ebner & Spiegel, Ulm
Printed in Germany
ISBN 978-3-596-16638-1

Für Chiara

Ohne ethisches Prinzip gibt es keine langfristige Politik.
　　　　　　　　ANDRÉ GLUCKSMANN

Ich sage Ihnen, es gibt noch so einige andere Geschichten . . .
　　SEYMOUR HERSH IN EINEM INTERVIEW MIT DER
　　　　　　SÜDDEUTSCHEN ZEITUNG

Prolog

ADAM BAUDY SAH DAS FEUER ERST, als sie den Ortsrand von Kirchzarten erreicht hatten. Ein schmaler Streifen Glut auf der Weide zwischen Straße und Wald, vereinzelte Flammen, die in der beginnenden Morgendämmerung träge aufflackerten. Das Feuer war im Begriff zu erlöschen, sie kamen zu spät.

Der Einsatzleitwagen vor ihm verlangsamte, bog in den Feldweg ein. Baudy folgte ihm. Auf der Brandfläche stürzte eine letzte Eckstütze um. Eine Funkenwolke flog hoch, ein Schwarm aus hektischen rötlichen Insekten, der Momente später im Dunkelgrau des Morgens erlosch. Von Riedingers kleinem Holzschuppen war nichts geblieben als Glut und Asche.

»Du kannst die Augen aufmachen, Schatz«, sagte Baudy und nahm das Handy aus der Halterung. Während er Martin Andersens Nummer wählte, dachte er, dass er sich schon nicht mehr erinnerte, wie der Schuppen ausgesehen hatte. Seit Jahrzehnten kam er täglich daran vorbei und hatte ihn nicht ein einziges Mal bewusst wahrgenommen. Er fragte sich, wie genau man schauen musste, um alles zu sehen, was es gab. Die wichtigen Dinge, die unwichtigen Dinge.

Die Mailbox sprang an, Baudy sagte: »Ruf zurück.«
»Das ist ja schon aus, das Feuer«, sagte Lina.
»Ja, zum Glück.«

Im Rückspiegel tauchten die Scheinwerfer des ersten Tanklöschfahrzeugs auf. Rechts und links holte das Blaulicht ein paar Meter Weide aus der Dämmerung. Baudy unterdrückte ein Gähnen. Zum ersten Mal an diesem Morgen spürte er die Müdigkeit. Wenn Lina bei ihm war, schlief er wenig. Er lag lange wach und dachte daran, dass sie bald wieder fort sein würde.

»Papa, war da ein Mensch drin?«, flüsterte Lina.

Baudy wandte sich halb um. Lina hatte sich im Kindersitz vorgebeugt, um das Feuer sehen zu können. Er lächelte beruhigend. »Nein.«

»Und ein Tier?«

»Auch nicht.«

»Vielleicht zwei oder drei Mäuse.«

»Die sind doch schnell, die bleiben nicht da, wo's brennt. Die rennen weg, Schatz.«

Lina sah ihn an. »Und was war dann da drin?«

»Nur ein bisschen Heu.«

Baudy blickte auf die Uhr. Viertel nach fünf. Vor fünfzehn Minuten hatte Riedinger den Notruf gewählt. Vor dreizehn Minuten hatte Freiburg die Kirchzartener Freiwilligen über den Funkalarm informiert. Vor zehn Minuten hatte er, Lina auf dem Arm, »ohnezähneputzen?«, die Wohnung verlassen. Vor drei Minuten waren sie vom Gerätehaus losgefahren. Das Feuer musste gegen Viertel vor fünf ausgebrochen sein. Eine halbe Stunde später erlosch es, und der kleine, alte Holzschuppen, den er nie bewusst wahrgenommen hatte, existierte nicht mehr.

»Fahren wir jetzt wieder nach Hause zu dir?«, fragte Lina.

»Bald. Schlaf doch noch ein bisschen.«

Das Handy klingelte. »Kein Treibstoff, keine Gasflaschen, keine Düngemittel«, sagte Martin Andersen. Er hatte mit Riedinger telefoniert. Baudy richtete den Blick auf den Einsatzleitwagen. Andersen hatte die Faust aus dem Seitenfenster gestreckt, Daumen nach oben.

»Okay«, sagte Baudy.

Kurz darauf hielten sie. Baudy wandte sich um, zog die Decke über Lina und strich ihr mit den Fingern über die Wange. »Ich muss jetzt ein bisschen arbeiten, Liebes.«

»Schade, dass Heu nicht wegrennen kann«, flüsterte Lina.

Baudy wartete neben dem Einsatzleitwagen, bis die beiden Löschfahrzeuge angehalten hatten. Dann gab er Befehl zum Absitzen. Seine Stimme war heiser und tief vor Müdigkeit. Während die sechzehn Männer zwischen den Fahrzeugen Aufstellung nahmen, trat er bis auf zehn Meter an die beinahe quadratische Brandfläche heran. Er trug keine Atemschutzmaske. Wegen Kohlendioxid mussten sie sich keine Gedanken machen, dazu war der Brand zu klein gewesen und der Sauerstoffgehalt der Luft im Freien zu hoch. Er atmete konzentriert durch die Nase ein. Kein Benzin. In der Mitte der Brandfläche züngelte eine schmale Flamme hoch, die schon keine Nahrung mehr fand. Urplötzlich war sie fort. Zehn Quadratmeter Glut und ein paar Brandnester. »Zwei B-Rohre«, sagte er, ohne sich umzudrehen.

Lew Gubnik und der Führer des zweiten Angriffstrupps wiederholten das Kommando.

Baudy hob den Blick. Mittlerweile waren fünfzig Meter weiter die Umrisse des Waldstreifens zu erkennen, hinter dem die B 31 lag. Ein schmales Band aus Dunkelheit und Schweigen. Darüber blinkten wie vier synchronisierte Sterne die Warnleuchten der Windräder vom Rosskopf. Im Nordosten flackerte Blaulicht. Ein drittes Löschfahrzeug, die Kameraden aus Zarten.

Langsam ging er weiter. Keine Menschen, keine Tiere, hatte Riedinger der Leitstelle und auch Martin Andersen berichtet. Nur ein paar alte Arbeitsgeräte und ein wenig Heu. Der unbenutzte Holzschuppen hatte inmitten einer Weide gestanden, im Umkreis von zweihundert Metern wohnte niemand. Aber man konnte nie wissen. Wenn man in vierzig Jahren nicht sah, woran man täglich vorbeikam, war alles möglich.

Als er die Hitze der Glut spürte, blieb er stehen. Keine Verletzten, keine Toten, das war das Wichtigste. Er ließ den Blick über die Brandfläche gleiten. Noch einmal überprüfte er, ob es nach Benzin oder einem anderen Brandbeschleuniger roch. Dann trat er zur Seite und gab Befehl zum Löschangriff.

Rauch stieg auf, die Glut zischte.

Blieben noch die Glutnester, dann würden sie wieder einrücken. Er würde Lina nach Freiburg in den Kindergarten bringen, sich mit einer Tasse Kaffee in die Tischlerei setzen, Gubniks merkwürdige Schatulle fertig machen. Ein kurzer, harmloser Einsatz. Doch das Gefühl, den Kampf gewonnen zu haben, das er so liebte, blieb aus. Vielleicht wegen der Müdigkeit. Oder, dachte er, weil sie nicht gekämpft hatten.

Gubnik rief: »Feuer unter Kontrolle!« Ein paar der Männer lachten, und Baudy lachte mit.

Dann trafen die Zartener ein. Baudy hob die Hand und winkte in Richtung Führerhaus. Fehlte nur noch die Polizei. Er fragte sich, was den Brand ausgelöst haben mochte. Eine Zigarettenkippe? Selbstentzündung des Heus? Oder war es Brandstiftung gewesen? Doch wer zündete einen Heuschuppen an? Er dachte an die Asylbewerber vom Keltenbuck, die vielen Holländer auf dem Campingplatz, die amerikanischen Studenten, die im Großen Tal zelteten. An Riedinger, dem alles zuzutrauen war.

Am Horizont blitzten die ersten Sonnenstrahlen auf. Von einem Moment auf den anderen wurde das Licht im Osten freundlicher. Baudy fand, dass dies die am wenigsten schlimme Zeit für Brände war. Ein neuer Tag brach an. Das Leben ging weiter. Ein Keim der Hoffnung, selbst im Anblick der Zerstörung, die Brände anrichteten.

Hinter Gubnik und dem jungen Paul Feul am ersten Rohr tat er ein paar Schritte in die Hitze hinein. Er hörte Gubnik fluchen. Im Grunde hätten sie nicht kommen müssen, schon gar nicht mit drei Löschfahrzeugen und zwei Dutzend Mann. Es gab kein Feuer mehr, und weit und breit stand kein anderes Gebäude, das geschützt werden musste. Ein paar Eimer Wasser hätten genügt. Baudy lächelte. Lew Gubnik, der Russlanddeutsche, war im Breisgau schwer geworden und bedauerte jede Bewegung, die nicht hätte sein müssen.

Karl, der Zartener Abteilungsleiter, trat neben ihn. »War jemand drin?«

»Nein.«

»Pferde? Vieh?«

»Nein.«

Karl nickte. »Braucht ihr uns?«

»Nein«, sagte Baudy zum dritten Mal und hielt ihm die Hand hin. »Danke fürs Kommen.« Karl nickte. Sie mochten sich nicht. Zu viele Prügeleien als Kinder, später waren sie zu oft hinter denselben Mädchen her gewesen. Wenn man sich dann zu Hochzeit oder Taufe nicht einlud, war es zu spät, um noch etwas zu ändern. Doch bei gemeinsamen Einsätzen spielte all das keine Rolle. Dann hatte es die Prügeleien, die Mädchen nicht gegeben. Manchmal, dachte Baudy, waren Dinge, die geschehen waren, nicht geschehen. Eine der angenehmen Seiten des Lebens.

»Da steht wer«, sagte Gubnik plötzlich.

Auch Baudy entdeckte jetzt im grauen Morgenlicht einen Mann. Er stand etwa dreißig Meter von ihnen entfernt und starrte reglos auf die Brandfläche.

Hannes Riedinger.

Baudy ging auf ihn zu. Er hatte Lust, mit ihm zu sprechen. Ihm von dem Keim der Hoffnung zu erzählen, auch wenn nur ein kleiner Schuppen niedergebrannt war. Jeder brauchte doch eine Hoffnung.

Riedinger blickte ihm entgegen. Sein faltiges, abweisendes Gesicht glänzte von Schweiß. »Das bisschen Heu geht nicht einfach so in Flammen auf.«

Baudy nickte. »Nicht in der Nacht.«

Die verkohlten Bohlen knackten, das Zischen der Glut war leiser geworden. Ein paar Meter weiter brummelte Gubnik.

»Sah aus, als hätte einer die Pforte zur Hölle geöffnet«, sagte Riedinger, als spräche er zu sich selbst.

Baudy musterte ihn. Beim Brand eines Schuppens? »Du bist sicher, dass nur Heu drin war?«

Riedinger nickte knapp.

»Keine Düngemittel? Gasflaschen, Treibstoff, Brandkalk?«

»Wie oft wollt ihr es noch hören?«

Baudy dachte daran, dass Riedinger vollkommen allein war. Die Frau weggelaufen, die Kinder im Ausland, die Nachbarn mieden ihn. Er hatte alle vertrieben. »Also?«

»Nein.«

Ihre Blicke trafen sich. Trotz der Dunkelheit waren in

Riedingers Augen die Härte, die Unbarmherzigkeit zu erkennen. Baudy deutete mit dem Kopf in Richtung Gubnik und Paul Feul, um zu signalisieren, dass er wieder an die Arbeit müsse. Er wandte sich ab.

»Das bisschen Heu geht nicht einfach so in Flammen auf«, hörte er Riedinger hinter sich sagen.

Kurz darauf gab Baudy Befehl, das zweite B-Rohr einzuholen. Nur Gubnik und mit ihm Paul Feul blieben an der Brandstelle, die anderen sammelten sich am Verteiler oder am Tanklöschfahrzeug. Sie unterhielten sich über die Tour de France, während sie Gubnik und Paul zusahen. In der Ferne bemerkte Baudy das Blaulicht eines Streifenwagens. Die Kollegen vom Revier Freiburg-Süd. Die Kirchzartener Polizisten schliefen noch, ihr Dienst begann gegen halb acht.

Baudy stieg in den Einsatzleitwagen und schaltete das Blaulicht ein, damit sich die Kollegen besser orientieren konnten. Dann ging er zu seinem Passat und öffnete die Fondtür leise. Lina hatte die Augen geschlossen. Er wartete einen Moment, ob sie wirklich schlief oder das alte Spiel mit ihm spielte, das Schlafe-ich?-Spiel aus der Zeit, als es noch nicht sein Zuhause und ihr Zuhause gegeben hatte. Aber dann hätte sie spätestens jetzt gegrinst.

Die Fahrt in den Kindergarten noch, dann musste er wieder zwei Wochen ohne sie auskommen.

»Wasser aus«, hörte er Gubnik rufen.

Er drückte die Tür vorsichtig ins Schloss. »Wasser aus«, befahl er. Der Schlauch erschlaffte. Baudy warf einen Blick auf Riedinger. Die Hände in den Hosentaschen, sah er auf die Brandfläche. Sein Zuhause, ihr Zuhause. Der Gedanke, dass sie manches gemeinsam hatten, war ihm unangenehm.

»Josef, die Wärmebildkamera.«

»Was willst du da noch Glutnester finden«, sagte Josef, der Dienstälteste der Kirchzartener Freiwilligen. Manche Menschen wurden mit den Jahren und der Erfahrung vorsichtiger, Josef war leichtsinniger geworden.

»Die Kamera«, wiederholte Baudy. Josef nickte und wandte sich dem Löschfahrzeug zu. Die Männer am Verteiler sprachen über Jan Ullrichs misslungene Attacke am Col du Tourmalet eine Woche zuvor. Ihre Stimmen waren lauter geworden.

Im Osten schien jetzt ein schmaler Streifen Licht am Horizont.

»Ruhe«, grunzte Gubnik plötzlich, doch niemand außer Baudy schien es gehört zu haben. Gubnik hatte eine Hand gehoben und sich seitwärts gedreht, als lauschte er auf etwas. »*Ruhe*, ihr Ärsche!«, brüllte er und riss die Hand nach unten.

Die Stimmen verstummten.

Baudy machte ein paar Schritte in Gubniks Richtung. Jetzt hörte er es auch. Ein Geräusch, als würde Wasser auf Stein treffen. Doch der Schuppen war nicht aus Stein gewesen, und das Wasser lief nicht mehr. Baudy wandte sich Riedinger zu: »Ist der Schuppen unterkellert?«, fragte er laut.

»Nein.«

»Josef?«, sagte Baudy.

Josef, der ein paar Meter neben Gubnik stand, hielt die Wärmebildkamera bereits vors Auge. »Nichts zu sehen.«

Gubnik ließ das Rohr los, nahm den Helm ab und betrat das Aschefeld. Baudy rief, von plötzlicher Angst ergriffen: »Stehenbleiben, Gubby!«

Gubnik hielt in der Bewegung inne.

»Helm auf, Mensch!«

Gubnik zog eine Grimasse und salutierte. Setzte den Helm schief auf. Baudy hörte den jungen Paul Feul kichern.

Keine Glutnester, dafür Wasser, das auf Stein trifft, dachte er. Während er zu Josef ging, gab er Befehl, das zweite B-Rohr wieder klarzumachen.

»Alles aus«, sagte Josef. »Da glüht kein Strohhalm mehr.«
»Vielleicht darunter?«
»Wie darunter, wenn es keinen Keller gibt?«

Baudy nahm die Kamera. Zweimal suchte er die Brandfläche ab, doch er fand nichts. Viel Grau, kein Weiß. Da glühte wirklich kein Strohhalm mehr. Er gab Josef die Kamera zurück. Noch immer war das Geräusch zu hören – Wasser, das ohne großen Druck auf Stein traf. »Jede Wette, dass es einen Keller gibt.«

»Hört mal«, murmelte Gubnik.

Baudy trat zu ihm. In das erste Geräusch mischten sich jetzt andere – Erdreich, Steine, Sand, die nach unten fielen. »Der Boden bricht durch.«

Dann sahen sie es auch. Etwa in der Mitte der Brandfläche geriet die nasse Asche in Bewegung. Plötzlich war ein quadratmetergroßes Loch entstanden. »Komm da weg.« Baudy zog Gubnik auf die Weide zurück. Ihre Blicke trafen sich. Gubnik nickte zufrieden, als wollte er sagen: Vielleicht gibt's ja doch noch was zu tun. Schwerfällig kehrte er zu Paul Feul an das erste Rohr zurück.

»Da ist was«, sagte Josef, die Kamera vor den Augen. »Schräg unter dem Loch.«

»TLF eins, erstes und zweites Rohr, bereitmachen!«, rief Baudy. »Josef?«

»Breitet sich aus. Da unten brennt was.«

Gubnik und Paul Feul richteten das erste B-Rohr auf das

Loch. Ein paar Meter neben ihnen bezog der zweite Angriffstrupp Position. Baudy gab Befehl zum Löschangriff. Das Wasser schoss aus den Rohren.

»Da ist kein Keller«, sagte Riedinger, der näher gekommen war.

»Bleib, wo du bist!«, rief Baudy. Als er sich wieder der Brandfläche zuwandte, sah er, dass weitere Löcher entstanden waren. Zu hören war nichts, das Rauschen des Wassers übertönte jedes andere Geräusch.

»Scheiße, da unten *brennt* was«, wiederholte Josef. Fast im selben Augenblick stoben ein paar Funken aus einem der Löcher.

»Alle zurück!«, befahl Baudy. Die Männer an den Rohren, Josef, Riedinger, er selbst gingen ein paar Schritte rückwärts. Er drehte sich um und befahl Martin Andersen, die Zartener vorsichtshalber zurückzuholen. Aus dem Streifenwagen vom Revier Freiburg-Süd, der inzwischen eingetroffen war, stiegen dunkle Schemen. Der Streifen Licht am Horizont hatte sich orange gefärbt und war jetzt ein gutes Stück breiter.

Baudy wandte sich wieder der Brandfläche zu.

»Da unten braut sich richtig was zusammen«, sagte Josef.

Baudy hob die Signalpfeife an den Mund, um das Gefahrenzeichen zu geben. Im selben Augenblick ereignete sich eine ohrenbetäubende Detonation, und aus dem Aschefeld schoss eine Fontäne aus Flammen, Gesteinsbrocken, Erdreich. Paul Feul stieß einen hellen Schrei aus, Gubnik begann wild zu fluchen, Baudy hielt den Atem an. Steine und Erde prasselten auf den Boden, Aschepartikel tanzten in der Luft.

Dann herrschte Stille.

Niemand bewegte sich, alle schienen zu warten.

»Martin, bring Lina weg!«, schrie Baudy nach einem Moment in die Stille hinein, ohne sich umzudrehen. Kaum fünf Sekunden später sprang der Motor des Passats an.

Gubnik knurrte: »Was hat das Arschloch da gelagert?«

Plötzlich überkam Baudy Panik. Er blies in die Signalpfeife, schrie: »Rückzug! Zurück!«

Da brach der Boden des Schuppens auf der ganzen Fläche ein, Flammen schlugen meterhoch nach oben. Dann gab es eine weitere Explosion, und Baudy wurde von der Druckwelle nach hinten gestoßen. Halbtaub kam er wieder auf die Beine. Mit dem schreienden Paul Feul auf der einen und Josef auf der anderen Seite stolperte er auf die Löschfahrzeuge zu. Im Widerschein der Flammen sah er, dass die Männer vom zweiten Rohr ebenfalls zu den Wagen rannten, und irgendwo im Durcheinander waren auch die Polizisten und Riedinger. Vor ihm erklangen hektische Rufe. Mehrere Stimmen brüllten durcheinander. Was sie schrien, verstand er nicht. Er öffnete und schloss den Mund, aber es wurde nicht besser.

Wenige Meter von ihm entfernt lag der rote Verteiler am Boden, die beiden Rohre tanzten hin und her. »Wasser stopp!«, rief er. Niemand schien zu reagieren. Trotzdem versiegte das Wasser fast in derselben Sekunde. Er änderte die Richtung und eilte auf eines der Rohre zu. Da wurde ihm bewusst, dass Gubnik nicht unter den Männern war. Er blieb stehen, rief: »Gubby?« Zwei weitere Detonationen erfolgten, und jemand zerrte ihn zu Boden. Unvermittelt kamen ihm Riedingers Worte in den Sinn: Die Pforte zur Hölle.

Dann waren Laute in seinem Kopf, die viel zu leise waren, als dass sie von außen hätten kommen können: ein hohes, verzweifeltes Wimmern.

»Adam«, sagte Josef dicht neben ihm.

Baudy versuchte, das Wimmern zu unterdrücken. Aber es stammte nicht von ihm.

»Adam«, sagte Josef erneut. Sein Blick war auf die Brandfläche gerichtet, wo grelle Flammen hochschossen. Baudy fuhr herum. Unmittelbar vor den Flammen kniete Gubnik auf allen vieren, als wollte er über den Rand in den Keller, den es nicht gab, hinabblicken. Einzelne Flammen schienen nach ihm zu greifen, umhüllten seinen Oberkörper. Er trug keinen Helm mehr, seine Haare brannten. Kraftlos bewegte er ein Bein zur Seite, hob das Hinterteil an. Aber er kam nicht hoch. Sein Körper bewegte sich wie auf einem schwankenden Schiff hin und her. Seine Arme knickten ein.

Erneut rief Baudy seinen Namen. Das Wimmern antwortete. Baudy sprang auf, doch ebenso schnell stand Josef vor ihm. Vier, fünf Hände packten und hielten ihn.

Im selben Moment kippte Gubnik vornüber und verschwand im Flammenmeer.

Eine knappe Stunde später war alles vorüber. Der Keller stand auf halber Höhe unter Wasser. Die Reste von Holzkisten, verbogene Metallteile, zersplitterte Bretter, verkohlte Planken trieben an der schwarzen Oberfläche. Gubniks Leiche im roten Schutzanzug. Nur der Helm fehlte.

Baudy wandte sich ab.

Er ging auf seine Männer zu, die vor den Löschfahrzeugen saßen. Mittlerweile war die Sonne ein Stück über den Horizont gekrochen. Der Keim der Hoffnung, der den Tod gebracht hatte.

Noch immer trafen Einsatzkräfte von Kripo, Schutzpolizei und Feuerwehr ein. Auf dem Feldweg stand einer der

Freiburger Branddirektoren im Gespräch mit Almenbroich, dem Leiter der Kripo, und Martin Andersen, Baudys Stellvertreter. Ein Lokalpolitiker, dessen Namen er sich nie merken konnte, Kirchzartens Bürgermeister, ein Staatsanwalt und Heinrich Täschle, der Leiter des Polizeipostens, befanden sich bei ihnen. Auch die ersten Reporter, Fotografen und Kamerateams waren mittlerweile da. Bereitschaftspolizisten hielten sie hinter den Absperrungen. Die Pressesprecherin der Polizeidirektion, die eine Leuchtweste mit der Aufschrift »Presse Polizei« trug, war bei ihnen. An der Brandfläche standen und knieten Leute der Freiburger Berufsfeuerwehr und eine Handvoll Männer in weißen Kunststoffanzügen. Hannes Riedinger sah er nicht. Vielleicht hatte ihn die Kripo weggebracht.

Baudy dachte an Lew Gubniks letzte Worte. Was hat das Arschloch da gelagert? Das schwarze Wasser verbarg die Antwort.

Vor seinen Männern blieb er stehen. Alle blickten ihn an, selbst Paul Feul, der auf der Seite lag, zusammengerollt wie ein Fötus. »Habt ihr seinen Helm?«

»Nein«, erwiderte Josef. Er trug einen Verband um die rechte Schläfe. Auf der Wange darunter klebte getrocknetes Blut. Er berichtete, was passiert war. Gubnik war gestolpert, hatte den Helm verloren. Kniend hatte er sich um die eigene Achse gedreht. Offenbar hatte er für Momente nichts gesehen. Dann war er in die falsche Richtung gekrochen. Ein paar der Männer hatten Warnungen gebrüllt. Gubnik hatte sie nicht gehört.

»Was machen die hier?« Josef deutete vage mit dem Kopf.

Baudy hob den Blick. Der Branddirektor, der Leiter der Kripo, der Lokalpolitiker, der Bürgermeister. Berufsfeuerwehr, Erkennungsdienst, ein Heer von Bereitschaftspolizisten und Kripobeamten.

Da war sie wieder, Gubniks Frage.

Er zuckte die Achseln. Er hatte keine Kraft, darüber nachzudenken.

»Holen wir ihn«, sagte er.

Die Bestatter legten Gubniks Leiche in einen Metallsarg. Einer der Kameraden murmelte: »Vergiss nicht, Gubby, Mittwoch ist Kegeln.« Sie lachten ein wenig. Mit Sprüchen und Lachen würden sie seinen Anblick schon aus ihren Köpfen bekommen. Sein Gesicht war vollkommen verbrannt.

Baudy folgte den Bestattern zum Leichenwagen. Er dachte an Gubniks Schatulle, die halbfertig in der Tischlerei stand. Was sollte er mit ihr anfangen? Er konnte sie doch nicht wegwerfen.

Die Bestatter hoben den Sarg in den Wagen und schlossen die Tür. Gubniks Leiche war beschlagnahmt worden. Sein letzter Einsatz endete in der Rechtsmedizin.

Baudy trat zurück. Er hatte das Bedürfnis, zum Abschied ein paar Worte zu sagen. Aber ihm fielen nur die Floskeln ein, die er sonst bei Einsätzen sagte. »Wird schon wieder.« »Kopf hoch, ist doch halb so schlimm.« »Nur Mut, morgen ist ein neuer Tag.«

Also sagte er nichts.

Später trat Berthold Meiering zu ihm, der Bürgermeister von Kirchzarten, ein gebürtiger schwäbischer Allgäuer. Auf seiner Glatze standen Schweißperlen, sein Blick irrte umher. Baudy berichtete. Anschließend sagte Meiering, aus seiner Sicht treffe ihn, Baudy, keine Schuld am Tod »des

Kameraden«, und das sähen »die Kollegen«, wenn er sie richtig verstanden habe, auch so. Das runde, speckige Gesicht war leichenblass. In Meierings Stimme lag Mitgefühl.

Baudy überlief ein Frösteln, während er die Worte im Stillen wiederholte. Er begann zu ahnen, dass es jetzt nicht mehr um die Kriterien ging, die ihn in zwanzig Jahren freiwilliger Feuerwehr begleitet hatten: Analyse, Fakten, Loyalität. Jetzt ging es um Interpretation, Interessen, Schuldzuweisungen. Trotzdem hatte er den Eindruck, dass Meierings Mitgefühl aufrichtig war.

Er nickte.

»Und bitte kein Wort an die Medien, Adam. Die sollen sich an die Pressesprecherin der Polizei wenden.«

Sie sahen einander an. Wieder stand Gubniks Frage im Raum, wieder hatte Baudy keine Lust, über eine Antwort nachzudenken. Aber er spürte, dass sich die Frage in seinem Kopf festzusetzen begann. Nicht, weil ihn die Antwort sonderlich interessierte, sondern weil diese Frage mehr und mehr zu dem wurde, was von Gubnik bleiben würde. Eine Frage und eine halbfertige Schatulle.

Meiering hob die Hand zum Kopf. »Deine Augenbrauen.«

»Ja?«

»Sind ein bisschen versengt.«

Baudy nickte. Wenigstens hörte er wieder normal.

Martin Andersen, der in diesen Minuten überall zu sein schien, kam und flüsterte ihm ins Ohr, dass seine Frau Lina zu ihnen nach Hause bringe. Lina sei okay, sie habe nicht viel mitbekommen. »Fahr bei uns vorbei, wenn du hier fertig bist.« Baudy nickte, und Martin Andersen ging wieder.

»Die Kripo will mit dir reden«, sagte Meiering.

»Ja.«

»Und die Leute von der Leitstelle wollen einen Bericht.«
»Bekommen sie.«
»Das ist zu groß für Kirchzarten, Adam, das macht alles Freiburg.«

Baudy nickte. Plötzlich fröstelte er wieder. »Es heißt *Kirch*zarten, nicht Kirch*zarten*«, sagte er.

»Was?«

»Du hast Kirch*zarten* gesagt.«

Meiering schwieg.

»Hier sagen wir *Kirch*zarten«, wiederholte Baudy sanft.

»Ja. Danke.«

Dann sahen sie zu, wie die Berufsfeuerwehr an der Brandfläche mit dem Abpumpen des Löschwassers begann. Der Wasserspiegel sank rasch. Für einen Moment glaubte Baudy, Gubniks gelben Helm an der Oberfläche treiben zu sehen, aber er war sich nicht sicher.

»Was ist das nur für ein Geruch?«, fragte Meiering in plötzlicher Verzweiflung.

Baudy atmete tief ein. Es roch, wie es nach einem Brand roch. Doch dann nahm er, ganz vage, weitere Gerüche wahr. Essig. Honig. Noch etwas, das er nicht identifizieren konnte.

Das ist zu groß für Kirchzarten. Das macht alles Freiburg.

Er sagte: »Was hatte das Arschloch da gelagert?«

»Waffen«, flüsterte Meiering, als hoffte er, dass niemand sonst es hörte.

I

Die höllischen Legionen

I

DIE ZEIT DER ERSTEN MALE, dachte Louise Bonì, während sie eine Flasche aus der Umhängetasche zog und sich im Gras niederließ. Zum ersten Mal Überstunden, zum ersten Mal Kirchzarten, der erste Tote. Heute Nacht die erste schwere Krise, vor ein paar Tagen zum ersten Mal Sex mit Anatol, vor einer Woche der erste Streit mit Rolf Bermann. Die ersten Albträume, die ersten Zweifel, ob sie es schaffen würde. Ihre Rückkehr in den Alltag wurde von Premieren begleitet.

Sie öffnete den Schraubverschluss und leerte die Flasche halb. Bald dreiundvierzig, und das Leben – *dieses* Leben – begann von vorn.

Kein allzu angenehmer Gedanke.

Sie sah zu Schneider hinüber, der seit Minuten reglos am Rand der Brandfläche stand, den Blick auf den Wald oder die Hügel dahinter gerichtet. Der schöne, langweilige Schneider, ohne Bermann verloren wie eh und je. Wie vor fünf Monaten im Schnee nahe Münzenried, an dem Tag, als Natchaya und Areewan gestorben waren.

Alles, dachte sie, geschah nach ihrer Rückkehr zum ersten Mal und führte doch geradewegs in das Leben vor ihrer Zeit im Kanzan-an. Sie setzte die Flasche an die Lippen, trank sie aus, öffnete die zweite, trank sie halb. Sie konnte so viel Wasser trinken, wie sie wollte, der Durst blieb.

Der Durst und die Schlaflosigkeit.

Heute Nacht um drei hatte sie an der Kasse einer Freiburger Tankstelle gestanden und vier Flaschen mit hochprozentigem Alkohol in eine Tüte gepackt. Zu Hause hatte sie die Flaschen vor sich auf den Couchtisch gestellt. Also gut, hatte sie geschrien, wenn du unbedingt trinken willst, dann tu's! Willst du Wodka? Bourbon? Nimm dir, was du willst! Wodka? Ja? Dann trink! Trink, was du willst!

Ja, ja, ja, riefen die Dämonen in ihrem Kopf.

Nein, schrie Louise. Heute nicht!

Stattdessen hatte sie die Wohnung verlassen, war in die verwaiste Polizeidirektion gefahren. Sie hatte noch kein Büro, keinen Schreibtisch, kein Telefon. Also setzte sie sich in Almenbroichs Büro, weil er den bequemsten Schreibtischsessel hatte und der Leiter der Kripo war und seine Beamten im Kampf gegen ihre Dämonen unterstützte.

Doch Almenbroich war an diesem Morgen nicht in seinem Büro erschienen. Das Führungs- und Lagezentrum hatte ihn zu Hause informiert. Er war direkt nach Kirchzarten gefahren.

Ihr Blick glitt über die Brandfläche. Viel wusste sie noch nicht, Bermann hatte sie erst am späten Nachmittag kommen lassen. Waffen in einem Keller, von dessen Existenz niemand gewusst hatte, unter einem Holzschuppen, den niemand benutzt hatte, auf der Weide eines Bauern, den niemand mochte.

Und ein toter Feuerwehrmann.

Sie hatte noch keine Zeugenaussagen gelesen, an der ersten Besprechung der Ermittlungsgruppe »Waffen« am frühen Abend nicht teilgenommen. Der umsichtige Bermann. Er wollte sie langsam wieder an den Alltag heranführen. Wir dürfen sie nicht überfordern, hatte er vergangene Woche vor versammelter Mannschaft gesagt. Sie war lange weg. Sie war krank. Aber jetzt ist sie wieder gesund. Oder, Luis? Du bist doch wieder gesund?

Anfangs hatte er darüber nachgedacht, sie in ein anderes Dezernat zu versetzen. Wie wäre das, hatte er an ihrem dritten Arbeitstag gefragt, wäre zum Beispiel die Sitte nicht das Richtige für dich, Luis? Wäre die Sitte nicht schön? Oder die Jugendkriminalität? Quatsch, hatte sie gesagt.

Sie waren übereingekommen, dass sie in Bermanns D 11 blieb, in der ersten Zeit jedoch nur »assistierte«, wie Bermann sich ausgedrückt hatte. Was »assistieren« bedeutete, hatte er nicht gesagt.

Sie leerte die zweite Flasche Wasser, steckte sie ein. Sie wäre gern noch eine Weile fortgeblieben. Weit weg von Welt und Alltag, von Fremdbestimmung und Fremdsein. Andererseits fand sie es aufregend, verändert zurückgekehrt zu sein. In jedem Blick, in jeder Stimme Neugier, manchmal Überraschtheit wahrzunehmen. Und hin und wieder, bei Bermann und anderen Männern, sogar eine eigentümliche Intensität, wie sie sie seit Jahrhunderten nicht mehr ausgelöst hatte.

Sechs Kilo weniger und vier Monate frische Luft waren eben nicht zu übersehen.

In Schneider kam Bewegung. Er wandte sich ihr zu, hob eine Hand und wies Richtung Freiburg. Fahren wir endlich? Sein Gesicht wurde von den letzten Strahlen der Sonne beleuchtet. Ein freundliches, leeres Modekataloggesicht, von dem man den Blick erst wenden konnte, wenn man begriffen hatte, dass es sich womöglich nie mit Seele füllen würde.

Sie schüttelte den Kopf. Wir bleiben noch. Warten auf den Geist, den es wieder hertreiben wird.

Eine halbe Stunde verging. Die Sonne verschwand hinter den Hügeln. Schneider hatte sich in den Wagen gesetzt, sie hörte ihn telefonieren. Einer der Kirchzartener Dienstwagen fuhr langsam vorbei, auch Heinrich Täschle, der Leiter des Postens, machte Überstunden. Sie hatte ihn am Nachmittag gesehen, aber keine Gelegenheit gehabt, ihn kennen zu lernen. Ein großer, etwas linkischer Polizeihauptkommissar in den Fünfzigern, in Kirchzarten geboren, in Kirchzarten zur Schule gegangen, in Kirchzarten verheiratet. Misstrauisch war er neben Bermann hergelaufen, die Kappe in der Hand. Später hatte er aus dem Dienstwagen zugesehen, wie die Kripo seine Weide Zentimeter für Zentimeter durchkämmte. Die alte Rivalität zwischen Schutzpolizei und Kriminalpolizei. Gegen sieben war er gefahren und seitdem drei-, viermal vorbeigekommen.

Ihr Handy spielte Erik Satie. Sie brauchte eine Weile, um es zwischen den leeren Plastikflaschen in der Tasche zu finden. Das Telefon war neu, sie hatte nur wenige Nummern schon gespeichert, diese war nicht darunter. Wilhelm Brenner, einer der Schusswaffenexperten der Kriminaltechnischen Untersuchungsstelle. »Hab gehört, du bist zurück. Wie war's bei den Buddhisten?«

»Wie's bei Buddhisten so ist.«

»Und, wird jetzt täglich meditiert?« Sie lachte höflich.

»Musst bei Gelegenheit mal erzählen«, sagte Brenner.

»Ja.« Einen Moment lang ging sie davon aus, dass es eine solche Gelegenheit tatsächlich geben würde. Sie schmunzelte. War sie im Kanzan-an naiv geworden? Oder nur nicht mehr an die Alltagsfloskeln gewöhnt?

Schneider trat neben sie und ging in die Hocke. Auf seinem Gesicht lag, wenn sie die rötliche Färbung in der

Abenddämmerung richtig deutete, ein Schimmer Verlegenheit oder Nervosität. Sie formte die Buchstaben K-T-U mit den Lippen. Schneider streckte die Hand nach dem Telefon aus, aber die Bewegung war nicht besonders selbstbewusst.

Richtig, offiziell »assistierte« sie nur.

Sie lächelte drohend, und Schneider zog die Hand zurück.

Brenner hatte die ersten zerstörten Waffen untersucht und auf einigen Herstellerkennzeichen sowie Modellbezeichnungen gefunden: Pistolen vom Typ Modell 57, der jugoslawischen Lizenzversion der russischen 7,62-Millimeter-Tokarew. Klein-Maschinenpistolen vom Typ Modell 61, der jugoslawischen Lizenzversion der tschechoslowakischen Skorpion. Kalaschnikows ohne Modellbezeichnung, aber die Bauart ließ darauf schließen, dass es ebenfalls jugoslawische Lizenzversionen des russischen Originals waren.

»Jugos«, informierte Louise Schneider.

»Ja«, sagte Brenner.

»Die Waffen?«, fragte Schneider.

Sie nickte.

»Rottweil«, sagten Brenner und Schneider gleichzeitig.

Brenner ergänzte »Anfang der Neunziger«, Schneider »letztes Jahr«. Sie nickte erneut. Der Waffenfund in einer Rottweiler Garage im vergangenen Jahr war zu vernachlässigen. Waffennarren, die sich offenbar auf den dritten Weltkrieg vorbereiten wollten, hatten Maschinenpistolen, Maschinengewehre, Pistolen, Munition gehortet. Interessanter war wohl Rottweil Anfang der Neunziger: Das LKA war auf einen kroatischen Waffenhändlerring gestoßen. Wenn sie sich richtig erinnerte, war ein Teil der Waffen aus Jugoslawien gekommen.

Brenner versprach herauszufinden, um welche Typen und Modelle es sich damals gehandelt hatte.

»Habt ihr das Zeug schon gezählt?«, fragte sie.

»Ja. Vierundzwanzig Kartons.«

»Und?«, flüsterte Schneider.

»Sie haben noch nicht gezählt.«

»Mit wem sprichst du?«, fragte Brenner.

»Mit Schneider.«

»Schneider, Schneider . . . Welcher war das noch gleich?«

»Der Schöne. Wann bekommen wir das Behördengutachten?«

Schneider runzelte die Stirn, Brenner seufzte. »In vierzehn Tagen.«

»Ihr seid nicht eben schneller geworden, während ich bei den Buddhisten war.«

»Doch. Wir sind nur wieder langsamer geworden, seit du zurück bist.«

Lächelnd verabschiedete sie sich.

Schneider erhob sich mit knackenden Kniegelenken, und sie dachte, dass unter seinem hübschen Äußeren wider Erwarten das hässliche Alter zu wüten begann. Er war Ende Vierzig, was von außen kein Problem war, nur von innen.

In diesem Moment sah sie den Geist. Er stand kaum zwanzig Meter hinter Schneider reglos in der Abenddämmerung und starrte sie an.

Der Tag der reglosen Männer.

Sie hatte mit Baudy gerechnet, dem Kommandanten der Kirchzartener freiwilligen Feuerwehr, nun war Riedinger gekommen, der Bauer. Auch gut, dachte sie.

Als sie am Nachmittag bei der Brandfläche eingetroffen

war, hatte Riedinger am Rand des Waldstreifens gestanden und das Treiben beobachtet. Bermann hatte gesagt, er sei den ganzen Tag lang befragt worden, von Kripo, Erkennungsdienst, Feuerwehr, Bürgermeister, Staatsanwalt, Presse, »dem Dings, dem Däschle«. Mittlerweile sei er so wütend, dass sich niemand mehr an ihn herantraue. Einen der Reporter habe er bedroht, einen der Bereitschaftspolizisten beschimpft. Als sie zu ihm gehen wollte, hielt Bermann sie zurück. »Du assistierst hier nur, Luis«, sagte er und sah sie mit dieser neuen Intensität an. Der Männerblick. So lächerlich er auch war: Sie nahm ihn als weiteren Beleg dafür, dass sie sich verändert hatte. Dass sie es überstanden hatte und jede weitere Minute, jede weitere Stunde, jeden weiteren Tag überstehen konnte.

Während sie Hannes Riedinger jetzt musterte, beschloss sie, nicht gleich zu ihm zu gehen, sondern damit noch zu warten. Entspanntheit zu signalisieren. Sie lächelte ihm höflich zu.

»Und, was sagt Brenner?«, fragte Schneider.
»Sag mir erst, was Riedinger sagt.«
»Wieso Riedinger?«
»Wann hat er den Brand bemerkt?«
Schneider schnaubte unwillig.
Riedinger hatte ausgesagt, dass er gegen halb fünf aufgestanden war, die Kühe versorgt und den Hund an die Leine gelegt hatte. Während er zum Wohnhaus zurückgegangen war, hatte er in der Dunkelheit die ersten Flammen gesehen. Er war auf den Traktor gestiegen, hatte nach fünfzig, sechzig Metern begriffen, dass er den Brand allein nicht würde löschen können, schon gar nicht ohne Wasser. Also war er umgekehrt, hatte den Notruf abgesetzt. Mit ein paar Eimern Wasser war er zu dem brennenden Schuppen ge-

fahren, aber da hatten die Flammen schon haushoch gestanden. Als hätte einer die Pforte der Hölle geöffnet.

»Das hat er gesagt?«

Schneider nickte. »Was ist jetzt mit Brenner?«

Sie fasste das Telefonat zusammen. Dabei fiel ihr ein, dass sie vergessen hatte, Brenner nach Munition und Sprengstoff zu fragen. Danach, ob der Brand die Explosion ausgelöst haben konnte. Schweigend sah sie Schneider an.

»Und wie ist das Zeug in die Luft gegangen?«

Sie seufzte und zuckte die Achseln.

Schneider ging zum Dienstwagen, um Brenners Informationen an Rolf Bermann weiterzugeben. Sie hob den Blick. Riedinger sah sie noch immer an. Die Pforte der Hölle, wenn einem ein kleiner, unbedeutender Schuppen abbrannte? Sie wusste so gut wie nichts über Riedinger. Nur, dass ihn niemand mochte, dass er allein lebte. Dass er in einem brennenden Holzschuppen die Pforte der Hölle sah. Nicht eben viel. Doch wenn man berücksichtigte, dass Kirchzarten heiles, wohlhabendes Bildungsbürgertum war, dann war es womöglich schon genug.

Schneider kehrte zurück. »Rolf sagt, wir sollen endlich in die Direktion kommen, lass uns also bitte fahren.«

»Was sagt er noch?«

»Dass Löbinger und das D 23 mit im Boot sind.«

»Ich meine, über den Brand und die Waffen.«

Schneider zögerte.

»Na los, Heinz.«

Schneider ging vor ihr in die Hocke. Obwohl er seit vierzehn Stunden im Dienst war, saß der Krawattenknoten perfekt, und auf dem hellbraunen Cordanzug war kein Staubfleck oder Grashalm zu erkennen. Insekten ließen sich ohnehin nur auf anderen nieder, nicht auf Heinz Schneider.

Selbst die hohen Temperaturen dieses Sommers konnten ihm nichts anhaben. Sie dachte an Hollerer – unrasiert, die Uniformjacke fleckig, auf dem Bauch Brotkrümel.

Das runde weiße Gesicht vor dem schattigen, blutigen Nachtschnee.

Erste Male, die ihr noch bevorstanden – Hollerer besuchen, zu Nikschs Grab gehen.

Sie verdrängte diese Gedanken, hörte Schneider zu, der mit leiser Stimme sagte, Bermann habe schon am Nachmittag und jetzt wieder darauf hingewiesen, dass Brandstifter überproportional häufig aus den Reihen der Berufs- und freiwilligen Feuerwehr kämen. Dass vielleicht einer der Freiwilligen von Kirchzarten den Schuppen in Brand gesteckt habe. Sie nickte nachdenklich. Für einen Pyromanen ein ideales Objekt. Das Feuer hatte sich nicht ausbreiten, keine Menschen gefährden können.

Schneider stand auf, erneut knackten die Gelenke. »Fahren wir endlich, ja?« Er erstarrte in der Bewegung. »Da steht einer...«

»Riedinger.« Louise erhob sich, hängte sich die Tasche um.

»Seit wann steht der da?«

»Seit ein paar Minuten. Komm, reden wir mit ihm.«

Schneider hielt sie zurück. Riedinger war gefährlich. Ein Mann, den die Nachbarn mieden, der seinen Hund auf Asylbewerber und holländische Camper gehetzt hatte, weil sie seinen Grund betreten hatten. Der seine Kinder und seine Frau geschlagen, seine Angestellten vertrieben, den Großteil seines Bodens aus finanziellen Gründen verkauft hatte. Der vor dem Ruin stand.

Geschichten, die Berthold Meiering, der Bürgermeister von Kirchzarten, erzählt hatte.

»Also Vorsicht, Luis.«
»Ist er Alkoholiker?«
Schneider wandte erschrocken den Blick ab.
Sie schmunzelte. »Komm«, sagte sie.

Riedinger war kaum größer als sie, doch doppelt so breit. Sein Gesicht war verschlossen, der Blick klar, die Iris hell. Nein, kein Alkoholiker. Sie wusste nicht, weshalb, aber der Gedanke beruhigte sie.

Schneider stellte sie als »Kollegin« vor und sagte, sie hätten noch ein paar Fragen. Riedinger sagte, er habe keine Lust mehr, Fragen zu beantworten, er habe den ganzen Tag lang Fragen beantwortet. »Ich habe andere Fragen«, sagte Louise.

Schneider sah sie überrascht an, Riedinger spuckte zur Seite aus.

»Wo sind Ihre Kinder?«
Riedinger lachte zornig auf.
»Ihre Frau, Ihre Angestellten? Warum ist niemand mehr da?«
»Luis«, sagte Schneider warnend.
»Solche Fragen, Herr Riedinger.«

Riedinger hatte aufgehört zu lachen. Seine runden Wangen waren rot, die Augen klein geworden. Irgendetwas an ihm oder in ihm schien zu vibrieren. Schneiders Hand lag plötzlich auf ihrem Arm und zog sie nach hinten. Sie begriff, dass beide Männer glaubten, sie wolle Riedinger provozieren, und dass er kurz davor stand, auf sie einzuschlagen. Sie hob eine Hand, winkte ab. Manchmal hatte sie beim Sprechen noch Schwierigkeiten, die alte, schroffe Louise und die neue, gelassenere zu koordinieren. Dann formulierte die alte Louise Gedanken, die der neuen durch den Kopf gingen.

»Solche Fragen«, wiederholte sie, mit einem Mal ungeheuer müde. Doch da hatte Riedinger sich schon abgewandt und verschwand in der Dunkelheit.

Schneider schwieg, bis sie in den Tunnel der B 31 kamen. Dann murmelte er vor sich hin: »Was für Fragen ... Sind wir Psychiater? Wir sind doch Polizisten ...« Louise hatte keine Lust, darauf einzugehen. Sie dachte an Riedinger, der in der Dunkelheit hinter ihnen in seinem Zorn hauste und niemanden mehr hatte, auf den er einschlagen konnte. Sie war davon überzeugt, dass irgendwo in seinem Kopf die eine Information gespeichert war, die sie brauchten, um einen ersten Schritt voranzukommen. Der Schuppen gehörte ihm, die Weide gehörte ihm, und das nicht erst seit ein paar Tagen. Selbst wenn er von dem Waffenlager wirklich nichts gewusst hatte: Er war die Verbindung zwischen dem Keller und denen, die den Keller benutzt hatten.

Sie wünschte, sie könnte mit Reiner Lederle darüber sprechen. Brainstorming machen, ohne Gefahr zu laufen, für verrückt erklärt zu werden. Doch Lederle war irgendwo in Franken in einer onkologischen Reha-Einrichtung. Vor fünf Monaten hatte er gesagt, er werde gewinnen. Doch er hatte nicht gewonnen. Der Krebs war an einer anderen Stelle wiedergekommen. Wenige Tage vor ihrer Rückkehr war ihm ein Gallentumor samt Galle entfernt worden.

Sie dachte noch an Lederle, als sie hinter Schneider die Treppe in den dritten Stock der Polizeidirektion hinaufging. Im Gang wurden ihre Schrittgeräusche von der tiefhängenden Decke verschluckt. Schneider schien darauf zu achten, dass er immer einen Meter vor ihr ging. Vor Bermanns Büro richtete er Krawattenknoten und Hemdkragen, als hätten die wenigen Stunden mit ihr seine äußere Erscheinung in Mitleidenschaft gezogen. Er klopfte, und sie traten ein.

Almenbroich saß auf Bermanns Schreibtischkante. Er sah übermüdet aus. Vom Frühstückstisch nach Kirchzarten, am Vormittag zurück nach Freiburg zur allwöchentlichen Führungsbesprechung, anschließend erneut nach Kirchzarten, und das bei sechsunddreißig Grad Celsius. Aber er lächelte flüchtig, als er Louise sah. Die Strenge, mit der er sie vor knapp einem halben Jahr in den Krankenstand geschickt hatte, war einer distanzierten Milde gewichen. Auch er schien auf die Veränderungen an und in ihr zu reagieren. Ob als Mann oder als fürsorglicher Chef, wusste sie nicht.

Bermann saß auf dem Schreibtischstuhl und drehte sich mit den Füßen hin und her. An dem kleinen Handwaschbecken stand Anselm Löbinger, der Leiter des Dezernats Organisierte Kriminalität. Er grinste Louise aus dem Spiegel an.

»Haben wir das dann geklärt?«, fragte Almenbroich und stand auf.

Bermann nickte, Löbinger sagte »Ja«. Bermann sah man die Verärgerung an, Löbinger nicht. Seit bekannt war, dass der Leiter der Inspektion I Ende des Jahres in Pension gehen würde, waren sie Konkurrenten – beide hatten sich für die Nachfolge beworben. Chef der Inspektion I zu sein hieß: Stellvertreter des Kripoleiters, fünf Dezernate führen, darunter die wichtigen Kapitalverbrechen und Staatsschutz, Beförderung in Besoldungsgruppe A 13 zum Ersten Kriminalhauptkommissar. Da lohnte es sich zu kämpfen. Die Stelle war im ganzen Regierungsbezirk ausgeschrieben, doch Almenbroich hatte das Anforderungsprofil natürlich auf Bermann und Löbinger zugeschnitten – Erfahrung in der Dezernatsleitung, in der Soko-Leitung, in der Zusammenarbeit mit den französischen Polizeien, nicht älter als Ende Vierzig. Er wollte einen von beiden. Welchen, hatte er noch nicht erkennen lassen. Das machte die Kommunikation schwierig.

Almenbroich ging zur Tür. »Also dann«, sagte er und verließ den Raum.

Löbinger, ein kleiner, kompakter Mann Anfang Vierzig mit schmaler Brille, trocknete sich die Hände ab und drehte sich dann zu Bermann um. »Keiner hat bekommen, was er wollte. Machen wir das Beste draus.«

Bermann nickte desinteressiert. »Morgen«, erwiderte er.

»Morgen« begann bei Rolf Bermann, unmittelbar nachdem Anselm Löbinger gegangen war. »Rottweil 1992«, sagte er. »Schaut euch alles an, was das LKA gesammelt hat. Setzt euch mit Pilbrich in Verbindung, der war damals Leiter der Ermittlungsgruppe. Überprüft jeden Namen, der irgendwie eine Rolle gespielt hat.« Seine Augen waren klein vor Konzentration, in seinen Bewegungen lagen Kraft und Bestimmtheit. Wir kriegen sie, versprachen seine Mimik, seine Gestik, seine Körperhaltung. Schneider hing an seinen Lippen, Louise ebenfalls. »Angeklagte, Anwälte, Zeugen, Verdächtige, Verwandte, die ganze Palette. Klar?«

Sie nickten schweigend.

Bermann stützte sich auf den Schreibtisch. »Ist irgendwas? Hab ich was verpasst? Heinz?«

Schneider fummelte an seinem Krawattenknoten herum. »Was meinst du?«

»Er will nicht, dass ich ihm assistiere«, sagte Louise.

Schneider sah Bermann an, öffnete den Mund, schloss ihn wieder. Bermann lehnte sich zurück und verschränkte die Arme vor der Brust. »Was ist passiert?«

Schneider erzählte von ihren Fragen an Riedinger. Er hob die Hände, schüttelte den Kopf. »Was sind das für Fragen?«

»Buddhistenfragen«, erklärte Bermann.

»Ihr habt euch nicht verändert«, sagte Louise.

Bermann gähnte demonstrativ. »Wir haben ja auch keine Entziehungskur gemacht.«

Bermann löste das Problem rasch und erstaunlich gelassen. Schneider würde sich mit einem anderen Kollegen um Rottweil 1992 kümmern, Louise mit einem weiteren Kollegen um das Feuer in Riedingers Schuppen. Waren unter den Feuerwehrleuten potenzielle Verdächtige? Hatte es in Kirchzarten in den letzten Jahren ungeklärte Brände gegeben? »Du weißt schon, was ich meine.«

Sie nickte. »Zwei Großbrände in den letzten zwei Jahren. Das Sägewerk Dold, Ortsteil Buchenbach, vor einem Jahr. Ein altes Bauernhaus mit Töpferei, Ortsteil Falkensteig, vor zwei Jahren. Bei Dold war es ein Schaden in der Technik, in Falkensteig ein Fehler in der Wärmedämmung.«

Bermann hob die Augenbrauen. »Sie hat's nicht verlernt«, sagte er, ohne den Blick von ihr abzuwenden.

»Schluss damit, Rolf.«

»Womit?«

»Das weißt du genau.«

Bermann sah Schneider an. »Holst du uns mal was zu trinken, Heinz?« Schneider verließ den Raum. Sie lauschten auf seine sich entfernenden Schritte. Dann drehte Bermann den Stuhl in ihre Richtung und musterte sie. Nach einer Weile sagte er: »Okay.« Sie wartete, doch er fügte nichts hinzu. An seinem ruhigen Blick glaubte sie zu erkennen, dass er es ernst meinte.

Bermanns Okays.

Wie vor einigen Monaten am Opfinger See fand sie auch diesmal, das Wort klang, als wären darin eine Menge andere Wörter verborgen. Wörter wie: Wir freuen uns, dass du wieder da bist. Du warst ganz unten, jetzt bist du zurück. Respekt. Du kriegst deine Chance. Ich wünsch dir alles Gute für die Zeit *danach*.

Solche Wörter.

Sie nickte. »Okay.«

Schneider brachte Cola und Cracker aus dem Automaten vor der Cafeteria. Während sie tranken und aßen, berichtete Bermann von der ersten Besprechung der Ermittlungsgruppe am frühen Abend, die weniger eine Besprechung als ein Zuständigkeitsgerangel gewesen war. Der Kriminaldauerdienst hatte am Morgen das Dezernat Kapitalverbrechen informiert, Bermann seine Leute versammelt und losgeschickt. Daraufhin hatte Löbinger Almenbroich in Kirchzarten angerufen. Waffen in dieser Menge, argumentierte er, wiesen auf organisierte Kriminalität hin, und deshalb sei *sein* Dezernat zuständig. Almenbroich hatte verfügt, dass die Ermittlungsgruppe von Bermann und Löbinger gemeinsam geleitet wurde und zu gleichen Teilen aus Beamten beider Dezernate bestand. Dazu kamen ein Experte für Schusswaffen und ein Erkennungsdienstler.

»Und Täschle?«, fragte Louise.

»Wer?«, fragte Bermann.

»Der Leiter des Postens Kirchzarten.«

»Ich bitte dich. Das ist zu groß für die.«

»Er kennt den Ort und die Leute.«

»Luis, die machen um fünf Feierabend, wie soll das gehen?«

Nach seinem Telefonat mit Schneider hatte Bermann Wilhelm Brenner von der KTU angerufen. Brenner, sagte er freundlich, werde in Zukunft nur noch ihm persönlich Bericht erstatten. Falls er auf dem Klo sei, werde Brenner Löbinger informieren, und falls der auch auf dem Klo sei, Schneider. Louise lächelte. »Und wenn ihr mal zu dritt aufs Klo wollt?«

Bermann grinste.

Auf die Frage nach der Brandursache hatte auch Brenner noch keine Antwort. Brandbeschleuniger wie Benzin waren nicht verwendet worden. In Frage kam eine Selbstentzündung des Heus, bei Bränden in der Landwirtschaft häufig die Ursache. Dagegen sprach, dass das Feuer am frühen Morgen bei milden Temperaturen ausgebrochen war.

»Und wie sind die Waffen in die Luft geflogen?«

»Das ist die große Frage.«

»War da unten auch Sprengstoff gelagert?«

»Wir gehen davon aus.«

An mehreren Steinen, die vermutlich aus dem Keller auf die Weide geschleudert worden waren, hatte der Erkennungsdienst gelbliche Rückstände festgestellt. Außerdem hatten einige Kripo- und Feuerwehrleute noch eine Weile nach dem Brand vage den Geruch nach Essig, Honig und Wachs wahrgenommen. Beides, die gelblichen Rückstände und der Geruch, deutete auf Semtex hin.

Eine weitere Frage war offen: Konnte die thermische Entwicklung während des Brandes die Sprengkapseln und damit den Sprengstoff zur Explosion gebracht haben? Brenner glaubte, dass Semtex nicht nur auf Druckschläge, sondern auch auf Thermik reagierte, war aber nicht sicher. Er wollte sich morgen bei einem Sprengstoffexperten der Landespolizeidirektion Stuttgart informieren. Denkbar war theoretisch auch, dass durch den Brand des Schuppens ein Stein oder ein Brett genau auf eine Sprengkapsel gefallen war und die Explosion ausgelöst hatte.

»Und es gibt natürlich noch eine Möglichkeit«, sagte Bermann zögernd. Louise nickte. Keine sehr wahrscheinliche, keine sehr plausible Möglichkeit, aber eine Möglichkeit.

Vielleicht hingen der Brand und die Explosionen zusammen. Vielleicht hatte jemand Riedingers Schuppen angezündet, um die Waffen in die Luft zu jagen.

Damit war das inoffizielle Gespräch der dezimierten Ermittlungsgruppe beendet. Sie fuhren mit dem Lift ins Erdgeschoss. »Rottweil 1992 waren Kroaten«, sagte Bermann mehr zu sich selbst, »Rottweil 2002 Waffenfreaks.« Und Kirchzarten 2003?, dachte Louise. Exjugoslawen, Waffennarren, Neonazis, islamische Fundamentalisten? Keine angenehmen Aussichten.

Sie verließen den Lift, gingen zum Haupteingang. Louise hielt ihre Karte vor den Scanner, Schneider öffnete die Tür zur Schleuse. Sie winkten Gregori, dem Portier, einen Gruß zu. »Wo steht dein Auto, Luis?«, fragte Bermann, als sie ins Freie traten.

»Bin zu Fuß da.«

»Ich fahr dich heim.«

»Danke, ich gehe.«

»Gut.« Bermann berührte ihren bloßen Arm. »Wir sehen uns morgen um sieben, aber lies dich vorher ein . . .«

»Um *sieben*?«

Bermann nickte. Wegen der Hitze waren die täglichen Besprechungen der Ermittlungsgruppe für sieben und neunzehn Uhr angesetzt worden. »Ach ja, und nach der Besprechung brauche ich dich für ein, zwei Stunden.«

»Warum?«

»Du fährst mit mir . . . wohin.«

»Wohin?«, wiederholte sie.

Bermann nickte. Er schaute auf die Stelle an ihrem Arm, die er berührt hatte. Dann glitt sein Blick über den Spruch auf ihrem T-Shirt – *Please marry me or at least take me out for lunch.* Er sah auf. »Es ist, wie es ist. Die Wirklichkeit gehört auch dazu.«

»Und was heißt das?«

»Morgen, Luis.«

Sie war gegen elf zu Hause. Keine Post, keine Nachrichten auf dem Anrufbeantworter. Auf dem Tisch vor dem Sofa standen noch die Flaschen, als hätten sie auf sie gewartet.

Sie nahm den Aktivitätenplan, den sie letzte Woche angefertigt hatte, von der Küchenzeile und überflog ihn. Vielleicht fand sie etwas, das sich nachts um elf tun ließ und nicht nur gegen den Drang zu trinken gut war, sondern auch gegen die Angst vor Bermanns bedrohlichem »Morgen, Luis«. Kino, Theater, Museen, Gottesdienst, VHS-Italienisch, Schauinsland schieden aus, spazieren gehen hatte nichts gebracht. Bei Enni Sushi essen, Richard Landen anrufen, Hollerer in Konstanz besuchen, zu Nikschs Grab fahren, alte Freundschaften wiederbeleben kam jetzt ebenfalls nicht in Frage. Sex schon eher, auch Fitnessstudio, Joggen, Gymnastik, Diskothek. Mama in der Provence besuchen, Papa in Kehl besuchen – nur in der allergrößten Not. Lesen, Musik hören oder meditieren würde nicht helfen. Wohnung aufräumen, Wohnung putzen, Wohnung umräumen? Nicht schon wieder. Neue Wohnung suchen, gebrauchtes Auto suchen ...

Sie zog eine Jacke über. Gebrauchte Autos konnte man sich auch nachts ansehen.

2

AUCH AN DIESEM MORGEN fuhr sie in der Dunkelheit in die PD. Auch an diesem Morgen setzte sie sich in Almenbroichs Sessel und hoffte, dass er kommen würde, und zugleich, dass er nicht kommen würde. Sie stellte seinen Funkwecker auf halb sieben. Sekunden später war sie eingeschlafen.

Als sie erwachte, weil sie Almenbroichs kalte Hand auf ihrer Schulter spürte, war es Viertel nach sechs. »Wenn ich das gewusst hätte«, sagte er, »hätte ich Croissants mitgebracht.« In seinen Augenwinkeln saßen kleine gelbliche Kügelchen. Seine Gesichtshaut war weiß und von feinen roten Äderchen durchzogen. Er sah deprimierend müde und kraftlos aus. Dabei hätte sie in diesen Tagen einen starken Chef gebraucht.

»Keinen Hunger«, sagte sie und erhob sich. »Entschuldigung.«

Almenbroich winkte ab, während er auf den Sessel sank. Er schlafe, sagte er, wenig, weil es nachts ja kaum abkühle, und wenn die Luft endlich auffrische, schlafe er nicht, weil er zu frieren beginne. Er versuchte zu lächeln, aber es schien ihm nicht zu gelingen.

Plötzlich empfand sie das Bedürfnis, ihm die Hand auf die Wange zu legen. Auch Kripoleiter brauchten hin und wieder Trost.

Sein Gesicht war so kalt wie seine Hand.

Er musterte sie überrascht, aber zufrieden, ein erschöpfter, innerhalb von wenigen Hitzewochen um Jahre gealterter Mann, der unverhofft ein bisschen Trost bekam.

»Ist es sehr schwierig?«, fragte er nach einer Weile.

»Manchmal.«

»Bewundernswert. Wie schaffen Sie das nur?«

Sie nahm die Hand fort, ließ sich auf der Armlehne nieder. »Ich sage mir: Heute nicht. Heute werde ich nicht trinken, unter keinen Umständen. Keine Ahnung, was morgen ist, aber heute trinke ich nicht.«

»Eine Art Formel?«

»Ja.«

»Und das sagen Sie sich jeden Tag.«

Sie nickte.

»Es scheint zu helfen.«

»Zusammen mit ein paar anderen Techniken.«

»Bewundernswert, wirklich.«

Sie sahen sich einen Moment lang schweigend an. Louise überlegte, ob Almenbroich wusste, wohin Bermann sie später bringen würde. Ob sie ihn fragen und es womöglich schon jetzt erfahren wollte. Sie stand auf. »Das Schlimmste ist das Selbstmitleid.«

»Kaum zu glauben bei Ihnen.«

Sie lächelte, obwohl sie nicht genau wusste, wie die Bemerkung gemeint war.

»Haben Sie eigentlich Ihren Buddhismus-Experten wiedergesehen?«

»Meinen . . .« Sie spürte, dass sie errötete. »Nein.«

»Vielleicht sollten Sie.«

»Vielleicht.« Sie wandte sich zur Tür, doch Almenbroich winkte sie zurück und deutete auf den Besucherstuhl vor dem Schreibtisch. Sie setzte sich. Er stützte die Ellenbogen auf die Lehnen des Sessels, die Fingerspitzen beider Hände berührten sich in einem Dreieck. Er musterte sie, schien nach Formulierungen zu suchen. Das Händedreieck wurde zum Kreis, der Kreis wieder zum Dreieck. Sie hatte diese Bewegungen zum letzten Mal an dem Tag gesehen, als er sie in den Krankenstand geschickt hatte.

Ein weiteres erstes Mal, das vor ihre Zeit im Kanzan-an zurückführte. Obwohl sie vier Monate lang ein anderes Leben geführt hatte, schien jeder Tag danach mit dem Leben davor unmittelbar in Verbindung zu stehen. Als wäre das Leben davor danach einfach weitergegangen.

Doch diesmal ging es nicht um ihre Krankheit, sondern um den Fall. »Achten Sie darauf . . .«, sagte Almenbroich fast ein wenig vorsichtig und hielt schon wieder inne. »Achten Sie darauf, wer sich in die Ermittlungen einschaltet. Behalten Sie die Ermittlungsgruppe und alle anderen, die sich im Umfeld der Ermittlungen bewegen oder bewegen wollen, im Blick. Ich hoffe, Sie verstehen mich nicht falsch, es . . .«

»Ich verstehe Sie überhaupt nicht.«

»Gut, ich formuliere es anders. Ich habe den Eindruck, dass zu viele Leute Interesse an unserer Arbeit zeigen.«

»Was für Leute?«

»Das LKA beispielsweise ist ein bisschen zu früh zu stark interessiert.« Er schwieg, sah sie an, wartete.

Sie fand es nicht weiter auffällig, dass sich das LKA schon eingeschaltet hatte. Wäre das Waffendepot größer gewesen, hätte das Amt den Fall ohnehin sofort übernommen. Fragend hob sie die Brauen.

»Gestern Abend hat mich ein Staatssekretär angerufen und sich nach dem Stand der Ermittlungen erkundigt.«

Auch das kam ihr nicht allzu merkwürdig vor. Staatssekretäre telefonierten gern – und oft genug mit Leuten, die nicht mit ihnen telefonieren wollten.

»Und vom BND kam ein Anruf, wir möchten dem Kollegen dort das Behördengutachten der KTU und die Ergebnisse der Verkaufswegeanfrage zur Verfügung stellen.«

Sie nickte. Das war allerdings verwunderlich. Kripo und BND hatten selten etwas miteinander zu tun. Der BND hockte hinter seinen Mauern in Pullach und kümmerte sich um Afghanistan, Tschetschenien, Irak, Al-Qaida, nicht um Freiburg oder Kirchzarten. Die Zusammenarbeit der Behörden, vor allem des LKA, mit dem BND war sukzessive besser geworden, seit August Hanning vor ein paar Jahren Präsident des Geheimdienstes geworden war und sich um Offenheit, Kooperation und Imagepflege bemühte. Aber er war nach wie vor einer von wenigen, die das taten – vor allem, seit feststand, dass der BND nach Berlin umziehen würde.

»Das ist das eine«, fuhr Almenbroich fort. »Das andere ist: Sie *geben* uns Informationen. Das LKA weist darauf hin, dass Münchner Neonazis irgendwo größere Mengen Waffen horten – womöglich in Baden. Der Staatssekretär lässt mitteilen, dass die rechte Gefahr in Baden-Württemberg zwar weitgehend zurückgedrängt, aber nicht besiegt ist. Von irgendjemandem hat er die Information, dass baden-württembergische Neonazis möglicherweise einen Anschlag planen. Und vom BND ist zu hören, dass Geheimdienstinformationen aus den USA nahe legen, dass süddeutsche Neonazis mit amerikanischem Geld Waffen gekauft haben.«

»Alles gut möglich.«

Almenbroich nickte. »Trotzdem.« In diesem Moment begann die Funkuhr zu fiepen, und er zuckte zusammen. »Was ist das denn?«

»Ihr Wecker.«

Er griff danach. »Wie schaltet man ihn aus?«

»Oben draufhauen.«

Almenbroich haute oben drauf, das Fiepen endete. Schmunzelnd stellte er den Wecker zurück. »Trotzdem«, wiederholte er.

Aber er konnte sein Unbehagen nicht begründen. Irgendwo zwischen der äußeren Hitze und der inneren Kälte, sagte er, stecke ein merkwürdiges Gefühl in seinem Körper. Es sage: Schön, dass die sich für unsere Arbeit interessieren und uns Tipps geben. Aber komisch ist es schon. Alle wollen was, und um es zu bekommen, schicken sie uns in dieselbe Richtung. Wollen sie, frage das Gefühl, bloß verhindern, dass wir in eine andere Richtung gehen? Er lächelte düster. »Finden Sie das paranoid?«

»Ein wenig.«

»Vielleicht haben Sie Recht. Zehn Jahre Staatsschutz prägen.«

Sie nickte. Sie hatte nicht daran gedacht, dass Almenbroich früher selbst Staatsschützer gewesen war. Alle Staatsschützer waren paranoid – und das war gut. Almenbroich hatte das Dezernat Staatsschutz fünf Jahre lang geleitet, bevor es im April 2000 aufgelöst worden war. Nach dem 11. September 2001 hatte man es als D 13 reanimiert. Zu diesem Zeitpunkt war Almenbroich bereits Kripoleiter gewesen.

Er erhob sich und kam um den Schreibtisch herum. Sie gingen zur Tür. »Trotzdem«, sagte Louise. »Ich halte die Augen offen.« Auch sie hatte plötzlich ein merkwürdiges Gefühl: Almenbroich verbarg etwas vor ihr. Er wusste mehr, als er ihr offenbart hatte.

Aber das war undenkbar. Alle anderen ja, doch der strenge, aufrichtige Almenbroich? Niemals.

Er legte die Hand auf die Türklinke. »Wenn Sie glauben, dass es Neonazis waren, dann konzentrieren Sie sich auf die Neonazis. Wenn Sie glauben, dass es keine Neonazis waren, dann ermitteln Sie in die andere Richtung – ganz egal, was Rolf oder Anselm sagen. Wichtig ist nur eines: die Wahrheit.« Er lächelte. »Die gute, alte Wahrheit. Je älter man wird, desto deutlicher begreift man, dass sie alles ist, was wir haben. Sie ist der Kern des Ganzen, der wichtigste Wert einer aufgeklärten Gesellschaft. Leider auch der unbequemste, deshalb meiden wir sie gern. Doch letztlich, Louise, geht es immer um die Wahrheit. Von der Wahrheit der Geburt bis zur Wahrheit des Todes. Das Leben dazwischen ist sinnvoller, erfüllter und christlicher, wenn man es unter dem Aspekt der Wahrheit lebt.«

Sie runzelte die Stirn. »Na ja.«

Almenbroich lachte und legte ihr die andere Hand auf den Rücken. Sie zuckte zusammen, die Hand war noch kälter als zuvor. »Und warum ich und nicht Rolf? Ich hab weder Einfluss noch eine Lobby.«

Da war es, das Selbstmitleid. Sie spürte, dass sie drauf und dran war weiterzusprechen. Noch ein wenig Selbstmitleid nachzureichen. Sekunden-, minuten-, stundenlang Klagen an Almenbroich hinzureden. Die Tür zuzusperren, von den zurückliegenden Tagen, Wochen, Monaten, Jahren zu erzählen, in denen alles, alles, alles nur schief gegangen war. Wusste Almenbroich, dass ihr Exmann sie mit halb Baden-Württemberg betrogen hatte? Dass ihr Bruder Germain 1983 bei einem Autounfall ums Leben gekommen war? Dass ihre Eltern zwischen Hochzeit und Scheidung wahre Kriege gegeneinander geführt hatten? Nein? Sie würde es ihm erzählen. Dies und alles andere.

Vier Monate in der Stille eines Zen-Klosters waren gut

für die Selbstdisziplin, halfen aber nicht gegen das Selbstmitleid.

Sie räusperte sich und schwieg.

»Rolf hat Respekt vor Autoritäten, Sie nicht.« Almenbroich lächelte. »Manchmal ist das gut.«

Er öffnete die Tür, doch Louise bewegte sich nicht. Wenn sie schon beim Selbstmitleid war ... »Eines noch«, sagte sie und stellte die Frage, die sie seit gestern Abend umtrieb: Wohin wollte Rolf Bermann mit ihr fahren?

Almenbroich schloss die Tür. Er kannte die Antwort.

Sie hatten den Mönch gefunden.

Sie blieb bis kurz vor sieben bei Almenbroich. Auf dem Fensterbrett sitzend, eine Tasse Tee in den Händen, beobachtete sie, wie unter ihr das Licht und der Verkehr in die Stadt fluteten. Altstadt und Münster, der Schlossberg, die tausendfachen Lichtreflexe der Sonne, ein Bild des Friedens und der unbarmherzigen Gleichgültigkeit. Wahrheit und Lüge in einem. Das Leben davor, das Leben danach, was auch immer dazwischen lag, das Leben übersprang es.

Taro war nicht ermordet worden, er war erfroren. Spaziergänger hatten ihn Anfang März am Flaunser gefunden, weitab von Wegen und Wanderrouten. Er hatte, an einen Baum gelehnt, über Liebau, Freiburg, dem Dreisamtal gesessen, als er gestorben war.

Almenbroich und Bermann hatten entschieden, dass sie es erst erfahren sollte, wenn sie zurück war. Als sie zurück war, hatte Bermann gesagt: Wir dürfen sie nicht überfordern, es ist doch eigentlich egal, ob sie es weiß oder nicht, wir müssen sie jetzt schonen. Almenbroich hatte gesagt: Sprich mit ihr. Fahr mit ihr hin.

Die gute, alte Wahrheit.

Sie dachte, dass vielleicht auch Taro die Wahrheit gesucht hatte. Aus irgendeinem Grund war sie inzwischen davon überzeugt, dass sich die Wahrheit bei ihm auf eine einzige Frage hatte reduzieren lassen: Wer bin ich inmitten der Dinge, die geschehen?

Aber wer wusste schon, was ihm durch den Kopf gegangen war. Längst gab sie Richard Landen – »ihrem« Buddhismus-Experten – Recht: Man würde einen anderen Menschen nie vollkommen verstehen, schon gar nicht, wenn er aus einem fremden Kulturkreis stammte.

»Geht es wieder, Louise?« Almenbroich klang besorgt.

Sie wandte den Kopf. Er hatte sich samt Sessel zum Fenster gedreht. Sie nickte. So unsinnig es ihr auch vorkam: Dass Taro erfroren, nicht ermordet worden war, machte seinen Tod erträglicher.

Trotzdem wollte sie die Fotos von seiner Leiche vorerst nicht sehen.

Das Leben davor, das Leben danach, was auch immer dazwischen lag, das Leben übersprang es. Während sie ihre Tasse in dem kleinen Becken wusch, wurde ihr bewusst, wie stark sie selbst den Gesetzen des gleichgültigen Lebens gehorchte. Denn Taros Tod lieferte ihr einen Grund dafür, Richard Landen aufzusuchen.

An der zweiten Besprechung der EG »Waffen« im Soko-Raum nahmen jeweils fünf Beamte der Dezernate Kapitalverbrechen und Organisierte Kriminalität teil, außerdem Bermann und Löbinger, die Dezernatsleiter. Dazu kamen ein Erkennungsdienstler, ein Waffenexperte, zwei Sekretärinnen. Auf der Türseite des Tisch-U saßen die D-11-Leute, auf der Fensterseite die D-23-Leute, dazwischen die anderen. Sechzehn Personen in einem Raum für achtzig, drei wortkarge Grüppchen, die sich zurückhaltend musterten. Ein Team mit Anlaufschwierigkeiten.

Die stickige, heiße Luft im Raum machte es nicht einfacher.

Louise kannte nur einen von Löbingers Leuten nicht, einen jungen, nervösen Blonden, der während ihrer Abwesenheit angefangen haben musste. Sie spürte, dass sein Blick immer wieder zu ihr zurückkehrte. Wenn sie ihn erwiderte, sah er zur Seite. Kein selbstbewusst-lässiger Anatol, eher der kleine, schüchterne Bruder, der sich die Träume von älteren Frauen verbot. Sie schien die Anziehungskraft auf Männer, die halb so alt waren wie sie, nicht verloren zu haben. Blieb nur zu hoffen, dass sich jetzt, nach vier kargen Monaten im elsässischen Wald, auch wieder Männer in ihrem Alter für sie interessierten.

»Fangen wir an«, sagte Bermann.
»Fangen wir an«, bestätigte Löbinger.
»Fenster auf«, verlangten die D-11-Leute.
»Zu laut«, protestierten die D-23-Leute.

Nachdem man sich auf Lüftungspausen geeinigt hatte, referierte Bermann, was Wilhelm Brenner und die KTU bislang an Ergebnissen geliefert und was die Befragungen gestern vor Ort ergeben hatten. Anschließend zog Löbinger ein erstes Resümee: Exjugoslawen, Waffennarren, Neonazis, islamische Fundamentalisten – Richtungen, in die ermittelt werden müsse, obgleich es Hinweise gebe, dass sie es mit Neonazis zu tun hätten. Sie besprachen Wahrscheinlichkeiten, Unwahrscheinlichkeiten, die Frage, inwieweit der Brand des Schuppens für die Ermittlungen in Bezug auf die Waffen eine Rolle spielte. Landeten immer wieder bei der ernüchternden Erkenntnis, dass sie so gut wie nichts in der

Hand hatten. Dann wurde die Diskussion heftiger. Bermanns Einwurf, theoretisch bestehe auch die Möglichkeit, dass jemand den Schuppen angezündet habe, um die Waffen zur Explosion zu bringen, entzweite die Gemüter quer durch die Dezernate. Löbinger beruhigte das Gespräch. Zum jetzigen Zeitpunkt, da noch kaum Informationen vorlägen, lasse sich, sagte er freundlich, diese Möglichkeit schlicht nicht einschätzen.

Louise bemühte sich, dem Gespräch zu folgen, doch ihre Gedanken kehrten immer wieder zu Taro zurück. Wenn sie in den vergangenen Monaten an ihn gedacht hatte, dann hatte sie ihn unaufhaltsam durch den Schnee laufen gesehen, weg von Liebau, von ihr. Jetzt saß er in ihrer Vorstellung mit geschlossenen Augen oben am Flaunser. War zurückgekehrt.

Die Stimmen im Hintergrund verstummten plötzlich. Alle Blicke hatten sich auf Alfons Hoffmann gerichtet, einen der Hauptsachbearbeiter von Bermanns Dezernat.

»Lew Gubnik, bitte«, sagte Alfons Hoffmann. »Nicht ›der tote Russki‹.« Er hatte die Arme vor der Brust verschränkt. Sein Gesicht war stark gerötet, sein Atem ging schnell. An seinem Hals liefen Schweißtropfen herab, das Hemd klebte nass an seinem mächtigen Bauch.

»Ja, ja.« Bermann fuhr sich ungeduldig mit der Hand übers Gesicht.

»Spitzname Gubby, wenn du's genau wissen willst.«

»Für so was haben wir jetzt keine *Zeit*, Alfons.«

»Ich finde, für so was muss man immer Zeit haben.«

»Kanntest du ihn?«, fragte Thomas Ilic, ein Kollege aus Bermanns D 11.

Alfons Hoffmann wischte sich den Schweiß vom Gesicht. »Vom Kegeln. Die Freiwilligen von Kirchzarten haben einen Kegelverein, und manchmal haben sie gegen uns gespielt.«

»Schön«, sagte Bermann, »wir werden also ab und zu an Lew Gubby Gubnik denken und ihm Blumen aufs Grab legen und beten, dass es im Himmel eine Kegelbahn gibt, und dazwischen werden wir versuchen herauszufinden, wer vor unserer Haustür Waffen und Munition gehortet hat und vor allem« – er schlug mit der flachen Hand auf den Tisch – »*wozu.*«

In diesem Moment ging die Tür auf. Almenbroich betrat den Raum, gefolgt von vier Männern. Zwei von ihnen gehörten dem Dezernat 13 – Staatsschutz – an, die beiden anderen hatte Louise noch nie gesehen. Almenbroich bat um Entschuldigung für die Störung, nannte zwei Namen und sagte, den Blick ins Nirgendwo gerichtet: »LKA.«

»Perfekt.« Bermann stand auf. »Wir wollten sowieso gerade Pause machen.«

Die Pause dauerte eine Viertelstunde. Louise nutzte sie, um die Berichte, Protokolle, Aussagen zu überfliegen. Bermann und Löbinger waren gemeinsam mit Almenbroich verschwunden, kehrten gemeinsam mit ihm zurück. Bermann verbarg seine Anspannung nicht, Löbinger gab sich gelassen.

Bermann klopfte auf den Tisch. »Also, machen wir weiter.«

Die beiden Männer vom D 13 wurden in die Ermittlungsgruppe eingereiht, was alle sinnvoll fanden. Wenn die Waffen nicht gerade von einem Freak oder einem Sammler stammten, musste der Staatsschutz einbezogen werden. Die LKA-Beamten dagegen wollten lediglich als »externe Unterstützung« in die Vorgänge eingeweiht sein und für einen unbürokratischen Informationsfluss zwischen der Kripo und dem Amt sorgen. Louise fand sie überzeugend. Sie waren ruhig, zurückhaltend, sympathisch. Einer von ihnen wiederholte die vagen Verdachtsmomente gegen süddeutsche Neonazis, von denen Almenbroich in seinem Büro und Löbinger vorhin gesprochen hatten. Einer der Staatsschützer sagte, er habe aus einer zuverlässigen Quelle des Dezernats ähnliche Informationen. »Ja, danke, wir haben vorhin darüber geredet«, sagte Bermann. »Bilden wir die Teams, damit wir endlich loslegen können.«

Wie es der Zufall oder das Schicksal wollte, bekam Louise den unbeliebtesten Beamten von Löbingers Dezernat, wenn nicht der gesamten Kripo als Partner zugeteilt. Sie kannte nur seinen Vornamen, seinen Dienstgrad und seinen schlechten Ruf. Günter, Kriminaloberkommissar, maulfauler Einzelgänger, unleidlicher Zeitgenosse, der kam, wann es ihm passte, und ging, wann es ihm passte. Zurzeit war er auf der Toilette.

Bermann und Löbinger hatten sich vorab besprochen, sodass die Teams rasch standen. Jeweils ein Beamter von Bermanns D 11 und einer von Löbingers D 23 arbeiteten zusammen. Niemand freute sich, niemand murrte. Hauptsachbearbeiter, und damit für den Ermittlungsakt verantwortlich, waren Alfons Hoffmann vom D 11 und Elly, die einzige Beamtin aus Löbingers Dezernat, eine kleine, konzentrierte Rothaarige. Die Männer vom D 13 bildeten ein eigenes Duo. Staatsschützer waren Geheimniskrämer und blieben gern unter sich.

Louise folgte der Zuteilung nur unaufmerksam. Ein undefinierbares Gefühl hatte von ihr Besitz ergriffen. Es dauerte eine Weile, bis sie es benennen konnte.

Sie hatte den Eindruck, dass die Ermittlungsgruppe nicht das Zentrum der Ermittlungen bildete. Dass die entscheidenden Dinge außerhalb geschahen.

Almenbroichs kleine Paranoia hatte ganze Arbeit geleistet.

Kurz darauf verließen sie den Soko-Raum, eilten in ihre jeweiligen Stockwerke, Flure, Büros. Bermann sorgte dafür, dass Schneider, Anne Wallmer, Alfons Hoffmann und Thomas Ilic ihn begleiteten. »Du auch«, sagte er beiläufig zu Louise.

Sie ging neben ihm die Treppe hinunter. »Hab ich Günter dir zu verdanken?«

Bermann grinste freudlos.

Sie betraten sein Büro.

»Also«, sagte Bermann. »Wenn ihr euch beklagen wollt, tut es jetzt und haltet dann den Mund.«

»Ausgerechnet *Günter*«, sagte Louise.

»Ich hab's zur Kenntnis genommen. Noch jemand?«

Die anderen schwiegen.

Bermann setzte sich hinter seinen Schreibtisch. »Dann zum nächsten Punkt. Illi, was ist, wenn es um Kroaten geht?«

Thomas Ilic erwiderte seinen Blick. »Nichts.«

»Das wäre kein Problem?«

»Nein, wäre es nicht.«

»Ich verlass mich drauf.«

Thomas Ilic nickte. Seine distanzierten, dunklen Augen streiften Louise. Der Halbkroate, die Halbfranzösin. Die Mütter waren Deutsche, die Väter nicht, die Kinder in Deutschland geboren. Ob er daran dachte?

Sie wusste nicht viel über seinen familiären Hintergrund.

Einmal hatte er in der Cafeteria erzählt, sein Vater sei in all den Jahren immer kroatischer geworden. Sie hatte erwidert, dass ihr Vater immer versucht habe, deutscher als ein Deutscher zu werden.

Ein Augenblick der Nähe, ermöglicht durch die Sehnsüchte der Väter.

Bermann fuhr fort. »Ich hab bei diesem Fall ein verdammt beschissenes Gefühl, und ich schätze, euch geht es genauso.« Das Telefon auf seinem Schreibtisch unterbrach ihn. Er nahm ab, knurrte ein paarmal »Ja«, legte auf. »Wir müssen das Brainstorming verschieben. Unseren Ausflug auch, Luis. Andrele sitzt bei Almenbroich.«

»Andrele?«, murmelte Louise und dachte: Ein Ausflug auf den Flaunser.

»Marianne Andrele, eine neue Staatsanwältin aus München«, sagte Anne Wallmer. »Hat hier angefangen, während du fort warst.« Anne Wallmer musterte sie verlegen. Auch die Blicke der anderen lagen auf ihr. Sie nickte. »Fort«, das Synonym für »alkoholkrank«.

Aber jetzt war sie ja wieder da.

Wenig später ging sie zur OK, um Günter abzuholen, fand ihn jedoch nicht. Sein Büro war leer, die Kollegen in den anderen Räumen zuckten die Achseln. Sie öffnete Löbingers Tür. Die Mitglieder der Ermittlungsgruppe aus dem D 23 starrten sie an. Nur Günter fehlte. Löbinger sagte freundlich: »Ja?«

»Wo ist mein Günter?«

»Wartet vor der Cafeteria auf dich.«

»Danke.« Sie schloss die Tür von innen, lehnte sich dagegen, wartete. Niemand sagte etwas, niemand bewegte sich. Löbinger und der schüchterne Junge lasen den Spruch, der sich quer über ihr T-Shirt zog – *Do you want to stay for breakfast?* Der Junge errötete, Löbinger ließ den Blick auf Spruchhöhe verweilen. Machtspiele aus der Geschlechterkiste.

»Ist noch was?«, fragte Löbinger ihre Brüste.

»Freunde, so wird das schwierig mit uns«, sagte Louise.

Löbinger sah auf. »Wir haben nur den Kegelabend geplant.«

»Wir auch.«

Er nickte, schürzte die Lippen, sagte nichts.

»Vielleicht sollten wir den Kegelabend zusammen planen.«

»Ein integrativer Gedanke.«

»Die Frage ist nur, ob wir überhaupt zusammen zum Kegeln gehen wollen.«

»Die Frage stellt sich nicht, Luis. Aber ich könnte dir andere Fragen nennen, die sich sehr wohl stellen.«

»Du meinst mich?«

»Ich meine Rolf. Waffenhandel ist Sache des D 23, nicht Sache des D 11. Rolf kann nicht rumlaufen und Fälle an sich ziehen, für die er nicht zuständig ist.«

»Wir wissen noch nicht, ob es um Waffenhandel geht.«

Löbinger winkte gelangweilt ab. »Du weißt, warum er's tut?«

»Ich weiß, warum er's tut und warum du dich aufregst.«

»Ach?« Löbinger senkte den Blick auf ihre Brüste, hob ihn wieder.

Sie ließ ihn für einen Moment im Ungewissen darüber, ob sie es aussprechen würde. Hier, in Anwesenheit seiner Leute, in einer Phase, da D 11 und D 23 ihre Energie für die gemeinsame Ermittlungsgruppe benötigten und nicht von der Auseinandersetzung um die Leitung der Inspektion I belastet werden durften.

Dann öffnete sie die Tür und sagte: »Irgendwann mal beim Kegeln.«

Während sie ins Erdgeschoss hinunterging, rief Wilhelm Brenner an. Er hatte Neuigkeiten – und Bermanns Telefonnummer »verlegt«. Er räusperte sich.

»Und die von Löbinger und Schneider auch«, sagte Louise.

»Man wird älter.«

Sie lachten leise.

»Nicht dass du auf falsche Gedanken kommst«, sagte Brenner.

»Du magst meine Stimme.«

»Ich sagte doch: Nicht dass du auf falsche Gedanken kommst.«

Louise lächelte. Sie blieb auf dem letzten Treppenabsatz stehen. Auf der Heizung im Gang zur Cafeteria saß Günter, eine Cola-Dose in der Hand. Er hatte ein Bein übergeschlagen, lehnte an der Fensterfront, nickte ihr kurz zu. Sie nickte zurück. Schwarze Jeans, schwarzes T-Shirt, schwarze Jeansjacke, schwarzes Haar. Ein bleicher Bote aus der Dunkelheit. Schriftsteller sahen so aus, Filmregisseure, Werbeleute. Polizisten sahen anders aus.

»Wollte dich was fragen«, sagte Brenner.

»Und zwar?«

»Ach, machen wir erst mal das Berufliche.«

Der Verdacht, dass in Riedingers Keller Semtex gelagert oder gezündet worden war, hatte sich erhärtet. Beweisen ließ es sich nicht, aber die gelblichen Rückstände und der Semtex-typische Geruch nach den Explosionen legten den

Gedanken nahe. Semtex selbst war gegen Schläge und Flammen unempfindlich. Das hieß, er war mit Hilfe von Sprengkapseln gezündet worden. Brenner sah drei Möglichkeiten: Erstens, ein Zeitzünder im Keller, der durch Draht mit einer elektrischen Sprengkapsel verbunden gewesen war. Zweitens, eine nichtelektrische Sprengkapsel, die durch einen Schlag oder das Feuer hochgegangen war, womöglich durch eine Zündschnur, die beim Brand des Schuppens Feuer gefangen hatte. Drittens, ein Funkzünder.

Ihr Blick kehrte zu Günter zurück, der aufgestanden war, die Cola-Dose in den Abfalleimer warf und zur Herrentoilette ging. »Es gibt also ein paar Möglichkeiten, aber sicher ist nichts.«

»So ist es.«

»Und was ist am wahrscheinlichsten?«

»Hm.«

Sie wartete geduldig. Die Kollegen der KTU spekulierten nicht gern, obwohl ihre intuitive Einschätzung manchmal mitten ins Schwarze traf. Sie sahen sich als Analytiker, Empiriker, Wissenschaftler. Sie wollten den Beweis führen, und dazu nutzten sie physikalische und chemische Erkenntnisse, Computer, Mikroskope, keine intuitiven Einschätzungen. Und sie hatten Recht damit: Sie mussten ihre Gutachten vor Gericht vertreten.

»Zweitens«, sagte Brenner. Eine Sprengkapsel, ein bisschen Zündschnur, ein bisschen Glück und Geduld – mehr wäre nicht notwendig gewesen. Und natürlich ein paar Streichhölzer, um den Schuppen anzuzünden. Aber Brenner wollte nicht festgelegt werden. Sie hatten noch keine Zündschnurreste gefunden. Sie hatten bislang so gut wie *nichts* gefunden. Die Suche war schwierig. Es hatte die Explosionen gegeben, den Brand, dann waren hunderte Liter

Löschwasser in den Keller geströmt. Die Betonwände des Kellers waren teilweise zerstört, alles voller Erde, Steinbrocken. »Eines ist aber sicher: Zufällig ist das Semtex nicht in die Luft geflogen.«

Sie nickte. Günter war zurückgekehrt. Während er sich setzte, warf er ihr einen kurzen Blick zu. Er schien außer Atem zu sein, als wäre er gerannt.

Sie ging die letzten Stufen hinunter. »Kein Zufall.«

»Ganz bestimmt nicht.«

Mittlerweile hatte Brenner sich auch wegen Rottweil 1992 informiert. Die Waffen aus Riedingers Keller stammten teilweise tatsächlich vom selben Hersteller. Zavodi Crvena Zastava, eine staatliche Waffenfirma in »Altjugoslawien«, wie er sich ausdrückte. Gezählt hatten er und seine Leute den Inhalt der vierundzwanzig Kartons inzwischen ebenfalls. In dem Depot waren mindestens einhundert Pistolen, mindestens fünfzig Maschinenpistolen, mindestens fünfzig Klein-Maschinenpistolen gelagert gewesen. »Da will jemand Krieg führen. Die Frage ist nur: bei uns oder irgendwo im Ausland?«

»Scheiße«, sagte Louise. »Ruf Bermann an.«

»Wenn ich seine Nummer finde.«

»Du findest sie.«

»Ich denke auch. Eines noch, Luis. In dem Keller war keine Munition. Kein einziger Schuss.«

Zweihundert Waffen, keine Munition.

Günter war erneut aufgestanden. Sie hörte, dass er hustete, sich räusperte. Er machte ein paar Schritte in ihre Richtung, dann drehte er sich um, betrat die Herrentoilette. Ein Mann mit Blasenproblemen, mit Atemproblemen, ganz zu schweigen von den Teamproblemen.

Zweihundert Waffen, keine Munition. Wer brauchte

Waffen ohne Munition? Wer kaufte oder verkaufte oder hortete Waffen ohne Munition? Sicher, dachte sie, denkbar war vieles. Wahrscheinlich aber war: Es gab ein weiteres Depot, und in dem lagen tausende Schuss Munition für Pistolen und Maschinenpistolen aus altjugoslawischer Produktion.

»Viel Glück beim Suchen«, sagte Brenner.

3

NEUN UHR DREISSIG, achtundzwanzig Grad, die Luft draußen stand unbewegt. Sie fuhren mit offenen Seitenfenstern, weil Günter Klimaanlagen nicht mochte. Die Nasenschleimhäute trocknen aus, man kann nicht mehr richtig atmen. Wenigstens an die Füße? Nein, auch nicht an die Füße. Klimaanlagenluft steigt hoch, von den Füßen bis in die Nase, es dauert nur ein bisschen länger, bis man nicht mehr richtig atmen kann.

Entnervt streifte Louise die Turnschuhe ab. Dann rief sie Brenner an. »Du wolltest mich was fragen.«

»Ach, das machen wir wann anders«, sagte Brenner.

Sie legten auf.

Günter fuhr hektisch, ruckartig, zu schnell. Seine Finger lagen wie eiserne Klauen um das Lenkrad. Beim Fahren atmete er flach. Sie fand ihn auf seine blasse, verkrampfte Weise nicht unattraktiv, vielleicht ein bisschen zu aufgeschwemmt im Gesicht und natürlich ein bisschen zu abweisend. Er war ein paar Jahre älter als sie, doch einen Dienstgrad unter ihr. Einer jener Beamten, die das Land Baden-Württemberg durch den W-8-Kurs vom mittleren in den gehobenen Dienst gehievt hatte. Acht Wochen Lehrgang ohne Prüfung, die drei Jahre Studium an der Fachhochschule Villingen-Schwenningen samt Staatsprüfung und Diplomarbeit ersetzten. Kein Wunder, dass der eine oder andere Kollege die Nase rümpfte.

Aber Günters schlechter Ruf hatte nichts mit dem W-8-Kurs zu tun.

»Erzähl mal was von dir«, sagte sie.

»Lieber nicht«, sagte Günter.

Sie fuhren in den Tunnel hinein, mussten nach der ersten Kurve im plötzlich dichten Verkehr abbremsen. Überall vor ihnen leuchteten Bremslichter auf. In Schrittgeschwindigkeit ging es weiter. Am Ende des Tunnels konnten sie wieder beschleunigen. Als sie draußen waren, meinte Günter fast fröhlich: »Ich bin kein Fan von Freundschaften zwischen Kollegen.«

»Ich will weiß Gott nicht mit dir befreundet sein.«

»Ich meine, was kann man sich in vier, fünf Minuten schon erzählen?«

»Das Wesentliche.«

»Gut, dann erzähl mir das Wesentliche von dir, und hinterher erzähl ich dir das Wesentliche von mir.«

Sie winkte ab. »Lohnt sich nicht, wir sind gleich da.«

Sie ließen den Wagen am Straßenrand stehen, folgten dem Feldweg zur Brandfläche. Weg und Weide waren von den Reifen der zahlreichen Einsatzfahrzeuge gezeichnet. Wo sich keine Spurrillen befanden, war der Untergrund von der Hitze ausgetrocknet, an manchen Stellen platzte er auf. Das Gras war gelblich und verdorrt. Sie duckten sich unter dem Absperrband hindurch. In der Luft lag noch der Geruch nach Asche. Die Semtex-typische Geruchsmelange – Honig, Essig, Wachs – hatte sich längst verflüchtigt. Während sie auf die Brandfläche zugingen, versuchte Louise, den Blick gesenkt zu halten. Sie wusste nicht, ob man den Flaunser von hier aus sah, und sie wollte es auch nicht wissen.

»Riechst du das?«, fragte Günter.

»Was?«
»Es riecht nach verbranntem Menschenfleisch.«
»Quatsch.«
»Riech doch mal.«
»Ich rieche kein verbranntes Menschenfleisch.«
»Nein?« Günter schnüffelte. »Ich schon.«

Sie nahm sich vor, viel Geduld mit ihm zu haben. Mindestens so viel Geduld, wie Reiner Lederle Anfang des Jahres mit ihr gehabt hatte.

Aber dann würde sie ihn zum Teufel jagen.

Fünfzehn Meter vor der Brandfläche wurde der trockene Untergrund dunkler. Überall fanden sich tiefe Schuh- und Stiefeleindrücke. Adam Baudys Bericht, gegen drei Uhr morgens per Fax in der Direktion eingegangen, enthielt Skizzen und genaue Beschreibungen. Sie wussten, wo die Löschfahrzeuge gestanden hatten, wo der Verteiler gelegen hatte, wie lange die Schläuche nicht unter Kontrolle gewesen waren, wie viele Liter Wasser ausgetreten waren.

Sie versuchte, sich den Schuppen in Erinnerung zu rufen. Vor Jahren hatten Mick und sie zwei-, dreimal Sonntagsbekannte in Kirchzarten besucht. Seitem war sie nicht mehr hier gewesen. Trotzdem erinnerte sie sich an das windschiefe, verfallende Holzhaus. Vielleicht, weil sie nicht verstanden hatte, welchem Zweck es diente. Weshalb man es nicht abriss, wenn man es nicht mehr brauchte.

Sie traten an den gezackten Abbruch der Weide, wo der Keller begann.

Günter schnüffelte.

Der Keller war nicht besonders tief gewesen, etwa zweieinhalb Meter. Die Explosionen hatten die Betonwände teilweise zerstört, Erdreich herausgerissen. Schweigend blickten sie auf den betonierten Boden, der von den Kollegen der KTU und des Erkennungsdienstes vollkommen leer geräumt worden war. Auch in den Boden waren Löcher gerissen worden. Der Keller hatte über keinen eigenen Eingang verfügt, war nur über Riedingers Schuppen zugänglich gewesen, vermutlich über eine Luke in den hölzernen Deckenbalken. Der Erkennungsdienst hatte Reste von Scharnieren gefunden, außerdem lange, verrostete Nägel, die möglicherweise von einer Leiter stammten. Über den Deckenbalken hatten Holzplanken gelegen. Riedinger hatte ausgesagt, von Balken unter den Planken wisse er nichts. Dass man einen Teil der Planken lösen konnte, hatte er nie bemerkt. Wie auch – auf den Planken hatte sich im Lauf der Jahrzehnte eine zentimeterdicke Schicht aus Erde, Stroh, Staub gebildet.

Louise fasste die Haare im Nacken zusammen, schlang ein Gummiband darum. »Also«, begann sie und berichtete von Brenners neuesten Informationen.

Günter hatte schweigend zugehört, manchmal genickt. »Zweihundert Waffen, aber keine Munition«, wiederholte er, nachdem sie geendet hatte.

»Almenbroich wird eine Soko aufrufen«, sagte Louise. Falls es ein zweites Depot mit der Munition gab, lag die Vermutung nahe, dass die Hintermänner perfekt organisiert waren. Und das wiederum bedeutete womöglich, dass es irgendwo weitere Depots gab. Wer zweihundert altjugoslawische Waffen besorgen konnte, konnte auch vierhundert oder tausend besorgen.

Alles keine beruhigenden Vermutungen.

Sie umrundeten den Keller in entgegengesetzten Richtungen, sahen sich flüchtig an, als sie einander begegneten.

Noch etwas verband Louise mit dem Kirchzartener Becken und Mick. Wenige Kilometer hinter Kirchzarten lag Buchenbach. Dort, im Hotel »Himmelreich«, hatte Mick die Hochzeitsnacht verbringen wollen – denn welcher Ort könne dafür besser geeignet sein als das Himmelreich? Louise hatte widersprochen. Buchenbach und damit das »Himmelreich« liege, sagte sie, am Eingang des Höllentals, und das sei ja wohl *kein* guter Ort, um eine Ehe zu beginnen. Mick blieb hartnäckig. Da er aus Titisee-Neustadt kam, befand sich das »Himmelreich« für ihn am *Ende* des Höllentals. Sieh's doch mal so, Spatz. Louise sah's mal so und gab nach.

Zwei unterschiedliche Perspektiven, die in Demütigungen, einer Katastrophe, einem zerstörten Lebensentwurf kulminierten. Spätestens ab diesem Moment war alles, alles, alles schief gelaufen. Doch eigentlich schon früher, viel, viel früher.

Sie sah auf. Günter stand vor ihr. Ob er stillhalten würde, wenn sie ihr Selbstmitleid von der Leine ließe? Kaum. Keine Freundschaften unter Kollegen. Andererseits war Freundschaft dafür keine zwingende Voraussetzung.

»Wir brauchen doch keine Soko«, murmelte Günter. »Ein kleines Team arbeitet viel besser.«

»Wusstest du, dass es in Buchenbach ein Hotel gibt, das ›Himmelreich‹ heißt?«

»Wozu brauchen wir bitte eine Soko? Himmelreich? Nein, wusste ich nicht. Ist das wichtig?«

Sie seufzte. »Lass uns mal rekonstruieren.«

Zusammen nahmen sie die Wanderung wieder auf. Günter begann mit der Rekonstruktion: »Jemand besorgt Pistolen und Maschinenpistolen aus altjugoslawischer Produktion, dazu vermutlich Munition.«

»Jemand mit Kontakten nach Altjugoslawien oder zu Waffenhändlern mit Kontakten nach Altjugoslawien.«

»Warum sagen wir eigentlich ›Altjugoslawien‹?«

»Brenner von der KTU sagt ›Altjugoslawien‹.«

»Ach so.« Günter lachte leise. Es klang eher nett.

»Gibt es ein ›Neujugoslawien‹?«

»Wahrscheinlich das ›Restjugoslawien‹.«

»Und was ist das ›ehemalige Jugoslawien‹?«

»Unser ›Altjugoslawien‹?«

Louise stöhnte leise. »Zum Glück hört uns niemand zu.«

»Weiter im Text«, sagte Günter.

Aber sie kamen nicht viel weiter. Jemand organisierte Waffen aus altjugoslawischer Produktion, brachte sie zu Riedingers Schuppen, trug sie in den Keller. Jemand anders – *vermutlich* jemand anders – wusste oder erfuhr davon, installierte eine Sprengvorrichtung, zündete den Schuppen an. Die Waffen wurden zerstört. Zwei unbekannte Parteien – *vermutlich* zwei unbekannte Parteien –, die auf irgendeine Weise miteinander verstrickt waren.

Günter blieb stehen. »Schau an, Kollegen.«

Am Rand des Waldstreifens zwischen Weide und B 31 standen Anne Wallmer und ihr Partner aus Löbingers Dezernat. Louise schlug vor, zu ihnen zu gehen, Informationen auszutauschen. Günter sagte, sie solle allein gehen, ihm sei von dem Geruch nach verbranntem Menschenfleisch flau im Magen. Ich warte lieber beim Auto, atme frische Luft, geh du nur.

Louise fragte, ob er etwas Wasser trinken wolle.

Nein, er wollte kein Wasser trinken.

Sie sah ihm nach. Tief in ihr begann sich eine Ahnung zu regen, was er vielleicht erzählt hätte, wenn er Freundschaften unter Kollegen nicht abgelehnt hätte.

Anne Wallmer und Peter Burg, ein früh ergrauter, altgedienter Kriminalhauptkommissar, brachten Informationen vom Erkennungsdienst. Die Waffen hatten wahrscheinlich mehrere Wochen in Riedingers Keller gelegen, wenn nicht ein paar Monate. Der ED tippte auf März/April. Außerdem ging er davon aus, dass zwei größere Semtex-Blöcke an unterschiedlichen Stellen zur Explosion gebracht worden waren. Anhand der Explosionstrichter im Boden sowie der Druckwirkung auf die Wände ließ sich deren Platzierung in etwa rekonstruieren: Der eine im nördlichen Drittel des Kellers, der andere im südlichen. Darüber hinaus waren wohl zwei kleinere Semtex-Blöcke mit Sprengkapseln verteilt worden. Alle Sprengkapseln waren offenbar durch Zündschnüre miteinander verbunden gewesen – und eine oder mehrere Zündschnüre hatten zwischen den Deckenbalken und den Planken nach oben in den Schuppen geführt. Die Reste der Balken wurden gerade untersucht; bislang war nur eines klar: Sie waren uralt gewesen und mussten wie Zunder gebrannt haben.

»Wohin fährt Günter?«, fragte Anne Wallmer.

Louise wandte sich um. Überrascht sah sie zu, wie Günter an der Einmündung des Feldweges wendete, auf der Landstraße nach Kirchzarten beschleunigte. Sie zuckte die Achseln. »Keine Ahnung. Wir haben noch Abstimmungsprobleme.«

»Wenn's nach mir ging, ich würd ihn rausschmeißen«, knurrte Peter Burg. Seine dichten hellgrauen Augenbrauen senkten sich, der Schnauzer bewegte sich erzürnt. Louise überlegte, ob Peter Burg sie vor einem halben Jahr auch rausgeschmissen hätte, wenn es nach ihm gegangen wäre.

Er wich ihrem Blick aus.

»Sollen wir dich irgendwohin bringen?«, fragte Anne Wallmer.

Louise nickte. »Zu Täschle nach Kirchzarten.«

»Heißt der nicht Däschle?«

»Nein, der heißt Täschle, nur für Rolf heißt er Däschle.«

Peter Burg blieb, um auf die Sprengstoffexperten und den Erkennungsdienst zu warten, die jeden Moment kommen mussten, Anne Wallmer führte Louise durch den schmalen Waldstreifen. Als sie auf die Schotterstraße hinaustraten, wo der Wagen stand, hob Louise unwillkürlich den Blick.

Ja, man sah den Flaunser.

Sie stiegen ein, fuhren auf der Schotterstraße parallel zur B 31, bogen dann auf die Landstraße nach Kirchzarten ab. Anne Wallmer sagte, sie freue sich darüber, dass Louise in der Ermittlungsgruppe sei. Louise sagte, sie freue sich darüber, dass Anne Wallmer so denke. Damit war viel gesagt, und sie schwieg, um den kostbaren Moment nicht zu zerstören.

Bevor sie den Polizeiposten Kirchzarten betrat, zog sie das Handy aus der Tasche und reservierte den gebrauchten weißen VW Polo, den sie sich nachts um halb eins ausgesucht hatte. Dreißigtausend Kilometer, Klimaanlage, Schiebedach, dezenter Lederbezug, elektrisch verstellbare Seitenfenster und Außenspiegel, drei Türen, Baujahr 1999. Eine gute Wahl, fand sie. Das richtige Auto für eine geschiedene, kinderlose Frau ohne Großfamilie, echte Freundinnen, nennenswerte Männerbekanntschaften. Ein bisschen luxuriös im Innenleben, nach außen hin eher bescheiden, ganz wie sie selbst. Und dabei so eben noch spießig genug, um sie bei dem Versuch zu unterstützen, trocken zu bleiben, ins bürgerliche Leben zurückzufinden, vielleicht den einen oder anderen Reihenhaustraum zu verwirklichen.

Der Polizeiposten war im Erdgeschoss eines Wohnhauses in Zentrumsnähe untergebracht. Louise hielt einer Frau mit Kinderwagen die Eingangstür auf, grüßte ein barfüßiges Kind, das auf der Treppe spielte, ging dann einen kurzen Flur hinunter. Heinrich Täschle empfing sie an der Tür. Er war noch größer, als sie ihn in Erinnerung hatte – wohl knapp einen Meter neunzig –, hager und misstrauisch. Auf dem Weg zu seinem Büro sah sie einen weiteren Beamten der Schutzpolizei. Ansonsten schien niemand da zu sein. In seinem Büro zeigte Täschle auf einen runden Tisch und sagte: »Bitte.« Sie setzte sich. Täschle öffnete eine Kekstüte, schüttete Kekse auf einen Teller, brachte eine Thermoskanne Kaffee, füllte zwei Tassen. Sie biss in einen Keks und machte »Mhm«.

Täschle setzte sich nicht. »Zehn Uhr«, sagte er hoch über ihr, »da machen wir Dorfpolizisten Kekspause.«

»Wir Großstadtpolizisten auch.«

»Ihr Chef macht nie Pause. Der ist rund um die Uhr in Betrieb. Der hat so viel um die Ohren, dass er sich nicht mal einen einfachen Namen merken kann. Ist das ein Kriporitual?«

»Kann es sein, dass Sie ein Problem mit der Kripo haben?«

»Jawohl.« Täschle lächelte freundlich.

»Schön, dass wir das gleich am Anfang geklärt haben, ich brauche nämlich Ihre Hilfe.«

»Die Kripo braucht die Hilfe der Schutzpolizei?«

»Ach Gott, Herr Täschle.«

»*Unser* Ritual. Wenn die Kripo vorbeischaut, kriegt sie Kekse, dafür muss sie sich die Klagen der Schutzpolizei anhören.«

»Sagen Sie's mir, wenn Sie mit den Klagen fertig sind.«

»Bin ich.« Täschle lächelte wieder. Er schien gern zu lächeln. Er setzte sich, nahm einen Keks, hörte nicht auf zu lächeln. Kauend sagte er: »Lassen Sie mich raten. Sie wollen, dass ich Sie zu Adam Baudy begleite und zu Hannes Riedinger.«

»Später.«

»Später, natürlich. Vorher wollen Sie wissen, was ich im Ort so gehört hab.«

»Später. Vorher will ich Milch und Zucker für meinen Kaffee.«

Sie tranken und aßen, während Heinrich Täschle erzählte. Seit gestern Morgen gingen er und fünf seiner Beamten – der sechste blieb im Posten – durch den Ort und stellten Fragen. Wirklich Brauchbares war dabei nicht herausgekommen. Manche hatten merkwürdige Dinge oder merkwürdige Menschen gesehen, manche hatten Vermutungen, manche hatten es schon immer gewusst. Von den Asylbewerbern am Keltenbuck war die Rede, von betrunkenen Holländern auf dem Campingplatz, von Neonazis, natürlich von Riedinger, dem gescheiterten Bauern, Mann, Vater.

Täschle zuckte die Achseln. »Dorftratsch halt.«

»Wie in der Großstadt.«

Er lächelte.

Später stiegen sie in den Streifenwagen. Täschle wollte ihr den Ort zeigen, Louise hatte nichts dagegen. Sie war von Günter sitzen gelassen worden, hatte eine Handvoll Kekse mitgenommen, Wasser in der Tasche, warum also nicht. Ein

Stück der Hauptstraße hieß im Volksmund »Pfaffeneck«, der Sitz der Verwaltungsspitze am Ortsrand »Talvogtei«. Knapp zehntausend Einwohner, der Bürgermeister von der CDU, Berthold Meiering, vor Jahren aus dem schwäbischen Allgäu importiert, zweimal bei Wahlen gescheitert, was eher an seiner Herkunft als an seiner Kompetenz gelegen hatte, beim dritten Mal hatte es endlich geklappt. Ein kleiner, dicker, ehrenwerter Mann, der froh war, dass die Großstadtbehörden mit ihren Kripobeamten, ihren Staatsanwälten, ihrer Berufsfeuerwehr, ihrer Logistik den Fall übernommen hatten.

Sie verließen Kirchzarten Richtung Süden, fuhren am Campingplatz vorbei hinüber nach Oberried, das wie Stegen, St. Peter, Buchenbach – samt »Himmelreich« – zum Einzugsbereich des Postens gehörte. In Oberried bogen sie ab, die Straße stieg den Hügel hoch. Louise aß Kekse, trank Wasser, hörte Täschle mit einem Ohr zu, während sie aus dem Fenster blickte. Sanft geschwungene Hügel, gelblich grüne Wiesen, Mischwald, Obstbäume, schmale Straßen, auf denen zwei Autos ohne langwierige Manöver nicht aneinander vorbeikamen. Wanderwege, Bauernhäuser und Scheunen mit weit nach unten gezogenen, dunkelbraunen Dächern, die an der Frontseite weiter oben wie ein Haarpony gestutzt waren. Schwarzwaldidylle. An einer Kehre hielt Täschle in einer Schotterbucht, sie stiegen aus. Er benannte die Orte unter ihnen – vorne Oberried, hinten Stegen, dazwischen Kirchzarten mit Riedingers Weide.

Und weit hinten am Horizont, dachte sie, der Flaunser.

»Glauben Sie, dass der Hannes Riedinger was mit den Waffen zu tun hat?«, fragte Täschle unvermittelt.

Sie zuckte die Achseln. »Irgendeine Verbindung muss es geben.«

Sie gingen den Hang hinauf. Täschle hatte Jacke und Kappe im Wagen gelassen, unter seinen Achselhöhlen wucherten riesige Schweißflecken. Louise dachte an Hollerer, den letzten Leiter eines Polizeipostens, den sie um Hilfe gebeten hatte. Einen Tag später hatten sie ihn mit zwei Kugeln im Leib im Schnee gefunden. Von Almenbroich wusste sie, dass Hollerer nicht in den Dienst zurückgekehrt war. Er hatte Monate in der Reha verbracht, war dann zu seiner Schwester nach Konstanz gezogen.

»Was ist?«, fragte Täschle.

Sie wandte den Blick ab. »Nichts.«

Täschle war nicht Hollerer, Kirchzarten nicht Liebau. Trotzdem nahm sie sich vor, auf ihn aufzupassen.

Sie folgten der Straße nach oben, bogen in einen breiten Wiesenweg ab. Der Weg führte an einem Zaun entlang auf ein einzelnes Haus zu und dann weiter in den Wald auf dem Hügelgrat hinein. Da Täschle keine Anstalten machte, zum Wagen zurückzukehren, blieb Louise stehen. Auch Täschle hielt inne. Er wandte sich zu ihr um und musterte sie.

»Warum bin ich hier?«, fragte sie.

Täschle warf einen kurzen Blick auf das Haus über ihnen. »Wir haben eine Zeugin, die was gesehen haben könnte. Aber sie ist keine gute Zeugin. Sie . . .«

»Ist sie Alkoholikerin?«

Täschle wehrte ab. Zu schnell, zu heftig, fand Louise. »Nein, sie ist einfach nur . . . eigen.«

»Eigen.« Sie nickte.

Täschle nickte ebenfalls. Er strich sich Schweiß von den Augenlidern. »Sie sieht mehr als wir. Dinge, die's nicht gibt.«

»Und manchmal vielleicht doch?«

»Ja, vielleicht. Verurteilen Sie sie bitte nicht.«
»Ich kenne solche Leute.«
Täschle lächelte düster. »Solche nicht.«

Das Haus hatte kein Pony-Dach, die Fenster waren mit grüner Farbe umrandet. In die Mitte der Frontseite war ein Relief aus grauem Stein eingelassen, die Madonna mit dem Kind. Auf einem Briefkasten am Zaun stand LISBETH WALTER. Eine Klingel gab es nicht, Täschle klopfte. Louise rechnete mit einer alten Frau, doch Lisbeth Walter war höchstens Mitte Fünfzig. Sie sah nicht »eigen« aus, sprach nicht »eigen«, benahm sich auf den ersten Blick »normal«. Louise fand sie schön, aber Schönheit war relativ. Lisbeth Walter wirkte selbstbewusst und zufrieden, das machte sie anziehend. Sie war groß, trug das graugelockte Haar nach hinten gebunden, einfache dunkle Kleidung, ein paar silberne, keltisch wirkende Ringe an den Fingern – das Auffälligste an ihr. Sie führte sie in ein sehr großes, sehr sonniges Wohnzimmer mit Fenstern an drei Seiten. Zahllose Bücher, überall Pflanzen, ein Regal mit hunderten CDs, vor einem der Fenster ein schwarzer Flügel. Auf einem Couchtisch stand Kaffeegeschirr für drei, auf einem Stövchen eine Kanne. Täschle hatte sie angemeldet.

»Setzt euch«, sagte Lisbeth Walter.

Louise nahm auf einem Sessel Platz. Sie sah keine Alkoholika, sie sah keine Alkoholikerin. Der Kaffee schmeckte, wie Täschles Kaffee geschmeckt hatte, auch hier gab es Milch und Zucker, allerdings leider keine Kekse. Sie begann, sich zu entspannen. Was mit ihr geschah, wie sie mit ihren Dämonen umging, dachte sie, hatte ohnehin nichts mit Lisbeth Walter zu tun, sondern einzig und allein mit ihr selbst.

»Erzähl's ihr bitte, Lissi«, sagte Täschle nach einer Weile.

Lisbeth Walter wandte sich zu Louise. »Er hält es für wichtig, ich nicht – aber gut. Ich habe neulich nachts im Wald fünf, sechs Männer gesehen. Das ist schon alles.«

»Haben Sie mit ihnen gesprochen?«

»Nein. Sie sind zwanzig, dreißig Meter an mir vorbeigegangen. In der Dunkelheit hätte ich sie fast nicht gesehen.«

»Und nicht gehört«, warf Täschle ein.

»Ja, auch nicht gehört. Sie haben nicht geredet und kaum Geräusche verursacht.«

»Das heißt?«

»Das heißt, sie haben sich sehr leise fortbewegt. Wie . . . Schatten. Geister.« Lisbeth Walter lächelte kühl.

»Woher wissen Sie, dass es Männer waren?«

»Es könnten durchaus auch Frauen gewesen sein. Nur gehe ich eigentlich davon aus, dass ich nachts die einzige Frau im Wald bin.«

Louise trank einen Schluck, setzte die Tasse ab. Eine große, robuste, dunkle Tasse für Menschen mit Abgründen. Keine zierliche, reine wie bei Richard Landen, die zu berühren sie sich nicht getraut hatte. Sie nickte. »Was bedeutet ›neulich‹?«

»Dass es ein paar Tage, aber auch ein paar Wochen her sein kann. Und ›nachts‹ bedeutet, dass es elf, aber auch drei Uhr morgens gewesen sein kann. Ich habe kein Zeitgefühl mehr. Ich mag Uhren nicht. Es ist mir völlig egal, wie spät es wann ist. Aber das wollen wir jetzt nicht weiter ausführen.«

Louise nickte erneut. »Beschreiben Sie die Personen.«

»Grundgütiger«, seufzte Lisbeth Walter. »Die Nacht war schwarz, die Leute waren schwarz.«

»Die Leute waren schwarz?«

»Ihre Gesichter waren schwarz. Alles war schwarz. Die Gesichter, die Körper.«

»Meinen Sie damit, die Leute waren Schwarze?«

»Ich meine damit, es war so dunkel, dass ich so gut wie nichts gesehen habe, auch nichts *Helles*, und das kann alles heißen – dass sie Schwarze waren, dass sie keine Schwarzen waren, dass sie von Kopf bis Fuß schwarz angezogen waren. Ich erzähle Ihnen gern, was ich gesehen habe, aber zwingen Sie mich nicht, es nach Ihren Kategorien zu interpretieren. Wir haben nicht dieselben Kategorien.«

»Nein?«

»Sie gehören der realen Welt an.«

»Und Sie nicht?«

»Belassen wir's dabei«, sagte Lisbeth Walter.

Sie beließen es dabei. Louise stellte Fragen, Lisbeth Walter antwortete. Täschle blickte schweigend von einer zur anderen, offenbar bereit, einzuspringen, zu vermitteln, zu erklären, falls sie ihn brauchten. Sie brauchten ihn nicht.

Gab es da oben Wanderwege?

Nicht da, wo Lisbeth Walter sich aufzuhalten pflegte.

Das hieß, die Personen waren quer durch den Wald gegangen?

Ja.

Vielleicht Jäger?

Möglich. Lisbeth Walter hatte andere Assoziationen gehabt.

Louise überlegte, ob sie auf das Stichwort eingehen sollte. Sie ließ es.

War ihr an den Leuten irgendetwas aufgefallen?

Die Körperform.

Die Körperform?

Die Leute waren unförmig. Als hätten sie Buckel gehabt. Glöckner-von-Notre-Dame-Buckel. Lisbeth Walter lächelte. »Vielleicht waren es auch nur Rucksäcke.«

Fünf, sechs Männer oder Frauen mit Rucksäcken, die mitten in der Nacht durch den Wald gegangen waren. Wenige Tage oder Wochen, bevor ein paar Kilometer entfernt ein illegales Waffendepot explodierte. Täschle hob fragend die Augenbrauen, Louise schürzte zur Antwort die Lippen. Vielleicht war es wichtig, vielleicht auch nicht.

Sie fragte nach weiteren Auffälligkeiten – Gang, Bewegungen, Größe. Lisbeth Walter erinnerte sich nicht. Was, meinte sie, eher dafür spreche, dass ihr in dieser Hinsicht nichts ungewöhnlich vorgekommen sei.

Gab es Gespräche?

Nein, keine Gespräche.

Frisur?

»Frisur? Verstehe.« Auch hier keine Auffälligkeiten. Vermutlich hatten die Personen Kopfbedeckungen getragen. Wie gesagt, nichts Helles. Kein Schimmer Haut, keine Glatzen.

»Noch mal zurück zum Datum«, sagte Louise.

»Versuch, dich zu erinnern, Lissi«, bat Täschle. »Weißt du noch, was vorher war? Oder danach? Du hast das mit dem Segelflieger mitbekommen. War das vorher oder . . .«

»Tu nicht so, als wäre ich eine Idiotin, Henny.«

»Es könnte wirklich wichtig sein, weißt du.«

»Er hat diesen fixen Gedanken im Kopf.« Lisbeth Walter warf die Hände in die Luft. »Dass es *wichtig* sein könnte. Mein Gott, ich bin fast jede Nacht im Wald, und was glauben Sie, was ich da so alles sehe. Geister, Seelen, Kobolde, neulich einen Roboter, zumindest das, was ich mir unter einem Roboter vorstelle. Ich sehe Landschaften, Städte, Erinnerungsstränge, Ottilie aus den *Wahlverwandtschaften* und regelmäßig Mephistopheles. Und irgendwann vor ein paar Tagen oder Wochen waren auch ein paar Gestalten dabei, die mir irgendwie plastischer vorkamen als die, die ich sonst so gewöhnt bin. Zuerst dachte ich, sie gehörten zu einer Wandergruppe, aber in diesem aufgeräumten Teil der Welt wandert nachts niemand außer mir. Dann dachte ich ... Möchten Sie's hören?«

»Nur zu.«

»Ich dachte, Grundgütiger, die schwarzen Horden, Miltons höllische Legionen, wie *interessant*!«

»Wer ist jetzt wieder Milton?«

»John Milton, der Autor von *Paradise Lost*. In Pandämonium, der Stadt Luzifers, versehen die höllischen Legionen ihren Dienst.«

»Ach, Lissi«, sagte Täschle unglücklich.

»Ach, Lissi, ach, Lissi«, äffte Lisbeth Walter ihn nach. »So ist das nun mal, Henny, du siehst im Wald die Bäume, ich sehe die Zwischenräume. Und nun sag mir, was interessanter ist.«

Sie schwiegen, tranken, wechselten Blicke. Schließlich bat Louise: »Bringen Sie mich hin.«

»Grundgütiger«, seufzte Lisbeth Walter.

Louise und Täschle warteten vor dem Haus. Täschle rief im Posten an, informierte seinen Beamten, wo er war, was sie vorhatten. Louise überlegte, ob sie Lust hatte, jemanden zu informieren – Bermann, Almenbroich, Günter –, aber sie hatte eher keine Lust. Schweigend blickte sie auf Oberried, Kirchzarten in der Ferne hinunter. Fünf oder sechs Frauen oder Männer mit Rucksäcken, die nachts über die Hügel zwischen Feldberg im Osten und Schauinsland im

Westen wanderten. Ein Waffendepot unter einem Schuppen an der B 31 ohne einen einzigen Schuss Munition. Gab es ein zweites Depot mit der Munition? Dort, wo Lisbeth Walters schwarze Horden hergekommen oder hingegangen waren?

»Was war mit dem Segelflieger?«

Täschle hatte nicht zugehört. Sie wiederholte die Frage.

Anfang Juli war ein Segelflugzeug mit zwei Personen vom Kirchzartener Flugplatz gestartet. Über Oberried hatten es Fallwinde hinabgedrückt. Es war auf dem Dach eines Wohnhauses gelandet. Keine Verletzten, alles war glimpflich abgelaufen. »Lissi« hatte, wie alle anderen Bewohner von Oberried, den lauten Knall gehört, als die linke Tragfläche abgebrochen war.

Täschle verstummte, Lisbeth Walter kam.

Sie folgten dem Weg auf den Hügel hinauf, gingen eine Weile am Waldrand entlang. Die Luft roch intensiv nach trockenem Gras, trockener Rinde. Lisbeth Walter sagte: »Stellt euch bitte darauf ein, dass ich die exakte Stelle nicht finde, nur die ungefähre, ja?« Louise und Täschle schwiegen.

Nach einer Viertelstunde betraten sie den Wald. In Serpentinen führte Lisbeth Walter sie den steilen Hang hoch. Ein Pfad war nicht erkennbar. Unter ihren Schuhen brachen geräuschvoll Zweige und vertrocknetes Laub. Obwohl sie im Schatten der Bäume gingen, war es unerträglich heiß. Täschles Hemdrücken war dunkel vom Schweiß, ihr T-Shirt klatschnass, ihre bloßen Arme glänzten. Und doch fühlte sie sich wohl in diesem Wald. Vier Monate lang war sie von Wald umgeben gewesen, ein sanftmütiger Schutzherr gegen jegliche Ablenkungen und Dämonen. Ganze

Tage war sie spazieren gegangen, manchmal mit Roshi Bukan, Chiyono, einem der anderen Klosterbewohner, meistens jedoch nur in Begleitung der grauen Katze oder ganz allein. Im Wald wie in den kalten, dunklen Klosterräumen war es einfacher gewesen, sich den Dämonen zu widersetzen, als in den vergangenen drei Wochen in Freiburg. In der Stadt wollte das Leben weitergehen, als hätte es die Zeit in Oberberg und die Monate im Kloster nicht gegeben.

Sie überquerten eine Lichtung, dann wurde der Waldboden unebener, die Bäume standen dichter. Kein Lüftchen regte sich. Louise überlegte kurz, was Lisbeth Walter nachts hierhertreiben mochte, aber sie nahm sich vor, nicht zu fragen. Sie wollte nicht wissen, inwiefern sie »eigen« war. Lisbeth Walter hatte zu einer ungewöhnlichen Zeit an einem ungewöhnlichen Ort ungewöhnliche Menschen gesehen, allein das zählte.

Sie fragte sich, was Täschle und seine Zeugin verbinden mochte. Auf seinem Schreibtisch stand, wenn sie sich recht erinnerte, ein Foto von einer blonden Frau und drei blonden Kindern. Er und Lisbeth Walter schienen sich aus einer Zeit zu kennen, als es das Foto noch nicht gegeben hatte.

Als sie noch nicht nachts allein in den Wald gegangen war.

Etwa eine halbe Stunde, nachdem sie aufgebrochen waren, traten sie auf eine kleine Lichtung hinaus. Lisbeth Walter sagte, sie wisse, dass es hier irgendwo gewesen sei, aber nicht mehr, wo genau. Die Personen seien im Wald parallel zu der Lichtung gegangen, sie selbst habe unmittelbar am Rand an einem Baum gesessen. Louise begegnete Täschles Blick. Er lächelte traurig und warnend zugleich. »Wo sind wir?«, fragte sie.

»Zwischen Oberried und Sankt Wilhelm«, erwiderte er.
»Gibt es hier Straßen? Wanderwege?«
»Wege und ein paar Forststraßen. Ein Stück im Osten ist der Drei-Seen-Radwanderweg, im Westen die Straße von Sankt Wilhelm nach Oberried.«

»Mit Henny verläuft man sich nicht«, sagte Lisbeth Walter. Es klang ein wenig traurig, fand Louise. Ein »ohne Henny« schwang darin mit.

Sie umrundeten die Lichtung. Lisbeth Walters Erinnerung kehrte nicht zurück.

Später vergrößerte Louise den Radius um die Lichtung, obwohl sie nicht wusste, was sie eigentlich suchte. Hinweise auf schwarze Horden? Es war besser, nicht darüber nachzudenken.

Lisbeth Walter und Täschle folgten ihr schweigend. Südlich der Lichtung fiel der Waldboden schräg ab. Vorsichtig arbeiteten sie sich entlang des Abhangs voran. »Da unten«, sagte Täschle plötzlich.

Dreißig Meter unterhalb war zwischen den Bäumen eine Holzhütte zu erkennen. Louise stieg hinab. Die Hütte war klein, das Zylindervorhängeschloss an der Tür verrostet, das Gras hoch. Sie hätte es nicht beschworen, aber viele Menschen hatten in den letzten Monaten nicht vor dem Eingang gestanden.

Sie wollte eben zu Täschle und Lisbeth Walter zurückkehren, als sie einen Geruch wahrnahm, der nicht hierhergehörte.

Zigarettenrauch.

Erschrocken ging sie in die Knie, bedeutete den beiden, es ihr gleichzutun. Lisbeth Walter flüsterte etwas, Täschle antwortete leise. Sie hockten neben Bäumen, starrten herunter.

Louise schloss die Augen. Der Geruch blieb.

Dann kamen die Zweifel. Der Geruch einer Zigarette von tausenden, die in diesem Moment in Südbaden geraucht wurden. Eine Zeugin, die »eigen« war, Gestalten aus einem Buch. Viel hatte sich nicht geändert seit Jahresbeginn. Sie sah, was andere auch sahen, und glaubte, mehr darin zu erkennen – Verbindungen, Analogien, Systeme. Manchmal hatte sie Recht, manchmal nicht. Im Wald nahe Liebau hatte sie die Abdrücke von Kinderschuhen gesehen, im Kloster den kleinen Pham. Die Abdrücke und Pham hatten nichts miteinander zu tun gehabt.

Alles andere schon.

Sie erhob sich und ging langsam um die Hütte herum. Auf der anderen Seite war der Geruch deutlicher wahrzunehmen. Sie blieb stehen. Außer Bäumen, Blättern, hin und wieder einem Stück Himmel war nichts zu erkennen. In der Ferne plätscherte ein Bach. Sie wandte sich um. Täschle hatte sich halb aufgerichtet, die Pistole in der Rechten, das Funktelefon in der Linken. Sie hob eine Hand – bleib, wo du bist. Sie hoffte, dass er ihr nicht folgen würde. Er musste auf Lisbeth Walter aufpassen.

Irgendwann am Vormittag hatte sie ihn gefragt, mit welchen Vergehen der Posten gewöhnlich konfrontiert war. Die Liste war erstaunlich lang gewesen – Diebstahl, Betrug, Körperverletzung, Nötigung, Unfälle, Umweltdelikte. Einmal hatten sie einen Mord gehabt, 1993, gleich in seinem ersten Jahr im Posten.

Die Freiburger Kripo hatte übernommen.

Das war der Vorteil und der Nachteil von Polizisten wie Täschle, Hollerer, Niksch.

Erneut hob sie die Hand. Als Täschle nickte, folgte sie dem Geruch.

Wenige Meter weiter unten verlor sich der Zigarettenrauch in den intensiven Gerüchen des Waldes. Sie hatte ihre Spur verloren.

Die Zweifel kehrten zurück, gepaart mit Lustlosigkeit. Sie dachte an Günter, der ohne Erklärung verschwunden war, an das seltsame Wort »assistieren«, das offiziell keine Rolle mehr spielte, aber immer wieder durch ihre Gedanken geisterte. An die wachsende Sehnsucht nach Richard Landen, an Taro auf dem Flaunser.

An die Flaschen auf ihrem Couchtisch, die Dämonen, deren Ausdauer schier grenzenlos schien.

Als sie eben aufgeben und zu Täschle und Lisbeth Walter zurückkehren wollte, stieß sie auf den Bach. Er war schmal, führte kaum Wasser, kam in kurz geschwungenen Serpentinen von oben, ein tiefer, dunkler Einschnitt im Waldboden. Sie tauchte die Hand hinein. Als sie das Gesicht mit lauwarmem Wasser bestrich, hörte sie unter sich leise Stimmen.

Zwei Männer.

Die Stimmen klangen entspannt. Ein-, zweimal lachten die Männer verhalten. Ein Feuerzeug klickte. Zigarettenrauch stieg zu ihr herauf.

Die Männer saßen mit dem Rücken zu ihr, keine fünfzehn Meter weiter unten an dem Bach. Einer rauchte, einer trank aus einer Flasche. Sie trugen dunkelbraune Lederjacken. Wanderer.

Wanderer, die sich in einer osteuropäischen Sprache unterhielten.

Vorsichtig legte sie die Umhängetasche auf den Boden, nahm Handy, Dienstausweis und Pistole heraus. Das Leben davor, das Leben danach. Vor einem halben Jahr im Elsass falsche Osteuropäer, heute echte. Damals hatte sie zum letzten Mal mit einer Waffe geschossen. Nach ihrer Rückkehr hatte Bermann gesagt, es sei vielleicht sinnvoll, wenn sie die ersten Tage auf dem Schießstand verbringe. Weil sie gewusst hatte, dass er sie nur aus dem Weg haben wollte, war sie nicht darauf eingegangen.

Vielleicht ein Fehler.

Als die Männer erneut lachten, spannte sie den Hahn der Walther. Langsam ging sie am Bach entlang nach unten. Die Männer hörten sie, unterbrachen ihr Gespräch, sprangen auf. Einer fuhr herum, dann der andere. Sie starrte in osteuropäische Gesichter, dachte: Kroaten, Rottweil 1992.

Verbindungen, Analogien, Systeme.

Die Männer sprachen wieder, hoben abwehrend die Hände. Der Linke war kleiner, schmaler, nervöser. »Polizei«, sagte sie. »Bewegen Sie sich bitte nicht. Verstehen Sie mich?«

Der Rechte sagte etwas in der fremden Sprache.

»*Police*«, sagte Louise, hob den Dienstausweis.

Die Männer nickten. Ihre Hände waren jetzt über den Köpfen. Sie murmelten sich Wörter zu, die Louise nicht verstand. »*Don't do it*«, sagte sie.

In diesem Moment drehten sich die Männer um und liefen in unterschiedliche Richtungen hangabwärts.

Sie folgte dem linken, kleineren, rief Flüche, Befehle, Warnungen, gab schließlich einen Schuss in die Luft ab. Die Männer rannten weiter. Der Vorsprung des linken wuchs, der andere war plötzlich aus ihrem Blickfeld verschwunden. Fluchend steckte sie das Handy ein. Täschle musste den Schuss gehört haben, würde Verstärkung herbeitelefonieren.

Den Arm erhoben, den Kopf halb gesenkt, brach sie durch das Geäst. Zweige rissen ihr die bloßen Unterarme auf, Äste schlugen gegen ihre Beine, sie stolperte über Wurzeln. Der Abhang wurde steiler, sie hatte Mühe, ihre Schritte zu kontrollieren. Manchmal sah sie auf, erfasste die dunkelbraune Lederjacke vor sich, die wie ein Papierdrachen durch den Wald tanzte und immer kleiner wurde. Lass ihn doch laufen, dachte sie, die kriegen wir, wir haben Spuren, Zigarettenkippen, die DNA.

Aber sie hatte keine Lust, ihn laufen zu lassen.

Sie hatte Lust, das zu tun, was sie tat. Den Abhang mehr hinunterzustürzen, als zu rennen, dem Drachen hinterher, immer schneller zu werden, immer mehr die Kontrolle über sich zu verlieren, von einer Kraft erfasst, gegen die sie machtlos war, vielleicht einer physikalischen, vielleicht einer inneren. Einer Kraft, die sie in den Abgrund hinunterstieß, hinunterzog, auf dessen Grund ein lebloser Körper lag, der Taro sein konnte oder Niksch oder beide.

Sie spürte, dass ihr Tränen in die Augen stiegen, und lachte zornig.

Ein Schrei holte sie zurück. Der Mann war gestürzt und liegen geblieben.

Als sie bei ihm war, saß er an einen Baum gelehnt und atmete schwer. Ein Bein war ausgestreckt, das andere angewinkelt. »*Fuck you, police*«, sagte er. Er war jung, Anfang Zwanzig, hatte ein hübsches, dunkles, wütendes Gesicht. Keuchend fragte sie nach seinem Namen, er antwortete nicht. Mit der Waffe bedeutete sie ihm, sich auf den Bauch zu legen. Er gehorchte, streckte die Arme aus.

In diesem Moment tauchte in ihrem Augenwinkel ein Schatten auf. Ein Körper prallte gegen sie, sie wurde herumgeschleudert, verlor die Pistole, schlug mit dem linken Arm gegen einen Baum.

Dann lag sie auf dem Rücken und versuchte zu begreifen. Der zweite Mann? Aber sie hatte nichts gehört, nichts bemerkt.

Ein stechender Schmerz drang in ihr Bewusstsein. Sie presste die rechte Hand auf den linken Oberarm, spürte Blut.

Die Stimmen von vorhin erklangen. Der Junge stöhnte, der andere redete auf ihn ein.

Louise setzte sich auf. Die beiden Männer starrten sie an. Der Junge war aufgestanden, der andere hielt ihre Pistole in der Hand. Auf Englisch sagte sie, Waffe fallen lassen, Hände hoch, auf den Bauch legen.

Die Männer lachten überrascht.

Louise lachte ebenfalls. Dann ließ sie sich auf den Rücken sinken.

Sie hörte, dass die Männer miteinander sprachen. Wieder stöhnte der Junge, dann schien er sich zu entfernen. Der andere kam ein wenig näher, aber nicht so nah, dass sie ihn sehen konnte.

Tränen strömten ihr über die Wangen. Sie schloss die Augen, schüttelte den Kopf. »Bitte nicht«, sagte sie.

Lange geschah nichts. Als sie die Augen schließlich öffnete und den Kopf drehte, waren beide Männer verschwunden. Die Walther lag in zwei, drei Metern Entfernung neben ihr. Sie richtete sich halb auf, besah sich die Wunde, die noch immer blutete. Der Oberarm war von der Schulter bis fast zum Ellbogen aufgerissen. Sie presste die Hand wieder darauf. Das Blut floss zu beiden Seiten darunter hervor. So viel Blut. Jetzt roch sie es auch.

Sie sank zurück. In ihren Beinen, ihrem Kopf, ihrem ganzen Körper hatte sich Erschöpfung breit gemacht. Steh auf, dachte sie, und such Täschle. Ruf irgendjemanden an, Bermann, Almenbroich, nein, ruf Richard Landen an. Zieh dein T-Shirt aus und wickle es um die Wunde. *Tu* irgendwas.

Aber das alles wäre viel zu anstrengend gewesen. Liegen zu bleiben war angenehmer. Auch im Februar im Elsass war sie liegen geblieben. Ein Hund hatte sie gefunden. Auch in diesem Wald musste es Menschen mit Hunden geben. Und es gab Täschle und seine Zeugin.

Liegen zu bleiben war angenehmer.

Sie musste kurz ohnmächtig gewesen sein. Als sie die Augen öffnete, kniete ein Mann neben ihr, der nicht Täschle war oder Bermann oder sonst einer der Kollegen und auch nicht einer der beiden Männer von vorhin. Tränen liefen ihr aus den Augenwinkeln, der Mann verschwamm, bewegte sich lautlos hinter einem Schleier. Sie spürte, dass er ihre rechte Hand von der Wunde löste. Sie blinzelte, sah jetzt besser. Der Mann war vermummt – schwarze Gesichtsmaske aus Stoff, Pullover in Tarnfarben. SEK-Leute sahen so aus, Soldaten, Mitglieder der GSG 9. Vielleicht Lisbeth Walters schwarze Horden bei Tag. Vielleicht träumte sie auch nur.

Plötzlich kam der Mann über sie. Obwohl er bemerkt haben musste, dass sie wach war, sah er sie nicht an. Mit gesenktem Blick zog er ihr T-Shirt straff. Sie begriff, was er vorhatte, hielt still, als er den Stoff mit einem Messer auftrennte, half ihm, so gut es ging, sie aus den Ärmeln zu holen. Dann war er wieder neben ihr, wickelte das T-Shirt um die Wunde. Sie hörte sich vor Schmerz aufstöhnen, und der Mann verschwamm wieder hinter dem Schleier. Sie spürte, dass er ihren Arm sanft ablegte, die Hand auf den bloßen

Bauch bettete. Als der Schmerz erträglicher war, bedankte sie sich. Aber der Mann reagierte nicht, war hinter den Tränen verschwunden, war vielleicht schon fort.

In diesem Moment hörte sie in der Ferne einen Hund bellen.

Das Leben davor, das Leben danach.

4

DER BEGEGNUNG mit dem mysteriösen Vermummten folgte eine mysteriöse Begegnung mit Rolf Bermann. Heinrich Täschle hatte sie gefunden und zum Bach zurückgeführt, um die Wunde zu säubern und neu zu verbinden. Lisbeth Walter hatte ihre rechte Hand gehalten und geweint, vielleicht mit ihr, vielleicht allein, das vermochte Louise nicht mehr zu sagen. Dann, urplötzlich, tauchte Bermann zwischen den Bäumen auf, hob sie hoch und eilte mit ihr auf den Armen den Hang hinunter. Er sagte kein Wort, schaute sie nicht an, obwohl er sie so – oben nur mit BH – noch nie gesehen hatte. In seiner Eile, seiner ernsten Miene spürte sie den Männerblick, gepaart mit Sorge und einer neuen, noch undefinierbaren Form der Zuneigung. Sie dachte darüber nach, dass es wohl in jedem Höllental ein Himmelreich gab und natürlich umgekehrt. Und darüber, dass Romantik offensichtlich mit der Kunst des Verdrängens zusammenhing. Sie beschloss, sich in den wenigen Minuten, in denen sie von Rolf Bermann gerettet wurde, in dieser Kunst zu üben.

Später lag sie, in eine Decke gewickelt, in einem Rettungswagen der Johanniter und starrte abwechselnd Bermann und Löbinger an, die vor der geöffneten Tür standen und schweigend zurückstarrten. Eine indische Ärztin mit kurzem schwarzem Haar hatte ihr eine Injektion verabreicht, die Wunde gesäubert, neu verbunden, kümmerte sich jetzt um die Kratzer an ihren Unterarmen.

Heinrich Täschle und Lisbeth Walter waren von Bereitschaftspolizisten nach Oberried gefahren worden. Täschle hatte beim Abschied gesagt, sie solle bald im Posten vorbeischauen, wegen Riedinger und Adam Baudy und überhaupt. Lisbeth Walter hatte gesagt, sie solle bald einmal zum Kaffeetrinken kommen. Louise hatte beides versprochen, obwohl sie die Vorstellung, allein mit Lisbeth Walter Kaffee zu trinken, eher ängstigte.

»Was war das?« Die Ärztin tippte mit einem Finger gegen die Narbe unterhalb ihres linken Schlüsselbeins. Für einen Moment war die Erinnerung wieder da. Natchaya und die nächtliche Flucht hinunter zum Rhein. Der kleine böse Freund, der aus der Dunkelheit gekommen und in ihr Fleisch eingedrungen war. Der falsche Osteuropäer, der gesagt hatte, die Sau lebt. Natchaya, die gesagt hatte, Sie können nicht die ganze Welt retten, retten Sie sich, und dann absichtlich daneben geschossen hatte.

»Ihr Blinddarm«, sagte Bermann.

Die Ärztin zog die Brauen hoch. »Auf Ihrer linken Seite ist nicht mehr viel Platz für Wunden, am besten drehen Sie sich beim nächsten Mal rechtzeitig um.«

»Sind Sie endlich fertig?«, knurrte Bermann.

»Nein.«

»Sie stören.«

»Quatsch«, sagte Louise.

Der Rettungswagen stand, wie die Autos der anderen Einsatzkräfte, auf einem Parkplatz am Ortseingang von Sankt Wilhelm. Die Fahndung nach den beiden Osteuropäern »und weiteren verdächtigen Personen« war angelaufen. Mitglieder der Ermittlungsgruppe, eine Hundestaffel, eine Helikopterbesatzung aus Stuttgart und ein Zug Bereitschaftspolizisten durchsuchten die Region südlich der verriegelten Hütte nach Spuren, weiteren Hinweisen – und einem weiteren Depot. Aus irgendeinem Grund mussten die beiden Männer schließlich im Wald gesessen haben.

Wie die EG »Waffen« auf sie gestoßen war, bemühten sich Bermann und Löbinger ganz offensichtlich zu verdrängen. Eine Zeugin, die eigen war, höllische Legionen aus einem vermutlich uralten Buch, eine Hauptkommissarin, die trotzdem im Wald auf die Suche ging ...

Louise lächelte müde.

»Hast du Schmerzen?«, fragte Löbinger.

»Natürlich hat sie Schmerzen«, sagte Bermann.

Die Ärztin sah sie an. Louise schüttelte den Kopf. Unvermittelt fragte sie sich, ob die Ärztin vielleicht Buddhistin war. War Buddha nicht irgendwo in Indien oder zumindest in der Nähe von Indien geboren worden? Aber lebten in Indien überhaupt Buddhisten? Oder lebten dort nur Hindus und Sikhs?

Die Ärztin gab ihr einen Klaps auf den Arm und verließ den Rettungswagen.

»Also«, sagte Bermann. »Rottweil 1992.«

Sie setzte sich auf, zog die Decke zurecht.

»Bleib doch liegen, Luis.«

»Erzähl schon.«

Bermann berichtete, Löbinger schwieg.

Im Mai 1992 war das LKA etwa vierzig Kroaten aus dem Raum Rottweil/Tuttlingen auf die Spur gekommen, die, so die Anschuldigungen, an einem Waffenhandel beziehungsweise Waffenschmuggel beteiligt gewesen waren. Der Hauptbeschuldigte hatte illegal Waffen erstanden und an Landsleute in Baden-Württemberg verkauft. Einige der

Käufer brachten die Waffen im Auto nach Kroatien, offenbar mit Wissen kroatischer Behörden, wie Empfangsbestätigungen belegten. Die EG und später auch die UNO hatten 1991 ein Waffenembargo über die Balkanländer verhängt, entsprechend schlecht gerüstet waren die kroatischen Soldaten zu Beginn des Krieges. Das war offenbar der Hintergrund der Waffenkäufe gewesen. Vierzehn der vierzig Personen waren angeklagt, vier zu Bewährungsstrafen, fünf zu Geldstrafen verurteilt worden.

Im Oktober 1992 hatten die Kollegen weitere Emigranten vom Balkan festgenommen. Sie hatten versucht, Uran 235 und sowjetische Panzer zu verkaufen.

Louise erinnerte sich vage. Sie hatte den Bericht des LKA gesehen, außerdem einen Zeitungsartikel und, in der Direktion, Videoaufnahmen der Fernsehberichte von SDR und SWF. Wie viele Waffen damals beschlagnahmt worden waren, wusste sie allerdings nicht mehr. Bermann nannte die Zahlen – vier Kalaschnikows, drei Maschinenpistolen, fünfundzwanzig Pistolen, fünfunddreißig Handgranaten.

»Ganz schöner Unterschied«, sagte Louise.

»Wenn die Kollegen damals alles gefunden haben.«

Löbinger lächelte. »Kaum. Die Kroaten waren viel zu clever, und die Zollkontrollen waren lax. Und wir wissen, dass die Exiljugoslawen in Baden-Württemberg hunderte Millionen Dollar gesammelt haben . . .«

»Das wissen wir?«, fragte Bermann säuerlich.

Löbinger ging nicht darauf ein. »Natürlich gab es mehr Waffen, als die Kollegen gefunden haben. Die hatten schließlich Krieg daheim.«

»*Ich* wusste das nicht«, sagte Bermann.

»Bei der nächsten Besprechung erfährst du es.«

Die Frage war: Hing Rottweil 1992 mit Kirchzarten 2003 zusammen? Louise wusste, dass der Jugoslawienkrieg trotz und wegen des Embargos ein Goldenes Zeitalter für seriösere und unseriösere Waffenhändler gewesen war. Viele waren reich geworden, Schmuggler wie Waffenhändler, auch deutsche. Bermann hatte am Vormittag recherchiert und weitere Zahlen im Kopf. Dem *Spiegel* zufolge waren aus den GUS-Ländern und aus Deutschland die meisten Waffen an die Kriegsparteien geliefert worden. Etwa die Hälfte aller Waffenlieferungen nach Kroatien war aus Deutschland gekommen. Waffen im Wert von geschätzten dreihundertzwanzig Millionen Dollar.

Doch der Jugoslawienkrieg war vorbei.

Waren sie auf der falschen Fährte? Hatten die Waffen aus dem Depot unter Riedingers Schuppen nichts mit dem Krieg oder dem Balkan zu tun? Trotz der beiden Osteuropäer, trotz der Herkunft aus altjugoslawischer Produktion?

»Und was soll das heißen, die hatten Krieg daheim?«, fragte Bermann. »Dürfen sie deshalb bei uns Gesetze brechen?« Er hatte die Hemdsärmel hochgekrempelt, das Hemd aus der Jeans gezogen. Trotzdem lief ihm der Schweiß in Strömen über Stirn und Wangen. In seinem Schnurrbart hingen transparente Perlen.

»Das soll nur heißen, dass sie daheim Krieg hatten«, sagte Löbinger freundlich.

Louise erhob sich. Bermanns Schnurrbart hatte sie an Pham erinnert. Pham, der kleine vietnamesische Junge, den Bermann auf seine unnachahmlich rücksichtsvoll-rücksichtslose Weise in seinen privaten Kindergarten integriert und »Viktor« genannt hatte. Bermanns Schnurrbart war für Pham die große Attraktion gewesen, nachdem sie ihn und das kleine Mädchen aus Poipet im Februar befreit hatten.

Sie sah Löbinger an. »Was macht ihr mit Günter?«

»Wird suspendiert.«

»Was überfällig war«, sagte Bermann.

»Ihr könnt niemanden suspendieren, weil ihm *schlecht* war.«

Aber Löbinger schüttelte den Kopf. Günter hatte sie im Stich gelassen, Günter hatte sie in Gefahr gebracht, Günter war raus. Seit Monaten, Jahren ging er ihnen auf die Nerven, war er nicht mehr teamfähig. Er war »ein Psycho«, er war *raus*.

Louise fröstelte. Hatten die Kollegen vor ein paar Monaten hinter vorgehaltener Hand von ihr genauso gesprochen? Sie nahm sich vor, in Sachen Günter auf Almenbroich einzuwirken. Er verdiente noch ein wenig Geduld.

»Du siehst blass aus, Luis«, sagte Löbinger.

»Ich lass dich jetzt heimfahren«, sagte Bermann.

»Und der Mann, der mich verbunden hat?«

Bermann winkte ab. »Später.«

»Glaubt ihr, ich habe fantasiert?«

Löbinger räusperte sich und lächelte zärtlich. Louise begriff. Die merkwürdige Zeugin und ihre höllischen Legionen hatten seine Ratio genug strapaziert. Ein vermummter Retter war nicht mehr drin.

Seltsamerweise störte sie das nicht. Es spielte keine Rolle. Die Wahrheit wurde dadurch nicht tangiert. Ganz gleich, wie sie aussehen mochte.

Bermann dagegen schien sich aus anderen Gründen im Moment nicht auf ein Gespräch über den Unbekannten einlassen zu wollen. Er sagte noch einmal: »Später«, und an seinem Blick glaubte sie zu erkennen, dass er später tatsächlich darauf zurückkommen würde. »Jetzt fährst du erst mal heim, legst dich in die Wanne ...«

»Ich muss zu Riedinger.«
Bermann schüttelte den Kopf. »Du fährst jetzt heim.«
Abwarten, dachte sie.
»Vor morgen will ich dich nicht wiedersehen, klar?«
Sie lächelte. Der gute, neue Bermann, die gute, alte Louise.

Draußen kamen sie an der indischen Ärztin vorbei. Louise fragte, ob sie Buddhistin sei. Die Ärztin schüttelte den Kopf, sie war Muslimin. Muslime in Indien? Dafür kaum ein Prozent Buddhisten? Erstaunlich. Louise lächelte erschöpft. Bermann, der die Hand auf ihren Rücken gelegt hatte, schob sie weiter. »Hast du deinen Buddhismus-Menschen eigentlich mal wiedergesehen?«
»Nein.«
»Besser so. Der war nichts für dich. Viel zu langweilig.«
Irgendwo hinter ihnen kicherte Löbinger.

Zwei Bereitschaftspolizisten bekamen den Auftrag, sie nach Hause zu bringen. Da wegen der hohen Temperaturen niemand ein zusätzliches T-Shirt oder eine Jacke trug, musste sie sich weiterhin mit der Johanniter-Decke behelfen. Sie hatte sie sich um den Körper geschlungen, so dass die Schultern frei waren. Reglos saß sie im Fond. Es war vierzehn Uhr. In einer Stunde kam die Soko »Waffen«, die mittlerweile aufgerufen worden war, zusammen. In einer Stunde war sie mit dem weißen Polo verabredet. In einer Stunde, nahm sie sich vor, würde sie im Bett liegen und an die beiden Männer denken, die ihr nichts getan hatten, als sie die Gelegenheit dazu gehabt hatten.

Sie fuhren durch das schmale Hintertal entlang der Brugga, kamen über Oberried ins Kirchzartener Becken. Auf der rechten Seite tauchte Kirchzarten auf, vor ihnen lagen Riedingers Weide, die B 31 und, in der Ferne jenseits davon, der Flaunser. Irgendwann bald würde sie Bermann bitten, sie dorthin zu bringen, wo sie Taro gefunden hatten. Irgendwann bald würde sie Nikschs Grab aufsuchen. Sie fand, dass sie endlich beginnen musste, Abschied zu nehmen von den Toten des Winters.

Vielleicht auch von den Lebenden.

Später, im Tunnel, dachte sie an Anatol, der heute Abend zu ihr kommen würde. Anatol, der Mitternachtsmann. Sie ahnte, dass auch hier ein Abschied bevorstand. Manchmal schien das Leben davor danach doch nicht einfach weiterzugehen. Sie hatten es versucht, alles war wie immer gewesen. Aber sie hatte ihm angesehen, dass er nicht mehr wusste, wer sie war. Dass er nicht damit umgehen konnte, noch nicht zu wissen, wer sie geworden war.

Als sie aus dem Tunnel ins weiße Sommerlicht zurückkehrten, rief Bermann an. »Dein Vermummter«, sagte er.

»Ja?«

Bermann wollte, dass sie vorerst nicht über den Mann sprach. Sie wussten nicht, wohin er gehörte. Was, wenn er ein V-Mann war? Sie konnten nicht nach ihm fahnden lassen, wenn nicht klar war, ob sie ihn dadurch gefährden würden. Und falls er auf der anderen Seite stand, war es ohnehin besser, im Stillen zu versuchen, etwas herauszufinden. Kein Wort also, befahl Bermann. Auch nicht in der Soko. Vor allem da nicht. »Aber wir bleiben dran.«

»Du meinst: du und ich.«

»Ja. Anselm glaubt, dass du ohnmächtig warst und dir den Mann eingebildet hast.«

»Dachte ich's mir.«

»Was Anselm glaubt, muss uns nicht interessieren.«

Sie lächelte und schwieg. Es war ein merkwürdiges Gefühl, plötzlich zu Rolf Bermanns Vertrauten zu gehören. Angenehm und zugleich unangenehm.

»Also dann«, sagte Bermann.

»Also dann.«

Schweigen und dranbleiben, der klassische Zweisatz. Bermanns Vorschlag war angesichts der Zuständigkeitsfragen, der Einmischungen von außen, der diversen »Gefühle« vernünftig. Und falls er das Dranbleiben aus Respekt vor Autoritäten irgendwann vergaß, würde sie ihn schon daran erinnern.

Als seine Vertraute.

Sie bat die Beamten, über die PD zu fahren. Dort lieh sie sich aus dem Spind einer Kollegin eine Bluse, dann fasste sie die Gespräche mit Täschle und Lisbeth Walter auf Band zusammen, ohne den Vermummten zu erwähnen, und brachte das Band einer der Sekretärinnen zum Abtippen. Anschließend ging sie zum Waffen- und Gerätewart im Sachgebiet Technik. Sie brauchte einen Ersatz für ihre Pistole, die der Erkennungsdienst wegen der Fingerabdrücke kassiert hatte.

Aber der WuG gab ihr keinen Ersatz. Es war nicht vorgesehen.

Sie nickte. Sie wusste, dass es nicht vorgesehen war. Doch es war notwendig.

Der WuG blieb hart. Was nicht vorgesehen war, konnte nicht notwendig sein.

Wenig später, auf dem Weg nach Hause, rief Bermann erneut an. Er klang aufgeregt, gehetzt, im Hintergrund waren Stimmen und Hundegebell zu hören. Sie hatten ein zweites Depot gefunden. Plastiksäcke mit Munitionskisten aus Blech, insgesamt mindestens fünfzigtausend Schuss. Dazu mehrere leichte Maschinengewehre, Fliegerabwehr-Raketen und Mörsergranaten.

Louise fiel Brenners Kommentar ein. Da wollte jemand Krieg führen.

Die Frage war nur: wo?

II

Der Mord

5

ZU HAUSE WARTETEN DIE FLASCHEN, die Dämonen und eine unbeschreibliche Hitze. Sie öffnete die Fenster, zog die Vorhänge zu, stieg aus der Jeans. Auf dem Anrufbeantworter waren drei Nachrichten. Sie sollte sich günstig privat krankenversichern lassen, sie sollte einen Ehevertrag ins Estnische übersetzen, sie sollte Günter anrufen.

Einen Ehevertrag ins Estnische?

Sie löschte die Nachrichten.

Minutenlang saß sie auf dem Sofa, blickte auf die Flaschen und dachte herausfordernd: Heute nicht. Die Dämonen gaben keine Ruhe, aber sie wirkten ein wenig kraftlos und schienen die Auseinandersetzung zu scheuen.

Erleichtert ging sie mit den Unterlagen der Ermittlungsgruppe, die sie sich von Alfons Hoffmann und Elly hatte geben lassen, ins Bett. Sie las ein paar Minuten unaufmerksam, dann legte sie den Akt auf den Fußboden. Es war eigenartig still geworden in ihrem Schlafzimmer, in ihrer Wohnung. Still in ihrer Welt, die noch immer überwiegend aus Erinnerungen, Sehnsüchten und Kämpfen zu bestehen schien. Zusammen genommen mochte das auch ein Leben ergeben, aber sicherlich nicht jenes Leben, das sie sich gewünscht hatte.

Dann ändere es, dachte sie. Ruf irgendjemanden an. Ruf Richard Landen an. Steh auf und meditier. Mach Taiji. Geh auf den Schießstand, hol den Polo. *Tu* irgendwas.

Aber liegen zu bleiben war einfacher. Außerhalb des Bettes warteten die Erinnerungen, die Sehnsüchte, die Kämpfe.

Sie rollte sich zusammen, lauschte dem Ticken der Sekunden, die der Wecker vor sich hinzählte, beschloss, nie wieder aufzustehen.

Gegen sechs musste sie auf die Toilette. Sie nutzte die Gelegenheit und kehrte nicht ins Bett zurück.

Unter der Dusche dachte sie an Richard Landen. Vor dem Spiegel dachte sie an Richard Landens Frau.

Tommo, die Bleistiftfrau.

In wenigen Wochen würde die Niederkunft sein. War Tommo mittlerweile aus Japan zurückgekehrt? War Richard Landen zu ihr geflogen?

Abschied nehmen oder anrufen, dachte sie. Entscheide dich.

Sie griff nach dem Fön. Heute nicht.

Der Gebrauchtwagenhändler war noch da, der Polo auch, aber mit der Inzahlungnahme des Renaults gab es ganz offensichtlich Probleme. Schweigend wanderte der Händler um den roten Mégane mit der blauen Motorhaube und der blauen Fahrertür. Zwei-, dreimal stieg er ein, untersuchte Lenkrad und Armaturen, fuhr mit dem Finger über das Einschussloch neben dem Zigarettenanzünder. »Das Radio ist ganz neu«, sagte Louise.

Der Händler, ein kleiner, dicker Pole in Sandalen, nickte und stieg aus. Die nächsten fünf Minuten verbrachte er über dem Motorraum. Als er die Haube vorsichtig schloss, nickte er noch immer. Er trat zu ihr, ließ den Schlüsselbund in Zeitlupe um einen Finger gleiten und sagte: »Sieht aus wie ein Renault Mégane.«

»Es *ist* ein Renault Mégane.«
»Da drinnen nicht.« Er deutete auf die Motorhaube.
»Ach nein?«
»Nein. Da drinnen hat jemand gebastelt.«
»Der Schwager eines französischen Polizisten. Ein Fachmann.«
»Der Schwager mag japanische und polnische Autos.«
»Er wollte von allem das Beste.«
»Er wollte das Billigste.« Der Händler lächelte melancholisch. Er bot ihr zweihundertfünfzig Euro zum Ausschlachten. Louise blickte zwischen dem zweifarbigen Mégane und dem weißen Polo hin und her. Zweihundertfünfzig Euro für ein Auto, das ihr das Leben gerettet hatte. Das, wenn sie es sich recht überlegte, eigentlich perfekt zu ihr passte – bunt, verbeult, mit einem reichlich heterogenen Innenleben, mit Patina. Ein Auto, das vielleicht irgendwann einfach stehen bleiben würde, weil es keine Lust mehr hatte – ganz wie sie.
»Den Schlüssel, bitte«, sagte sie und hob die Hand.

Über die Berliner Allee fuhr sie in die Innenstadt zurück. Als die Gebäude der Landespolizeidirektion in Sicht kamen, fiel ihr Wilhelm Brenner ein, der ihr eine Frage stellen wollte und es nicht tat. Sie wählte seine Nummer, aber es war besetzt. Sie bog nach Osten ab, fuhr Richtung Bahnhof, das Licht der tiefstehenden Sonne im Rückspiegel. Sie musste mit Riedinger sprechen, sie musste mit Adam Baudy sprechen, mit Günter, mit Richard Landen, heute Nacht mit Anatol. Brenner stand auf der Liste, Täschle, Bermann, Almenbroich, weiter unten ihr Vater. Die Männer hatten sich, nach den Monaten im Kloster, in ihr Leben zurückgedrängt. Ob sie das gut fand oder schlecht oder einfach nur normal, wusste sie nicht. Aber es ließ die Einladung von Lisbeth Walter in einem anderen Licht erscheinen.

Sie parkte in Bahnhofsnähe, ging zu Ennis Sushi-Imbiss, doch Enni war nicht da. »Später«, sagte der alte Japaner hinter dem Tresen, »kommen später.« Sie bestellte, aß am einzigen freien Stehtisch, während sie die Unterlagen von Alfons Hoffmann und Elly durchsah. Die Anmerkungen der KTU, die Gesprächsprotokolle, die Zeugenaussagen hatte sie bereits gelesen. Allzu viel Neues war nicht hinzugekommen, weil die Kollegen noch unterwegs waren. Auch die Informationen zu Rottweil 1992, die Elly vom LKA besorgt hatte, kannte sie mittlerweile. Einem Artikel aus den *Stuttgarter Nachrichten* vom 28. August 1992 entnahm sie – und das hatte sie noch nicht gewusst –, dass damals offenbar nicht nur kroatische, sondern auch bosnisch-muslimische Gruppen in die Waffengeschäfte in Baden-Württemberg verstrickt gewesen waren.

Neu waren außerdem die Namen der Beteiligten. Auf mehreren Seiten hatte das LKA die Verdächtigen, die Beschuldigten, die Verurteilten sowie deren Anwälte und zahlreiche Zeugen aufgeführt. Auch hier einige arabisch klingende Namen von Menschen aus Bosnien-Herzegowina.

Sie dachte an die beiden Männer im Wald. Kroaten oder Bosnier? Oder vielleicht Serben? Sie hatte keine Ahnung. Zavodi Crvena Zastava, der Betrieb, aus dem die Waffen stammten, hatte seine Zentrale in Belgrad und ein Zweigwerk in Kragujevac – in Serbien also. Aber das musste nichts besagen. Sie überlegte, ob sie irgendeinen Kroaten, Bosnier oder Serben kannte. Sie hätte gern eine Vorstellung von einer Physiognomie gehabt. Doch ihr fiel keiner ein.

Eine Bewegung ließ sie aufsehen. Der alte Japaner stand neben ihr. Er hielt sich eine Hand ans Ohr, simulierte ein Telefonat. »Enni noch später«, sagte er. »Kommen noch später.«

Sie nickte. »Danke.«

Sie blätterte weiter, stieß auf Kopien von Artikeln aus der *Süddeutschen Zeitung*, dem *Spiegel*, anderen. Was sie las, war deprimierend, aber das Lesen selbst vermittelte ihr ein Gefühl der Befriedigung. Keine Zeugen mit einer eigenwilligen Einstellung zur Realität, keine höllischen Legionen oder andere Gestalten aus Büchern, sondern Zahlen, Tatsachen, Konkretes. Ein Abriss menschlicher Skrupellosigkeit, aber ein Gerüst aus Gewissheiten.

Auf dem Balkan hatte sich in jenen Jahren die halbe Welt engagiert. Die Serben, las sie, hätten Waffen, Geld und Unterstützung beispielsweise aus Russland und Israel bekommen, die bosnischen Muslime aus Pakistan, dem Iran, den Vereinigten Arabischen Emiraten, Saudi-Arabien, den USA, Nigeria, Sudan, der Türkei, anderen GUS-Staaten, die Kroaten aus Deutschland, Italien, Österreich, Polen, Ungarn, den USA, Argentinien, Singapur, wieder anderen GUS-Staaten. Die Slowakei und China hatten offenbar an alle Kriegsparteien geliefert. In der Adria hatte die NATO Anfang Januar 1993 ein Schiff mit russischen und chinesischen Luftabwehrflugkörpern, etwa sechzig Geländewagen, leichten Waffen, Munition aufgebracht. In Zagreb hatte die CIA eine iranische Boeing 747 mit Waffen und Munition entdeckt. In einer Budapester Wohnung waren Waffen und Munition gefunden worden, auf dem Prager Flughafen als »ziviles Material« deklarierte sowjetische Kampfhubschrauber, in Graz Granaten, Panzerabwehrraketen, Maschinengewehre.

Geburtswehen der Demokratie, wenn sie es damals richtig verstanden hatte.

Sie aß das letzte Sushi, trank den letzten Schluck Wasser. Sie hatte genug von dem Gerüst aus Gewissheiten.

Doch zwei Fragen gingen ihr nicht aus dem Kopf. Erstens: Was hatte der Jugoslawienkrieg mit den beiden Waffendepots im südlichen Schwarzwald zu tun? Zweitens: Hatte er überhaupt etwas damit zu tun?

Sie wischte sich Mund und Hände an der Serviette ab, griff nach dem Handy. Diesmal war die Leitung frei, und Brenner ging sofort dran. Er klang müde, war vergangene Nacht sicherlich nur wenige Stunden zu Hause gewesen.

»Du wolltest mich was fragen.«

»Wollte ich das?«

»Fragst du jetzt, oder fragst du nicht?«

»Bin nicht in Stimmung.«

»Gut, dann was anderes. Wie alt sind die Waffen, Wilhelm?«

»Wilhelm?«, murmelte Brenner. »Keiner sagt ›Wilhelm‹ zu mir.«

Louise unterdrückte die aufkeimende Ungeduld. Auch Kriminaltechniker waren gelegentlich überarbeitet, übermüdet, überfordert. »Sondern?«, fragte sie sanft.

Aber Brenner hatte sich wieder im Griff. »Die Waffen«, sagte er. »Bermann hat mich heute Mittag auch schon gefragt. Steht es noch nicht im Akt?«

Sie blätterte zu den Unterlagen der KTU, fand einen Eintrag von heute, den sie übersehen hatte. »Entschuldige.«

»Schon gut.«

Die Pistolen und die Maschinenpistolen waren in der

Belgrader Zentrale von Zavodi Crvena Zavasta hergestellt worden, die Klein-Maschinenpistolen im Zweigwerk Kragujevac. Produktionsbeginn war für die Pistolen wohl 1957 gewesen – deswegen »Modell 57« –, für die Maschinenpistolen 1970 – »Modell 70« –, für die Klein-Maschinenpistolen – »Modell 61« – 1961 oder später, da das Skorpion-Original erst seit 1961 in der damaligen Tschechoslowakei gebaut worden war. »Aber die Dinger sind keine vierzig oder fünfzig Jahre alt, oder?«, fragte Louise.

»Nein, wohl nicht«, sagte Brenner. Seine Quellen besagten zwar, dass die Klein-Maschinenpistolen vermutlich vor 1970 hergestellt worden waren, aber die Pistolen und die Maschinenpistolen stammten eher aus den Achtzigerjahren. Genaueres ließ sich erst in Tagen, womöglich Wochen sagen. Die Waffen waren weitgehend zerstört, Gebrauchsspuren nicht zu rekonstruieren oder zu analysieren. Beschießen konnte man sie logischerweise nicht mehr, und an die Produktionslisten des Herstellers kam man, wenn überhaupt, nur mit größter Mühe. »Dein Almenbroich hat uns gebeten, eine Verkaufswegeanfrage nach Belgrad zu schicken.« Brenner lachte ratlos.

»Er hat Druck von außen.«

»Von außen oder von oben?«

»Sowohl als auch.«

»Na.« Sie hörte, dass Brenner sich eine Zigarette anzündete und ein Fenster öffnete. Die leichten Maschinengewehre und die Munition aus dem zweiten Depot, sagte er, stammten auch von ZCZ. Tausende Schuss für die vier Waffentypen. Die Fliegerabwehr-Raketen, Modell »Strela«, waren sowjetischer Bauart und in den ehemaligen Warschauer-Pakt-Staaten, arabischen Ländern, aber auch in Finnland verbreitet gewesen. Mehr hatten sie dazu noch nicht zusammengetragen, diese Waffen waren eben erst angeliefert worden.

Sie schwiegen. Brenner rauchte geräuschvoll, Louise dachte über das Gehörte nach. Aber sie konnte sich nicht darauf konzentrieren. Zu viele Waffentypen, zu viele Nationen, zu viele Möglichkeiten.

Mittlerweile waren einige Gäste gegangen, zwei Tische frei. Der alte Japaner räumte Geschirr und Glas weg. »Kommen später«, flüsterte er und lächelte. Sie lächelte ebenfalls, nahm das Telefon in die rechte Hand, weil die Wunde am linken Arm wieder schmerzte.

»Was ich dich fragen wollte«, sagte Brenner. Sie hörte, dass er das Fenster schloss. Dann fragte er endlich. »Ist Zen-Buddhismus gefährlich?«

Weitere Fragen folgten, zur Präzisierung der ersten: War Zen-Meditation gefährlich? Im Sinne von schädlich? Verlor man den Kontakt zur Realität? Den Verstand? Wurde man von einem Guru in Trance versetzt? Waren Drogen im Spiel? Sex?

»Sex?«

»Na ja.« Brenner lachte freudlos. Sein siebzehnjähriger Sohn hatte beschlossen, bei einem Zen-Meister Meditationsunterricht zu nehmen. Seine Frau fand die Idee Besorgnis erregend, Brenner fand die Idee absurd. Sein Sohn verstand die Einwände nicht. Was war daran auszusetzen, wenn man sich hinhockte und versuchte, eine Weile an nichts zu denken? »An nichts zu denken«, sagte Brenner erschüttert, »und dann setzt er sich am nächsten Tag in die Schule und denkt an nichts und fällt wieder durch.«

»Vielleicht fällt er auch wieder durch, wenn er *keinen* Meditationsunterricht nimmt.«

»Mach's nicht kompliziert, Luis«, sagte Brenner. »Erzähl doch mal, wie war das so bei den Buddhisten?«

Also erzählte sie, wie es bei den Buddhisten so gewesen war.

Als sie eine Weile später in das rotgoldene Abendlicht hinaustrat, war sie nicht sicher, ob es ihr gelungen war, Brenner zu beruhigen. Er war abwechselnd erstaunt, fasziniert, entsetzt, amüsiert gewesen. Welches Gefühl letztlich überwog, wusste sie nicht. Vielleicht hing es davon ab, welcher Art seine Sorge war: War es die Sorge des Vaters? Des Polizisten? Eine christlich-abendländische Sorge? Eine Sorge aus Neid?

Das hatte sie im Kanzan-an vermisst: das Fragen nach den Ursachen menschlichen Handelns, Denkens, Fühlens. Im Zen – oder überhaupt im Buddhismus? – schien es keine Rolle zu spielen. Dort ging es darum, Gefühle aufzulösen, die Vorstellung von einem Ich abzulegen. Die Ursachen für die Gefühle waren offenbar unwichtig. Es ging nicht um Fragen und Antworten, und darin lag für sie das Problem. Zwei Jahrzehnte als Polizistin hatten sie geprägt, vier Wochen Oberberg erst recht. Woher kam das, was man fühlte, dachte, tat? Was lag darunter verborgen?

Das Fragen war das Wichtige. Oft fand man eine Antwort. War es nicht gleich die richtige, dann führte sie zumindest zu weiteren Fragen und Antworten. Am Ende war man kein perfekter Mensch, aber man wusste mehr. Man konnte sich ein Bild machen.

Fragen wie: Warum hatte sie zu trinken begonnen? Warum hatte sie sich in einen verheirateten Mann verliebt? Warum hatte sie im Kanzan-an nicht aufgehört, in ihn verliebt zu sein? Warum, warum, warum?

Solche Fragen.

Die Parallelen zu ihrem Beruf waren offensichtlich.

Irgendwann, dachte sie grinsend, würde sie ihrem Vertrauten Rolf Bermann von den Parallelen zwischen Polizeiarbeit und Psychologie erzählen.

Vielleicht, wenn er sie das nächste Mal rettete.

Im Wagen nahm sie das Handy aus der Tasche. Anne Wallmer meldete sich kauend, und Louise entschuldigte sich für die späte Störung. »Bloß ein Kaugummi«, sagte Anne Wallmer. Sie stand in der Eingangshalle der Akademie der Polizei in der Müllheimerstraße, wartete auf Bermann, Schneider, Alfons Hoffmann, mit denen sie im Fitnessraum trainiert hatte.

»Ihr habt Alfons an eine Maschine bekommen?«

»Nicht wir, sein Arzt. Kegeln reicht nicht zum Überleben, sagt er.«

Sie lachten. Dann erkundigte Anne Wallmer sich nach dem Arm. »Tut weh«, sagte Louise.

»Du bist nicht daheim, oder?«, fragte Anne Wallmer vorsichtig.

»Nein. Wart ihr heute Nachmittag bei Riedinger?«

»Ruh dich aus, Luis. Erhol dich. Alles andere hat doch Zeit bis morgen.«

Zum ersten Mal in sechs Jahren führte sie mit Anne Wallmer ein fast freundschaftliches Gespräch. Schon heute Vormittag, auf dem Weg zum Polizeiposten Kirchzarten, hatte sie gespürt, dass sich in ihrer Beziehung etwas verändert hatte. Auch Anne Wallmer schien sie mit anderen Augen zu sehen. Bei den Männern war das mit Vorsicht zu genießen. Und bei Anne Wallmer? Sie blieb ungreifbar. Vor Jahren war das Gerücht umgegangen, sie sei lesbisch. Bermann hatte getobt und bis hinunter zum Pförtner mit Dienstbeschwerden gedroht. Seitdem war Ruhe. Und seitdem hing Anne Wallmer in unverbrüchlicher Treue an Bermann. Dass er sie nur geschützt hatte, weil er sich vor Homosexualität ekelte, war ihr vermutlich nie in den Sinn gekommen. Wie auch, im Fitnessraum wurde über anderes gesprochen.

»Schließt mich nicht aus«, bat Louise.

Anne Wallmer seufzte unruhig. Dann erzählte sie. Ja, sie waren bei Riedinger gewesen, sie selbst, Peter Burg, Bermann, Löbinger, ein paar Bereitschaftspolizisten und Marianne Andrele, die Staatsanwältin aus München. Sie hatten den Hof oberflächlich durchsucht, Riedinger zwei Stunden lang befragt, keine befriedigenden Antworten bekommen, dafür beinahe Prügel. Bermann und Burg glaubten, dass Riedinger irgendwie mit drinhing, vielleicht den Keller zur Verfügung gestellt hatte. Löbinger und Anne Wallmer waren da nicht sicher. Marianne Andrele hielt sich alle Optionen offen. Einig waren sie sich darin, dass Riedinger für seine Mitmenschen gefährlich werden konnte und sie ihn deshalb im Auge behalten mussten. Andrele arbeitete daran.

»Woran?«, unterbrach Louise.

»An einem Fall Riedinger.«

Louise nickte. Marianne Andrele brauchte nicht viel Zeit zum Eingewöhnen. »Habt ihr noch was rausgefunden?«

Sie hörte Anne Wallmer trinken, schlucken, verhalten aufstoßen. »Entschuldige. Ja, haben wir.« Sie sprach jetzt schneller. Berthold Meiering, der Bürgermeister, hatte seine Beamten in die Kirchzartener Archive geschickt, und sie hatten ein paar Daten zu Riedingers Schuppen und dem Keller darunter ausgegraben. Beide waren während des

Zweiten Weltkriegs gebaut worden. Damals hatte auf der Weide ein Wohnhaus gestanden, der Schuppen hatte als Brennholzlager gedient, der Keller als privater Schutzkeller. Beim Luftangriff der Briten im November 1944 war das Haus zerstört worden, der Schuppen ein paar Meter weiter nicht, die Bewohner hatten im Schutzkeller überlebt. 1950 hatte Peter Riedinger, der Vater, die Weide gekauft.

Anne Wallmer senkte die Stimme noch ein wenig mehr. »Rolf kommt.«

»Warte, Anne. Irgendwelche Kroaten, Bosnier oder Serben?«

»Bis jetzt nicht.« Lauter sagte Anne Wallmer: »Was macht der Arm?«

»Wisst ihr, was mit Riedingers Familie passiert ist? Was mit den Kindern und seiner Frau ist?«

»Haben wir nicht gefragt. Soll ich dich morgen früh in die PD mitnehmen?«

»Nein, lass nur. Danke, Anne.«

»Hallo, Rolf«, sagte Anne Wallmer.

»Gib sie mir«, hörte Louise Bermann sagen.

Sie beendete die Verbindung, wartete einen Moment. Als Berman nicht anrief, legte sie das Handy in die Freisprechschale und ließ den Motor an. Sie wussten nun einiges mehr, das Wichtigste aber noch nicht: Welche Verbindung bestand zwischen Riedinger und den Leuten, die seinen Keller als Waffenlager genutzt hatten?

Das war die entscheidende Frage.

Sie ordnete sich in den Verkehr ein, bog nach Osten ab. Im Tunnel der B 31 fiel ihr ein, dass sie doch einen Bosnier kannte. Zlatan Bajramovic, Mittelfeldspieler des SC Freiburg. Aber sie kannte nur den Namen, nicht das Gesicht.

Das Kirchzartener Becken lag im weichen roten Licht des Abends. Die Schwarzwaldkuppen schienen zu glühen, aus dem Talgrund krochen die ersten Schatten. Sie nahm die Landstraße Richtung Kirchzarten, fand eine Schotterstraße nach Osten, fuhr auf zwei Gebäude zu, die von Bäumen zum Ort und zur Bundesstraße abgeschirmt wurden. Mittlerweile wusste sie, dass die Felder rechts und links der Schotterstraße vor Jahren zu Riedingers Hof gehört hatten, genauso wie weitere Felder und Weiden an den Hängen oberhalb von Kirchzarten. Riedinger hatte in den Neunzigern fast den gesamten Grund veräußert, den Viehbestand von über einhundert Kühen auf zehn, von über dreihundert Hühnern auf ein Dutzend verringert, sämtliche Schweine abgegeben, die Angestellten entlassen, die Wirtschaftsgebäude abgerissen. Die beiden Söhne und die Tochter waren in den Achtzigern nach England ins Internat gegangen und nicht zurückgekommen, die Frau nach Norddeutschland gezogen. Auf dem einstmals großen Hof lebten nur noch ein Mann und ein Hund.

Auch hier viele Fragen. Was war in dieser Familie geschehen? Warum hatte Hannes Riedinger den einstmals florierenden Betrieb aufgegeben? Warum hatte er ausgerechnet die Weide nicht verkauft?

Dann hatte sie den Hof erreicht, rollte langsam auf den Vorplatz des Wohnhauses. Die Eingangstür war geöffnet. Dreißig Meter weiter befand sich der Stall.

Und dort, vor dem Tor, standen der Mann und der Hund und beobachteten sie.

Sie hielt, stieg aus. »Die Polizistin mit den anderen Fragen«, sagte sie. »Abend, Herr Riedinger.« Sie hatte kaum geendet, als sich der Hund in Bewegung setzte. Ohne zu bellen, ohne zu knurren, stürzte er auf sie zu.

Sie blieb, wo sie war, neben der geöffneten Wagentür. Niemand, der halbwegs bei Verstand war, sah zu, wie sein Hund eine Polizistin angriff. Riedinger wollte sie einschüchtern. Nach allem, was am Nachmittag geschehen war, ein wenig mit der Staatsmacht spielen. Dies war, trotz allem, *sein* Reich. Er würde noch einen Moment warten, den Hund dann zurückrufen.

Plötzlich kam die Angst. Der Hund wurde immer schneller. Sie sah die gebleckten Zähne, die geweiteten Augen, hörte den keuchenden Atem.

Aber keinen Befehl.

»Was wird das, Riedinger?«

Riedinger schwieg.

Sie sprang ins Auto, zog die Tür zu. Jetzt begann der Hund zu bellen. Er warf sich gegen die Tür, sprang am Fenster hoch, tobte wie von Sinnen. Fassungslos blickte sie zu Riedinger hinüber, der immer noch im Eingang des Stalles stand. Sein Gesicht war im Schatten der Stalltür nicht zu erkennen.

Kein Spiel.

Zitternd vor Angst und Empörung startete sie den Motor, legte den Rückwärtsgang ein. Der Hund folgte ihr bellend. Erst als sie den Vorplatz verlassen hatte, blieb er zurück. Zwanzig Meter weiter hielt sie an. Der Hund stand hochaufgerichtet da, die Zähne bleckend.

Kein Spiel.

Sie schaltete das Fernlicht ein, ging in den ersten Gang, gab Gas und hielt genau auf den Hund zu. Er starrte sie an, rührte sich nicht. Sie hatte keine Vorstellung davon, was er tun würde. Was *sie* tun würde, falls er nicht davonlief.

Was Riedinger tun würde.

Kein Spiel, dachte sie.

Der Mann und der Hund bewegten sich nicht.

Sie beschleunigte. Der Hund duckte sich, verbarg den Kopf zwischen den Vorderläufen. Sie glaubte ihn jaulen zu hören.

Dann drehte er sich um und rannte auf den Stall zu.

Sie bremste hart, ließ den Wagen ausrollen.

Riedinger hatte sich immer noch nicht bewegt. Er stand fünf, sechs Meter vor ihr im Scheinwerferlicht. Seine Augen waren geschlossen. Es hatte beinahe den Anschein, als wartete er darauf, dass sie weiterfuhr. Dass sie allem ein Ende bereitete – dem, was geschehen war, dem, was noch geschehen würde.

Sie überlegte, ob sie aussteigen sollte. Vielleicht konnte sie jetzt mit ihm reden. Aber wollte sie das? Noch nie hatte jemand einen Hund auf sie gehetzt.

Tränen schossen ihr in die Augen. Sie hatte gedacht, dass nach dem Entzug, nach den Monaten im Kanzan-an alles besser werden würde. Dass sie den Weg in ein normales Leben finden würde. Ein Leben mit einem einfacheren Alltag, einfacheren Beziehungen, einfacheren Gefühlen. Unspektakulär, dafür ohne Scham, Verzweiflung, Demütigung. Nun hatte Riedinger den Hund auf sie gehetzt. Gab es etwas Demütigenderes?

Die Angst auszusteigen.

Ihre Augen brannten. Sie verfluchte den WuG, der nicht hatte einsehen wollen, dass manchmal die Notwendigkeit die Regeln bestimmte, legte den Rückwärtsgang ein. Sie würde wiederkommen.

Die Angst besiegen, sich Antworten holen.

Während sie, am ganzen Leib zitternd, dem roten Sonnenauge am Horizont entgegenfuhr, wählte sie Günters Num-

mer. Eine Telefondienststimme, dann das Signal des Anrufbeantworters. Sie sagte: »Geh schon dran, Günter.«
Günter nahm ab. »Schön, dass du anrufst.«
»Ich komm in zehn Minuten zu dir.«
»Luis, ich glaube nicht, dass ich das möchte.«
»Spielt keine Rolle, Hauptsache, du machst auf.«

Günter wohnte im Südwesten der Stadt, in einem der Hochhäuser von Weingarten. Vor Jahrzehnten war Weingarten billig und beinahe schick gewesen, jetzt war es billig und beinahe heruntergekommen. Eines der Problemviertel der Stadt – hoher Migrantenanteil, viele Russlanddeutsche, Menschen in sozial und wirtschaftlich schwieriger Situation. Ethnische und soziale Parallelgesellschaften in den Hochhaussiedlungen am Rande der Stadt, im Südwesten Weingarten, im Nordwesten Landwasser, von weitem sichtbar, von nahem wohl noch nicht explosiv genug. Vor allem die Russlanddeutschen machten ihnen Sorgen. Keiner unter zweieinhalb Promille, behauptete Bermann manchmal, und keine Lust auf Integration. Sie grillten auf den Balkons der Hochhäuser, bis die Feuerwehr in Zugstärke ausrückte, um einen nicht existierenden Brand zu löschen. Löbingers Leute beklagten die fast hermetischen Strukturen der organisierten Kriminalität. Aber Freiburg war Freiburg, in Lahr weiter nördlich sah es dramatischer aus. Dort waren fast dreißig Prozent der Einwohner Russlanddeutsche.

Daran dachte sie, als sie auf den Eingang des Hochhauses zuging. Ein kantiges, wuchtiges Gebäude, schmale horizontale Fensterschlitze, Graffiti auf dem Sichtbeton. Wurde das Leben schwierig, wenn man hier gelandet war, oder landete man hier, weil es schon schwierig war?

Doch oben und an den Seiten des Hauses schimmerten Aureolen aus dunkelrotem Sonnenlicht.

Sie klingelte, Günter öffnete sofort. Während sie auf den Aufzug wartete, überlegte sie, wie sie ihm am besten sagte, was sie von ihm wollte. Und vor allem: Wann sie es ihm sagte.

Das Licht erlosch, die Lifttür glitt auf. Sie starrte auf ihr Spiegelbild, das ihr von der Rückwand der erleuchteten Kabine entgegenstarrte. Louise Bonì, in zwei Wochen dreiundvierzig, wallendes dunkles Haar, Jeans, enges, bauchfreies T-Shirt mit der Aufschrift *You can leave your hat on.*

Das T-Shirt, fand sie, hätte sie sich sparen können.

Und doch: gar nicht so schlecht, das Spiegelbild.

Sie betrat den Aufzug. Die Fahrt war viel zu kurz.

Dann stand sie im zehnten Stock zwischen zwei langen, schmalen Fluren. In beiden herrschte Dunkelheit. Rechts oder links? Sie hatte sich eben für links entschieden, als sich am Ende des rechten Ganges eine Tür öffnete.

Günters Wohnung bestand aus einem mittelgroßen Zimmer, einem kleinen Flur mit Kochnische, einem winzigen, blau gestrichenen Bad. Die Zimmerwände waren kahl, die Möbel dunkelbraun oder schwarz. Ein Fernseher, eine Stereoanlage, keine Bücher, eine kleine Yucca-Palme mit gelblichen Blättern. Die Besichtigung fiel kurz aus. Vom Fenster aus blickte man Richtung Bahnhof, Münster, Schlossberg. In der Ferne war das in der Abenddämmerung verschwindende Dreisamtal mit seinen Erhebungen zu sehen. Oberried und die Anhöhe hinter Lisbeth Walters Haus lagen jenseits der Schauinsland-Ausläufer verborgen. Sie dachte an Riedinger, sah ihn vor sich, reglos und die Augen geschlossen, als hoffte er, dass sie weiterfuhr, allem ein Ende bereitete.

Dann dachte sie an den vermummten Mann. Hatte sie ihn sich eingebildet? Sich das T-Shirt selbst ausgezogen, es selbst um die Wunde gewickelt? Nein. Er existierte. Er war da gewesen. Doch wer war er? Warum hatte er ihr geholfen und war dann verschwunden?

Sie wandte sich vom Fenster ab. Günters Blick lag auf dem Verband um ihren linken Oberarm. Er hatte sich entschuldigt, sie hatte die Entschuldigung angenommen.

»Ich bin nicht gut in Diplomatie, willst du trotzdem hören, was ich dir gern sagen würde?«

Von den Gewissheiten zu den Ungewissheiten, von den Fragen zu möglichen Antworten.

Günter nickte wachsam.

Sie drehte sich wieder zum Fenster, verschränkte die Arme vor der Brust. Schemenhaft erkannte sie in der Scheibe ihr Spiegelbild. »Ich glaube . . .«, begann sie, doch da sagte Günter, es sei ihm lieber, wenn er erzähle, und sie nickte und sagte erleichtert: »Okay.«

Die Übelkeit kam seit zwei Jahren, seit ein paar Monaten wurde sie schlimmer. Manchmal kam sie beim Einkaufen, dann musste er alles stehen und liegen lassen. Manchmal kam sie bei Besprechungen in der PD, bei Ermittlungen, bei Gesprächen mit Zeugen, dann hielt er mühsam durch oder suchte die nächste Toilette auf. Er war bei einem Dutzend Ärzten gewesen, Internisten, Onkologen, Chirurgen, hatte Magenspiegelungen, Darmspiegelungen und dergleichen mehr machen lassen. Doch kein Arzt hatte das Geschwür gefunden, oder was auch immer in seinem Magen oder Darm saß – oder wo auch immer es saß. Morgen hatte er wieder einen Termin, bei einer Spezialistin in Karlsruhe. Vielleicht fand die es. Falls nicht, hatte man ihm einen Onkologen in München empfohlen. Aber er hoffte auf die Spezialistin in Karlsruhe. Dreißig Jahre Berufserfahrung, Chefärztin, die musste es doch finden. Eigentlich, sagte er, war er froh, dass Löbinger ihn rauswerfen lassen wollte. Denn mit der Übelkeit kamen jetzt immer öfter Atemprobleme. Das Geschwür drückte, so erklärte er es sich, Magensäure in die Speiseröhre, und das beeinträchtigte die Lungenfunktion, deswegen konnte er manchmal schlecht atmen. Auch das Autofahren fiel ihm zunehmend schwerer. Im Sitzen wurde das Geschwür gequetscht.

»Und wenn es was ganz anderes ist?«, fragte Louise.

»Was ganz anderes?«

Sie sah das Spiegelbild leicht nicken. Sie kannte Geschichten wie die von Günter aus Oberberg. Übelkeit, Atemnot, man hyperventilierte, man bekam Panik. Sie fragte, ob er manchmal Panik bekomme, aber Günter sagte, nein, nein, keine Panik. Nur Übelkeit, und dass er manchmal nicht richtig atmen könne. Verärgert fügte er hinzu, er wisse, worauf sie hinauswolle: Nein, er sei kein Psycho.

Ein Geschwür, Luis.

Das Spiegelbild nickte erneut. Keine Freundschaften unter Kollegen. Dafür, fand sie, hatte er ihr viel erzählt.

»Aber deswegen bist du nicht hier.«

»Nicht nur.« Sie wandte sich um. »Ich brauche deine Waffe.«

Günter war nicht Justin Muller, sie waren nicht in Frankreich, sie galt nicht mehr als krank, das waren die Unterschiede zu damals, dachte sie, während sie wieder nach Kirchzarten fuhr. Wer seine Waffe verlor oder dem ED zur Verfügung hatte stellen müssen, lieh sich die Waffe eines

Kollegen, der nicht im Dienst war. So war es üblich, und inzwischen konnte offenbar auch sie in Anspruch nehmen, was üblich war. Sie war Bermanns Vertraute geworden, eine Kollegin wie jede andere, das machte den Dienst erheblich einfacher. Trotzdem fühlte sie sich nicht weniger allein und außen vor als im Februar. Vielleicht lag es daran, dass sie ohne Kollegen oder Kollegin zu einem Zeugen unterwegs war – zumal zu einem, der den Hund auf sie gehetzt hatte –, und das nicht tagsüber, sondern abends um neun.

Oder es lag an René Calambert, der sich ohne Schnee nicht an sie heranwagte, aber als unsichtbarer Schatten in ihr hauste. Auch bei Calambert führte die Frage nach dem Warum zu einer Antwort und die Antwort zu weiteren Fragen und Antworten.

Warum ging er ihr nicht aus dem Kopf?

Sie hatte ihn erschossen.

Und das erklärte, dass sie vor drei Jahren angefangen hatte zu trinken und noch immer an ihn dachte?

Ja. Klar.

Sie schaltete das Radio ein, erwischte die Wettervorhersage. Noch immer fast dreißig Grad, für die Nacht wurde zum ersten Mal seit Wochen leichter Regen angekündigt. Sie wechselte die Sender, bis ihr Kopf im Hämmern von Bass- und Gitarrenriffs vibrierte.

Einer der Psychotherapeuten in Oberberg war nahe daran gewesen weiterzufragen. In Bezug auf Calambert die richtige Frage zu stellen. Weshalb er es schließlich nicht getan hatte, wusste sie nicht. Sie hatte darauf gewartet. Sie hätte die Frage beantwortet – sich selbst und ihm.

Die Frage nach dem Warum.

Das Licht im Dreisamtal war grau geworden, die Schatten hatten die Häuser erfasst. Sie hielt auf der Schotterstraße, die zu Riedingers Hof führte. Fünfzig Meter vor ihr schimmerte ein dunkelgelbes Lichtrechteck im Grau. Riedinger war der Schlüssel, aber war es klug, erneut allein zu ihm zu fahren? Nein. Weder klug noch professionell – und das gleich aus mehreren Gründen. Einer davon war, dass sie nun bewaffnet war und noch immer vor Empörung glühte. Die Alternative wäre, Anne Wallmer, Täschle oder Bermann zu bitten, mit ihr zu kommen.

Oder daheim auf Anatol zu warten.

Kollegen bitten, auf einen Mann warten – nicht gerade ihre Stärke.

Sie fuhr weiter. Ihr erster Blick galt dem Stall. Das Tor war geschlossen, Riedinger und der Hund nicht zu sehen. Trotzdem legte sie Günters Heckler & Koch auf den Beifahrersitz.

Die Tür zum Wohnhaus stand immer noch offen, auf den Vorplatz fiel ein Streifen Licht. Sie ließ den Wagen ins Licht rollen, hielt an, warf einen Blick ins Innere des Hauses.

Ein Gang, eine geöffnete Zimmertür, ein Tisch. An dem Tisch saß Heinrich Täschle. Er war in Zivil, hatte eine Flasche und ein Bierglas vor sich stehen.

Ein Kollege, den man nicht bitten musste, der von allein kam.

Ein schwüler Sommerabend auf dem Land, zwei Männer, die ein kühles Bier miteinander tranken, in aller Ruhe besprachen, was besprochen werden musste.

Sie würde nur stören.

Täschle sah in ihre Richtung, ließ sich aber nicht anmerken, ob er sie erkannt hatte. Sie griff zum Telefon und wählte die Nummer seines Diensthandys. Ohne den Blick von ihr abzuwenden, zog er das Telefon aus der Hemdtasche. »Wird noch eine Weile dauern, Schatz«, sagte er. »Is' grad so gemütlich.«

Sie musste lachen. »Oh, wie schade, Liebling. Möchtest du später noch was essen?«

»Ähm, nein, vielen Dank.«

»Vielleicht ein schönes Schnitzelchen?«

»Nein, Schatz. Lieb von dir.« Täschles Stimme war sanft und melodisch. Das Distanzierte war fort.

»Rufst du mich an, wenn du fertig bist?«

»Aber wart mit dem Schlafen nicht auf mich, hörst du?«

»Du weißt doch, dass ich ohne dich nicht einschlafen kann, Bärchen.«

»Ja, ähm, dir auch, Schatz.«

Sie beendete die Verbindung, legte den Rückwärtsgang ein, wendete. Dir auch? Langsam fuhr sie vom Hof. Einen schönen Abend noch, Liebling. Ja, dir auch, Schatz. Ehemänner, Ehefrauen. Am Klang der Stimme erkannte man den Grad der Zuneigung. Sie warf einen Blick auf die Lichter von Kirchzarten. Dort irgendwo saß Täschles Frau und wartete. Sie hatte die Kinder ins Bett gebracht, die Türen der Kinderzimmer angelehnt, ab und an drehte sie den Kopf in Richtung Flur, um zu hören, ob sie schon schliefen. Der Fernseher lief, in einem Aquarium schwammen Amazonasfische, auf dem Sofa tollten Hundewelpen. Überall standen Pflanzen, Yucca-Palmen mit grünen Blättern, Alpenveilchen, und wie das Zeug so hieß, auf den Fensterbrettern Orchideen.

Sie öffnete das Handschuhfach, stöberte darin herum, hielt, als sie nicht fand, was sie suchte, erschrocken inne.

Sie hatte sich von den Dämonen überlisten lassen.

Auf Anatol warten kam nicht in Frage, also brachte sie den Ermittlungsakt in die Wohnung und ging wieder hinunter. In der Küche von Ronescu, dem Hausmeister, brannte Licht, durch das gekippte Fenster drang Klezmer-Musik. Seit Ronescu wusste, dass es keine gemeinsamen Trinkgelage mehr geben würde, sprach er kaum noch mit ihr. Sie hatte nicht gewusst, dass sie für ihn so wichtig gewesen war.

Vor den Studentenkneipen und den Diskotheken in der südlichen Fußgängerzone standen Trauben junger Leute. In der Bertoldstraße hatte eine Straßenbahn angehalten, der Fahrer war ausgestiegen. In der Fahrerkabine saß ein lachender japanischer Tourist, drei andere lachende japanische Touristen knieten vor der Straßenbahn und fotografierten ihn. Auch der Fahrer lachte. Unter der Uhr an der Ecke Bertold-/Kaiser-Joseph-Straße hatte sie sich oft mit Mick getroffen. Sie waren zum Mittagessen in die Markthalle gegangen, zum Kaffeetrinken ins Café Atrium. Mick hatte Hundeaugen gemacht und Schnuten gezogen, bis sie ihn in der Damentoilette befriedigt hatte, mit allem, was zur Verfügung stand. Auch das waren Hinweise gewesen. Wer nur noch auf öffentlichen Damentoiletten, Autorücksitzen und Schwarzwaldwiesen zu sexuellen Handlungen animiert wurde, stand längst auf dem Abstellgleis.

Das Himmelreich erwartete man, das Höllental bekam man.

Aber man lernte. Und manchmal half das Selbstmitleid.

Eine Kriminalhauptkommissarin, die es sich zur Aufgabe gemacht hatte, Hinweise zu *übersehen*. Sie lachte düster.

Auf dem Augustinerplatz stand plötzlich Anatol vor ihr. Sie erkannte ihn nicht gleich. Die wilden Locken waren fort.

»Hey«, sagte er sanft.

»Hey.« Sie fuhr ihm mit beiden Händen über die Stoppelfrisur. Sie hatte lächeln wollen, aber sie weinte schon. Er nahm sie in die Arme, und so standen sie eine Weile da, die alte Frau und der junge Mann, dann sagte der junge Mann, was gesagt werden musste, und obwohl sie nicht verstand, was er da zu erklären versuchte, und obwohl sie ihn nicht liebte, sich nur an ihn gewöhnt hatte, konnte sie nicht aufhören zu weinen, nicht einmal dann, als sie ihn fortschickte und allein nach Hause ging.

Später saß sie auf dem Sofa, betrachtete die Flaschen auf dem Couchtisch, dachte dabei: Mitternacht ohne den Mitternachtsmann, das ist *ganz unvorstellbar*. Sie sah auf die Uhr, zehn vor zwölf. Heute nicht, hatte sie sich geschworen, und sie schwor es sich wieder: Heute nicht.
Aber morgen vielleicht.
Die Dämonen schwiegen. Sie wusste, weshalb. Die lagen auf der Lauer, warteten.
Neun Minuten vor zwölf. Wie lang Minuten sein konnten.
Sie stand auf. Beim Wandern durch die Wohnung vergingen die Minuten schneller. Auch eine CD einlegen half, Barclay James Harvest natürlich, »Poor Man's Moody Blues« in der Endlosschleife. Im Schlafzimmer dachte sie daran, dass die Rückfallquote ohne Weiterbehandlung nach der Entgiftung bei fünfundneunzig Prozent lag, mit Weiterbehandlung bei dreißig bis sechzig Prozent. Galten vier Monate Zen-Kloster als Weiterbehandlung? Als Langzeittherapie?
Jedenfalls wäre sie in guter Gesellschaft.
Im Bad starrte sie ihr Spiegelbild an. Äußerlich zu schön für Anatol, der ihre »unterirdische Schönheit« nicht wiederfand, in die er sich verliebt hatte.

Ein Mann, der suchen wollte, nicht sehen.

Sie erinnerte sich. Damals, im Winter, hatte er gesagt, sie sei nicht auf den ersten Blick schön, weil sie nicht wirklich schlank sei, weil sie sich nicht um ihre Haare kümmere, dafür werde sie, wenn man sie länger ansehe, immer schöner, weil ihre Mimik, ihr Lachen, ihr Schmunzeln, ihr Blick und ihr Körper eine eigene Schönheit besäßen, etwas Warmes, Wildes, Trauriges, Einzigartiges, Echtes, und dann könne man gar nicht mehr wegsehen oder die Finger von ihr lassen.

Nun war sie schlank und kümmerte sich um ihre Haare, nun konnte er die Finger von ihr lassen. War denn das Warme, Wilde, Traurige, Einzigartige, Echte weg, nur weil sie sich um ihre Haare kümmerte?

Sie wanderte ins Wohnzimmer. Was für ein Quatsch damals, was für ein Quatsch heute. In welchen Kategorien Menschen fühlten.

»Poor Man's Moody Blues« begann von vorn. Sie sah auf die Uhr. Mitternacht, auch wenn der Mitternachtsmann nie mehr kommen würde.

Sie setzte sich aufs Sofa, ließ den Blick über die Flaschen gleiten. Wodka, Bourbon, Jägermeister, Wodka. Gestern nicht, dachte sie, heute vielleicht schon. Wenn sie selbst es wollte – nicht wegen eines Mannes oder irgendeines anderen Menschen oder eines Hundes. Nur wenn sie selbst es wollte.

Wollte sie es?

Ja, ja, ja, schrien die Dämonen.

Sie lag im Bett, als Heinrich Täschle anrief. Sein Atem ging schnell, er machte Pausen beim Sprechen, im Hintergrund quietschte etwas. Er saß auf dem Fahrrad, fuhr vier Liter

Bier und etliche Gläser Schnaps nach Hause. Er lachte. Seine Stimme klang sanft wie vorhin bei ihrer kleinen Charade, und er duzte sie wieder. Louise liefen Anatol-Tränen über die Wangen und Täschle-Schauer über den Rücken. Sie setzte sich auf. Täschle sagte, er habe einen Namen für sie, Ernst Martin Söllien, ein Anwalt aus Freiburg, der vor zwei Jahren Riedingers Weide habe kaufen wollen. Damals habe Riedinger die Weide noch für die verbliebenen Kühe genutzt, das Angebot deshalb abgelehnt. Dann, vor etwa einem Jahr, habe er verkaufen wollen und Söllien angerufen. Er sei in einer Kanzlei gelandet – und habe erfahren, dass Söllien ein paar Monate zuvor gestorben sei.

»Mist«, sagte Louise.

»Ja«, sagte Täschle schnaufend.

Sie sank aufs Bett zurück. »Trotzdem danke. Wie hast du ihn dazu gebracht, es dir zu erzählen?«

»Hab wohl die richtige Frage gestellt.«

»Und zwar?«

Täschle ächzte, das Rad quietschte. »Ob er noch oft an die Kinder und die Kathi denkt.«

»Und?«

»Na, eigentlich kann man's sich ja denken, oder?«

»Ja. Erst prügelt er sie weg, dann weint er ihnen nach.«

»Grundgütiger, seid ihr Großstadtleute herzlos.«

Grundgütiger? Sie schmunzelte. »Nicht herzlos, Henny. Wir vergessen nur nicht.«

»Das können wir Dorfleute besser.«

Louise lachte. »Bringst du mich morgen zu Adam Baudy?«

»Ja, aber jetzt muss ich Schluss machen, ich muss...« Er brach ab.

»Sag's nur, Henny.«

»Ich muss jetzt mal pissen.«

Der Name holte sie aus dem Schlaf. Sie schlug die Augen auf. Ernst Martin Söllien. Sie hatte diesen Namen schon gehört.

Zwanzig nach vier, draußen dämmerte es. Ernst Martin Söllien. Sie stand auf.

Sie hatte von dem Vermummten geträumt. Obwohl er sich ihr auch im Traum nicht offenbart hatte, hatte sie gewusst, dass er Richard Landen war. Sie hatte ihn in die Damentoilette des Café Atrium gezogen und dort auf dem Boden mit ihm geschlafen.

Im Wohnzimmer lief »Poor Man's Moody Blues«, und es stank nach Alkohol. Hatte sie, oder hatte sie nicht?

Nein, sie hatte nicht. Sie hatte die Flaschen geöffnet und ins Spülbecken geleert. Sie ging um die Küchenzeile, drehte den Wasserhahn auf, schwemmte die Reste weg.

Ernst Martin Söllien. Erinnerung oder Einbildung? Wo hatte sie den Namen gehört? Oder hatte sie ihn *gelesen*?

Sie nahm die Ermittlungsunterlagen, setzte sich auf den Boden. Ernst Martin Söllien, vermutlich Anwalt. Sie blätterte sich zu den Informationen über die Prozessbeteiligten von Rottweil 1992 durch.

Und da stand er. Rechtsanwalt Dr. Ernst Martin Söllien, Kanzlei Uhlich & Partner, Freiburg. Mandant: Halid Trumic, geboren am 16. 12. 1949 in Tuzla, Jugoslawien/Teilrepublik Bosnien-Herzegowina, Ende 1992 zu einer Geldstrafe verurteilt wegen Verstoßes gegen das Waffengesetz.

Adrenalin schoss durch ihre Blutbahnen. Ernst Martin Söllien, Halid Trumic. Die ersten Namen.

6

UM SECHS KAM DER REGEN. Louise stand mit Almenbroich am geöffneten Fenster seines Büros, sah zu, wie dicke Tropfen auf die Dächer klatschten. Abkühlung brachten sie nicht, die Luft blieb warm und schal. Als sie das Büro vor wenigen Minuten betreten hatte, da hatte Almenbroich schon am offenen Fenster gestanden. Kommen Sie, Louise, hatte er gesagt, gleich fängt es an. Gemeinsam hatten sie auf den Regen gewartet, zwei erschöpfte, vertrocknende Kripobeamte, die aus unterschiedlichen Gründen kaum noch Schlaf fanden.

»Wie geht's dem Arm?«

»Besser, danke. Und Ihrem Kreislauf?«

»Oh.« Almenbroich winkte ab.

Der Regen wurde stärker, die Luft feuchter. Im Osten war die Wolkendecke aufgebrochen, einzelne Sonnenstrahlen fielen auf die Hügel. Den Flaunser erreichten sie noch nicht.

»Wir haben zwei Namen«, sagte Louise.

»Geben Sie mir noch ein paar Minuten«, bat Almenbroich.

Sie musterte ihn. Das Ausmaß seines körperlichen Verfalls erschreckte sie. Das Gesicht grau, hohläugig, hohlwangig, der Rücken gekrümmt, der Mund immer leicht geöffnet, der Atem ging in kurzen Stößen. Sie fragte sich, wie lange er noch durchhalten würde. Sie brauchte ihn doch.

»Gut, ich bin so weit«, sagte er nach einer Weile. »Gehen wir zur Abwechslung in Ihr Büro.«

»Ich hab noch kein Büro.«

»Nein?« Almenbroich lächelte. Zum ersten Mal seit Tagen lag ein Funken Leben in seinem Blick.

Sie folgte ihm auf den Gang. Er lächelte noch immer. Ein Vater, der sein Kind ins Weihnachtszimmer führte.

Das Büro befand sich im zweiten Stock. Die Kollegen vom Rauschgiftdezernat hatten einen kleinen Meetingraum zur Verfügung gestellt, Almenbroich hatte Schreibtisch, zwei Stühle, Telefon, Computer und zwei Grünpflanzen besorgt. An einer Wand hing in Postergröße eine Fotografie. Asiatische Jungen in roten Mönchskutten liefen lachend eine Treppe herunter, auf den Betrachter zu. Sie war gerührt, wenn sie auch nicht verstand, worauf das Poster anspielen sollte. Auf die Monate im Kanzan-an? Dass es höchste Zeit war, wenn sie in diesem Leben Kinder haben wollte?

Almenbroich trat neben sie. »Die Kinder von Asile d'enfants.«

Sie schwieg überrascht.

Achtundfünfzig verschwundene asiatische Kinder, nur zwei waren Anfang des Jahres gefunden worden – Pham und das Mädchen aus Poipet. Von den anderen, die in Deutschland, Frankreich, Belgien, der Schweiz verkauft worden waren, fehlte jede Spur.

Nun kamen sie ihr in roten Mönchskutten lachend entgegengelaufen.

»Sucht noch jemand?«

»Nebenbei«, sagte Almenbroich.

Sie setzten sich. Almenbroich berichtete von der Soko-

Besprechung gestern Nachmittag, die kurz gewesen war und kaum Neues gebracht hatte. Louise versuchte sich zu konzentrieren, aber ihr Blick glitt immer wieder zu dem Poster über seinem Kopf. Die Kinder von Asile. Ihr war zum Heulen zumute. Sie sah Almenbroich an und dachte: Aber will ich sie so vor Augen haben? Als wären sie wieder da oder nie missbraucht und verkauft worden?

Die tröstliche Illusion, die bittere Realität. Vergessen oder erinnern. Entscheide dich.

Nicht heute.

Nun, da die Zuständigkeiten klar seien, sagte Almenbroich, habe man die Soko mit Leuten aus Löbingers Dezernat und Staatsschützern vom D 13 aufgestockt. Löbinger leite die Soko, Bermann sei der Stellvertreter. Er lächelte viel sagend, Louise nickte. Bewährungsprobe für Rolf Bermann, der kein Stellvertreter war, sondern der Prototyp des Alphatiers. Nun also »assistierte« Bermann.

»Jetzt zu den Namen, Louise. Was haben Sie?«

Sie erzählte von Ernst Martin Söllien und Halid Trumic, anschließend formulierte Almenbroich die Zusammenhänge: Ein Freiburger Rechtsanwalt verteidige im Jahr 1992 einen des Waffenschmuggels angeklagten muslimischen Bosnier. Derselbe Rechtsanwalt wolle 2001 einem Kirchzartener Bauern eine Weide abkaufen, in der sich ein unterirdischer Schutzkeller aus dem Zweiten Weltkrieg befinde. Zwei Jahre später werde in diesem Keller ein illegales Waffendepot entdeckt – besser gesagt: in die Luft gesprengt.

Sie schwiegen. Almenbroich wirkte nachdenklich, Louise war skeptisch geworden. Es hatte allzu dünn geklungen.

»Na ja, es ist ein Anfang«, sagte sie schließlich.

»Mehr als das. Es ist die erste Spur, die uns nicht von

irgendeiner Behörde, irgendeinem Kontaktmann, irgendeiner anonymen Quelle eingeflüstert wird. Vertrauen Sie diesem Täschle?«

»Ja.«

»Gut. Dann arbeiten Sie mit ihm. Ich hole Täschle in die Soko, dann gibt es da keine Probleme. Sie beide bleiben an Ihrer Spur, egal, was Anselm und Rolf sagen. Falls Sie herausfinden, dass die Spur nirgendwohin führt, überlegen wir weiter. Falls Sie Unterstützung brauchen, kommen Sie zu mir, dann organisieren wir jemanden von außerhalb der Soko.« Almenbroich schwieg, wischte sich mit einem Stofftaschentuch den Schweiß von Stirn und Wangen. Seine Hand zitterte leicht.

»Jemanden von der Kripo, der freiwillig gegen Bermann oder Löbinger arbeiten würde?«

»Wenn ich es anordne?«

»Einer von den beiden wird demnächst Leiter der Inspektion I.«

»Woher wissen Sie das? Wir haben sieben Bewerbungen.« Almenbroich lächelte matt. »Nun, wir werden sehen, wie wir das Problem lösen. Haben Sie sich eine Ersatzwaffe besorgt?«

»Die H&K von Günter.«

»Die neue H&K? Haben Sie damit Erfahrung?«

»Ich kenne die Unterschiede. Dreizehn Schuss statt acht, achtzig Gramm leichter, nach jedem Schuss automatisch entspannt. Wird schon gehen.«

»Das ist fahrlässig, Louise.«

»Ich schau heute im Schießkino vorbei.«

»Das reicht mir nicht. Die H&K ist eine hervorragende Waffe, aber die Umstellung von der Walther verläuft nicht ganz problemlos.«

»Ich weiß. Manche Kollegen schießen zu weit links und zu tief.«

»Gehen Sie zum WuG, der gibt Ihnen eine Walther P5.«

»Der WuG fand gestern, das wäre nicht notwendig.«

»Nun, ich sorge dafür, dass er das heute anders sieht. Wären Sie so nett, das Fenster zu öffnen?«

Sie erhob sich. Auf der Heinrich-von-Stephan-Straße staute sich der Verkehr Richtung Innenstadt. Der Regen hatte nachgelassen, überall brach die Wolkendecke auf. »Danke«, sagte Almenbroich.

Sie nickte.

Jenseits der Bahnlinie waren die Hochhäuser von Weingarten zu sehen. Sie dachte an Günters Übelkeit, die Erklärungen, das Geschwür, das die Karlsruher Spezialistin finden sollte. Sie konnte nur ahnen, wie es ihm jetzt ging in dieser winzigen schwarzen Wohnung, auf seinem einsamen schwarzen Weg. Nein, kein Psycho, kein Verrückter, keiner, der mit dem Leben Probleme hatte. Nur ein Mann mit einem Geschwür, oder was auch immer in seinem Magen oder Darm saß, oder wo auch immer es saß.

Sie setzte sich. »Sie können Günter nicht suspendieren, bloß weil ihm manchmal schlecht ist.«

Almenbroich nickte, er war ihrer Ansicht. Auf der anderen Seite, sagte er, sei Günter für die Kripo im Augenblick nicht tragbar. Er sei zur Gefahr für seine Kollegen geworden. Also werde er ihn zwar nicht suspendieren, wie Anselm Löbinger vorgeschlagen habe, ihn aber nachhaltig bitten, sich krankschreiben zu lassen. »Wie damals bei Ihnen.« Er legte die Fingerspitzen aneinander. Aus dem Dreieck wurde ein Kreis, aus dem Kreis ein Dreieck. Wie vertraut ihr diese Bewegungen mittlerweile waren. Jetzt wusste sie, was sie verbergen und suggerieren wollten – äußere Entschlossenheit, innere Unsicherheit.

Sie hob den Blick. »Sie haben mich nicht gebeten, Sie haben mich gezwungen.«

»Da haben Sie Recht.« Er lächelte sanft. »Manchmal helfen undemokratische Methoden am besten.«

»Dann ›bitten‹ Sie Günter, zu einem Psychologen zu gehen.«

»Ich sehe, wir haben dieselbe Vermutung. Ohne dass ich Ihnen zu nahe treten will: Können Sie einen empfehlen?«

»Katrin Rein. Zumindest für die ersten Gespräche.«

»Die Dozentin der Akademie?« Almenbroich nickte.

»Jung, hübsch, ein bisschen impulsiv, aber mit Leib und Seele dabei.«

»Mit Seele würde erst mal reichen.«

Sie lachten. Louise nahm vier Halbliterflaschen Evian aus der Umhängetasche und platzierte sie in einer Reihe auf ihrem neuen Schreibtisch. Sie bot Almenbroich eine an, zeigte ihm, wie der Sportlerverschluss zu öffnen war.

Er trank wie ein Verdurstender.

»Ich muss gleich in die Besprechung«, sagte sie.

Almenbroich schüttelte den Kopf. Die Soko-Besprechung war auf zehn verlegt worden – aus Stuttgart kamen Kripoleute in die südbadische Provinz. Staatsschützer. Er zuckte die Achseln. Neonazis in Freiburg und der Region? Wenig wahrscheinlich. Die saßen woanders.

»Das bringt uns zu unserer anderen Spur«, sagte er.

Aus der anderen, der neonazistischen Spur war spätestens seit gestern Abend eine kroatisch-neonazistische geworden. Am vergangenen Nachmittag und Abend hatte Almenbroich wieder Anrufe bekommen: »Die Freunde« von LKA und BND sowie eine Mitarbeiterin des Staatssekretärs. Die Mitarbeiterin hatte sich nach dem Stand der Ermittlungen erkundigt und umfassende Unterstützung im Kampf gegen die Neonazis versprochen, selbst wenn sie aus Baden-Württemberg stammten ...

»Selbst *wenn*?«

»Wir haben es jetzt mit Politik zu tun, Louise. Vergessen Sie das nicht.« Almenbroichs Hände schlossen sich zum Fingerdreieck.

Sie nickte. Da war es wieder, das unerklärliche Gefühl von gestern: Er vermutete oder wusste etwas, das er auch vor ihr geheim hielt.

»Wo waren wir stehen geblieben?«

»Bei der Mitarbeiterin des Staatssekretärs.«

»Richtig.« LKA und BND hatten auf die Namenslisten von Rottweil 1992 verwiesen und angedeutet, dass manche der dort aufgeführten Kroaten zum rechtsnationalistischen Flügel der HDZ gehörten, der »Kroatischen Demokratischen Gemeinschaft«, einer Oppositionspartei. »Die hatten oder haben ein Büro in Stuttgart, und es kursierte damals das Gerücht, dass von dort Landsleute zum Waffenschmuggel aufgefordert wurden ... Was wissen Sie über Kroatien?«

»Wenig bis nichts.«

Er lächelte. »Ich habe zu Hause ein wenig nachgelesen.«

»Heute Nacht?«

»Heute Nacht.« Er hob die Evian-Flasche an den Mund, trank, sagte dann, die ursprünglich rechtsnationale HDZ sei 1989 von Franjo Tudjman, dem späteren Staatspräsidenten, und anderen gegründet worden. Seit Tudjmans Tod vor einigen Jahren werde sie reformiert und sei nun eher in der rechten Mitte des demokratischen Spektrums anzusiedeln als am rechten Rand. Doch nach wie vor distanzierten sich manche Mitglieder nicht vom Ustascha-Staat der frühen Vierzigerjahre ...

Louise öffnete den Mund, Almenbroich hob die Hand – Erklärung folgt.

Soweit er es verstanden habe, hätten die Kroaten nach dem Einmarsch der Deutschen 1941 den so genannten »Unabhängigen Staat Kroatien« gegründet, eben Ustascha. Was dort geschehen sei, wisse er nicht im Einzelnen, aber es habe offenbar Konzentrationslager gegeben, in denen hunderttausende Juden, Serben, Zigeuner und oppositionelle Kroaten von kroatischen Faschisten ermordet worden seien. »Man vermutet bei LKA und BND – ich wiederhole, Louise: bei LKA *und* BND –, dass sich baden-württembergische Neonazis und kroatische, HDZ-nahe Migranten zusammengetan haben, und zwar schon während des Jugoslawienkrieges Anfang der Neunziger ...«

»... und jetzt eine Privatarmee ausrüsten wollen?«

Almenbroich zuckte die Achseln. »Dass auf dem Balkan europäische, darunter deutsche Neonazi-Söldner gekämpft haben, ist bekannt. Die Frage wäre eher: Was könnten diese Leute im Sinn haben? Ich habe aber ein anderes Problem mit dieser Geschichte, wie Sie wissen.«

»Stimmt sie, oder sollen wir manipuliert werden.«

»Wenn man von drei unterschiedlichen Seiten etwa zur selben Zeit etwa dieselben Informationen erhält, liegt der Gedanke an Manipulation nahe. Oder an Paranoia.«

»Und an Panik.«

»Wir wollen nicht übertreiben, Louise.«

Sie lächelte. »Nicht bei Ihnen. Bei dem, der die Informationen streut, falls es sich um ein und denselben handelt.«

Almenbroich nickte. Jedenfalls, sagte er dann, werde die Soko diesen Hinweisen natürlich nachgehen und sämtliche

Namen auf den Listen von Rottweil 1992 überprüfen. Er sah auf die Uhr und erhob sich. Er war um sieben in seinem Büro mit Marianne Andrele verabredet. Sechs, sieben, acht Uhr morgens – die einzigen erträglichen Stunden des Tages. Er trank die Flasche leer. Mit einem müden Lächeln zog er das Stofftaschentuch hervor, wischte sich den Schweiß vom Gesicht.

»Muss ich mir um Sie Sorgen machen?«

Almenbroich sah einen Moment lang aus, als wollte er umarmt und getröstet werden. Dann sagte er dankbar: »Nein, nein.« Sie wusste, dass er im Dienst keine Schwäche zeigen würde. Ein fünfundfünfzigjähriger Kripoleiter, der während eines so wichtigen Falles in der Sommerhitze kollabierte, wäre kaum zu halten.

»Noch was.« Louise erzählte von dem Vermummten.

Almenbroich setzte sich. »Das steht in keinem Protokoll.«

»Rolf wollte es so.« Sie erklärte, weshalb. Almenbroich nickte. Er fand die Entscheidung gewagt, aber plausibel. »Nur zur Information«, sagte Louise, »Anselm glaubt, ich habe fantasiert.«

»Rolf und Anselm«, sagte Almenbroich. »Es war keine gute Idee von mir, beide in die Soko zu holen.«

»Ich schätze, es ging nicht anders.«

»Es geht immer anders. Aber dieser Mann . . . Wer um Himmels willen . . .« Almenbroich schüttelte den Kopf, blickte sie ratlos an.

Sie zuckte die Achseln. Es gab so viele Möglichkeiten. Die angenehmeren waren: ein Mitglied eines SEK, der GSG 9, irgendeiner anderen staatlichen Spezialeinheit. Vielleicht ein BND-Mann, ein V-Mann. Dann stünde er wenigstens auf ihrer Seite.

»Beschreiben Sie ihn.«

»Durchtrainiert, schnell, zielstrebig, risikobereit, lautlos, absolut professionell.«

»Und er hat kein Wort gesagt?«

Sie schüttelte den Kopf.

Almenbroich deutete auf seine Armbanduhr und stand wieder auf. »Wir reden darüber.«

»Noch was, Herr Almenbroich.«

»Ja?«

»Ich habe das Gefühl, dass Sie mehr wissen, als Sie mir sagen.«

Almenbroich stutzte. Dann erwiderte er, das täusche, offenbar habe er sie mit seiner Paranoia angesteckt. Er lächelte, ging, nahm die Dinge, die er auch vor ihr verbarg, mit.

Minutenlang saß sie an ihrem neuen Schreibtisch in ihrem neuen Büro fernab von ihrem Dezernat und ihren Kollegen, blickte auf das Poster mit den asiatischen Kindern und dachte über unerklärliche Gefühle, Paranoia, Selbsttäuschung nach. Almenbroichs Stimme hatte wie immer geklungen, das abschließende Lächeln war wie immer gewesen – freundlich, seriös, präsidial. Und doch . . . Gefühle hatten nun einmal den Vorteil und den Nachteil, dass sie mit dem Augenschein nicht übereinstimmen mussten.

Schließlich ließ sie sich von der Auskunft Adresse und Telefonnummer der Kanzlei Uhlich & Partner geben und dann verbinden. Kanzleiöffnungszeit war, erklärte der Anrufbeantworter, zwischen neun und zwölf.

Sie rief Barbara Franke an, die im Winter so viel für sie getan hatte, dachte lächelnd: die terre-des-hommes-Baba, hellbrauner Mantel, blonde Haare, Laptop, so schlank und schön, dass Anatol sie keines Blickes gewürdigt hätte.

Und Richard Landen?

»Das gibt's nicht«, sagte Barbara Franke kauend. »Sie *leben*.«

»Na ja, was man so leben nennt. Gestern hat einer seinen Hund auf mich gehetzt.«

»Verklagen Sie ihn.«

»Ich würde ihn lieber erschießen.«

»Erschießen ist auch gut.« Barbara Franke fluchte, Honig auf der Hose. Louise bekundete ihr Bedauern. Sie lachten, dann sagte Barbara Franke: »Wir müssen uns mal treffen.«

»Wie wär's heute am späteren Abend?«

»Bin ich in einer Sitzung. Morgen früh? Gehen Sie mit mir joggen, sechs Uhr an der Kronenbrücke. Wir laufen an der Dreisam hoch nach Ebnet und zurück, da können wir uns viel erzählen. Sie wissen, dass ich beim Laufen am besten reden und zuhören kann.« Sie lachte wieder, Louise lachte mit, dann sagte sie zu. An ihrem Ohr raschelte es, Barbara Franke zog die Hose aus. Sie öffnete eine quietschende Tür, ging über Parkett, sagte: »Sie wollen doch irgendwas, richtig?«

»Uhlich & Partner«, sagte Louise.

»Nie gehört.«

»Eine Kanzlei.«

»Wo sind die?«

»Hier, in Freiburg.«

»Kenne ich nicht. Ich erkundige mich und ruf Sie an.«

Dann war sie wieder allein mit der Frage nach Almenbroichs Geheimnis und den Kindern mit den roten Kutten. Sie erhob sich, nahm das Poster vorsichtig von der Wand. Illusion oder Realität, vergessen oder erinnern, tröstlich das eine, bitter das andere, schwer, sich zu entscheiden.

Der WuG war noch nicht da. Sie ging zur »Datenstation«, wie das Dezernat 43 genannt wurde. Einer der Kollegen an den Terminals überprüfte die beiden Namen, Halid Trumic und Ernst Martin Söllien. Sowohl Trumic als auch – und damit hatte sie nicht gerechnet – Söllien hatten Aktenbestand. Trumic war wegen Rottweil 1992 erfasst worden, die Akte wurde bei den Kollegen in Rottweil geführt. Sölliens Akte lag in Freiburg. Er war Ende 2001 wegen Immobilienbetrugs verhaftet worden. Beide waren erkennungsdienstlich behandelt und fotografiert worden. Die Gesichter sagten ihr nichts.

Ratlos verließ sie die Direktion. Waffenschmuggel und Immobilienbetrug – gehörte das eine zum anderen?

Etwa eine halbe Stunde später stand sie zum ersten Mal seit Jahresbeginn wieder vor dem kleinen Günterstaler Haus mit dem Holzzaun, den Trittsteinen im Gras, dem Garten mit dem Teehaus. Die Weide trug jetzt Blätter, griff nicht mehr bedrohlich nach dem Dach, sondern hielt eher eine schützende Hand darüber. Keine einsamen Lichter hinter den kleinen Fenstern, es war längst hell. Ein Sommeridyll, zumindest äußerlich. Ein Haus, in dem sie nachts bestimmt gut schlafen würde.

Sie hatte noch nicht entschieden, weshalb sie gekommen war. Um zu klingeln und ihr Glück zu versuchen oder um von dem Haus und Richard Landen Abschied zu nehmen.

So ein Quatsch, dachte sie. Du wirst klingeln, Tommo hin, Tommo her, wir sind schließlich erwachsen.

Sie blickte auf das Klingelschild. TOMMO/LANDEN. Komische Namen, sagte Niksch in ihrem Kopf. Ruhig, Nikki, antwortete sie stumm.

Ja, sie würde klingeln, aber sie würde auf keinen Fall die

Küche betreten. In der Küche saßen die Porzellankatze und Niksch. Das Wohnzimmer ginge, im Wohnzimmer saß Tommo, das war nicht so schlimm.

Sie fröstelte.

Klingelte.

Niemand öffnete.

Auf einen Mann zu warten kam nicht in Frage, also ging sie spazieren, die frische Günterstaler Morgenluft tat sicher gut nach einer fast schlaflosen Nacht. Sie atmete in den Bauch, wie sie es von Enni und später, im Kanzan-an, von Roshi Bukan gelernt hatte, sog die frische Günterstaler Morgenluft tief in sich, um die Sehnsucht und die Fragen zu vertreiben. Die Sehnsucht blieb, die Fragen kehrten zurück. Wo war er? In Japan bei Tommo? Beim Joggen nach Ebnet, oder wo Freiburger Jogger sonst hinliefen? Zwei Kinder kamen ihr entgegen, dann eine Frau mit einem Hund, alle grüßten, und sie grüßte zurück. An einer Kreuzung blieb sie stehen, wandte sich fluchend um. Sie hatte genug von der Günterstaler Morgenluft, vom Nicht-Warten auf einen Mann.

Als sie das Auto erreichte, rief Barbara Franke an. Sie war auf dem Weg zum Amtsgericht, im Hintergrund hörte Louise eine Straßenbahn, Baulärm, Stimmen von Jugendlichen. »Sitzen Sie?«, rief Barbara Franke.

»Gleich«, sagte Louise und stieg ein. Fast im selben Moment verstummte der Lärm im Hintergrund, Barbara Franke hatte ein Gebäude betreten. Für den Bruchteil einer Sekunde war die Verbindung gestört. Louise öffnete das Seitenfenster, ließ den Blick über das Haus, den Garten, die Weide gleiten. Wiederkommen oder Abschied nehmen?

»Louise?«

»Schießen Sie los.«

»Schießen ist gut«, sagte Barbara Franke. Uhlich & Partner waren zwar als Anwälte zugelassen, jedoch fast ausschließlich als Lobbyisten tätig. Ihre Mandanten: in- und ausländische Rüstungsfirmen.

»Sieh an«, sagte Louise. »Welche?«

»Keine Ahnung.«

»Kriegen Sie's für mich raus.«

Barbara Franke stöhnte. »Na gut, ich kümmer mich drum. *Mist.*« Sie schwiegen kurz, lachten dann. Ein *Déjàentendu.*

Barbara Franke fuhr fort. Uhlich & Partner waren Dr. Horst Uhlich und Dr. Christian von Leh, früher auch Dr. Ernst Martin Söllien, doch der war vor eineinhalb Jahren gestorben. Die Kanzlei hatte ihren Hauptsitz in München und Dependancen in Berlin, Stuttgart, Freiburg und Passau.

»Abgesehen von Stuttgart also grenznah, warum auch immer«, sagte Louise.

»Richtig«, sagte Barbara Franke. Sie fragte nach dem Zusammenhang. Das Waffendepot in Kirchzarten? Louise bejahte, erzählte, was sie erzählen konnte. Manches wusste Barbara Franke aus den Medien. Der Boulevard habe sich, sagte sie, auf den Bauern und die Kroaten eingeschossen, sie selbst, offen gestanden, auch – ein prügelnder Bauer, rechtsnationalistische Kroaten, das passe wunderbar in ihr Weltbild. Sie lachte. Und die Kripo?

»Ermittelt in verschiedene Richtungen.«

»Egal, welche Richtung es am Ende ist, die Alternativen scheinen ziemlich hässlich zu sein.«

Louise wandte den Kopf, betrachtete Haus, Garten, die

grüne Weide. Das Landen'sche Idyll, die frische Günterstaler Morgenluft, ein südbadischer Sommertag – und ein Waffendepot, der Jugoslawienkrieg, Rüstungsfirmen. »Schwer vorstellbar«, sagte sie.

»Nur, wenn man blind ist.«

»Der Jugoslawienkrieg, Rüstungsfirmen, ich bitte Sie.«

Barbara Frankes Stimme wurde lauter, sie sprach schneller, ihre Schritte klangen nach Treppe. »Wir sind weltweit der viertgrößte Exporteur von Kriegswaffen, Louise, wir haben in den Neunzigern jährlich Waffen im Wert von einer bis drei Milliarden D-Mark exportiert. Also, was soll das heißen, ›ich bitte Sie‹?«

Louise schmunzelte. Da war sie wieder, die Kriegerin, mit der sie sich im Winter so wohl gefühlt hatte. Sie spürte, wie Barbara Frankes Kampfgeist auch ihre Kraft zu neuem Leben erweckte. Was tat sie hier, in Günterstal? Außer nicht zu warten, das Selbstmitleid zu pflegen? Sie ließ den Motor an. »Wer ist ›wir‹? Wir Freiburger?«

»Wir Deutschen. Wir Freiburger leben nicht auf der Insel der Seligen.«

»Die Günterstaler Freiburger schon.«

»Nicht mal die. In Günterstal lebt Filbinger.«

»Bleiben wir in der Gegenwart.«

»Mal sehen, was haben wir in der Nähe ... In Oberndorf sitzen Ihre Freunde von Heckler & Koch. H&K-Gewehre aus Lizenzproduktion waren, wie man hört, im Jugoslawienkrieg auf allen Seiten sehr beliebt – da haben Sie Ihren Jugoslawienkrieg. Soll ich weitermachen?«

Louise lächelte, fuhr los. »Ja, machen Sie ein bisschen weiter.«

»In Rottweil letztes Jahr die Waffenfreaks. Außerdem war in Rottweil eine Pulverfabrik, die im Ersten Weltkrieg einen Großteil des Pulvers für die deutsche Infanterie produziert hat. In Karlsruhe sind die Industriewerke-Karlsruhe-Augsburg AG, die haben früher Landminen und Munition hergestellt. Dann haben wir in Friedrichshafen die Zahnradfabrik, die Getriebe und Lenkungen für Militärfahrzeuge baut, und die MTU, die Motoren für Panzer und Haubitzen baut, zum Beispiel für Indien und Korea. Ganz zu schweigen natürlich von DaimlerChrysler, die über ihre Beteiligung an der EADS überall sind und so ziemlich alles herstellen, zum Beispiel Atomwaffenträgerraketen, Minen, Streumunition. Hab ich was vergessen? Die Mauser-Werke waren auch in Oberndorf, in Ulm sitzt Walther, die kennen Sie ja. Im Kernforschungszentrum Karlsruhe haben wir in den Siebziger- und Achtzigerjahren pakistanische Wissenschaftler mit atomarem Know-how versorgt. Ach ja, und . . .«

»Schon gut, schon gut, Sie haben ja Recht.«

»Sie wollten Freiburg, Sie bekommen Freiburg. Ende der Siebzigerjahre hat ein Freiburger Ingenieur Chemie-Anlagen nach Pakistan geliefert, mit denen man Uran-Verbindungen produzieren oder umwandeln kann oder was auch immer. Über sechzig Lastwagen haben das Zeug transportiert, das muss man sich mal vorstellen. Pakistan bekam die vorletzten Komponenten für die Atombombe, der Ingenieur acht Monate auf Bewährung und eine Geldstrafe.«

»Ich bin beeindruckt.«

»Pazifisten auf dem Kriegspfad.«

Sie lachten.

Louise richtete den Blick abwechselnd auf Straße und Gehwege, während sie Günterstal durchquerte. Das Nicht-Warten war beendet, das Nicht-Suchen hatte begonnen. Doch nirgendwo ging, stand, saß ein großer, schlanker

Mann mit freundlich-distanziertem Blick, leicht geröteten Augen, einer kleinen Ansammlung grauer Härchen in der rechten Braue. Sie fuhr durch den Torbogen des einstigen Zisterzienserklosters, beschleunigte auf der Schauinslandstraße. Abschied nehmen oder wiederkommen?

»Vergessen Sie die Namen der Uhlich-Mandanten nicht«, sagte sie.

»Keine Sorge.«

Sie beendeten das Gespräch.

Louise warf einen Blick in den Rückspiegel. Beschloss, Abschied zu nehmen.

Beschloss wiederzukommen.

Beschloss mal dies, mal das.

In Herdern beschloss sie anzurufen. Entnervt wählte sie Richard Landens Telefonnummer und sagte, als der Anrufbeantworter ansprang: »Ich bin wieder da, und ich hab Informationen über Taro, wenn es Sie interessiert.« Sie hielt, stieg aus, betätigte die Wahlwiederholung und sagte: »Louise Bonì, falls Sie meine Stimme nicht erkannt haben.«

Zwei Anrufe innerhalb weniger Sekunden. Landen würde wissen, dass es dringend war.

Sicher auch, weshalb.

Während sie die Straße überquerte, versuchte sie, sich das letzte Telefonat mit Richard Landen in Erinnerung zu rufen. Sie wusste, dass sie viele Fragen gestellt hatte, aber nicht mehr, welche.

Fragen, die sie besser nicht gestellt hätte – so viel immerhin wusste sie noch.

Sie blickte auf das Haus auf der anderen Straßenseite, in dem Uhlich & Partner residierten. Ein hübsches zweistöckiges weißes Gebäude, im ersten Stock vor dem mittleren Fenster ein kleiner Balkon, das einzige Fenster im zweiten Stock in einer Gaube. Die Ecken des Hauses waren unverputzt und glichen schmalen grauen Säulen. Sie klingelte, ein Summer ertönte. Ein weicher Teppich, der Duft nach altem Holz, indirektes Licht empfingen sie. Sie betrat eine große, wandgetäfelte Diele, in deren Mitte eine lächelnde ältere Frau stand. Die Hände vor dem Bauch gefaltet, dezentes blaues Kostüm, goldgefasste Brille – eine junge Großmutter, der man ohne Weiteres Herzensgeheimnisse anvertrauen würde.

Uhlich & Partner waren auf unangemeldete Hauptkommissarinnen vorbereitet.

Sie erwiderte das Lächeln.

Im selben Moment kehrte die Erinnerung an die Fragen zurück. *Warum fliegen Sie nach Japan? Wann kommen Sie wieder? Warum sind Sie manchmal so sympathisch und manchmal so langweilig? Lieben Sie Ihre Frau? Wann sehe ich Sie wieder?*

Aber die Fragen waren nicht einmal das Schlimmste gewesen. Das Schlimmste hatte sie sich für das Ende des Telefonates aufbewahrt. *Dann werden wir viel Zeit haben. Sie haben dreimal innerhalb von einer Woche bei mir angerufen, ich gehe also davon aus, dass Sie viel Zeit mit mir haben wollen. Oder?*

Fassungslos schüttelte sie den Kopf.

Die Großmutter hob die Brauen, das Lächeln blieb.

»Liebeskummer«, sagte Louise und fühlte sich sehr wohl mit diesem Wort.

»Oh, Sie Arme.« Die Großmutter streckte eine Hand aus. »Dr. Annelie Weininger, Büroleiterin.«

»Louise Bonì, Kriminalhauptkommissarin.«

Annelie Weininger lächelte. »Was kann ich für Sie tun? Möchten Sie ein Gespräch unter Frauen oder von Kommissarin zu Büroleiterin?«

»Wir könnten je nach Laune wechseln.«

»Gut! Dann machen wir es uns gemütlich.«

Annelie Weininger ließ ihre Hand los, führte sie in eine Art Kaminzimmer mit hellbraunen Ledersesseln, brachte Kaffee, Kekse verschiedener Formen, Größen, Farben, eine Karaffe mit Wasser. Louise setzte sich, verdrängte die Peinlichkeiten, die sie Richard Landen zugemutet hatte. Gamma-Alkoholikerin in der Prodromalphase, sagte sie sich, er wird schon verstehen.

Falls er zurückruft.

Annelie Weininger schloss die Tür, ließ sich auf einem Sessel gegenüber nieder. An der Wand hinter ihr hingen Poster, die spielende, lachende, schmusende Kinder zeigten. An der Kaminwand hingen Poster von Städten im Sonnenlicht, Jerusalem, Rom, Berlin. »Fangen wir mit dem Wichtigen an«, sagte Louise.

»Dem Liebeskummer.«

»Dem Verbrechen.«

»Oh.« Annelie Weininger nickte.

Sie hoben die Tassen, tranken.

Dann sagte Louise: »Dr. Söllien.«

Ernst Martin Söllien, erzählte Annelie Weininger, hatte sich von einem befreundeten Bankangestellten in einen Immobilienbetrug hineinziehen lassen. Minderwertige Immobilien waren Klein- und Mittelverdienern als Altersvorsorge angeboten und dann dramatisch über Wert finanziert worden. Ein paar Jahre später waren sie zum Teil nur noch fünfundzwanzig Prozent des Kaufpreises wert gewesen.

Einer der hoch verschuldeten Käufer hatte Selbstmord begangen, der Bank-Freund war zusammengebrochen, hatte gestanden, Sölliens Namen genannt. Es kam, wie es kommen musste: Verhaftung, Anklageerhebung, Ausschluss aus der Anwaltskammer, gesellschaftliche Ächtung. Die Ehe zerbrach, dann kam der Herzinfarkt, binnen zwei Tagen war Söllien tot. »Er hat mir so Leid getan, trotz seiner Fehler«, sagte Annelie Weininger. »Eine schreckliche Zeit für uns alle und vor allem für seine Familie.«

»Ich brauche die Adresse seiner Exfrau.«

»Witwe. Sie waren nicht geschieden.«

Annelie Weininger verließ den Raum, kehrte mit einem Notizzettel und einer Fotografie zurück. Das zweite Foto von Ernst Martin Söllien, das sie sah. Ein dicklicher Mittvierziger, der in der Diele der Kanzlei stand, ein Glas Wein in der einen Hand, die andere zu einer lockeren Faust gekrümmt. Louise fand das Gesicht unangenehm. Kein Selbstbewusstsein, kein Bemühen um Haltung. Der Blick spiegelte zugleich Unterwürfigkeit und Verschlagenheit wider. Unter den Alterserscheinungen schimmerten kindliche Züge durch.

»Es war schwer, ihn einzuordnen«, sagte Annelie Weininger. Ernst Martin Söllien hatte viele Eigenschaften gehabt, die einander widersprachen, als hätte er es im entscheidenden Alter versäumt, sich für eine grundlegende Wesensart zu entscheiden. Er hatte mit System betrogen, einfache Menschen um ihr Erspartes gebracht. Auf der anderen Seite war er den Kollegen gegenüber sehr freundlich gewesen, hatte keinen Geburtstag vergessen. Vor Gericht war er skrupellos gewesen, zugleich hatte er für soziale Einrichtungen gespendet, war Mitglied in einem Verein gewesen, der soziale Projekte in Pakistan unterstützte. »Es ist mir in diesen sechs Jahren nicht gelungen, mir ein Bild von ihm zu machen, das eine Woche später noch gepasst hätte.« Annelie Weininger seufzte. »Gibt es denn einen Grund, den Fall noch einmal zu untersuchen?«

»Bis jetzt nicht«, erwiderte Louise. »Ich meinte mit ›Verbrechen‹ auch nicht Sölliens Immobilienbetrug, sondern illegalen Waffenhandel.«

»Illegalen . . .« Annelie Weiningers Augen wurden groß. »Kirchzarten?«

Louise nickte.

»Aber welche Verbindung könnte es zwischen Kirchzarten und Dr. Söllien gegeben haben?«

»Es gibt eine, und das führt zu der Frage, welche Verbindung es zwischen Kirchzarten und Uhlich & Partner geben könnte.«

»Natürlich keine!«

»Sagt Ihnen der Name Halid Trumic etwas?«

»Nein.«

»Mit welchen Rüstungsunternehmen arbeiten Sie?«

»Sie wissen, dass ich diese Frage nicht beantworten darf.«

»Dürfen Sie mir sagen, mit wem Sie *nicht* arbeiten?«

»Das schon eher. Wenn es unter uns bleibt.«

»Zavodi Crvena Zastava?«

»Nein.«

»›Nein‹ heißt?«

»Wir arbeiten nicht mit ZCZ.«

»Sie kennen das Unternehmen?«

»Natürlich.«

»Mal angenommen, Sie würden für die arbeiten. Was genau würden Sie dann tun?«

»Wir würden versuchen, für das, was ZCZ herstellt, in Deutschland und anderen europäischen Ländern Interessenten oder Partner zu finden. Wir würden Lobbyarbeit für das Unternehmen betreiben. Mit Politikern sprechen, in Fachpublikationen Anzeigen schalten, auf Messen Kontakte vermitteln und so weiter...«

»Was für Interessenten? Was für Kontakte?«

»Regierungen, Militärs, Polizeibehörden.«

»Neonazis, Terroristen, Guerillagruppen?«

»Natürlich *nicht*!« Annelie Weininger war blass geworden. Sie trank einen Schluck Wasser, hielt das Glas dann im Schoss umklammert. Louise glaubte ihr. Falls Ernst Martin Söllien oder Uhlich & Partner in illegale Waffengeschäfte verwickelt waren, hatte Annelie Weininger davon keine Ahnung.

Ihr Blick glitt über die Poster mit den Kindern an der Wand gegenüber, die Städte im Sonnenlicht links von ihr. Unsichtbare Panzer, Bomber, Waffen garantierten ihren Schutz. Sie wünschte, Barbara Franke wäre hier gewesen und hätte die Marketingfassade mit ihrem Kampfgeist eingerissen. Sie selbst war wohl nicht der geeignete Mensch für Vorträge über Moral. Sie hatte zwei Menschen getötet, in ihrer Tasche lag Günters H&K.

»Wollen wir jetzt über Ihren Liebeskummer sprechen?«, fragte Annelie Weininger leise.

»Gern«, sagte Louise.

Wenig später ging sie. Obwohl in diesen Minuten die Soko-Besprechung begann, entschloss sie sich, Ernst Martin Sölliens Witwe sofort aufzusuchen. Sie rief Anne Wallmer an, die wie erwartet reagierte: Fahr nicht allein dahin, du bist so leichtsinnig, Rolf wird sauer sein, außerdem ist die Besprechung Pflicht. Sie hatte in allen Punkten Recht. »Wartet nicht auf mich«, sagte Louise.

Dann fuhr sie los. Zum ersten Mal seit gestern Abend dachte sie an Anatol. Fragte sich, warum sie traurig gewesen war, aber nicht hatte kämpfen wollen. Warum sie immer noch traurig war und zugleich fand, dass es so besser war.

Warum sie ihn trotzdem plötzlich vermisste.

Marion Söllien wohnte nicht weit von Herdern, in Zähringen. Nach dem Tod ihres Mannes hatte sich, Annelie Weininger zufolge, vieles verändert. Als Witwe hatte Marion Söllien begonnen, ihrem Mann zu verzeihen. Sie hatte begonnen, ihn wieder zu lieben. Und war in die einstmals gemeinsame Wohnung zurückgekehrt. Manchmal kam sie in die Kanzlei, sprach mit Annelie Weininger über ihn. Lernte den Toten mit all seinen Widersprüchen ein bisschen besser kennen.

»Sie ist eine einfache Frau, die mit ihrem Schicksal nicht umgehen kann«, hatte Annelie Weininger gesagt. »Seien Sie nett zu ihr.«

Louise nahm sich vor, nett zu sein. Sie klingelte.

Zum zweiten Mal an diesem Morgen blieb eine Tür vor ihr verschlossen.

Die Nachbarin in der Wohnung rechts sagte, Marion Söllien müsse eigentlich noch zu Hause sein, sie gehe immer erst gegen elf zur Arbeit, Genaueres wisse sie nicht, sie habe ferngesehen. Der Nachbar in der Wohnung links sagte, Marion Söllien *sei* zu Hause, er habe mitbekommen, dass vor einer knappen Stunde ein Mann geklingelt habe und eingelassen worden sei. Er habe zufällig an der Tür gestanden und durch den Spion geschaut und den Mann gesehen.

Was für einen Mann?

Na ja, einen Mann eben.

Groß, klein? Schmal, breit?

Groß, breit.

Blond?

Dunkel.

Deutscher?

Eher ja als nein. Vielleicht auch nicht. Also, eher nein. Er hatte den Mann nur für ein, zwei Sekunden gesehen.

Louise klopfte, läutete, wieder wurde nicht geöffnet. Sie suchte den Hausmeister auf, bat ihn, ihr Marion Sölliens Stellplatz in der Tiefgarage zu zeigen. Das Auto, ein Toyota Corolla, war da. »Und was bedeutet das?«, fragte der Hausmeister, ein kleiner, kräftiger, alter Mann.

Sie zuckte die Achseln. Sie hatte keine Ahnung.

Aber sie war unruhig geworden.

Ernst Martin Söllien hatte Hannes Riedinger die Weide abkaufen wollen. Weshalb? Was wollte ein Rechtsanwalt mit einer Kuhweide, wenn er keine Kühe hatte? Falls er von dem Schutzkeller erfahren und ein Versteck für die Waffen gesucht hatte: Hatte seine Frau das gewusst?

Sie kehrten zur Wohnung des Hausmeisters zurück.

»Und was jetzt?«

»Denk ich noch mal von vorn nach.«

Doch wie sie es auch drehte und wendete: Falls Marion Söllien Bescheid gewusst hatte, stellte sie für die Hintermänner eine Gefahr dar. Hatten sie die Kanzlei beobachtet, um herauszufinden, ob die Kripo den Sölliens auf die Spur gekommen war? War der Mann, der Marion Sölliens Wohnung betreten hatte, nach Zähringen gefahren, weil Louise in Herdern aufgetaucht war?

Sie verlangte den Wohnungsschlüssel. Der Hausmeister erschrak. Er wusste nicht, welche Rechte, Pflichten, Möglichkeiten er hatte. Und durfte sie ohne Durchsuchungsbeschluss überhaupt in fremde Wohnungen? »Bis ich einen Staatsanwalt oder einen Richter am Telefon hab, ist Marion Söllien vielleicht tot«, erwiderte Louise, zog die H&K aus der Tasche, aus dem Holster. Sie hielt sie so, dass die Mündung nach unten zeigte. »Außerdem geht es manchmal nicht darum, was man darf, sondern darum, was notwendig ist. Wenn Sie Schreie oder Schüsse hören, wählen Sie eins-eins-null. Und jetzt her mit dem Schlüssel.«

Sie rief das Führungs- und Lagezentrum an, ließ sich mit dem Polizeiführer vom Dienst verbinden, bat um Verstärkung. Der PvD trug ihr auf zu warten, bis die Kollegen eingetroffen waren. Louise schwieg. Falls ihre Hypothesen stimmten, war vor einer Stunde ein Mann gekommen, der wusste, dass Marion Söllien eine Gefahr darstellte. Falls die Beobachtungen der Nachbarn stimmten, hielt er sich noch in der Wohnung auf. Dann brauchte Marion Söllien vielleicht Hilfe. Falls der Mann die Wohnung mittlerweile unbemerkt verlassen hatte, galt das Gleiche. Sie *konnte* nicht warten.

»Bonì?«, sagte der PvD scharf.

»Schon gut, ich warte, ich warte.«

Sie schob das Handy in die Hosentasche und stieg in den ersten Stock hinauf. Manchmal ging es nicht darum, was man durfte, sondern darum, was notwendig war.

Der Satz gefiel ihr. So gut, dass sie die Frage, wer bestimmte, was notwendig war, erst einmal verdrängte.

Auf dem Treppenabsatz bemerkte sie, wie still es im Haus geworden war. Die Nachbarn befanden sich in ihren Wohnungen, die Türen waren geschlossen. Sie glaubte ihre

Blicke zu spüren, zu hören, dass sie den Atem anhielten. Und hinter der Tür von Marion Söllien? Stand dort auch jemand und hielt den Atem an?

Sie näherte sich der Tür von der Seite, blieb rechts davon stehen. Nun also doch die H&K, dachte sie, weil ihr plötzlich bewusst wurde, wie ungewohnt leicht die Waffe in ihrer Hand war.

Denk an die Unterschiede. Manche Kollegen verziehen. Zu weit links, zu tief. Immerhin dreizehn Schuss statt acht.

Sie schob den Schlüssel ins Schloss. Zweimal abgesperrt. Sie stieß die Tür auf, rief: »Polizei!«, wartete.

Nichts.

»Frau Söllien?«

Keine Antwort.

Sie atmete tief durch, betrat die Wohnung.

Ein schmaler Flur, rechts und links Türen, am Ende eine geöffnete Tür zu einem Wohnzimmer. Vor ihrem geistigen Auge sah sie Schatten, eine Tote, Blut, in ihrem Kopf gellten Schreie und Schüsse.

In der Wirklichkeit kein Laut, kein Mensch.

Vorsichtig arbeitete sie sich über Küche, Bad, Esszimmer, Schlafzimmer Richtung Wohnzimmer vor, fand niemanden, hörte nichts. Im Wohnzimmer dasselbe. Die Wohnung war leer.

Der Mann, der vielleicht von Herdern nach Zähringen gefahren war, hatte Marion Söllien nicht getötet.

Zumindest nicht in ihrer Wohnung.

Als die Kollegen der Schutzpolizei eintrafen, saß sie auf einer Couch, trocknete sich mit einem Küchentuch das schweißnasse Gesicht, schwor sich, den Nachbarn zu schlagen, den WuG zu schlagen, Günter zu schlagen und Bermann, wenn er ein falsches Wort sagte, dazu.

Natürlich auch sich selbst.

Sie ließ einige Minuten verstreichen, rief dann erneut den PvD an. Sie brauchte zwei Kollegen vom Fahndungsdezernat zur Observierung des Gebäudes und ein paar Leute vom Erkennungsdienst, die nach Fingerabdrücken suchten. Um den Durchsuchungsbeschluss würde sie sich selbst kümmern – die Staatsanwältin würde ohnehin an der Soko-Besprechung teilnehmen. Anschließend nahm sie sich den Nachbarn in der Wohnung links vor und fand heraus, dass er für einige Minuten im Keller gewesen war. In dieser Zeit mussten Marion Söllien und der Mann die Wohnung verlassen haben.

Sie wartete vor dem Haus. Wenig später kamen die Fahnder, und sie stieg zu ihnen in den Wagen. Matthias und Kilian, beide jung, kaum älter als Anatol, betont schlampig gekleidet, betont schlampig frisiert, die wilde neue Kriminalergeneration. Sie legte die linke Hand auf die Schulter von Matthias, der am Steuer saß, die rechte auf die Schulter von Kilian, instruierte sie. Die alte Frau, die jungen Männer, und vielleicht, dachte sie, war es auch bei Anatol nur darum gegangen, um alt und jung, darum, dass sie so gerne noch eine Weile jung geblieben wäre.

Idiotisch war nur, dass sie sich, bevor sie Anatol in ihr Bett geholt hatte, um jung zu bleiben, nie alt gefühlt hatte.

7

ALS SIE IN DER DIREKTION EINTRAF, war es kurz nach elf. In den Fluren stand heiße, trockene Luft. Sie ging in ihr neues Büro, wusch sich das Gesicht, trank einen halben Liter Wasser. Dann sprach sie ins Diktiergerät, was in der Kanzlei Uhlich & Partner und später im Haus von Marion Söllien geschehen war. Während sie aufstand, fiel ihr Blick auf die leere Wand gegenüber. Sie dachte an die lachenden Kinder in den roten Kutten, an die Kinder auf den Postern im Kaminzimmer von Uhlich & Partner. Alles schien die Unschuld zu verlieren, wenn man es in einen neuen Zusammenhang stellte. Wie schwierig es doch war, die Zusammenhänge zu entwirren und zum Ursprünglichen zurückzukehren.

Wenn sie es richtig verstanden hatte, war das der Kern des Zen.

Und natürlich der Polizeiarbeit.

Sie brachte das Band zu einer der Sekretärinnen, bat sie, es möglichst rasch abzutippen und Alfons Hoffmann sowie Marianne Andrele Kopien der Mitschrift zu geben. Dann holte sie sich beim WuG eine Walther P5. Der WuG sagte nicht viel, sie sagte ebenfalls nicht viel. Sie unterschrieb, nahm die Walther und das Holster, bedankte sich. Der WuG nickte, ohne sie anzusehen. Als sie im vierten Stock aus dem Aufzug trat, klingelte ihr Handy. Eine Freiburger

Nummer, die sie nicht einordnen konnte. Nicht drangehen, sagte eine innere Stimme.

Sie ging dran.

Richard Landen.

Ausgerechnet jetzt.

Sie blieb stehen, schwieg, dachte, er ruft nicht von Günterstal aus an, eine Freiburger Nummer, aber nicht seine, nicht die von Günterstal, von wo ruft er an, ausgerechnet *jetzt* ruft er an.

»Hallo«, sagte sie. Sie setzte sich auf den Fußboden, lehnte sich gegen die Wand, schwieg, dachte: ausgerechnet jetzt.

»Störe ich?«

Seine Stimme klang anders, als sie sie in Erinnerung hatte. Müder, trauriger. Mehr nach Winter als nach Sommer. Schon wieder ein neuer Richard Landen – der fünfte mittlerweile. Sie lächelte. Der erste belehrend und langweilig, der zweite engagiert und erotisch, der dritte sich verbergend und deprimierend, der vierte abweisend und noch deprimierender, nun also ein müder, trauriger fünfter. Was für ein unentschiedener Mensch! Aber vielleicht fühlte sie sich auch deshalb so zu ihm hingezogen. Man musste diesen Menschen in mühsamer Kleinarbeit finden, selbst wenn er vor einem stand.

»Louise?«

»Ich muss in eine Sitzung.«

»Okay.«

»Wir ... Sie waren im Kanzan-an. Warum?«

Landen räusperte sich. »Erzähle ich Ihnen bei Gelegenheit. Telefonieren wir später? Oder morgen?«

Später, morgen, dachte sie, das blöde, alte Spiel. Sie stand auf, sagte: »Taro ist tot, er ist am Flaunser erfroren.«

»Ich weiß, es stand in der Zeitung. Schrecklich. Ich habe ... Ich musste an Sie denken.«
»Das ist gut. Haben Sie heute Abend Zeit?«
»Nun ... Ja.«
»Und Ihre Frau?«
»Ist in Japan und wird es bis heute Abend nicht schaffen.«

Sie musste, trotz allem, lachen, und Richard Landen lachte ebenfalls, auf diese neue, traurige Winterart. Sie verabredeten, am Nachmittag zu telefonieren. Louise ging weiter. Als sie vor dem Soko-Raum stand, dachte sie: Auf den Mitternachtsmann folgt der Wintermann.

Zumindest war dies das Programm.

Im Soko-Raum saßen zwischen fünfzig und sechzig Personen. Gut die Hälfte davon gehörte zu Löbingers D 23 oder dem Dezernat für Staatsschutz der Freiburger Kripo, eine Handvoll zu Bermanns D 11. Unter den Übrigen befanden sich die Beamten, die gestern ebenfalls da gewesen waren, sowie Marianne Andrele, den Rest kannte Louise nicht. Die Fenster waren geöffnet, Verkehrslärm drang herauf. Überall standen mobile Stellwände, auf den Tischen PCs und Laptops. Ordner, Sichthefter, Papiere lagen herum. Das produktive Chaos einer Soko, das sie so liebte.

Sie blieb für einen Moment an der Tür stehen. Zwei Männer, die sie noch nie gesehen hatte, stritten sich über Rottweil 1992. Der eine verteidigte die milden Urteile gegen die an dem Waffenhandel beteiligten Kroaten, der andere kritisierte diese Urteile. Ein Mann von der Staatsanwaltschaft, ein Mann von einer Polizeibehörde, das war nicht schwer zu erraten. Ein dritter, den sie ebenfalls noch nie gesehen hatte, ein Mann in einem blauen Hemd und mit klobiger Brille, sagte scharf: »Bei Kroaten drücken sie immer ein Auge zu, das ist schon unglaublich.«

Die beiden anderen verstummten.

Louise ging zu dem Stuhl, den Anne Wallmer neben sich freigehalten hatte. Einige Augenpaare folgten ihr. Almenbroich nickte streng, Alfons Hoffmann hob eine Hand und lächelte, Bermann musterte sie abwesend. Sie setzte sich. Irgendjemand fehlte.

Heinrich Täschle.

»Danke«, flüsterte sie Anne Wallmer zu.

»Man müsste das wirklich alles mal auf den Tisch legen«, sagte der Mann im blauen Hemd, »die ganzen Fragen, warum Kohl und Genscher 1991 unbedingt Kroatien anerkennen mussten, obwohl die EG und die UN und die USA das noch nicht wollten und obwohl klar war, dass die Serben sich das nicht einfach so anschauen würden ... Da fragt man sich dann schon, bestehen da noch irgendwelche Verbindungen, dass die Behörden immer ein Auge zudrücken, aber das darf man ja nicht öffentlich sagen, man weiß ja, was dann passiert.«

»Also, ich verstehe kein Wort«, sagte Löbinger. »Wovon *sprechen* Sie? Was passiert, wenn man was öffentlich sagt? Und was hat das mit unserem Fall zu tun?«

Für einen Augenblick herrschte Schweigen. Dann sagte Thomas Ilic: »Es kotzt mich an, wie Sie über Kroaten reden.«

Eine der Sekretärinnen lachte erschrocken.

»Wirklich, es *kotzt* mich an.«

Louise blickte zu Bermann hinüber. Er machte keine Anstalten einzugreifen. Er hatte die Arme vor der Brust verschränkt, die Beine ausgestreckt, beobachtete reglos, was geschah.

Assistierte.

»Würde mich mal jemand aufklären, worum es geht?«, fragte Löbinger zunehmend gereizt.

»Die deutsch-kroatische Vergangenheit«, sagte Almenbroich. »Kein Thema für diese Besprechung.«

»Für *keine* Besprechung«, rief der Mann im blauen Hemd. »Man müsste das alles endlich mal hinterfragen, aber da hat niemand ein Interesse dran, weil . . .«

»Richtig«, unterbrach Almenbroich scharf. »Hier nicht, heute nicht.«

Der Mann im blauen Hemd schwieg.

Anne Wallmer stieß Louise leicht an, deutete der Reihe nach auf die Männer von auswärts und erklärte flüsternd, wer sie waren. Der Staatsanwalt aus Rottweil, nicht der von 1992, sondern der Nachfolger des Nachfolgers, samt Assistentin. Kripo aus Stuttgart, LKA aus Stuttgart, dazu gehörte der Mann im blauen Hemd. Dann zwei Verfassungsschützer aus Stuttgart, die mit Almenbroich gekommen waren, zwei Verfassungsschützer des Bundes, von deren Ankunft niemand informiert gewesen war. Anne Wallmer drehte sich zu Louise und rollte die Augen. Louise nickte. Chaos auf den Tischen, Chaos in der Soko.

»Und Täschle?«, flüsterte sie.

»Wieso Täschle?«

Louise blickte Almenbroich an, wartete, bis er herübersah, formte mit den Lippen das Wort »Täschle«. Almenbroich hob die rechte Faust ans Ohr, zuckte die Achseln. Er hatte Täschle nicht erreicht.

Sie schüttelte den Kopf – wie war das möglich?

Almenbroich zuckte die Achseln – keine Ahnung.

Sie schüttelte den Kopf – wie, keine Ahnung?

Almenbroich zuckte die Achseln – später, Louise, ja? Mit

einem drohenden Blick griff er nach seinem Taschentuch, trocknete sich die Stirn.

»Wir wissen«, sagte jetzt einer der Stuttgarter Kripobeamten zu Thomas Ilic, »dass mindestens zwei der angeklagten Kroaten von damals Kontakte zur deutschen Neonazi-Szene . . .«

»Und deshalb sind alle Kroaten Faschisten? Sind Sie ein Faschist, weil Sie Deutscher sind?«

»Was *reden* Sie da, Mann?«

»Anselm«, sagte Almenbroich ungeduldig.

»Schluss jetzt!«, bellte Löbinger.

»Übrigens konnten ihnen diese Kontakte nicht nachgewiesen werden«, fiel der Staatsanwalt von Rottweil ein. »Mag ja sein, dass manche von denen professionelle Händler waren oder Kontakte zu deutschen Neonazis hatten, aber die überwiegende Mehrheit, das waren einfache Leute, Patrioten. Meine Güte, bei denen daheim war Krieg, die hatten ideelle Motive, keine finanziellen . . .«

»Sagt wer?«, fragte Bermann freundlich.

»Sagen die Prozessakten. Die haben die Waffen im Koffer zwischen Windeln und Unterwäsche . . .«

Löbinger schlug mit der Faust auf den Tisch. »Schluss jetzt! Wir machen mit Peter Burg und Anne Wallmer weiter.«

»Nein«, sagte Almenbroich. »Wir machen jetzt Pause.«

Almenbroich verschwand mit den Stuttgartern, Löbinger und Bermann. Louise stand auf, trat ans geöffnete Fenster. Wo war Täschle? Sie zog das Funktelefon heraus, wählte die Nummer seines Handys an. Besetzt. Im Polizeiposten bekam sie nur die Warteschleife. Erinnerungen wurden wach. Hollerer blutüberströmt im Schnee, der tote Niksch in ihren Armen... Sie mahnte sich zur Vernunft. Nicht alle Postenpolizisten gerieten in Lebensgefahr, wenn sie ihr halfen.

Sie ging zu dem Schrank mit den Postfächern, fand Fotokopien in ihrem, nahm sie mit zum Fenster. Informationen vom ED zum zweiten Depot. Keine Fingerabdrücke, dafür eine Handvoll recht guter, recht frischer Fußeindruckspuren, immer von denselben Schuhen. Ein schwerer Mann, um die einhundert Kilo, Schuhgröße sechsundvierzig. Sportschuhe, abgelaufenes Profil. Fotos und Skizzen lagen bei. Kein Zufall, kein Wanderer – der Mann war in den vergangenen Tagen mehrfach an dem Depot gewesen.

Sie sah die übrigen Kopien durch. Analysen und Skizzen weiterer Fußeindruckspuren, Computerausdrucke von Fingerabdrücken – die beiden Männer, denen sie im Wald begegnet war. Keine Namen, keine Fotografien, weder Kripo noch Europol oder Interpol hatten sie erfasst.

Plötzlich stand Marianne Andrele neben ihr, ein Blatt Papier in der Hand. Louise räusperte sich. Die Bandmitschrift, der fehlende Durchsuchungsbeschluss. »Sie waren der Ansicht, dass Marion Söllien gefährdet ist?«, fragte Marianne Andrele, den Blick auf die Mitschrift gerichtet.

»Gefährdet sein *könnte*.«

Marianne Andrele sah auf. »Warum haben Sie mich nicht angerufen?«

»Tja, das ging nicht, es war...«

»... besetzt? Ja, ich habe heute Morgen ununterbrochen telefoniert.« Marianne Andrele schmunzelte. »Paragraph 102 oder 103 StPO?«

»103, Marion Söllien ist nicht tatverdächtig.«

»Warum der Erkennungsdienst?«

»Fingerabdrücke. Der Mann, mit dem sie die Wohnung verlassen hat.«

»Wer war bei der Durchsuchung der Wohnung anwesend?«

»Die Wohnung wurde nicht richtig durchsucht. Wir sind nur rein, und als klar war, dass keiner da ist, bin ich gegangen.«

»*Wir* sind rein, *ich* bin gegangen?«

»Der ED und zwei Kollegen der Fahndung sind noch dort.«

Andrele machte sich Notizen, nickte dann. »Wir regeln das.«

»Danke.«

Wieder ein Nicken. Nichts Persönliches. Eine rein berufliche Notwendigkeit. »Es geht weiter«, sagte Marianne Andrele und nickte Richtung Tür.

Almenbroich, die Stuttgarter, Bermann und Löbinger waren zurück.

Löbinger berief die große Runde wieder ein. Als alle saßen, sagte er: »Peter und Anne haben noch mal mit Berthold Meiering gesprochen, dem Bürgermeister von . . .«

»Moment«, unterbrach Louise. »Was ist mit Halid Trumic?«

Alle sahen sie an, niemand antwortete. Dann flüsterte Anne Wallmer: »Den hatten wir am Anfang.«

»Sie wird das Protokoll lesen«, sagte Bermann.

Ein paar der Anwesenden lachten, Almenbroich schmunzelte, Löbinger schüttelte kapitulierend den Kopf. Man bewegte sich, griff zur Kaffeetasse, entspannte sich. Eine Sekretärin erhob sich, um die Fenster zu schließen, Almenbroich und Alfons Hoffmann baten sie, es nicht zu tun.

»Also, können wir dann wieder?«, fragte Löbinger.

Louise wandte sich an den Staatsanwalt von Rottweil. »Was ist mit Trumic?«

»Warum halten Sie ihn für wichtig?«, fragte Almenbroich.

Sie erwiderte seinen Blick. Einen Moment lang wusste sie nicht, ob sie sprechen oder schweigen sollte. Zu viele Dienste, Ämter, Personen, Unbekannte, zu unübersichtlich die Soko, zu merkwürdig die Informanten. Ihr Blick glitt über die Auswärtigen. Welche Interessen verfolgten LKA, Kripo Stuttgart, Verfassungsschutz? Und was verschwieg Almenbroich?

Unerträgliche Fragen, unerträgliche Gedanken.

»Wir hören, Luis«, sagte Löbinger.

»Ernst Martin Söllien ist wichtig, der Anwalt von Trumic beim Rottweiler Prozess«, antwortete sie schließlich und berichtete von dem Gespräch mit Annelie Weininger, dem Besuch bei Marion Söllien. Sie spürte, dass sie nicht überzeugend klang. Sie sprach hastig, übersprang manches. Eine Stimme in ihr sagte: Bleib lieber vage.

Eine andere Stimme sagte: Was ist mit Täschle?

Sie schloss mit einer kurzen Bewertung, die ebenfalls wenig überzeugend war. Merkwürdige Zusammenhänge und Verbindungen – Rottweil 1992, Trumic, Söllien, der Schutzkeller, Waffendepots, Rüstungsfirmen. Marion Söllien, die *möglicherweise* eine Bedrohung für jemanden darstellte, der sie *möglicherweise* gegen ihren Willen fortgebracht hatte. Und die zeitliche Koinzidenz – sie betrat die Kanzlei, wenige Minuten später erschien der Mann bei Marion Söllien. Das schwächste Glied in der Argumentationskette.

»Ich wage ja gar nicht zu fragen«, sagte Löbinger, »aber hattest du einen Durchsuchungsbeschluss?«

»Hatte sie nicht, aber das regeln wir«, antwortete Marianne Andrele an ihrer Stelle. Die Kripoleute aus Stuttgart gaben spöttische Kommentare von sich. Die Segnungen der Provinz, in der Hauptstadt sei das nicht so einfach. Was für eine Hauptstadt, fragte Bermann. Die Freiburger lachten.

Louise erkundigte sich, was nun mit Halid Trumic sei.

»Verursachen Sie eigentlich immer so viel Chaos?«, fragte einer der Staatsschützer aus Stuttgart.

»Nur wenn sie nüchtern ist«, sagte jemand leise.

Die Stille im Raum zeigte Louise, dass sie sich nicht verhört hatte. Almenbroich, die anderen verschwammen vor ihren Augen, in ihrem Kopf setzte ein dumpfes Rauschen ein. Hinter dem Rauschen sagte Anne Wallmer, was sind Sie für ein Schwein. Almenbroich sagte, wenn er in dieser Polizeidirektion so einen Satz noch einmal höre, schreibe er höchstpersönlich eine Dienstbeschwerde. Louise dachte, ist doch nicht wichtig. Bermann fragte, ob die Bemerkung unter irgendeinen Straftatbestand falle, Beleidigung, Mobbing, was auch immer. Andrele sagte, da müsse man mal überlegen. Einer der Stuttgarter beschwichtigte, das sei bestimmt nicht böse gemeint gewesen. Alfons Hoffmann sagte, wenn sie Anzeige erstatten wolle, könne sie ihn als Zeugen benennen.

Wieder herrschte Totenstille.

Louise sagte: »Ich möchte einfach nur wissen, was mit Halid Trumic ist.«

»Der war seit zehn Jahren nicht mehr in Deutschland, Luis«, erwiderte Löbinger.

Halid Trumic war Ende 1992 zu einer Geldstrafe verurteilt worden, weil er von einem kroatischen Waffenhändler ein paar Pistolen gekauft hatte. Unmittelbar nach dem Prozess hatte er Deutschland Richtung Balkan verlassen. Die deutschen Behörden hatten nie wieder von ihm gehört.

Louise schnäuzte sich. Trumic nicht mehr in Deutschland. Chaos nur, wenn sie nüchtern war. Sie nickte. Alles ganz einfach.

»Wartet mal«, sagte Anne Wallmer plötzlich. »Wenn Marion Söllien in Gefahr ist, gilt das dann nicht auch für Riedinger?«

Bermann sprang auf. »Scheiße! Wir sitzen hier und reden und reden und vergessen, unsere Arbeit zu machen, *Scheiße!* Heinz, Anne, Luis, in mein Büro. Alfons, ruf Kirchzarten an, die sollen eine Streife auf den Hof schicken.«

Louise eilte mit den anderen zur Tür. Ihr Blick begegnete dem Almenbroichs. Er war noch eine Spur blasser geworden. Sie wusste, woran er dachte. Wenn Marion Söllien und Hannes Riedinger in Gefahr waren, galt das womöglich auch für Heinrich Täschle.

Täschle, der nicht aufzutreiben war.

Sie fuhr mit Bermann, Anne Wallmer mit Schneider. In Bermanns Büro hatte sie zum ersten Mal mit Täschles Stellvertreter, »Andy« Liebmann, telefoniert, jetzt sprach sie erneut mit ihm. Er wusste noch immer nicht, wo Täschle war. Seit gestern am Spätnachmittag hatte er nichts mehr von ihm gehört. Immerhin wusste er nun, dass Louise vergangene Nacht mit Täschle telefoniert hatte. Seine Frau war bei Verwandten in Bayern, noch wollte Liebmann sie nicht anrufen. Vorhin waren Postenbeamte bei Täschles Haus gewesen, hatten geklingelt, durch die Fenster gesehen. Kein Täschle, keine Auffälligkeiten, kein Fahrrad. Liebmann wollte später selbst dorthin, die Tür öffnen lassen. »Halten Sie mich auf dem Laufenden«, sagte Louise.

»Ja, ja«, sagte Liebmann hektisch und unterbrach die Verbindung.

Sie warf einen Blick auf Bermann. Er hatte Riedingers Nummer gewählt, schüttelte jetzt den Kopf. Riedinger, der wusste, dass Söllien die Weide hatte kaufen wollen. Täschle, der davon erfahren hatte. Beide nicht aufzutreiben.

Sie schloss die Augen. Fragte sich, warum sie ihre Hypothesen nicht zu Ende gedacht hatte. Ob sie den Fehler begangen hatte, eine Spur nicht ernst zu nehmen.

Sie verließen die Bundesstraße. Ein Beamter der Postenstreife meldete sich über Funk. Seine Stimme war tief und angespannt, sein Badisch hatte einen Schweizer Einschlag. *»Wir fahren jetzt auf den Hof.«*

»Irgendwas Auffälliges? Personen? Autos?«, fragte Bermann.

»Nein, nichts.«

»Riedinger?«

»Nicht zu sehen.«

»Lassen Sie die Sirene heulen.«

Vier, fünf Sekunden lang ertönte das Martinshorn. Dann wurde es ausgeschaltet.

»Nichts«, sagte der Postenpolizist schließlich.

»Okay. Warten Sie auf der Zufahrtsstraße.«

»Wir sollen nicht rein?«

»Sie warten auf uns.«

»Verstanden, wir warten.«

»Frag nach dem Hund«, sagte Louise.

»Ist der Hund irgendwo?«

»Nein, kein Hund.«

Bermann unterbrach die Verbindung. »Ich mag das nicht, mit Popos arbeiten«, knurrte er.

»Popos?«

»Postenpolizisten. Popos und Kapitalverbrechen, das geht nicht zusammen.«

Riedingers Hof kam in Sicht. Der Streifenwagen stand am Ende der Schotterstraße, die Beamten waren nicht ausgestiegen. Louise fragte, ob Bermann denke, dass sie einen Fehler gemacht habe. Bermann sagte, nein, diesmal denke er das nicht.

Als sie auf die Schotterstraße abbogen, sagte Bermann, das Problem sei nicht sie, sondern die Soko. Die Soko sei zur Gefahr für die Ermittlungen geworden. Zu groß, zu unüberschaubar, zu viele Eigeninteressen. Die Soko lähme sich selbst. Er gab zu, den Überblick verloren zu haben. Über die einzelnen Gruppen innerhalb der Soko, über die unterschiedlichen Interessen und Motive, über die Auswärtigen, deren Namen er größtenteils schon vergessen habe, über die Qualität der Spuren. »Viel zu wenig richtige Arbeit, viel zu viel Politik«, sagte er.

Louise nickte. Sie hatte ihn noch nie so ratlos und deprimiert erlebt. Aber sie verstand, was in ihm vorging. Sokos waren die konzentrierte Kraft der Kripo. Ihr wichtigstes und effizientestes Mittel. Sokos waren heilig.

Und Bermanns ganze Leidenschaft.

»Wenn du Inspektionsleiter werden willst, musst du mit dieser Art von Politik klarkommen«, sagte sie.

Bermann warf ihr einen finsteren Blick zu.

Sie passierten den Streifenwagen, hielten. Schneider blieb hinter den Kirchzartenern stehen. Alle stiegen aus. Bermann instruierte sie. Drei Teams mit je zwei Leuten – er und einer der Postenpolizisten, Schneider und der andere, Louise und Anne Wallmer.

Sie gingen los.

Der Hof wirkte verlassen. Kein Riedinger, kein Hund.

Die Haustür stand offen, wie gestern. Auf dem geschotterten Vorplatz bemerkte Louise die vom Regen verwischten Eindrücke unterschiedlicher Autoreifen. Die ihres Mégane mochten dabei sein, die der Wagen, mit denen Bermann, Andrele und die anderen gestern Nachmittag gekommen waren. Quer durch die Reifeneindrücke verliefen Spuren von Fahrradreifen. Täschle, als er gekommen war, Täschle, als er weggefahren war. Sie sah ihn vor sich, betrunken, gähnend, ächzend. Dann zog er das Handy hervor, rief sie an, fuhr telefonierend weiter.

Und wenn er nur in einem Graben gelandet war? Seinen Rausch ausschlief? Wenn er . . .

»Wartet«, sagte sie. Alle blieben stehen, wandten sich ihr zu. Sie rief den Polizeiposten an, bat Liebmann, einen Wagen nach Oberried zu Lisbeth Walter zu schicken.

»Das geht nicht!«, schrie Liebmann. Er hatte keinen Wagen und keine Leute mehr. Die beiden Dienstautos und alle seine Beamten waren unterwegs. Jemand musste im Posten bleiben, der Posten musste doch besetzt bleiben, *er* musste im Posten bleiben.

»Kümmern Sie sich drum, ja?«, sagte Louise verärgert und beendete das Gespräch.

»Popos«, sagte Bermann.

»Es gibt Unterschiede«, sagte Louise.

Dann waren sie im Haus, sicherten Flur, Küche, Wohnstube, Bermann immer vorneweg, als müsste er verlorene Zeit, vergeudete Energien kompensieren. Im Erdgeschoss kein Riedinger, kein Hund. Bermann befahl Louise und Anne Wallmer, unten zu bleiben, arbeitete sich mit den anderen ins Obergeschoss vor. Louise stand in der Wohnstube, wurde einen merkwürdigen Gedanken nicht los: Nach wie vor war dies ein Zimmer für fünf Menschen, nicht für einen. In einer Anrichte unendlich viel Geschirr, ein Schrank mit Regalbrettern voller Gläser, zwei große Sofas, ein riesiger Tisch. Überall sah sie fünf Menschen. Eine Pendeluhr schlug Mittag. Sie ging in die Küche, derselbe Gedanke: Schränke, Boards, Gefriertruhe, Kühlschrank – alles für fünf Menschen. Am Kühlschrank klebten Fotos der verschwundenen vier. Sie waren grünstichig, die Farben verblasst, die Menschen darauf jung. Zwei Jungs, ein Mädchen, alle zwölf, dreizehn Jahre alt, dazu eine unscheinbare Frau in den Dreißigern. Riedinger entdeckte sie auf keinem der Fotos. Als hätte es ihn im Leben dieser vier Menschen nie gegeben.

Sie hielt inne. Plötzlich waren keine Geräusche mehr zu hören. Keine Schritte, Stimmen, Befehle mehr. Nur noch Stille.

Dann betrat Anne Wallmer die Küche. »Sie haben ihn.«

Louise nickte, strich über eines der Fotos, dachte unwillkürlich: Jetzt ist er ganz aus eurem Leben verschwunden.

Hannes Riedinger war im Schlaf erschossen worden. Zwei Kugeln hatten sein Gesicht unkenntlich gemacht, eine dritte ein Loch in die Brust geschlagen. Er war vom Bett gerutscht, lag auf der Seite. Um die Wunden surrten Fliegen. Kein Spiel, dachte Louise. Sie ging hinunter. Der Riedinger, den sie in Erinnerung behalten würde, stand vor einem Stall und hatte die Augen geschlossen. Ein brutaler Mann, ein einsamer Mann. Sie nahm sich vor, beides nicht zu vergessen.

Bermann und Schneider fanden den Hund. Er lag außerhalb des Grundstücks. Zwischen seinen Zähnen steckte ein Stück rohes Fleisch. Der Mörder hatte ihn vom Hof gelockt, dann erschossen.

Sie warteten im Hof auf den Erkennungsdienst, die Sanitäter. Auch Löbinger, Marianne Andrele, Almenbroich und weitere Kripokollegen waren auf dem Weg, außerdem ein Zug Bereitschaftspolizisten aus Lahr, die bei der Suche nach Heinrich Täschle helfen sollten.

Bermann fasste das Augenfällige zusammen. Keine Einbruchsspuren, keine Kampfspuren. Der Mörder war vermutlich nachts durch die Haustür gekommen, nach oben ins Schlafzimmer gegangen, ans Bett getreten, hatte dreimal geschossen, war gegangen. Viel mehr als die Projektile und ein paar Schuhabdruckspuren im Haus würden sie nicht finden.

Doch ihr Verdacht hatte sich erhärtet. Der Mord an Riedinger legte nahe, dass Louise mit ihren Vermutungen in Bezug auf Ernst Martin Söllien und dessen Witwe Recht hatte.

»Falls es nicht um was ganz anderes geht«, sagte Anne Wallmer.

»Mach's nicht noch komplizierter«, blaffte Bermann.

Louise entfernte sich ein paar Schritte von den anderen, rief Andy Liebmann an. Er hatte den Posten nicht verlassen, niemanden nach Oberried geschickt – und keine Neuigkeiten in Bezug auf Heinrich Täschle. Seine Leute suchten überall, sagte er, allmählich wüssten sie schon nicht mehr, wo sie noch suchen sollten. In Oberried, Herrgott!, sagte Louise. Was soll der Henny denn in Oberried?, schrie Liebmann. Nach Riedinger fragte er nicht, und Louise beschloss, es dabei zu belassen. Ein verschwundener Postenleiter genügte offenbar, einen Mord würde Liebmann jetzt nicht verkraften.

Bermann hatte nicht Unrecht: Hin und wieder waren Postenpolizisten Popos.

Aber die gab es auch bei der Kripo.

Als die ersten Wagen aus Freiburg in die Schotterstraße zu Riedingers Hof einbogen, bat sie Bermann, ihr die beiden Kirchzartener Polizisten zu überlassen. Er nickte stumm.

Die Beamten kannten Lisbeth Walter nicht, wussten nichts von Täschles Verbindung zu ihr. Sie beschrieb ihnen den Weg, setzte sich dann nach vorn. Schweigend fuhren sie über die Landstraße. Louise sah Täschle vor sich und dachte an Riedinger. Wie sinnlos sein Tod gewesen war. Was der Mörder vermutlich hatte verhindern wollen, war längst geschehen – Riedinger hatte von Sölliens Interesse an der Weide erzählt. Eine Ahnung vom Morgen kehrte zurück: Jemand war in Panik geraten. Wer an unterschiedlichen Stellen zur selben Zeit dieselben Informationen streute, handelte nicht überlegt. Wer eineinhalb Tage brauchte, um einen Mann zu töten, der eine entscheidende Information nicht weitergeben durfte, erst recht nicht.

Wer in Panik war, beging Fehler.

Und das war gut und schlecht zugleich.

Sie hatten Kirchzarten eben verlassen, als die Satie-Melodie erklang. Es war Alfons Hoffmann, der, wie er sagte, mit Elly eben den Bericht über ihr Gespräch mit Annelie Weininger las. Elly sei dabei etwas aufgefallen. In dem Bericht heiße es, Ernst Martin Söllien sei Annelie Weininger zufolge Mitglied in einem Verein gewesen, der soziale Projekte in Pakistan unterstützt habe beziehungsweise unterstütze.

»Und?«, sagte Louise.

»Halid Trumic hatte auch mit Pakistan zu tun.« Sie hatten, sagte Alfons Hoffmann, in der Soko darüber gesprochen, bevor sie dazu gekommen war. Anfang 1993 hatte die NATO in der Adria auf einem Frachtschiff Waffen, Jeeps und weiteres Kriegsmaterial gefunden. Die Ladung war aus Karatschi, Pakistan, über Istanbul und Triest gekommen und offenbar für die bosnischen Muslime gedacht gewesen. In diesem Zusammenhang war auch der Name Halid Trumic aufgetaucht; allerdings hatte man ihm nichts nachweisen können. Alfons Hoffmann lachte erschöpft, es klang wie das Hecheln eines Hundes. »Abgesehen davon, dass sowieso keiner wusste, wo er war.«

»Unser Halid Trumic?«

»Wär doch möglich.«

»Kannst du das übers Geburtsdatum rausfinden?«

»Wir versuchen es.«

Vor ihnen tauchte Oberried auf. Links über dem Ort lag Lisbeth Walters Haus. Louise zeigte darauf, der Fahrer nickte. Sie hörte Alfons Hoffmanns schwere Atemzüge. Im Hintergrund fragte Elly nach dem Namen des Pakistan-Vereins. Alfons Hoffmann wiederholte die Frage. »Keine Ahnung«, sagte Louise, »fragt Annelie Weininger.« Sie unterdrückte ein Gähnen. Mit einem Mal war sie unendlich müde. Die halbdurchwachten Nächte, die anstrengenden Tage, die Hitze. Die Nachricht von Taros Tod, die Kämpfe gegen die Dämonen. Die Jagd im Wald, die Verletzung, der Vermummte. Der Mitternachtsmann gegangen, der Wintermann wieder da, Riedinger tot, Täschle verschwunden.

Viel zu viel für ein paar Tage mit halbdurchwachten Nächten.

Sie schloss die Augen.

Trotz der Müdigkeit regte sich in ihrem Bewusstsein eine vage Erinnerung. Pakistan war in diesen Tagen schon einmal erwähnt worden – nur wann? Und von wem? Sie versuchte, sich zu konzentrieren.

Pakistan.

»Luis?«, sagte Alfons Hoffmann.

Sie öffnete die Augen. »Entschuldige.« Sie bedankte sich, verabschiedete sich, schob das Handy in die Hosentasche. Plötzlich war die Erinnerung wieder da. Barbara Franke hatte Pakistan erwähnt. Wissenschaftler aus Pakistan waren in den Siebziger- und Achtzigerjahren im Kernforschungszentrum Karlsruhe ausgebildet worden. Und sie hatte einen Freiburger Ingenieur erwähnt, der illegal Chemie-Anlagen nach Pakistan geliefert hatte.

Erst der Jugoslawienkrieg, jetzt das pakistanische Atomwaffenprogramm. Erst eine neonazistisch-kroatische Spur, jetzt eine muslimische Spur.

Viel zu viel für ein paar Tage mit halbdurchwachten Nächten.

Sie beschloss, dass sie zu müde war, um sich in den nächsten Minuten mit der alten oder der neuen Spur zu befassen.

Sie bat die beiden Beamten, im Wagen zu warten, und ging allein den Fußweg zu Lisbeth Walters Haus hinauf. Schon von weitem hörte sie Klavierklänge. Das Stück kam ihr bekannt vor, irgendetwas Romantisches, Chopin, Schumann, einer der Russen vielleicht. Sie klopfte, niemand kam. Vor ihrem inneren Auge sah sie Lisbeth Walter am Flügel sitzen, Täschle auf dem Sofa zuhören. Einer der wenigen Tage *mit* Henny.

Durch einen verwilderten Garten gelangte sie zur Rückseite des Hauses. Die Terrassentür des Wohnzimmers stand offen. Lisbeth Walter saß am Flügel, lächelte, als sie sie bemerkte, spielte weiter.

Auf dem Sofa saß niemand.

»Wunderbar, es geht Ihnen gut«, sagte Lisbeth Walter. »Kommen Sie herein, ich bin gleich für Sie da.«

Louise trat ein, setzte sich dorthin, wo Täschle hätte sitzen sollen. Lisbeth Walter entschuldigte sich, sie könne ein Stück nicht mittendrin abbrechen. Louise ließ sich in das Polster sinken. Steh auf, dachte sie, such ihn. Aber sie rührte sich nicht. Die Musik, der Geruch nach Sonne, Büchern, Ruhe, die Müdigkeit hinderten sie daran.

Und ein seltsames Gefühl der Erleichterung, das sagte: Auch wenn du ihn nicht siehst, er ist hier.

Lisbeth Walter klappte den Tastendeckel zu. »Rachmaninow, Prélude Nummer fünf.« Sie setzte sich Louise gegenüber auf einen Sessel. »Ein schönes Stück, nicht wahr? Vielleicht ein bisschen banal in seinem Mitteilungsbedürfnis, in seiner vordergründigen Schönheit. Aber dann auch wieder geheimnisvoll, weil die rechte Hand das Thema teilweise in der Mittelstimme spielt, während in der Oberstimme eine zweite Melodie erscheint. Schwer zu spielen, ich sage das ganz unbescheiden.« Sie schmunzelte. »Ein Teil jener Welt, die ich Ihrer realen Welt entgegensetze. Und nun sagen Sie mir, welche schöner ist.«

»Im Augenblick Ihre.«

»Das heißt, mal die eine, mal die andere?« Lisbeth Walter senkte den Blick. »Möglicherweise haben Sie Recht. Ich hoffe nicht.«

Sie schwiegen für einen Moment. Louise spürte, dass ihr Herz zu rasen begann. »Ist er hier?«

Lisbeth Walter sah auf. »Es ist nicht das, was Sie denken.«
Louise wollte lächeln, aber ihr fehlte die Kraft dazu. Erleichterung war anstrengend. Vielleicht war es auch nur anstrengend, nicht in Tränen auszubrechen.

Endlich beruhigte sich ihr Herz. »Nein? Schade.«
Lisbeth Walter lächelte.

Später ging Lisbeth Walter nach oben, um Täschle, der im »Lesezimmer« lag, zu holen. Louise hörte Stimmen, Schritte, Türen. Sie rief Andy Liebmann an, bat ihn, seine Beamten und Bermann zu informieren, dass Täschle wieder aufgetaucht war. Lisbeth Walter kam herunter, hantierte in der Küche, ein Wasserkocher begann zu lärmen. Dann stand Täschle im Zimmer, bleich, zerknittert, riesig, und brummte: »Ist nicht das, was Sie denken«, und Louise erhob sich und umarmte ihn, um sich zu vergewissern, dass sie von Lisbeth Walters Welt zumindest für einen Augenblick wirklich in ihre zurückgekehrt war.

Dass das Leben mit Henny weiterging.

Dann machte sie Henny das Leben für ein paar Minuten zur Hölle. Was hatte er sich nur gedacht? Der halbe Regierungsbezirk suchte ihn! Der Posten Kirchzarten befand sich in heller Aufregung! Andy Liebmann war verzweifelt und in Panik! Täschle runzelte die Stirn. Er begriff nicht, weil ihm das Bindeglied fehlte – er wusste nicht, dass Riedinger ermordet worden war. Louise klärte ihn nicht auf. Er hatte die Ratlosigkeit verdient, er hatte die Standpauke verdient. Sie schimpfte weiter, aber nicht mehr lang, auch zum Schimpfen fehlte ihr die Kraft. »Haben Sie's jetzt?«, fragte Täschle schließlich verschnupft. »Kann *ich* jetzt mal was sagen?«

»Nur zu, bin schon gespannt«, murmelte Louise.

Heinrich Täschle war am frühen Morgen im Straßengraben vor Kirchzarten aufgewacht. Während er zugesehen hatte, wie die Sonne aufging, hatte er zu begreifen versucht, weshalb er sich um diese Zeit an diesem Ort befand. Die Erinnerung war – bruchstückhaft – erst zurückgekommen, als er wieder auf dem Fahrrad gesessen hatte. Er war nach Kirchzarten gefahren, dann weiter nach Oberried, von Oberried aus habe man einen schönen Blick aufs Tal, und der Restalkohol in seinem Blut habe plötzlich einen schönen Blick aufs Tal verlangt. »Die Morgensonne«, sagte Täschle errötend, »wenn sie über den Schwarzwald kommt, das ist von hier aus ... Grundgütiger, es ist nicht das, was Sie denken, hören Sie auf zu grinsen.« Louise versicherte, dass sie zum Denken und zum Grinsen viel zu erschöpft sei. Lisbeth Walter sprang auf, um den Tee zu holen, Täschle brummelte vor sich hin. Jedenfalls sei ihm ausgerechnet in Oberried schlecht geworden, er habe sich am Straßenrand übergeben, sich zu schwach gefühlt, um nach Hause zu fahren, da habe es nahe gelegen, dass er ... Er brach ab.

Lisbeth Walter war mit dem Tee gekommen, schenkte ein.

»Wozu hat man Freunde.« Louise war bewusst geworden, dass Täschle sie wieder siezte. *Diese* Freundschaft musste von vorn beginnen.

»Genau«, sagte Täschle.

Irgendwann musste sie ihm mitteilen, dass Riedinger ermordet worden war, musste sie diese besondere, unwirkliche Atmosphäre von Lisbeth Walters anderer Welt zerstören.

Aber noch nicht gleich.

Sie tat es, als Lisbeth Walter ein paar Minuten später Tee nachschenkte. Täschle reagierte sichtlich erschüttert, Lisbeth Walter ratlos. Da waren sie, die beiden Welten, die nicht zueinander passten. Täschle wusste sofort, was der Mord an Riedinger bedeutete, implizierte, erforderte, was ihm selbst gestern Nacht hätte geschehen können. Lisbeth Walter dagegen konnte die Fragmente der Realität ganz offensichtlich nicht zusammensetzen. Ein Mann ermordet? Allein das war schwer vorstellbar. Noch dazu in Kirchzarten? Undenkbar. Und sie selbst womöglich in Gefahr? Sie schüttelte den Kopf, lachte erbost. Schützte ihre Welt gegen Eindringlinge.

Louise erklärte die Zusammenhänge. Die Waffen von Rottweil 1992, die zum Teil ebenfalls von Zavodi Crvena Zastava stammten. Trumic, der 1992 wegen des illegalen Erwerbs von Schusswaffen angeklagt und von Söllien verteidigt worden war. Söllien, der knapp zehn Jahre später Riedinger die Weide hatte abkaufen wollen. Marion Söllien, die womöglich etwas wusste und verschwunden war.

Täschle schwieg mit düsterer Miene. Sie ahnte, was ihm durch den Kopf ging.

Er sah Lisbeth Walter an. »Du gehst von heute an nicht mehr nachts spazieren. Du gehst überhaupt nicht mehr spazieren, jedenfalls nicht allein.«

»Übertreiben wir nicht, Henny, ja?«

Er stand auf. »Ich muss zum Posten, aber ich komm wieder. Bis dahin rührst du dich nicht aus dem Haus.«

»Grundgütiger, er meint es ernst.« Lisbeth Walter seufzte.

»Er hat Recht«, sagte Louise.

»Aus Ihrer Perspektive, nicht aus meiner.«

»Erzähl das dem Hannes Riedinger, Lissi.«

»Werden wir nicht albern, Henny. Jetzt geh, mach deine Arbeit, und wenn du möchtest, kommst du heute Abend wieder und schaust dir auch den Sonnenuntergang von Oberried aus an.«

Täschle blies die Wangen auf und wandte sich Louise zu. »Gehen wir?«

Louise schüttelte gähnend den Kopf.

»Ich glaube, sie bleibt noch«, sagte Lisbeth Walter.

»Nicht das, was Sie denken, Henny«, sagte Louise.

Lisbeth Walter unterdrückte ein Schmunzeln, Täschle knurrte: »Rufen Sie an, wenn wir Sie holen sollen.«

»Das kann dauern«, sagte Louise.

Während Lisbeth Walter Täschle zur Tür brachte, schloss Louise die Augen. Riedinger, Söllien und Trumic verblassten, ihr Vater und die Russen erschienen. Rachmaninow, ein weiterer geheimnisvoller Name, der ihre Kindheit und Jugend geprägt hatte – Rachmaninow einen Teil der Sechziger, Filbinger einen Teil der Siebziger. Sie hatte in ihrem Zimmer gesessen, den wuchtigen, sehnsüchtigen Klängen der Rachmaninow-Stücke gelauscht, die ihr Vater gespielt hatte. Am Klavier, mit Rachmaninow, den anderen Russen, Chopin, Liszt, war er für eine Weile tatsächlich der Mann gewesen, den ihre Mutter geheiratet zu haben glaubte. Der Mann, der ein Achtundsechziger hätte werden sollen. Ein leidenschaftlicher, romantischer Kämpfer, der an ihrer Seite gegen das Spießbürgertum und die Politik seiner Heimat Frankreich und ihrer Heimat Deutschland hätte aufbegehren sollen und am Ende doch nur eines hatte sein wollen: ein Spießbürger.

Kein elsässischer Camus.

Ende der Sechziger hatte er aufgehört, Rachmaninow zu

spielen. Filbinger hatte Rachmaninow ersetzt. So einfach war das. Zumindest in der Erinnerung.

»Kommen Sie, Kind«, flüsterte Lisbeth Walter.

Louise öffnete die Augen. Lisbeth Walter stand neben ihr, hatte die Hand an ihren Arm gelegt. Sie erhob sich, ließ sich auf zitternden Beinen nach oben führen, ins »Lesezimmer«, zu dem Bett, in dem Täschle geschlafen hatte, ließ sich die Schuhe ausziehen, aus der Jeans helfen, ließ sich zudecken.

Sekunden später schlief sie ein.

Zwei Stunden später erwachte sie. Riedinger, Söllien und Trumic waren zurückgekehrt.

Der Himmel hatte sich bewölkt, die Hitze weiter zugenommen, aus dem Höllental kam nicht einmal ein laues Lüftchen. Lisbeth Walter hatte alle Fenster und Türen im Erdgeschoss geöffnet, es half nicht viel. Louise trank im Stehen Eiscafé und starrte auf ihr Handy. Sieben Anrufe in Abwesenheit, doch sie brachte es nicht übers Herz, die Mailbox in Lisbeth Walters Haus abzuhören.

Draußen, irgendwo in der Ferne der Realität, erklang eine Hupe.

Sie gingen zusammen vor die Tür. Unter ihnen, am Anfang des Weges, stand ein Wagen des Reviers Freiburg-Süd. Eine Polizistin winkte. Louise winkte zurück. Unwillkürlich hob sie den Blick. Links des schmalen grauen Straßenbandes in der Ferne Riedingers Weide, rechts davon, hinter Bäumen verborgen, sein Hof. Zwei Streifenwagen fuhren von der Schotterstraße auf die Landstraße, ein ziviler Wagen bog in die Zufahrt ein. Sie fragte sich, wer in diesem Moment noch zusah, was dort unten geschah.

Nicht die, die in Panik geraten waren.

Die anderen. Die das Waffendepot gesprengt hatten.
Sie wandte sich um. »Täschle hat Recht.«
Lisbeth Walter schwieg.
»Tun Sie's für ihn.«
Lisbeth Walter lächelte sanft. Ein Ja? Ein Nein?
Sie umarmten sich.
Ein Ja, bestimmt.

Die Polizistin war sehr jung, sehr schüchtern, sehr verlegen. Louise erinnerte sich an sie, Lucie oder Trudi, vielleicht auch Susie. Sie hatten im Winter kurz miteinander gesprochen, bevor sie mit Bermann nach Liebau gefahren war und Hollerer und Niksch im Schnee gefunden hatte. Sie reichten sich die Hand. »Susanne Wegener«, sagte die Polizistin.
»Susie.«
»Ja.«
Sie stiegen ein. Während sie durch Oberried fuhren, hörte Louise die Mailbox ab. Viermal Bermann, je einmal Richard Landen, Enni, Alfons Hoffmann. Dazwischen immer wieder der weinende Hollerer im Schnee, der tote Niksch in ihren Armen.
Bermann fragte, ob sie okay sei. Richard Landen nannte die neue Telefonnummer, die sie schon hatte, und eine Handynummer, die sie noch nicht hatte, und wiederholte beide. Bermann sagte, Täschle habe durchgegeben, sie sei okay, aber sie hätte ja eigentlich auch selbst anrufen können, oder? Enni sagte: »Ich bin heut Abend im Imbiss, kommen Sie vorbei, Kommissar?« Bermann sagte, neben der Soko gebe es jetzt eine kleine Taskforce, da gehöre sie dazu, erste Zusammenkunft heute, achtzehn Uhr, in seinem Büro. Alfons Hoffmann sagte, wir haben was über den Pakistan-Verein, Luis. Bermann sagte, wir haben Ärger, Mensch, ruf an.

Sie wählte seine Nummer.

»Na endlich«, raunzte Bermann.

»Was für Ärger? Wegen mir?«

»Wie sollte es anders sein.«

In der Soko, sagte Bermann, mehrten sich die Stimmen, die ihren Ausschluss verlangten. Bei Almenbroich waren Beschwerden eingegangen. Sie behindere die Ermittlungen, indem sie innerhalb der Soko für chaotische Zustände sorge. Sie sei aufgrund ihrer Krankengeschichte ein potenzielles Risiko. Sie sei verbohrt, undiszipliniert, unbeherrscht. Sie sei eine Einzelgängerin und nicht teamfähig.

Louise lachte. Bermann lachte nicht. »So einfach ist es nicht, Luis.«

»Erinnert mich nur an das, was du im Winter gesagt hast.«

»Na ja, im Winter, das war was anderes.«

»Das heißt, ihr seid auf meiner Seite? Du, Almenbroich, Anselm?«

»Im Prinzip schon.«

»Im Prinzip.«

»Ich sag doch: So einfach ist es nicht.«

»Und was macht es kompliziert?«

»Was ist wichtiger: ein einzelner Beamter oder die erfolgreiche Aufklärung eines Kapitalverbrechens?«

»Wer stellt solche blöden Fragen?«

»Anselm zum Beispiel.«

»Und Almenbroich? Du?«

»Wir müssen eine Antwort finden, mit der wir alle leben können.«

»Habt ihr schon eine?«

Bermann seufzte. »Wir haben einen *Vorschlag*.«

»Und zwar?«

»Du bist in der Taskforce, aber die Soko-Besprechungen verpasst du. Weil du ja undiszipliniert und chaotisch bist.«

Sie schwieg. Also war es doch ganz einfach.

Das Leben davor, das Leben danach, Unterschiede waren nicht wirklich zu erkennen.

Als sie spürte, dass die große Wut und die große Trauer kamen, unterbrach sie die Verbindung. Zeit für ein bisschen Selbstmitleid, fand sie und wandte sich Susie zu.

Sie kamen an Kirchzarten vorbei, bogen auf die B 31 ab. Louise sprach, Susie hörte zu, beiden liefen Tränen über die Wangen. Im Tunnel mussten sie lachen, an einer Ampel schnäuzten sie sich. Als sie weiterfuhren, erklang Satie. Ein aufgeregter Alfons Hoffmann, der endlich loswerden musste, was er und Elly herausgefunden hatten, vor allem Elly, die Netzwerke des Dezernates Organisierte Kriminalität waren unglaublich, und die Elly war noch viel unglaublicher, der legte man eine Spur hin, und dann fielen ihr tausend Möglichkeiten ein, wen man anrufen und anmailen könnte und wie man im Internet suchen könnte, wie Elly in die Breite dachte und weiterkam, während er in die Tiefe dachte und in eine Sackgasse nach der anderen lief, unglaublich. Elly lachte fröhlich, Alfons Hoffmann rang nach Atem. »Jedenfalls«, sagte er, »der Verein.«

Der Verein, von dem Annelie Weininger gesprochen hatte, hieß »Verein zur Förderung der deutsch-pakistanischen Freundschaft«, kurz PADE e.V., und saß in Offenburg. Ernst Martin Söllien war von 1999 bis zu seinem Tod im Frühjahr 2002 im vierköpfigen Vorstand gewesen, dem heute eine Lehrerin, ein Landtagsabgeordneter a. D., ein Unternehmer und ein pakistanischer Universitätsdozent angehörten. PADE war 1988 mit dem Ziel gegründet worden, die Demokratisierung Pakistans durch Projekte in den Bereichen Kultur, Menschenrechte, Gleichberechtigung der Frauen zu unterstützen, außerdem wurden landwirtschaftliche Initiativen zur Aufforstung und Bewässerung gefördert. Seit einigen Jahren erhielt der Verein finanzielle Mittel von der »Förderlinie Entwicklungszusammenarbeit« der Landesstiftung Baden-Württemberg. »Die haben sogar ein Büro in Islamabad. Und rate mal, wer das leitet.«

Sie waren eben in die Heinrich-von-Stephan-Straße eingebogen. Susie ging vom Gas, hielt vor der Direktion. Sie sahen sich an, lächelten verlegen. Susies Augen schimmerten noch feucht.

Sie gaben sich die Hand.

»Na?«, fragte Alfons Hoffmann ungeduldig.

Louise stieg aus. Sie wandte sich dem Eingang zu. Wer leitete das Büro in Islamabad. Sie blieb stehen. »Nein . . .«

»Doch«, sagte Alfons Hoffmann.

Halid Trumic.

III

Die pakistanische Spur

8

SIE GING IN IHR NEUES BÜRO, setzte sich an ihren neuen Schreibtisch. Die neue Wand gegenüber kam ihr erschreckend leer vor. Zwei, drei Regentropfen klatschten gegen die Fensterscheibe, dann brach die Sonne plötzlich durch die Wolkendecke. Sie setzte die rechteckige Anatol-Sonnenbrille auf, stieß sich mit dem Fuß ab und drehte sich um die eigene Achse. Erst Enni oder gleich Richard Landen? Sie brauchte zehn Minuten, um sich zu entscheiden.

Enni sagte: »Ich bin bis Mitternacht hier, Kommissar.«
»Okay.«
»Wo waren Sie denn so la. . .«
»Später, Enni, bitte.«

Sie wählte Richard Landens merkwürdige Freiburger Nummer, die nicht zu dem Haus in Günterstal gehörte und die er ihr heute insgesamt dreimal diktiert hatte. Er ging sofort dran. Seine Stimme klang frischer als am Vormittag, doch immer noch nach Winter. Louise sagte, sie könnten sich gegen acht treffen, wenn es ihm recht sei. Richard Landen sagte, es sei ihm recht, wo?

»Wo sind Sie denn?«

Er nannte eine Straße in der Wiehre. Sie verkniff sich die Fragen, warum er in der Wiehre sei, nicht in Günterstal, ob das was mit seiner Frau zu tun habe.

»Ich . . .«, sagte Richard Landen.
»Reden wir später«, bat Louise.

Sie legten auf. Heute oder nie, nahm sie sich vor.

Dann füllte sich die leere weiße Wand gegenüber mit Hollerer, Niksch und viel, viel Blut. Zwei Leben, die ihretwegen ausgelöscht worden waren, auch wenn Hollerer überlebt hatte. Für einen Moment war das Bedürfnis, sofort nach Konstanz zu fahren, ihn bei seiner Schwester zu besuchen, übermächtig. Sie hatte seit jenem Sonntag im Schnee nicht mehr mit ihm gesprochen, ihn seit ihrem Besuch im Krankenhaus nicht mehr gesehen. Erst die schweren Schussverletzungen, dann die Depression. Er hatte niemanden empfangen, das Telefon aus dem Zimmer entfernen lassen. Sobald er reisefähig gewesen war, hatte er sich in ein Krankenhaus nach Kaiserslautern bringen lassen, später in ein Rehabilitationszentrum im Odenwald.

Deutliche Botschaften.

Sie würde sie ignorieren.

Bevor sie das Büro verließ, nahm sie das Poster mit den asiatischen Kindern in den roten Mönchskutten und klebte es sorgfältig an die Wand.

Die Tür von Alfons Hoffmanns Büro, wo die beiden Hauptsachbearbeiter der Soko ihre Zentrale eingerichtet hatten, stand offen, im Raum war niemand. Louise sah auf die Uhr. Halb sechs, noch eine halbe Stunde bis zur ersten Sitzung der neuen Taskforce. Viel Neues in diesen Tagen, dachte sie, wenn das mal gut ging.

Die Tür von Bermanns Büro war verschlossen. Das Gleiche bei Anne Wallmer, Schneider, Thomas Ilic.

Sie rief Bermann auf dem Handy an. Er war bei Almenbroich. Sie hörte Löbingers erregte Stimme, andere erregte Stimmen fielen ihm ins Wort. »Komm rauf«, befahl Bermann.

In Almenbroichs Büro befanden sich etwa zwanzig Kripobeamte der Dezernate 11 – Bermann – und 23 – Löbinger –, außerdem die beiden Soko-Mitglieder aus dem Dezernat 13 – Staatsschutz –, Almenbroich und Heinrich Täschle. Almenbroich saß leichenblass in seinem Sessel, die Kripobeamten hatten sich in Grüppchen über den Raum verteilt, Täschle stand allein an der Wand. Sie lächelte ihm zu, er nickte sichtlich erleichtert.

»Informiert sie«, sagte Almenbroich zu niemand Bestimmtem.

Die anderen verstummten, Bermann sagte: »Das LKA hat den Fall an sich gezogen. Die Soko ist aufgelöst, der Fall gehört Stuttgart.«

»Ach nein. Hat das auch was mit mir zu tun?«

»Es gab Beschwerden«, erwiderte Almenbroich, »aber das müssen Sie nicht ernst nehmen, das ist Politik, die brauchten einen Vorwand.«

»Der Vorwand ist gut«, sagte Löbinger heiser.

Almenbroich hob die Brauen. »Das Argument, dass der Fall wegen seiner internationalen Dimension für Freiburg zu groß sei, ist besser.«

»Und das nehmen wir einfach so hin?«, fragte Louise.

»Das LKA ist, wie Sie wissen, eine vorgesetzte Behörde, deshalb *müssen* wir das hinnehmen. Das ›einfach so‹ hätten Sie also weglassen können.«

Sie entschuldigte sich. »Und wie geht's jetzt weiter?«

»Das LKA ruft eine eigene Soko auf«, erwiderte Löbinger. Sein Blick wanderte von ihren Brüsten zu dem Verband um ihren linken Oberarm, kehrte zu ihren Brüsten zurück.

»In die wir welche Beamten schicken?«

Almenbroich beantwortete die Frage. Vom D 11 wollte das LKA Rolf Bermann, Heinz Schneider, Alfons Hoffmann, Anne Wallmer, von Löbingers D 23 Peter Burg und ein paar andere, dazu einige Freiburger Staatsschützer. Und Anselm?, wollte Louise fragen. Sie ließ es. Anselm Löbinger wollte das LKA offenbar nicht. Sie sah ihn an, und er erwiderte den Blick. Falls er enttäuscht oder verärgert war, ließ er es sich nicht anmerken. Er hatte sich gut im Griff. Deshalb, dachte sie unwillkürlich, würde *er* Leiter der Inspektion I werden, nicht Rolf Bermann. Das Innen zählte nicht, nur das Außen.

Die Münsterglocken schlugen sechs Uhr. Jemand flüsterte: »Dienstschluss.«

»Ich habe eine Idee«, sagte Louise.

Sie hatten einen Mord. Also würde das Dezernat 11 eine Mordermittlung durchführen. Nicht mehr, nicht weniger. Natürlich in Zusammenarbeit mit dem D 23, weil der Ermordete möglicherweise Kontakte zum organisierten Verbrechen gehabt hatte. Natürlich würde auch das D 13 involviert sein, weil vage Spuren zu neonazistischen und/oder ausländischen Personen führten. Und natürlich würde der Polizeiposten Kirchzarten an der Ermittlung beteiligt sein, schließlich hatte der Ermordete in Kirchzarten gelebt.

Bermann lächelte müde und klopfte ihr auf die Schulter. Almenbroich murmelte, den nächsten Anruf des LKA-Präsidenten werde er zu ihr durchstellen. Alfons Hoffmann sagte, sie solle sich unbedingt ebenfalls für die Leitung der Inspektion I bewerben. Louise erwiderte, da müsse sie doch erst mal Dezernatsleiterin werden.

Alle schwiegen erschrocken.

Sie lachte leise. »Aber die Idee ist ernst gemeint. Vielleicht lässt sich das LKA ja drauf ein.«

Almenbroich schüttelte den Kopf.

Sie gab nicht auf. Sie wussten, dass das LKA erst einmal

in die falsche Richtung ermitteln würde. Ein, zwei Tage würden verschenkt werden, bevor das Amt die pakistanische Spur ernst nehmen würde. Und jetzt hatten sie einen Mord. »Wir *müssen* dranbleiben.«

»Sie hat schon Recht«, sagte Alfons Hoffmann. Auch Bermann nickte nachdenklich. Almenbroich beriet sich ein paar Minuten lang mit ihm und Löbinger.

»Also gut«, sagte er dann. »Ich werde nochmal mit dem Präsidenten des LKA reden und ihm vorschlagen, dass wir die Ermittlungen in irgendeiner Form aufteilen. Falls das nichts bringt, rufe ich den Landeskriminaldirektor an. Falls das auch nichts bringt . . . sind wir endgültig raus.«

»Ein paar gute Argumente für die pakistanische Spur wären sicher hilfreich«, sagte Löbinger.

Bermann klatschte in die Hände. »Leute, der Dienstschluss verzögert sich.«

Almenbroich schüttelte den Kopf. »Nein, so arbeiten wir nicht. Was bereits läuft, wie die Fahndung nach Marion Söllien, lassen wir laufen. Mit allem anderen warten wir, solange die Zuständigkeiten nicht definitiv geklärt sind.« Sein Blick richtete sich auf Louise. Sie war nicht sicher, wie sie ihn interpretieren sollte. »Das gilt auch für Sie« oder »Das gilt nicht für Sie«?

Wie auch immer. Manchmal ging es nicht darum, was man durfte, sondern darum, was notwendig war.

Auf dem Gang erklärte sie Täschle, wie er zu ihrem Büro kam, und bat ihn, dort auf sie zu warten. Dann folgte sie Alfons Hoffmann. »Die Namen der PADE-Vorstandsmitglieder«, sagte sie in seinem Büro. »Wer hat die?«

»Wir.« Alfons Hoffmann reichte ihr einen Computerausdruck.

»Gegen die Schlafstörungen.«
»Frische Luft hilft immer.«
Sie grinsten.
Elly trat ein. »Elly«, sagte Alfons Hoffmann und lächelte. D 11 und D 23 schienen sich näher zu kommen. Ein alternder, kinderloser Kriminalhauptkommissar, eine junge, aufstrebende Kriminalkommissarin, da geschah so etwas schon einmal. Aber unschuldiger als Alfons Hoffmann, fand Louise, konnte ein Mann eine Frau nicht anhimmeln. Ein eifriges Schwärmen, überwiegend väterlich, höchstens am Rande romantisch. Sie gönnte ihm die Begeisterung. Alfons Hoffmanns Frau war ein entwurzelter niederbayerischer Drachen.

Bermann saß an seinem Schreibtisch, sah sie an, als hätte er sie erwartet. Er deutete auf einen Umschlag. Sie nahm ihn, befühlte die Abzüge durch das Papier. Bermann sagte, er bringe sie zum Flaunser, gleich jetzt, wenn sie wolle. Sie sagte, nein, sie fahre später allein. Sie wollte schon gehen, als Bermann erneut zu sprechen begann. Warum, sagte er, tue sie sich das alles noch an? Warum sei sie zurückgekommen, warum mache sie diesen Job noch, nach allem, was in den letzten drei Jahren passiert sei? Sie werde bei der Kripo nicht weiter aufsteigen, das wisse sie doch, allenfalls irgendwann in Besoldungsgruppe A 12 kommen, aber dann sei Schluss, sie werde nie Erste Kriminalhauptkommissarin, als ehemalige Alkoholikerin, warum also sei sie zurückgekommen? Warum suche sie sich nicht einen netten Mann, gründe eine Familie, sie sei doch noch nicht zu alt dafür, sie sei doch »ganz hübsch«, und mit ihrer Berufs- und Konflikterfahrung würde sie doch leicht einen anderen, ungefährlicheren, ruhigeren Job in der Firma finden, beispielsweise als Einstellungsberaterin oder im Jugenddezernat. Hier werde keiner vergessen, was mit ihr passiert sei, warum also das Ganze, der Stress, die Frustration, die Gefahr, die Wichser aus Stuttgart ... »Ich versteh dich wirklich nicht.«

»Ich will das nicht hören, Rolf«, sagte Louise und ging.

Täschle stand am Fenster und blickte in die Abendsonne hinaus. »So geht's also bei der Kripo zu«, sagte er, als sie eintrat.

»Nicht immer.«

Er schüttelte den Kopf. »Ist ganz gut, dass ich bei der Schutzpolizei geblieben bin.«

»Wollten Sie zur Kripo?«

»Wer will das nicht irgendwann mal?«

Sie legte die Namensliste und den Umschlag mit den Fotos von Taros Leiche auf den Schreibtisch, sank auf den Stuhl. Bermanns düsterer Monolog hallte in ihrem Kopf nach. Bermann mochte sie anders ansehen als früher, aber er würde sich nie ändern. Zum ersten Mal seit Jahren nahmen seine Instinkte sie als Frau wahr, und das hieß: Einstellungsberaterin oder Jugenddezernat, aber doch nicht Kapitalverbrechen.

Sie überlegte, warum sie sich nicht ärgerte. Vielleicht, weil sie vermutete, dass Bermann auf eine verquere Weise auch von sich selbst gesprochen hatte.

»Grundgütiger«, sagte Täschle unvermittelt, »wir sind doch nicht in New York oder in Kabul, wir sind doch in *Freiburg*.«

»Die Welt hat sich verändert.«

Täschle schüttelte den Kopf, ohne sich umzudrehen.

»Hätten Sie sich vorstellen können, dass der elfte September unter anderem in Hamburg vorbereitet worden ist?«

»*Freiburg*«, sagte Täschle.

»Dass im Raum Ulm/Neu-Ulm immer wieder islamistische Terroristen auftauchen?«

»Wie bitte?« Täschle wandte sich um.

»Wir wissen, dass Bin-Laden-Leute im Raum Ulm/Neu-Ulm waren. Dass Mohammed Atta und ein ägyptischer Topterrorist dort waren.«

»Aber *Freiburg*.«

Louise zuckte die Achseln, Täschle drehte sich wieder zum Fenster. Sie sah auf die Uhr. Knapp zwei Stunden bis zu ihrer Verabredung mit Richard Landen. Zeit genug, irgendwo vorbeizufahren, irgendjemanden zu befragen, irgendetwas zu tun, um die Dämonen auf Abstand zu halten.

Sie zog die Liste heran. Eine Lehrerin, ein Landtagsabgeordneter a. D., ein Unternehmer, ein pakistanischer Universitätsdozent. Ehrenkirchen, Freiburg-St. Georgen, Lahr, Freiburg-Stühlinger. Der pakistanische Dozent interessierte sie im Augenblick am meisten. Der Stühlinger also.

Sie hob den Blick. Auf die asiatischen Kinder fiel das Licht der vorabendlichen Sonne. Die Mönchskutten schienen zu leuchten.

Sie sah zu Täschle hinüber. Er würde, das wusste sie, nicht in den Stühlinger mitkommen. Er wollte zu Lisbeth Walter, eine Möglichkeit finden, ihre Sicherheit zu gewährleisten. »Fahren Sie ruhig«, sagte sie.

Täschle wandte sich um. »Ich bin nicht mit dem Wagen hier. Ihr Chef hat mich abholen lassen.«

»Da sehen Sie mal, wie sehr die Kripo Dorfpolizisten schätzt.«

Täschle lächelte. »Und jetzt? Bringt die Kripo mich jetzt auch wieder heim in mein Dorf?«

Auf der Fahrt sagte Täschle wenig. Sie ahnte, was in ihm vorging. Ein Mord in seinem Einzugsbereich. Ein Mord, der vielleicht zu verhindern gewesen wäre. Der schreckliche Fragen aufwarf.

Vor allem eine: War Lisbeth Walter in Gefahr?

»Rolf Bermann hat eine Streife zu ihr geschickt«, sagte sie.

»Ich auch«, sagte Täschle.

Sie verließen die Bundesstraße, kamen an Riedingers Hof, an Riedingers Weide vorbei. Täschle sah nicht nach links, nicht nach rechts, schien nicht zu bemerken, dass ein Mann, der von der Brandfläche kam, über die Weide ging. Der Geist, auf den sie am Montagabend gewartet hatte?

»Wer ist das?« Sie deutete auf den Mann.

Täschle wandte den Kopf.

Ja, es war Adam Baudy.

Sie überlegte, ob sie anhalten sollte. Beschloss, später mit ihm zu sprechen.

»Was ist eigentlich mit Riedinger passiert? Wo sind seine Kinder und seine Frau?«

Täschle antwortete nicht gleich. Schließlich sagte er: »Der Vater hatte in den Sechzigern MKS am Hof, und . . .«

»MKS?«

»Maul- und Klauenseuche. Wir hatten in den Sechzigern den letzten großen Ausbruch, mit zigtausend betroffenen Höfen, vor allem in Baden-Württemberg und Bayern, und da war eben auch der Hof vom alten Riedinger darunter. Keine zwei Wochen hat's gedauert, dann waren alle Rinder und die meisten Schweine krank und mussten gekeult werden. Ich weiß noch, tagelang hast du die Viecher schreien gehört, die gesunden wie die kranken, nicht nur beim Riedinger, wir hatten noch ein paar Höfe, die es erwischt hatte. Und als das endlich vorbei war, hat sich die Mutter vom Hannes aufgehängt, weil sie den Kummer nicht ertragen hat, und da ist der Vater . . . Der Vater ist durchgedreht. Er hat seine Frau vom Balken geschnitten, das hat ihm den Rest gegeben. Irgendwie ist er . . .« Täschle zuckte die Achseln. »Er hat den Hannes gezwungen, den Hof mit ihm wieder aufzubauen. Hat ihn morgens aus dem Bett gezerrt, hat ihn den ganzen Tag lang über den Hof geprügelt, bis tief in die Nacht, und dann ging's wieder von vorn los. Ich hab ihm manchmal geholfen, mit ein paar anderen Jungs hab ich in den Schulferien für ein paar Mark auf dem Hof gearbeitet. Sie haben es tatsächlich geschafft, haben wieder Rinder und Schweine gezüchtet, hatten wieder Personal. Aber der Hannes hat geschworen, dass er den Hof verkauft, sobald der Alte tot ist. Nur wollte der Alte dann nicht sterben. Wurde immer seniler und komischer, aber sterben wollte er nicht. Der Hannes hat geheiratet, dann kamen die Kinder, und die ganze Zeit saß der Alte in seiner Dachkammer und brabbelte vor sich hin und wollte nicht sterben . . .«

Täschle brach ab. Sie hatten den Posten erreicht.

»Jedenfalls, als die Kinder Anfang der Neunziger sagten, dass sie den Hof irgendwann mal übernehmen wollen, ist der Hannes auch durchgedreht. Hat sie nach England aufs Internat geschickt und angefangen, Tiere und Grund abzustoßen, Leute zu entlassen. Deshalb ist die Kathi gegangen. In der ersten Zeit kamen die Kinder in den Ferien noch heim, aber irgendwann kamen sie nicht mehr.«

»Und der alte Riedinger? Der Vater?«

»Ist erst gestorben, als er mit dem Sohn wieder allein war.« Täschle schüttelte den Kopf. »Wenn man sich das vorstellt . . . Was manche Leute mit ihrem Leben machen.« Er warf ihr einen kurzen Blick zu. »Man muss doch was tun, damit es nicht so wird, oder? Denken Sie nicht?«

»Deswegen habe ich mich scheiden lassen. Damit es anders wird.«

»Ja«, sagte Täschle. »Genau das meine ich.«

Er stieg aus, ging zu seinem Fahrrad. Sie sah ihm nach, während er Richtung Hügel davonfuhr.

Sonnenuntergang in Oberried.

Der Geist war fort, die Weide lag verlassen. Sie sah auf die Uhr. Knapp eineinhalb Stunden bis zu ihrer Verabredung mit Richard Landen. Sie griff zum Telefon, ließ sich von Alfons Hoffmann Baudys Adresse geben. Eine Straße am Ortsrand in der Nähe der »Talvogtei«. Sie kehrte zum Polizeiposten zurück, folgte der Straße, die sie am Vortag mit Täschle gefahren war. Sie dachte an Oberried. Sie hätte Täschle und Lisbeth Walter gern dabei zugesehen, wie sie mit dem umgingen, was mit ihnen geschah.

Ein hübsches blaues Häuschen, ein Vorgarten mit Blumenbeeten, im Hof die Tischlerei. Sie wusste aus den Unterlagen, dass Baudy seit zwei Jahren geschieden war. Vielleicht fiel ihr deshalb auf, wie gepflegt das Haus und der Vorgarten waren.

Baudy war nicht da, weder im Haus noch in der Werkstatt.

Als sie zum Auto zurückkehrte, sah sie ihn den Gehweg entlangkommen. Sie blieb stehen, griff nach dem Dienstausweis.

Baudy trug einen einfachen blauen Anzug, ein weißes Hemd. Die Haut an seiner Stirn und Nase war leicht gerötet, Teile der Augenbrauen waren versengt. Die Wangen waren eingefallen, unter den Augen lagen dunkle Ränder.

»Lohnt sich nicht, ins Haus zu gehen«, sagte er. »Ich werde gleich abgeholt.«

»Kein Problem. Es dauert nicht lang.«

Sie blieben draußen, auf dem Gehweg.

»Wie geht's Ihrer Tochter?«

»Gut.«

»Und Ihnen?« Sie hob die Hand, berührte ihre Stirn.

»Ist nicht so schlimm.«

»Schlimm ist, was mit Lew Gubnik passiert ist?«

Er schwieg, wartete. Er hielt Abstand, sein Blick war distanziert. Sie wussten beide, dass es für die Kripo an sich keine Veranlassung mehr gab, mit ihm zu sprechen. Sein Verhalten am Brandort untersuchten Berufsfeuerwehr und Staatsanwaltschaft. Mit den Waffen und dem Feuer hatte er nichts zu tun.

Trotzdem. Irgendetwas in Bezug auf Adam Baudy ließ ihr keine Ruhe. Er war als einer der Ersten am Tatort gewesen. Schon deshalb war er wichtig.

Sie stellte ihm zwei, drei Fragen zum Morgen des Brandes, Baudy erwiderte, habe ich doch schon beantwortet, oder, steht doch in meinem Bericht. Sie nickte. Die falschen Fragen, weil Baudy aus ihnen immer nur eine heraushören musste: die nach seiner Verantwortung. Die Mühlen der Bürokratie waren unnachgiebig. Er hatte seine vierjährige Tochter zu einem Einsatz mitgenommen, er hatte sich von den Explosionen überraschen lassen, er hatte einen Mann verloren.

Doch andere Fragen fielen ihr nicht ein.

»Ich habe im Radio gehört, dass der Hannes Riedinger tot ist«, sagte Baudy.

»Das ist richtig.«

»Sie sagen, er wurde ermordet.«

Louise nickte. Vielleicht brachte sie das weiter: keine Fragen stellen, sondern Fragen beantworten.

»Sie sagen nicht, ob der Mord was mit dem Schuppen zu tun hat. Mit den Waffen.«

»Wir gehen davon aus.«

Baudy nickte und schwieg.

»Sie hatten keine Chance, Baudy.«

Er wandte den Blick ab. Auf der anderen Straßenseite hatte ein Mercedes-Sprinter gehalten, in dem mehrere Männer saßen. Das Seitenfenster wurde heruntergelassen, sie hörte einen anzüglichen Pfiff aus dem Wageninneren. Der Fahrer sagte zu Baudy: »Da sind wir.«

»Gleich, Paul.«

Paul Feul, dachte Louise. Der mit Lew Gubnik am ersten Rohr gewesen war. Sie musterte Feul, der ihren Blick erwiderte. Auch sein Gesicht war gerötet, auch sein Blick war distanziert. Sie wandte sich ab. »Sie hatten keine Chance«, wiederholte sie. »Man kann nur mit dem rechnen, was man für möglich hält. Dass jemand auf einer Weide vor Kirchzarten ein Waffenlager angelegt hat und dass jemand anders es mit Semtex in die Luft sprengt, das ist *nicht* möglich.«

Adam Baudy sagte nichts.

»Damit kann man nicht rechnen, Baudy.«

»Sind Sie fertig? Ich möchte jetzt kegeln gehen.«

Sie seufzte. »Von mir aus. Aber ich habe eine Bitte: Denken Sie nach. Was war komisch? Was passt nicht zusammen? Am Morgen des Brandes, in den Tagen vorher. Was ging Ihnen im ersten Moment durch den Kopf? Was haben Sie später im Ort gehört? Was haben Ihre Kameraden gedacht und gehört?« Sie hielt ihm eine Visitenkarte hin. Er nahm sie nicht. »Sie können auch mit Täschle reden, wenn Ihnen das lieber ist.«

»Ich rede mit niemandem mehr«, sagte Baudy und wandte sich ab.

Sie blieb bis zur B 31 hinter dem Sprinter, dann ließ sie ihn davonziehen. Knapp eine Stunde bis zu ihrer Verabredung mit Richard Landen. Das reichte für den Stühlinger. Sie nahm Alfons Hoffmanns Liste der PADE-Vorstandsmitglieder zur Hand. Dr. Abdul Rashid, Privatdozent am Physikalischen Institut der Albert-Ludwigs-Universität, 1950 in Pakistan geboren, mit einer Deutschen verheiratet, zwei Kinder. Studium in Karatschi, Paris, Essen, Heisenberg-Stipendiat der Deutschen Forschungsgemeinschaft. Lehraufträge in Freiburg, Zürich, Karlsruhe, Heidelberg, Paris. Habilitation in Theoretischer Quantendynamik.

Alfons Hoffmann hatte »Habitilation« geschrieben. Sie fand, das Wort passte. Habitilation, ein neues Verfahren der Kernspaltung, entdeckt von Dr. Abdul Rashid aus Pakistan.

Sie schaltete das Radio ein, stieß beim Suchen auf eine unglaublich klare, melancholische Jazz-Trompete. Auch das Stück passte. Zu Richard Landen, zur Abendstimmung im Dreisamtal, zu dem Geist Adam Baudy.

Einer der wenigen Momente im Leben, in denen alles passte. Selbst ein Wort, das nicht existierte.

Die gute Laune hielt an, bis sie im Stühlinger war. Als sie ausstieg, fand sie sie irritierend. Am Vormittag die denkwürdig chaotische Soko-Sitzung, am Mittag Riedingers

Leiche, die Angst um Täschle, am Spätnachmittag das vorläufige Aus für Freiburg, vor einer Stunde das Jobvermittlungsgespräch à la Bermann. Zu schweigen von den Ereignissen der vergangenen beiden Tage und Nächte, den Rätseln, Almenbroichs Geheimnis, den lauernden Dämonen. Und sie barst vor Albernheit und guter Laune. Sie spürte, dass sie den Boden unter den Füßen zu verlieren begann im Overkill von Emotionen und Ereignissen. Das Zentrum fehlte, das Auge des Sturms: ein funktionierendes Ermittlungsteam. Sie bog in die Straße ein, in der Abdul Rashid wohnte, dachte, eigentlich war sie es doch gewohnt, am Rande oder sogar außerhalb des Ermittlungsteams zu arbeiten. Doch etwas war anders diesmal. Sie hatte das blinde Vertrauen in die Kollegen, die Vorgesetzten, die Polizeibehörden an sich verloren. Nur einem vertraute sie noch vollkommen: Rolf Bermann.

Und das war wirklich entsetzlich.

Abdul Rashid wohnte in einem Gebäude, das zu Günters Künstleroutfit gepasst hätte. Ein freundliches, schmales Gründerzeithaus mit kleinen Fenstern, Balkonen mit Pflanzen und Bistrotischchen, im ersten Stock eine Werbeagentur, im zweiten offensichtlich eine WG mit vier Bewohnern, im dritten »Abdul Rashid/Renate Bender-Rashid«.

Gegenüber ein Café mit breitem Frontfenster, daneben eine Buchhandlung. Sie überquerte die Straße, betrat das Café.

»Luis«, sagte Rolf Bermann.

Er saß an einem Tisch an der Wand mit Blick auf Rashids Haus. Sie lächelte, wollte sagen, so sieht es also aus, wenn du Almenbroichs Anordnungen gehorchst, unterließ es, als sie seine ernste Miene sah. Sie setzte sich.

»Ich bin ihnen in die Falle gegangen«, sagte Bermann leise.

»Wie meinst du das?«

»Rashid wird observiert.«

»Was? Vom LKA?«

Bermann schüttelte den Kopf. Ein weißer Audi A3 mit französischem Kennzeichen. Keine deutsche Behörde tarnte sich französisch. Bermanns Blick war unruhig, seine Augen wurden schmal. Sie hatten ihn gesehen, bevor er sie gesehen hatte. Sie hatten ihn beobachtet, hatten ihn erkannt. Woher wussten sie, wer er war? Als sie ihm aufgefallen waren, waren sie davongefahren.

»Wie viele?«

»Nicht so *laut*, Luis. Zwei Männer.«

»Hast du ihre Gesichter gesehen?«

»Bloß vage, ich hatte die Sonne im Gesicht.«

»Woher weißt du dann, dass sie dich beobachtet haben?«

»Mein Gott, ausgerechnet du fragst mich das.«

»Und ausgerechnet ich hätte gern eine Antwort.«

»So was *spürt* man«, sagte Bermann.

»Na sieh mal an.«

»Leck mich, Luis.«

»Nicht in diesem Leben.«

Sie schwiegen für einen Moment, beruhigten sich, dann berichtete Bermann. Er hatte sich von einer Streife in der Nähe absetzen lassen, war an Rashids Haus vorbeigeschlendert, hatte sich vor das Schaufenster der Buchhandlung gestellt. Schließlich war er hineingegangen, hatte ein Buch gekauft, war hinausgegangen. Da war ihm der Audi aufgefallen.

»Hast du die Nummer?«

»Ich sag doch, ich hatte die Sonne im Gesicht.«

Ein junger Kellner kam. Louise bestellte einen Espresso und Leitungswasser. Bermann bestellte ein Bier und sagte: »Da musst du jetzt durch, Luis.«

Sie grinste giftig. So war das Leben und das Arbeiten mit Rolf Bermann.

Dann versuchten sie, sich einen Reim auf die Entwicklung zu machen. Ein Audi mit französischem Kennzeichen und zwei Insassen, die *vermutlich* Abdul Rashid observiert hatten und *vermutlich* wussten, wer Bermann war. Die *möglicherweise* zu denen gehörten, die das Waffenarsenal gesprengt hatten, ganz einfach deshalb, weil Rashid *möglicherweise* zu denen gehörte, die das Waffenarsenal angelegt hatten. Bermann stöhnte ratlos. Louise sagte: »Komm, besuchen wir Rashid.« Er schüttelte den Kopf. Sie wüssten nicht, sagte er, wo sie da vielleicht reinstolpern würden. Keine Aktionen heute Abend, Luis, wir warten.

Rolf Bermann und warten?

Sie vereinbarten, dass Louise am nächsten Morgen beim Gemeinsamen Zentrum der deutsch-französischen Polizei- und Zollzusammenarbeit anrufen würde. Vielleicht gelangten die französischen GZ-Kollegen an Informationen zu dem Audi. Sie mussten herausfinden, ob die Insassen zu einer französischen Polizeibehörde gehörten.

»Du weißt, dass die jetzt in Kehl sind?«, sagte Bermann.

»Die sind in Kehl? Nicht mehr in Offenburg?«

»Im Februar umgezogen.« Bermann trank einen Schluck. »Da warst du grad nicht da, im Februar.«

»Ach ja?«

»Ach ja.«

Sie zuckte die Achseln. »Und was machen wir jetzt, wenn wir Rashid nicht besuchen?«

»Ich geh heim.« Bermann nickte Richtung Fenster. Rita Bermann stand draußen und winkte. Sie winkten zurück. Elternversammlung des Kindergartens, sagte Bermann und erhob sich. Er war turnusgemäß mit dem Vorsitz dran, konnte nicht fehlen, man traf sich in seinem Wohnzimmer. »Gegen zehn bin ich zurück und lös dich ab.«

Louise schüttelte den Kopf. »Ich bin verabredet.«

»Ach?«

Ihre Blicke trafen sich. Dann sagte Bermann: »Ich schick dir Heinz.«

Sie nickte. »Warte, Rolf. Ich würde Pham gern mal sehen.«

Bermann setzte sich. »Viktor.«

»Viktor.«

»Ich lass es mir durch den Kopf gehen. Du triffst dich später mit deinem Buddhismus-Menschen?«

»Ja.«

Rita Bermann deutete auf die Uhr, machte unentschlossen Zeichen. Louise fragte, wie sie es nur geschafft habe, nach jeder ihrer vier Schwangerschaften wieder so schlank und schön zu sein wie vor der allerersten. Bermann sagte, wir arbeiten eben konsequent dran. Er stand wieder auf, sagte erneut: »Keine Aktionen heute Abend, Luis.«

Sie versprach es. Obwohl sie es einen Moment lang für möglich hielt, dass er nicht Abdul Rashid meinte, sondern Richard Landen.

Kurz darauf kam Heinz Schneider. Er war im dunklen Abendanzug, was bei ihm nichts weiter hieß, außer dass Abend war. Bermann hatte ihm nur das Notwendigste erzählt, Louise füllte die Lücken. »Einfach hier sitzen und schauen, ob was passiert?«, vergewisserte er sich.

Sie nickte.

»Und *wenn* was passiert?«

»Rufst du Rolf an. Oder mich.«

»Ich dachte, du hast ein Date.«

»Denk nicht, Heinz.«

»Noch mal: Wenn was passiert, ruf ich an und tu sonst nichts.«

»Na ja, kommt drauf an, *was* passiert.«

Schneider verdrehte die Augen. Er war mit Bermann ein guter Polizist, ohne Bermann haltlos, das war bekannt, man konnte sich darauf einstellen. Doch so verloren wie jetzt hatte sie ihn noch nie erlebt. Das Virus Verunsicherung griff um sich.

Sie legte ihm die Hand auf die Schulter, stand auf.

Als sie das Café verließ, blickte sie sich unwillkürlich um. Kein weißer Audi A3 mit französischem Kennzeichen, nur Schneider, der ihr durch das Fenster nachsah.

9

SIE FUHR IN DIE WIEHRE, parkte in der Nähe der Straße, die Richard Landen genannt hatte. Sie wusste nicht, ob sie sich die Fotos von Taros Leiche wirklich ansehen wollte. In ihrer Vorstellung saß er mit geschlossenen Augen an einen Baum gelehnt, überblickte das Tal, überwachte ihren Weg. War tot und lebte doch weiter.

So wollte sie an ihn denken.

Andererseits, wie Bermann vorgestern Abend gesagt hatte: Es ist, wie es ist. Die Wirklichkeit gehört auch dazu.

Sie öffnete den Umschlag, hielt inne. Die tröstliche Illusion, die bittere Realität. Doch diesmal ging es in beiden Fällen um Erinnern, nicht um Vergessen.

Diesmal fiel ihr die Entscheidung leicht.

Sie schloss den Umschlag.

Wenige Minuten später stand sie Richard Landen gegenüber und musste sich erneut entscheiden: Sollte sie ihm gleich um den Hals fallen, oder sollte sie es auf später verschieben?

»Ihr habt euch verändert, das Auto und Sie«, sagte er lächelnd, während er auf sie zu kam.

»Wir waren eine Weile in Frankreich, da kann das passieren.«

Sie reichten sich die Hand.

Er hatte sich ebenfalls verändert, war auch optisch vom

Winter durchdrungen, hagerer, hatte mehr graue Haare. Tommo in Japan, Landen hier, obwohl sie in wenigen Tagen oder Wochen Eltern wurden, da konnte man allerlei Vermutungen anstellen.

Er deutete auf ihren Arm. »Haben Sie sich verletzt?«
»Bin gegen einen Baum gelaufen.«
»Das passt irgendwie zu Ihnen.«
Sie lachten.
»Und jetzt?«, fragte sie dann.
Er schlug ein Lokal in der Nähe vor. Sie sagte, aber nicht japanisch, Landen sagte, nein, nein, italienisch.

Sie gingen zu Fuß. Louise schwieg, Landen schwieg. Sie hatte den Eindruck, dass das Schweigen ein gutes Zeichen war. Es bedeutete, dass sie über Floskeln hinaus waren. Kein *Wie geht's Ihnen so*, kein *Ach, eigentlich ganz gut, und Ihnen?* Einfach nur schweigen. Anlauf nehmen, um gleich zum Wesentlichen zu kommen.

Sie schaltete das Funktelefon aus.

Landen hob die Hand, deutete auf ein Lokal mit Terrasse. Louise nickte.

»Möchten Sie draußen sitzen?«
»Drinnen ist besser.« Drinnen hieß dunkler, weniger Leute, mehr Intimität, vielleicht Kerzen und Musik. Drinnen war besser, um gleich zum Wesentlichen kommen.

Sie betraten das Lokal.

Drinnen war perfekt. Niemand sonst saß drinnen.

Sie bekamen Speisekarten in die Hände gedrückt, bestellten, bekamen Mineralwasser, stießen an, bekamen Bruschette, begannen zu essen. Landen räusperte sich ein-, zweimal, Louise spürte, dass er unruhig wurde. Was will diese Frau? Was plant sie? Wird sie über mich herfallen? *Wann* fällt sie endlich über mich her? Sie unterdrückte ein Lächeln. Lass ihm Zeit, dachte sie und stieß die Gabel in die Bruschetta, lass *dir* Zeit. Monate waren vergangen, beide hatten sich verändert, wollte sie ihn überhaupt noch? Sie sah auf. Die Augenbraue mit der grauen Stelle hob sich, Landen sagte: »Erzählen Sie, wie geht's Ihnen so?«

»Ach, eigentlich ganz gut, und Ihnen?«

Ja, sie wollte ihn noch.

Ein Kellner räumte die Bruschetta-Teller ab, ein zweiter brachte kleine Pasta-Portionen. Landen sagte ein wenig zu heiter, das sehe aber *sehr* gut aus, und sie fand, es war nun an der Zeit, das Wesentliche anzugehen. Sie legte die Gabel hin. »Ich muss Sie was fragen. Warum sind Sie hier und nicht in Japan? Warum sind Sie in der Wiehre und nicht in Günterstal? Und warum waren Sie im Kanzan-an?«

Landen hob die Brauen. »Warum waren *Sie* im Kanzan-an? Hatten Sie damals ein Alkoholproblem? Haben Sie immer noch ein Alkoholproblem?«

»Also, das sind *schwierige* Fragen . . .«

Er lächelte kampflustig. »Dann fange ich mit einer einfachen an. Was für einen Fall bearbeiten Sie gerade?«

Sie seufzte. Der Weg zum Wesentlichen führte ganz offensichtlich über das Banale.

Immerhin, Landen war beeindruckt. Er habe in der Zeitung von dem Waffenfund gelesen, das Ganze dann aber nicht so ernst genommen. Keine Waffenfreaks, sondern internationale Verstrickungen und sogar ein Mord? Er wollte wissen, was sie herausgefunden hatten, in welche Richtung sie ermittelten, und ganz allgemein, wie man bei Ermittlungen wie dieser vorging. Sie erzählte, was sie erzählen konnte, blieb entsprechend vage. Aber sie freute sich über sein Interesse. »Und wie schaffen Sie das?«, fragte er. »Wie werden Sie mit solchen Belastungen fertig? Mord, Waffenhandel, der Stress . . .«

Sie unterbrachen das Essen, sahen sich an. Eher eine harmlose Frage, entschied Louise, also würde eine harmlose Antwort genügen. »Ach, irgendwie geht's schon. Ich stehe ein paar Tage unter Strom, dann haben wir den Fall hoffentlich geklärt.« Sie zuckte die Achseln.

»Ich hatte im Winter den Eindruck, dass Sie . . .«
»Eindrücke können täuschen.«
»Sie möchten nicht darüber sprechen?«
»Worüber?«
»Sie wissen, was ich meine.«
»Im Winter waren Sie irgendwie diskreter.«
»Seitdem ist viel passiert.«
»Zum Beispiel?«

Richard Landen bewegte die Gabel hin und her. »Dies und das.«

Louise lächelte. »Sie wollen nicht drüber sprechen?«
»Essen Sie, die Pasta wird kalt.« Auch Landen lächelte.

Sie blies die Wangen auf. Ein nettes Spiel, aber so kam man nicht zum Wesentlichen, weder jetzt noch später. Sie sagte: »Die Frage ist doch: Warum sind wir hier? Was wollen wir wirklich? Essen? Nein? Was dann? Und wie kommen wir zu dem, was wir wollen? Müssen wir stundenlang essen, bevor wir das tun, was wir tun wollen? Müssen wir erst das tun, was wir nicht tun wollen, um das tun zu können, was wir tun wollen?«

Landen räusperte sich. »Was wollen wir denn tun?«

Eher *keine* harmlose Frage. Vermutlich fiel es ihr deshalb

so schwer, darauf zu antworten. »Ich glaube, Sie wissen, was ich meine«, sagte sie schließlich.

»Im Winter waren Sie indiskreter.«

»Fängt das schon wieder an . . .«

Landen lächelte matt. »Also gut, reden wir offen. Ich fliege in ein paar Tagen zur Geburt . . .«

»Ich will das nicht hören, Ritsch.«

». . . zur Geburt unseres . . . Wie kommen Sie denn auf ›Ritsch‹?«

»Die kleine Punkerin im Winter. Selly.«

»Ach ja. Na, sie ist die Einzige, die mich so nennt.«

»Übrigens, wie geht's Sellys Mutter und dem Lama in Indien?«

Landen aß wieder. Kauend sagte er: »Also, ich fliege Anfang August nach Japan, um bei der Geburt unseres Sohnes dabei zu sein, und . . .«

»Ein Sohn, wie niedlich. Schon einen Namen ausgesucht? Kawasaki? Harakiri?«

». . . und Anfang September komme ich zurück. Ohne Shizu und unseren Sohn.«

»Ohne? Das heißt?«

»Das heißt, die beiden werden in Japan leben, ich in Deutschland.«

»Klingt nach einer tollen, modernen multikulturellen Lösung.« Sie lachte.

»Es ist eher eine multikulturelle Trennung«, sagte Landen.

Eine einfache, saubere Geschichte; keine Demütigungen, Katastrophen wie bei ihr. Tommo hatte nach ein paar Jahren Deutschland gemerkt, dass sie hier nicht zurechtkam. Landen hatte gemerkt, dass er mit dem Gedanken an eine Trennung überraschend gut zurechtkam. Kompliziert wurde es, weil Tommo schwanger war. Das eigene Kind am anderen Ende der Welt? Landen sagte: »Ich hatte eine andere Vorstellung von meinem Leben.« Zerstörte Lebensentwürfe, dachte sie, die unspektakulären Katastrophen.

Der eine Kellner räumte die leeren Pasta-Teller ab, der andere brachte die *Secondi*. Louise sagte: »Was tun Buddhisten, wenn sie sich trennen? Ich meine, wie gehen sie damit um?«

»Das weiß ich nicht.«

Sie sahen sich schweigend an. Louise ging der Gedanke durch den Kopf, dass Landen über Krisenbewältigung vermutlich anders dachte als sie. Keine Ablenkungen. Dafür bewusste Trauerarbeit. Wenn nicht auf die buddhistische Art, dann auf die psychologische. Und das hieß wohl auch: Eine neue Beziehung erst dann, wenn die alte so richtig verarbeitet war.

Sie stöhnte lautlos. Sie war an den Falschen geraten.

Blieb die Frage, ob nicht gerade der Falsche auf irgendeine verquere Weise der Richtige war.

Buddhismus, die nächste unspektakuläre Katastrophe. Sie waren inzwischen beim Espresso angelangt. Louise hatte sich von ihren Plänen für diesen Abend verabschiedet, die Enttäuschung verdrängt, das Handy eingeschaltet. Richard Landen erzählte, dass er sich seit ein paar Wochen frage, inwieweit all das Buddhistische und Japanische in seinem Leben mit seiner Frau zusammenhänge. Was bedeute es ihm über das Zusammensein mit seiner Frau hinaus?

»Vorher hat's Ihnen doch auch was bedeutet.«

»Aber inzwischen ist es untrennbar mit Shizu verbunden, und deshalb frage ich mich, was damit passiert, wenn wir nicht mehr verheiratet sind.«

»Weil es Sie an sie erinnert?«

»Auch, aber nicht nur. Ich könnte mir vorstellen, dass ich es mit anderen Augen sehe, wenn sie fort ist.« Er lächelte vage. »Klingt ein bisschen nach einem akademischen Problem, nicht?«

»Na, allerdings.«

»Trotzdem ist es ein Problem.«

»Wohnen Sie deshalb in der Wiehre und nicht in Günterstal?«

»Auch.« Günterstal tat ihm im Augenblick nicht gut. Zu viel Japanisches, Buddhistisches, das Scheitern dieses Lebens in jedem Winkel spürbar. All die Fragen, die ungeklärten Dinge. Die Vergangenheit, die Zukunft. Er schlief schlecht in Günterstal, und das Wachsein gefiel ihm dort auch nicht. Günterstal nährte Depressionen.

Louise erzählte von Niksch und Günterstal. Von der Küche, die sie nach Nikschs Tod nicht hatte betreten können.

»Deswegen wollten Sie damals nicht mit uns essen.«

Sie nickte.

»Das heißt, Sie würden mich nie in Günterstal besuchen?«

»Sagen wir so: Ich würde Ihnen in Günterstal nie was kochen.«

Sie lachten.

Louise griff nach dem Handy, um es wieder auszuschalten. Eine Bewegung im Augenwinkel ließ sie innehalten. Ein kleiner dunkler Mann stand plötzlich an ihrem Tisch und sprach mit begeisterten Gesten auf Richard Landen ein. Landen sagte etwas, der kleine Mann sagte etwas, wandte sich ihr zu, Grappa aus Bassano, ein Gedicht, sie nickte, das konnte sie nur bestätigen.

»*Salute*«, sagte der Mann und ging.

Sie starrte die Grappa aus Bassano vor sich an. Und jetzt?

Trinken, erwiderte eine Stimme in ihrem Kopf. Ein Glas unter Romantikern, was soll daran schlimm sein.

Eigentlich nichts, dachte sie. Ein winziges Glas Grappa mit Richard Landen, das ist wirklich nicht schlimm. Im Gegenteil. Es löst die Zungen, die Blicke, die Hände. Es hilft, zum Wesentlichen zu kommen. Und es ist ja nur *ein* Glas.

Nicht einmal das. Ein *Gläschen*.

Heute schon, dachte sie, dafür morgen nicht, versprochen. Keine Angst wegen morgen. Sie wusste, wie das Nicht-Trinken ging. Dass sie das Nicht-Trinken beherrschte. Morgen würde sie es zum tausendsten Mal beweisen.

Sie lehnte sich zurück, sah Landen an. Aber wegen eines Mannes?

Nicht *wegen* eines Mannes, sagte die Stimme in ihrem Kopf, sondern *mit* einem Mann.

Sie nickte. Das war allerdings ein Unterschied.

Landen sagte etwas, Louise hob den Zeigefinger – nicht jetzt, sie konnte sich jetzt nicht unterhalten, sie musste sich konzentrieren. Sie musste sich allein entscheiden.

Landen sprach weiter, seine Stimme klang drängend, aber die Stimme in ihrem Kopf übertönte ihn. *Ein* winziges Gläschen, sagte sie. Das erste und das letzte.

Sie schloss die Augen. Das letzte Glas. Wann hatte sie das letzte Glas Alkohol getrunken? Sie wusste es nicht mehr. Sie hatte am Ende nur noch aus Flaschen getrunken.

Sie öffnete die Augen und sagte: »Tja, zurück zu Ihren schwierigen Fragen.«

Später, nachdem sie ihm von der Sucht, von Oberberg, von den einsamen Kämpfen im Kanzan-an erzählt hatte, verließen sie das Lokal. Draußen war es dunkel geworden, abgekühlt hatte es nicht. Die Hitze hing in den stillen Straßen der Unterwiehre fest. Sie gingen zum Anna-Platz, gerieten zwischen Spaziergänger, Paare, Kinder. Landen wirkte nachdenklich und besorgt, was ihr langfristig gefiel, kurzfristig nicht.

Schließlich fragte er, ob ihr das Zen geholfen habe – »dabei«.

»Dabei«, wiederholte sie. Warum hatte sie immer, wenn sie in seiner Nähe war, das Gefühl, für ihn zu schmutzig zu sein? Im Winter das reine Landen'sche Tässchen, das sie nicht hatte anfassen können, im Sommer die reine Landen'sche Sprache ... Zu *rein* der ganze Mann, um sich mit Worten, die ihren Zustand benannten, zu beschmutzen.

Mit einer Frau, wie sie es war.

Aber vielleicht machte ihn das ja so anziehend. Richard Landen, die Insel der Seligen, Verheißung für Louise Bonì, die im Schmutz ihrer Seele, ihres Berufes, ihres Lebens schwamm.

»Beim Aufhören«, sagte Landen.

Sie runzelte die Stirn. »Ich war, ich meine, ich *bin* Alkoholikerin, gewöhnen Sie sich mal dran.«

»Das habe ich schon verstanden.«

»Dann sprechen Sie's auch aus.«

»Hat Ihnen das Zen geholfen, während Sie versucht haben, mit dem Trinken aufzuhören?«

»Na also, geht doch. Nein, hat es nicht. Also, vielleicht ein bisschen.«

»Haben Sie Zazen praktiziert?«

Sie lachte. »Viel zu anstrengend. Außerdem geht es auf die Gelenke.«

»Man kann ja auch auf eine andere Weise meditieren.«

»Ich bin zu faul und zu ungeduldig zum Meditieren.«

»Was haben Sie dann die ganze Zeit im Kanzan-an gemacht?«

»Ich bin spazieren gegangen, hab mit dem Roshi und Chiyono und den anderen geredet, Tee getrunken, die Katze gestreichelt, geschlafen, Briefe geschrieben, die Briefe zerrissen, mich geärgert, gefroren, geheult, Heimweh gehabt und so. Da vergeht die Zeit.« Sie wedelte mit den Händen. »Jetzt zu Ihnen. Warum waren Sie im Kanzan-an?«

Landen zögerte. »Das weiß ich nicht mehr so genau.«

»Mir reicht auch ungenau.«

»Nun, Sie waren wie vom Erdboden verschwunden. Außerdem war zu vieles . . . ungeklärt.«

»In Bezug auf Taro?«

»In Bezug auf Taro, in Bezug auf Sie, auf mich.«

»Mein idiotischer Anruf.«

»Ach, so idiotisch war er nicht. Sie haben mir Fragen gestellt, die ich mir auch gestellt habe. Warum ich nach Japan fliege, ob ich meine Frau noch liebe, warum ich . . . Solche Fragen eben.«

»Idiotische Fragen.«

»Ich fand sie nicht idiotisch.«

»Na, ich schon. Können wir uns jetzt vielleicht mal duzen?«

»Wenn Sie mich dann nicht ›Ritsch‹ nennen.«

»Nur wenn Sie mich nicht ›Luis‹ nennen.« Sie erzählte von Bermann und dem Bodybuilder-U. Landen lachte leise. Er erinnerte sich an Bermann, an dessen Virilität und

Unhöflichkeit. An den einschüchternden Blick, die Oberschenkelmuskeln, den Schnauzer. Louise sagte: »Pham war ganz begeistert von dem Schnauzer.« Sie erzählte von Bermann und Pham, der nun Viktor hieß und in Bermanns Familie zwischen vier anderen Kindern gut aufgehoben war.

Ein bisschen viel Bermann, dachte sie, für ein Gespräch mit Richard Landen.

Landen gab zu, dass er darüber nachgedacht hatte, ob er und Shizu Pham nicht adoptieren könnten. Wenn ihre Probleme nicht gewesen wären, hätte er sie gefragt. Louise war ein paar Schritte lang damit beschäftigt, die Tränen zurückzudrängen. Sie dachte an das Bild, das sie irgendwann im Winter vor Augen gehabt hatte: Richard Landen und Pham, die in einem Garten standen und ihr entgegenblickten, als hätten sie auf sie gewartet.

Sie durchquerten das Holbeinviertel, blieben an einer Kreuzung stehen. Richard Landen nahm ihren Arm und zog sie nach rechts. Links gelangte man zur Straße nach Günterstal, rechts nicht. Links würde wer weiß was passieren, rechts blieb Richard Landens Hand an ihrem Arm.

Über die Mercystraße gingen sie zurück. Landen fragte nach Taro. Was im Kanzan-an mit ihm geschehen sei, warum er weggelaufen sei. Louise hob die Schultern. Sie wussten es nicht, würden es nie erfahren. Er hatte gesehen, was er nicht hätte sehen dürfen, Natchaya, die mit zwei Männern Sex hatte. Er war entdeckt und niedergeschlagen worden, er war entkommen und weggelaufen. Er hatte sich niemandem anvertraut, nicht einmal dem Roshi. Weshalb, wussten sie nicht. Auch der Roshi hatte auf diese Frage keine Antwort gefunden. Landen sagte, vielleicht sei Taro auch vor sich selbst weggelaufen. Die Zweifel, die Fragen nach dem Sinn. Louise nickte. *In Taro doubt,* hatte der Roshi gesagt. *Many questions.* Taro war auf der Suche gewesen. Vielleicht hatte er in sich etwas gefunden, das ihn erschreckt hatte. Und war in jener Nacht letztendlich *davor* weggelaufen.

»Mit der Begierde beginnt es«, sagte Richard Landen.

»Tja«, sagte Louise. »Andererseits, was wäre das Leben ohne Begierde?«

Wenige Minuten später standen sie wieder vor dem Haus, in dem Richard Landen gerade wohnte, zur Untermiete, bei einem Dozentenkollegen. Die Hand war fort, die Nähe blieb. Sie begann zu glauben, dass sie vielleicht doch zum Wesentlichen kommen würden. Irgendwann, eines Tages, in ferner Zukunft, wenn alles bearbeitet und überwunden und neuer Platz in seinem Herzen geschaffen war.

Landen sagte, er sei von ihrer Kraft und Konsequenz sehr beeindruckt. Louise sagte danke. Dann folgten Küsschen auf die Wangen, ein bisschen Luft anhalten, ein bisschen Räuspern, ein paar offenbar unvermeidliche Floskeln, eine vage weitere Verabredung vor Japan, schließlich gingen sie ihrer Wege – der richtigen, der falschen, das ließ sich heute noch nicht sagen.

Sie stieg ins Auto, folgte der Straße bis zur nächsten Kreuzung, bog dann ab. Pro Begegnung ein fundamentales Kompliment, das war nicht schlecht. Beim letzten Mal die *besondere Gabe Aufrichtigkeit,* heute die *beeindruckende Kraft und Konsequenz.* Und beim nächsten Mal? *Ein Körper, um den selbst Kali dich beneidet hätte?*

Beschwingt nahm sie die nächste Kurve, fand sich in einer kleinen Straße parallel zur Richard-Landen-Straße wieder. Sie ging vom Gas, auf dem Gehsteig spielten Jugendliche Fußball. Als sie eben wieder beschleunigen wollte, fiel ihr Blick auf ein weißes Auto, das in Fahrtrichtung am Straßenrand parkte.

Ein Audi A3 mit französischem Kennzeichen.

Ein kalter Schauer wanderte über ihren Kopf und ihren Nacken. Sie unterdrückte den Impuls, stehen zu bleiben. Nichts anmerken lassen, dachte sie. Den kleinen Vorteil nicht verspielen.

Sie fuhr ein wenig schneller, sagte das Kennzeichen lautlos vor sich hin, während sie den Audi im Rückspiegel im Blick behielt.

Niemand näherte sich, niemand stieg ein.

Wie viele weiße Audis A3 mit französischem Nummernschild mochten sich in diesem Moment in Freiburg befinden? Ihr Verstand sagte: Zwei, drei könnten es schon sein. Ihr Instinkt sagte: Nur einer.

Waren sie ihr und Landen zu Fuß gefolgt? Wussten sie, wo er wohnte?

Und wer waren sie?

Sie bog in eine größere Straße ab, verlor den Audi aus dem Blick. An einer Ampel blieb sie stehen. Im Rückspiegel kein Audi. Wo waren sie? Bei Richard Landen? Sie musste zurück, sich davon überzeugen, dass er nicht in Gefahr war, selbst wenn sie den kleinen Vorteil dann verlor.

Die Ampel sprang auf Grün.

In diesem Moment tauchte der Audi im Rückspiegel auf.

10

BERMANN WAR ZURÜCKGEKOMMEN, Schneider heimgefahren. Auf dem kleinen Tischchen standen fünf leere Biergläser und ein volles. Sie setzte sich, schob Bermann den Zettel hin, auf dem sie das Kennzeichen notiert hatte. Es dauerte einen Moment, bis er begriff. »Sie sind dir gefolgt?« Sie nickte. Bermann schlug mit der Faust auf den Tisch. »Und sind jetzt wieder hier?«

»Schätze schon. Irgendwann hab ich sie aus dem Blick verloren.«

Bermann nickte, während er sein Handy hervorzog. Louise sagte, sie habe dem PvD das Kennzeichen bereits durchgegeben. Bermann steckte das Telefon ein. »Okay. Erzähl.«

Sie erzählte, wann und wo sie den Audi entdeckt hatte, dann saßen sie schweigend da, starrten sich an. Bermanns Augen waren müde und gerötet. Elterntreffen mussten für ihn eine Qual sein, die ungeklärte Ermittlungssituation tat ein Übriges. Da Heinz Schneider unendlich langsam trank, gehörten vermutlich vier der fünf leeren Gläser zu Bermann. Seiner Stimme war nichts anzumerken, nur den Augen und den Schultern, die ein wenig nach vorn gesunken waren.

»Und hier?«, fragte sie schließlich.

Abdul Rashid war nach Hause gekommen, zusammen mit einer Frau – wohl *seiner* Frau –, beide auf dem Fahrrad.

Keine Beobachter, zumindest keine, die von dem Café aus sichtbar gewesen wären. Bermann lachte grimmig.

»Glaubst du, die wissen, dass wir wissen, dass sie da sind?«

»Möglich«, erwiderte Bermann. »Ich bin kein Schauspieler, die werden schon kapiert haben, dass ich sie gesehen hab.« Er trank, stieß auf.

»Ich *fahre* zum GZ nach Kehl«, sagte sie. »Wer weiß, wie lange es dauert, wenn ich nur anrufe.«

»So läuft das nicht beim GZ. Es läuft nur übers Telefon. Du . . .«

»Jetzt läuft es eben mal anders.«

». . . rufst im Lagezentrum an, sagst einem deutschen Kollegen, was du willst, der legt einen Vorgang an und leitet ihn an einen französischen Kollegen weiter, der bearbeitet den Vorgang, kontaktiert die französischen Stellen, leitet die Ergebnisse an den deutschen Kollegen zurück, und der ruft dich dann an. Kein Mensch fährt da persönlich hin.«

»Ich schon. Ich wollte doch schon immer wissen, was die so machen. Warst du mal dort?«

Bermann schüttelte den Kopf.

»Na siehst du. Die Kripo Freiburg will sich das GZ ansehen und schickt eine ihrer kompetenten Vertreterinnen. Soll ich Grüße von dir ausrichten?«

»Dann nimm wenigstens Illi mit.«

»Nein, ich fahre allein.«

Bermanns Augen glühten in plötzlichem Ärger. »Du nimmst Illi mit! Du fährst da nicht allein hin!«

»Das sind Kollegen, Rolf, keine Killer.«

»Wir reden doch gar nicht von Kehl, Luis.«

Sie begriff. Bevor sie selbst sich darüber im Klaren gewesen war, hatte Bermann gewusst, was sie tun würde.

Auf dem Weg zum Gemeinsamen Zentrum in Kehl bei PADE in Offenburg vorbeischauen.

Sie rief Thomas Ilic an, verabredete sich mit ihm für acht Uhr morgens vor der Direktion. Bermann winkte nach dem Telefon, sie reichte es ihm. Während er sie ansah, sagte er: »Seid höflich, vorsichtig, unaufdringlich, Illi. Wenn keiner mit euch reden will, geht ihr wieder. Wenn die nur über Anwälte mit euch reden wollen, geht ihr wieder. Kein Wort über die Waffen. Ihr verschafft euch nur einen Eindruck. Wenn die sich hinterher bei Almenbroich beschweren, sind wir im Arsch.« Er gab ihr das Telefon. Sie wischte es an ihrer Jeans ab, es stank nach Bier. Bermann sagte: »Geh nach Hause, Luis. Schlaf dich mal aus.«

»Ich will nicht nach Hause.«

»Und ich will dich nicht hier haben.« Er nickte Richtung Fenster. Sie folgte seinem Blick mit den Augen. Draußen stand eine andere unglaublich hübsche, unglaublich schlanke, unglaublich erotische Blondine. »Das behältst du für dich, klar?«

»Lass mich Pham sehen, dann behalte ich es für mich.«

»Er heißt *Viktor*, verdammt.«

»Wenn wir die Typen mit den Waffen haben.«

»Ja, ja, okay.«

Louise winkte die unglaubliche Blondine herein.

»Geh heim«, wiederholte Bermann mit einem düsteren Lächeln. »Es sei denn, du hast Interesse an einem Dreier.«

»Wer wäre der Mann?« Sie lachte, stand auf, ging an der Blondine vorbei. Das Lachen blieb ihr im Hals stecken. Die Blondine war so unglaublich, dass sie Bermann, Mick und jeden anderen Ehebrecher verstand.

Zumindest für einen kurzen Moment.

Sie fuhr nach Nordwesten, wartete in einer kleinen, unbeleuchteten Seitenstraße in Hochdorf, fuhr gegen elf in die Stadt zurück. Der Audi tauchte nicht auf, genauso wenig ein anderer verdächtiger Wagen. Wo waren sie? Sie wählte Richard Landens Wiehrer Nummer, der Dozentenkollege ging dran. »Ach, *Sie*.« Es klang merkwürdig zufrieden. Richard Landen saß in der Küche, trank Rotwein, Männergespräche im fortgeschrittenen Stadium. Buddhologen unter sich, Sie verstehen. Der Kollege lachte. Jetzt hob Landen die Hand nach dem Telefon und wollte sie, und bevor sie abwehren konnte, hatte der Kollege das Telefon in die Küche getragen. »Ich bin in keiner guten Verfassung«, sagte Richard Landen entschuldigend.

Sie seufzte, hielt am Straßenrand. Überall saßen halb betrunkene Männer, dachten über Frauen nach, erotische Blondinen, erotische Brünette.

»Was sagt sie?«, fragte der Dozentenkollege im Hintergrund.

»Nichts«, antwortete Richard Landen.

»Oh. Ist sie Buddhistin?«

»*Shunyata*, du erinnerst dich«, erklärte Landen.

»Nein. Hast du morgen Abend Zeit?«

»*Shunyata*, die Leere. Roshi Bukan hat dir . . .«

»Also vielleicht bis morgen, Ritsch.«

Sie beendete die Verbindung. Sie hatte nicht vor zwei Stunden in den Grappa-Abgrund geblickt, um nun mit einem halb Betrunkenen zu sprechen.

Sie fuhr weiter. Und jetzt? Nach Hause wollte sie nicht, zu Hause warteten die Dämonen, und sie war viel zu erschöpft, um heute noch einmal zu kämpfen. Ihr Blick glitt über die dunkle Stadt, blieb an winzigen erleuchteten Rechtecken hängen, die hoch oben in der Dunkelheit schwebten. Eines davon mochte zu Günters Wohnung gehören, der vielleicht in diesem Moment an seinem schwarzen Tisch saß und ebenfalls an eine Frau dachte, an die Karlsruher Spezialistin, die hoffentlich herausgefunden hatte, was in seinem Körper saß, falls es in seinem Körper saß und nicht in seiner Seele.

Sie wählte seine Nummer, er ging nicht dran.

Am Ende fuhr sie doch nach Hause. Sie öffnete die Fenster, zog die Vorhänge zu, stieg aus der Jeans. Auf dem Anrufbeantworter waren zwei Nachrichten. Katrin Rein, die Psychologin der Akademie, regte sich schüchtern eine Minute lang darüber auf, dass Louise drei Monate verschwunden gewesen sei und sich auch nach ihrer Rückkehr nicht gemeldet habe und nicht zu den AA-Treffen gehe und nicht zu dem Therapeuten, den Oberberg empfohlen habe, und nicht zu ...

An dieser Stelle hatte der Anrufbeantworter Mitleid gehabt und sich abgeschaltet.

Die zweite Nachricht stammte von einem Esten, der wollte, dass sie ein Diplom ins Estnische übersetzte.

Als sie im Badezimmer auf der Toilette saß, spürte sie, wie erschöpft sie war. Als sie vor dem Spiegel stand, sah sie es auch.

Dann blickte sie minutenlang in der Dunkelheit durch einen Vorhangspalt auf die Straße hinab, hielt nach dem weißen Audi Ausschau, nach Füßen in einem Hauseingang, nach rot leuchtender Zigarettenglut, einem Vermummten, fand nichts.

Niemand, der sie beobachtete, niemand, der ihr in der Erschöpfung und der Dunkelheit Gesellschaft leistete.

Irgendwann später klingelte das Telefon. Sie saß unterhalb des Fensters auf dem Küchenboden, eine volle Flasche Wasser zwischen den Beinen, eine leere Flasche Wasser neben sich, lauschte auf die Geräusche der nächtlichen Stadt, die elektronische Melodie des Telefons, das sich steif an Vivaldis »Frühling« versuchte. Es ging gegen Mitternacht, vielleicht also der Mitternachtsmann, aber das war unwahrscheinlich, wahrscheinlicher war, dass sich der Wintermann entschuldigen wollte, weil er getrunken hatte, das tat er sonst nämlich nicht, trinken, zu *viel* trinken, er wollte nicht, dass sie einen falschen Eindruck bekam, auf der Insel der Seligen trank man, um zu genießen, nicht, um zu vergessen, man trank mit der Nase, nicht mit beiden Händen, man war stark und rein, nicht schwach und schmutzig . . .

Sie angelte das Telefon von der Arbeitsplatte.

Günter.

»Hab ich dich geweckt?«

»Nein, nein.«

Schweigen.

»Und? Wie war Karlsruhe?«

Schweigen.

»Komm, erzähl, Günter. Was haben die gemacht in Karlsruhe?«

Keine Antwort.

Okay, dachte sie, schweigen wir.

»Ich war nicht in Karlsruhe«, sagte Günter.

Die Übelkeit. Ihm war so schlecht gewesen, dass er im Bett geblieben war. Dann waren die Atemprobleme dazugekommen. Das Geschwür hatte Magensäure in die Speiseröhre gedrückt. Das hatte die Lungenfunktion beeinträchtigt. Er hatte ein, zwei Stunden lang nicht richtig atmen können. Also war er im Bett geblieben. Nicht nach Karlsruhe gefahren.

Er würde morgen fahren oder übermorgen.

Wenn er eben einen neuen Termin hatte.

»Jemand hat angerufen«, sagte er. »Aufs Band gesprochen.«

»Katrin Rein?«

»Ich weiß nicht, was das soll.«

»Hör dir an, was sie zu sagen hat.«

»Sie will morgen vorbeikommen. Ich will keine Fremden in meiner Wohnung haben.«

»Hör's dir an, Günter.«

»Ich brauch einen Onkologen, keine Psychiaterin.«

»Psychologin.«

»Ihr kennt euch, oder? Sie sagt, dass sie dich kennt.«

»Ja.«

»Wie ist sie?«

»Sehr nett, sehr hübsch, sehr jung. Sehr kompetent. Du darfst sie nur nicht überfordern, sonst legt sie sich auf dein Sofa und schläft ein.«

»Hast du sie damals kennen gelernt? Im Winter?«

»Ja.«

»Und? Was hat sie so gemacht?«

»Sie hat mir einen Weg gezeigt, wie ich . . . na ja, da rauskomme.«

»Das war ja auch was anderes bei dir.«

»Sprich mit ihr, Günter.«

»Aber was soll ich mit einer Psycho-Tante?«

»Mir hat sie damals geholfen. Mit ihr hat es angefangen.«

»Das Aufhören.«

»Ja. Das Aufhören hat mit ihr angefangen.«

Sie lachten.

»Ich will nicht, dass es anfängt«, sagte Günter.

»Aber du willst, dass es aufhört.«

Die Glocken der Pauluskirche schlugen Mitternacht. Die Glocken anderer Kirchen kamen dazu. Das Heute ging zu Ende. Das Heute begann.

Sie legte sich auf die Seite, zog die Beine an. Auf ihren bloßen Beinen war die Haut warm und weich, unter dem T-Shirt feucht vom Schweiß. Sie schloss die Augen, sah das schwarze Apartment vor sich, Günter auf dem Sofa, unsichtbar in der Dunkelheit in seiner schwarzen Kleidung, bis auf das Gesicht. Ein Mitternachtsmann, so schmutzig und unrein wie sie, so dicht am Abgrund wie sie. Bei dem alles anders war als bei ihr und doch irgendwie auch nicht.

»Möchtest du rüberkommen, Günter?«

Sie drehte sich auf den Rücken. Ob das eine gute Idee war? Mitleid, Begierde, die Hitze . . . Sex, um abzukühlen und nicht allein zu sein mit den Dämonen?

Ihren, seinen.

»Ich kann nicht«, sagte Günter. »Ich kann nicht *raus*.«

»Was?«

Er konnte die Wohnung nicht verlassen. Er hatte es versucht, wegen Karlsruhe. Doch immer, wenn er die Wohnungstür öffnete, konnte er sich plötzlich nicht weiterbewegen. Als stünde er vor einer Wand. Als *wäre* er eine Wand. Deshalb, sagte er, war er nicht nach Karlsruhe gefahren. Wegen der Wand.

Sie setzte sich auf. Sie hatte in Oberberg Geschichten wie diese gehört. Geschichten von Menschen, die auf die Straße getreten waren und urplötzlich keinen Schritt hatten weitergehen können. Die ihre Wohnungen daraufhin nicht mehr verlassen hatten, bis irgendjemand ihnen eine Telefonnummer oder einen Namen gegeben hatte oder sie zu irgendjemandem gebracht hatte oder irgendjemanden zu ihnen.

So fing es an. Mit einer Telefonnummer, einem Namen, einem Menschen.

Sie erhob sich. »Bitte hör dir an, was sie zu sagen hat.«
»Katrin Rein.«
»Ja. Gute Nacht, Günter.«

Sie legte das Telefon auf die Station. So fing es an. Mit einem Namen, einem Menschen. Dann kamen andere Menschen, andere Namen. Dann war man wieder allein. Kämpfte immer noch gegen Dämonen, fühlte sich immer noch allein, rief immer noch Mitternachtsmänner an.

Das Leben davor, das Leben danach, geändert hatte sich nicht viel.

Aber das hatte sie Günter nicht sagen können.

Gegen halb eins ging sie ins Bett, gegen halb zwei schlief sie ein. Um vier erwachte sie schweißüberströmt. Sie erinnerte sich an gierige Träume, in denen sie sich vor Richard Landen, Günter und Bermanns unglaublicher Blondine ausgezogen hatte. Sie hatten Bourbon mit Eis, Wodka mit Eis, Grappa mit Eis, vier, fünf eisgekühlte Biere getrunken, sich dabei durch endlose Körperlandschaften geleckt und geküsst.

Sie stand auf. Ihre Haut war rot vor Hitze. Als hätten die Dämonen jede Faser ihres Körpers in Besitz genommen.

Eis war im Haus, zu trinken nichts.

Sie versuchte es mit Wasser, trank eine halbe Flasche leer.

Das Wasser half nicht.

Als sie die Flasche abstellte, fiel ihr Blick auf ihren Aktivitätenplan. Der gegen die Einsamkeit, die Dämonen, den Drang zu trinken helfen sollte und manchmal auch tatsächlich half. Sie überflog ihn. Für das meiste war es zu spät. Alles andere würde nichts bringen.

Das einfachste Mittel, dachte sie, stand nicht darauf.

Trinken.

Irgendwo fand sie eine angebrochene Packung mit zwei Mon Chéris, deren Verfallsdatum um zwei Monate überschritten war. Sie legte sie auf den Wohnzimmertisch und starrte sie an. Dann warf sie eines aus dem Fenster und aß das andere.

Die Hitze blieb, die Sehnsucht blieb. Sie öffnete alle Fenster, stieg in die Duschkabine. Unter dem kalten Wasser wurde es langsam besser. Sie ließ das Wasser laufen, setzte sich. In ihrem Kopf schrien tausend Stimmen durcheinander. Die Dämonen frohlockten, die anderen Stimmen schrien vor Entsetzen. Sie hatte es getan, sie hatte es wieder getan. Nun fing das Aufhören von vorne an. Sie sah den reinen Richard Landen vor sich, ihren Vater, Rolf Bermann, den strengen, blassen Almenbroich und wurde plötzlich ruhig. Ja, sie hatte es sich erlaubt, schwach zu sein. Sie hatte es getan.

Und nun würde sie es nie wieder tun.

Zumindest heute nicht.

11

DAS TELEFON WECKTE SIE. Viertel nach sechs, sie lag nackt auf dem Sofa, die Vorhänge bauschten sich in der Morgenbrise. Sie fror. Alles sah aus wie immer, alles hatte sich geändert.

»Mist«, sagte sie.

»Mist«, sagte Barbara Franke.

»Ich kann in einer Viertelstunde bei Ihnen sein.«

»Ist mir zu spät, verschieben wir's.«

»Nicht böse sein.«

»Ich bin nicht böse, ich muss nur zu einem Termin. Geht's Ihnen nicht gut?«

»Weiß nicht. Nein. Was ist mit meinen Infos?«

»Faxe ich Ihnen ins Büro. Ist sowieso nicht viel, ich habe nur drei Namen von Uhlich-Mandanten.« Barbara Franke nannte sie. Große Rüstungsfirmen, eine deutsche, eine britische, eine französische. Mehr herauszufinden war schwierig. Die Branche redete nicht gern, Uhlich & Partner redete überhaupt nicht. »Warum geht's Ihnen nicht gut?«

»Verschieben wir das auch.«

»Okay. Was Uhlich betrifft, ich bleibe dran.« Barbara Franke wollte weiterwühlen, aber nichts versprechen. Louise war drauf und dran, ihr zu sagen, dass die Spuren mittlerweile ohnehin in eine andere Richtung wiesen. Doch dann nickte sie nur, vom Sprechen war ihr schlecht geworden.

Das Nicken machte es nicht besser.

Später duschte sie erneut, dann schleppte sie sich ins Bett, zurück ins Bad, am Ende aufs Sofa. Ihre Glieder waren schwer von der Enttäuschung und der Erschöpfung, dazu kam die Angst. Was würde jetzt passieren? Welche biochemischen Stoffe waren seit heute Nacht durch ihren Körper unterwegs? Was richteten sie an? Waren all die gewonnenen Kämpfe der vergangenen Monate nun doch verloren?

Gegen sieben hatte sie sich so weit erholt, dass sie frühstücken konnte. Sie hatte die Fenster geschlossen, zwei Pullover angezogen, auf ihrem Schoß lag eine Wärmflasche. Aber sie hörte nicht auf zu frieren.

Bei der zweiten Tasse Milchkaffee rief sie Bermann an. Er war schon in der Direktion. Keine Neuigkeiten, sagte er. Thomas Ilic saß seit vier Uhr morgens im Auto vor Rashids Wohnung beziehungsweise seit sechs in dem Café, passiert war nichts. Abdul Rashid las die *Badische Zeitung*, Renate Bender-Rashid joggte.

Kein weißer Audi, keine anderen auffälligen Autos oder Personen. Egal, sie waren da, bei Rashid tat sich etwas, davon war Bermann überzeugt. Die Frage war nur: was?

Almenbroich war noch gestern Abend nach Stuttgart ins Innenministerium bestellt worden und eben gefahren. Auch dort tat sich etwas, auch da war die Frage: was?

Sie leerte die Tasse. Bermanns wütende Energie half gegen die Enttäuschung und die Angst. Sie erkundigte sich, ob Alfons Hoffmann und Elly noch etwas über PADE herausgefunden hätten. Bermann verneinte. Alfons erhole sich heute zu Hause von Stress und Hitze, Elly sei mit Kollegen unterwegs. Löbinger habe seine Leute anderen Ermittlungsgruppen zugewiesen, bis in Stuttgart eine Entscheidung gefallen sei. »Er will ja Inspektionsleiter werden, und da will er sich vorher nicht mehr die Finger verbrennen.« Bermanns Stimme klang zugleich verbittert und beeindruckt. Anselm Löbinger wusste, worauf es ankam.

»Er wird's auch«, murmelte sie.

»Ach ja?«

»Weil du's doch eigentlich gar nicht werden willst.«

»Ach nein?«

»Nur eine Vermutung. Du bist doch kein Inspektionsleiter.«

»Du rettest mir den Tag, Luis, besten Dank auch.« Bermann grunzte.

Aber der Tag hatte ohnehin beschissen angefangen. Seit gestern am späten Abend versuchte er, einen Bekannten zu erreichen, der beim BKA arbeitete. Falls das Amt einen Verbindungsbeamten in der Deutschen Botschaft in Islamabad hatte, könnte man den auf PADE und Halid Trumic ansetzen. Doch der Bekannte ging an keines seiner Scheißtelefone.

»Wir kennen noch jemand beim BKA, Rolf.«

»Bist du nicht um acht mit Illi verabredet? Es ist gleich acht, fahr endlich los.«

»Soll *ich* sie anrufen?«

Bermann schwieg.

»Na komm, gib mir ihre Nummer.«

Es raschelte. Bermann nannte eine Telefonnummer.

»Ach, Rollo«, sagte Louise und legte auf.

Sie rief auf dem Weg in die Direktion an. »Meine Heldin!«, sagte Manuela Lang, eine der vielen Altlasten Rolf Bermanns, zu denen sich wohl Monat für Monat weitere gesellten.

»Wieso ›meine Heldin‹?«

»Weil du wahrscheinlich die einzige Polizistin in Freiburg bist, die sich nicht von Rollo hat vögeln lassen.«

Louise lachte herzhaft.

Das BKA hatte tatsächlich einen Verbindungsbeamten in der Deutschen Botschaft in Islamabad. Manuela Lang versprach, ihn zu kontaktieren. Louise nickte vorsichtig, diesmal ging es besser, das Lachen hatte geholfen. »Wie spät ist es jetzt bei denen? Schlafen die noch?«

»Die gehen gleich Mittag essen.«

Louise sagte, es sei dringend. Manuela Lang sagte, dann sei es besser, über das Auswärtige Amt zu gehen. Verbindungsbeamte des BKA waren oft nicht allzu schnell, vor allem waren sie chronisch überlastet. Da half es, wenn das AA anrief. Louise verzog das Gesicht. Eine Abkürzung, die sich in ihrem Leben eingenistet hatte. »Ich kenne da niemand.«

»Ich schon.« Manuela Lang gluckste. Sie hatte vor ein paar Monaten ins Auswärtige Amt geheiratet. Eine Distanzehe mit einem Politiker – konnte man sich was Besseres wünschen? Wenn er Zeit für sie hatte, war er bei ihr. Wenn er keine Zeit für sie hatte, benahm er sich sowieso unerträglich. In Berlin war er Politiker, in Wiesbaden Mensch. »Die anderen kriegen die Oberfläche, ich den Kern, ich glaub, das hab ich ganz gut hinbekommen, was?«

»Wenn er ein netter Mensch ist.«

»Er ist robust, ich mag die Robusten, weißt du doch.«

Thomas Ilic stand rauchend vor der Direktion. Jeans, blaues Hemd, Sakko über der Schulter, raspelkurzes Haar, das blasse Gesicht ausdruckslos, ein unscheinbarer, stiller Mann im schmalen Schatten, er mochte die Sonne nicht. »Entschuldige, das Auto ist nicht angesprungen«, sagte sie, als er einstieg.

»Wir haben ja jetzt viel Zeit«, sagte Thomas Ilic und legte einen Schnellhefter auf die Ablage.

Sie fuhr los, dachte: der Halbkroate, die Halbfranzösin. Obwohl sie manches gemeinsam hatten, war er ihr ein wenig unheimlich. Die dunklen Augen blickten distanziert und wachsam. Niemand wusste, was sich in seinem Kopf abspielte. Der Ausbruch gestern in der Soko-Sitzung war für alle vollkommen überraschend gekommen.

Sie fuhren unter der Bahnbrücke hindurch. Kein weißer Audi im Rückspiegel, zumindest keiner mit französischem Kennzeichen. Aber das überraschte sie nicht. Der Audi war mit Sicherheit aus dem Verkehr gezogen worden.

»Luis, die Heizung ist an.«

»Bin erkältet.«

»Und das Gebläse brauchst du auch?«

»Na ja, das Gebläse vielleicht nicht.«

Es war sehr still und sehr kalt ohne Gebläse.

Sie fuhren am Rieselfeld vorbei, am Hohenzollernschen Wald, bei Freiburg-Mitte auf die Autobahn. Thomas Ilic wischte sich von Zeit zu Zeit mit einem Taschentuch das Gesicht trocken, Louise fror noch immer. Die biochemischen Stoffe transportierten Kälte in jede Faser ihres Körpers. Was noch? Schwäche? Die Sucht?

Die Angst.

»Übrigens.« Thomas Ilic zog ein Blatt Papier aus dem Schnellhefter. »Marion Söllien.« Er hielt ihr die Schwarzweißkopie einer Fotografie hin. Eine kleine lachende Frau mit künstlicher Dauerwelle und einer zweiten kleinen lachenden Frau mit künstlicher Dauerwelle, dazu ein Dackel.

»Welche?«

Thomas Ilic zuckte die Achseln. Da man die beiden nicht auseinander halten konnte, war es ohnehin egal.

»Woher kommt das Foto?«

»Aus ihrer Wohnung.« Bermann hatte Anne Wallmer gestern Abend dorthin geschickt, sie hatte das Foto in der Küche gefunden. Marion und ihre Zwillingsschwester Heidi, hatte der Hausmeister gesagt. Lebt in Kanada. Der Hund gehört Heidi. Sie kommen jedes Jahr an Weihnachten, der Hund und Heidi. Aber warum fragen Sie nicht die Eltern, die wohnen doch ums Eck?

Sie warfen sich einen Blick zu.

Weil in Stuttgart der Innenminister des Landes Baden-Württemberg, der Leiter der Kripo Freiburg und der Präsident des Landeskriminalamtes Zuständigkeiten diskutierten.

Auf der Höhe von Emmendingen rief Bermann an. »Kann Illi mich hören?«

Sie legte das Handy in die Halterung der Freisprechanlage. »Ja.«

Die Schuhabdruckspuren, die der Erkennungsdienst auf Riedingers Hof, Treppe und im Schlafzimmer gefunden hatte, passten zu den Eindruckspuren beim zweiten Depot. Der Mann mit den Sportschuhen Größe sechsundvierzig, der im Wald oberhalb von Lisbeth Walters Haus gewesen war, war auch auf Riedingers Hof gewesen. Er war die Treppe hinaufgestiegen, er war ins Schlafzimmer gegangen.

Kein Beweis, aber ein Indiz.

Sie dachte an die vage Beschreibung des Mannes, der Marion Söllien geholt hatte. Ein großer, breiter, dunkler Mann. Der Mann, der auf Riedingers Hof gewesen war?

»Ruft mich an«, sagte Bermann und legte auf.

Vor Lahr hielten sie an einer Raststätte. Louise tankte, Thomas Ilic ging in das Restaurant. Jenseits der Autobahn lag der Rhein, ein gutes Stück dahinter Sélestat. Von dort war sie im Winter mit Reiner Lederle in die Berge gefahren, um zuzusehen, wie die französischen Kollegen das Haus des Asile-Arztes Steiner stürmten. Sie dachte, dass Sélestat, St. Dié, die Vogesen untrennbar mit den Ereignissen des Winters verbunden waren. Andere Erinnerungen wurden überschrieben, verblassten. Dass die Familie ihres Vaters aus Gérardmer stammte, dass die Vogesen für sie früher untrennbar mit ihrem Vater verbunden waren. Dass Germain die Vogesen geliebt hatte, bis zu seinem Tod 1983 jedes Jahr ein paar Tage, ein paar Wochen bei den Onkels und Tanten, den Cousins und Cousinen von Gérardmer verbracht hatte.

Ist Germain wieder bei Tante Natalie?

Ja, *ma chère*, er ist bei Tante Natalie.

Sie hängte den Zapfhahn an die Säule, schloss den Tank. Während sie zum Verkaufsraum ging, sah sie sich unauffällig um. Ein halbes Dutzend Autos an den Zapfsäulen, Dutzende Autos auf dem Parkplatz. Keines, das auffällig gewesen wäre.

Sie betrat den eiskalt klimatisierten Verkaufsraum. Thomas Ilic winkte aus dem Restaurant, sie deutete auf die Kasse. Ihr Vater, Germain, die Onkels und Tanten, Cousins und Cousinen von Gérardmer – Menschen aus einer anderen Zeit, einem anderen Leben. Als hätten sie ihren Ort in der Erinnerung verloren.

An der Kasse schwebten ihre Hände sekundenlang über den Mon Chéris. Wie lächerlich, dachte sie. Wie furchtbar, furchtbar lächerlich.

Auf dem Weg zum Auto kam ihr der Gedanke, dass die

Orte verloren gehen mochten, die Menschen aber, sofern sie noch lebten, blieben.

»Ich brauch in Kehl zehn Minuten für was Privates.«

Thomas Ilic nickte, als hätte er damit gerechnet. Die Mütter Deutsche, die Väter nicht, das verband offensichtlich. Sie lächelte, aber die plötzliche Nähe war ihr unangenehm. Sich zu verstehen, ohne zu reden, war intimer als Sex.

Sie saßen im Restaurant, tranken Kaffee, aßen Croissants.

»Übrigens«, sagte Thomas Ilic und zog ein weiteres Blatt aus dem Schnellhefter.

Wieder eine Fotografie, dazu eine Handvoll Daten. »Abdul Rashid«, las Louise und rieb sich fröstelnd die bloßen Arme. Ein Mann mit einem hellen, schmalen Gesicht, hellen, schmalen Augen, schmalen Lippen, die Haare kurz geschnitten und grau. Ein gut aussehender, distinguierter, distanzierter Mittfünfziger. Der Blick ging nachdenklich am Betrachter vorbei.

Fotografien, unsichtbare Gesichter, die Gegenspieler blieben ungreifbar. Ein Waffenlobbyist, der vor eineinhalb Jahren gestorben war. Ein verurteilter Waffenhändler, der vor Jahren vom Balkan verschwunden und dann in Islamabad aufgetaucht war. Fußabdruckspuren auf einer Treppe, DNA-Spuren an Bierflaschen im Wald.

Ein vermummter Mann. Ein Krieg, der seit sieben, acht Jahren vorbei war.

Sie hob den Kopf. Thomas Ilic' Blick lag auf ihr.

»Du willst deinen Vater besuchen?«

»Na ja, wir sehen uns nicht oft, und beim letzten Mal, im Winter, haben wir gestritten. Wird mal wieder Zeit, mit ihm zu reden.«

Thomas Ilic nickte verständnisvoll.

»Wenn ich schon mal in Kehl bin.«

Er musterte sie, als wollte er etwas sagen, aber dann schwieg er. Das konnte er gut, fand sie, beredt schweigen.

Später rief Thomas Ilic die Kollegen der Kripo Offenburg an und informierte sie. Nein, Unterstützung war nicht notwendig, keine Vernehmung geplant, lediglich ein informelles Gespräch mit einer Sekretärin des Vereins oder wem auch immer. »Noch Kaffee?«, flüsterte Louise mit klappernden Zähnen. Er nickte. Sie stand auf, holte Kaffee, ging zur Theke zurück und holte Zucker, ging zur Theke zurück und holte Milch. Als sie sich wieder setzte, war ihr nicht mehr ganz so kalt. Sie legte die Hände um die Tasse. Die Wärme kam bis zu den Handgelenken, dort ging sie in der Kälte verloren.

Thomas Ilic steckte das Telefon ein. »Was ist mit dir?«

Sie zuckte die Achseln, blinzelte die Tränen weg, die plötzlich in ihre Augen getreten waren. »Kann ich dein Sakko haben?«

»Ist dir kalt?«

»Scheißkalt.«

»Die haben Sweatshirts hier.«

»Die haben hier Sweatshirts?«

Er nickte in Richtung Verkaufsraum. Sie stand auf, fand die Sweatshirts, FC-Bayern-Sweatshirts, sie nahm einmal Small, einmal Medium, dazu einen FC-Bayern-Schal, dann ließ sie die Hände über den Mon Chéris schweben, dachte, wie furchtbar lächerlich, andererseits schwebten ihre Hände nicht über den Spirituosen, und vielleicht war das ja ein Signal dafür, dass das Allerschlimmste überwunden war.

Als sie sich umdrehte, glitt ihr Blick über die Reflektion eines Gesichtes in der Fensterscheibe, Augen, die in ihre Richtung zu sehen schienen. Einen Moment später war das Gesicht fort. Sie wandte den Kopf. Fünfzehn, zwanzig Kunden im Kassenraum zwischen den Regalen, vor den Getränkekühlungen, an den beiden Kassen.

Thomas Ilic, der aus dem Restaurant herübersah.

Sie ging zu ihm. Ein Gesicht von vielen, ein flüchtiger, absichtsloser Blick, Bewegungen hinter einer Fensterscheibe, das ganz normale Kommen und Gehen ...

Doch sie nahm sich vor, ihren Instinkten zu vertrauen. Das Gesicht war ihr aufgefallen. Nur das zählte.

Sie warf die Sweatshirts auf den Tisch, riss die Verpackung auf, zog Small an und Medium darüber.

Warum fror sie so erbärmlich? Was geschah mit ihr?

In Oberberg hatte sie in einem Büchlein der Anonymen Alkoholiker gelesen, was das nächste Glas, das erste *danach*, bedeuten konnte: dass man Job, Heim, Gesundheit, am Ende womöglich das Leben verlor.

Sie setzte sich. Sie fror immer noch.

»Ich hab das Spiel in Belgrad gesehen, ich war damals in Belgrad«, sagte Thomas Ilic, den Blick auf das Sweatshirt gerichtet.

»Was für ein Spiel?«

»Roter Stern gegen Bayern München, Halbfinale im Europapokal der Landesmeister, Rückspiel, 24. April 1991. Bayern hat bis zur neunzigsten Minute zwei zu eins geführt und war im Finale. Dann fabrizierten Augenthaler und Aumann ein wirklich komisches Eigentor, und Bayern war draußen. Ein paar Wochen später ... Wir sollten gehen, so viel Zeit haben wir auch wieder nicht.«

Sie ließen den Kaffee stehen, gingen hinaus in die Hitze

und die Kälte. Thomas Ilic zog das Sakko aus, Louise schlang sich den Schal um den Hals. Die Sweatshirts rochen durchdringend nach Stoff und Farbe, unter dem Schal bildete sich rasch Schweiß. Immerhin war offenbar irgendwo in ihrem Körper ein wenig Wärme entstanden.

»Was war ein paar Wochen später?«

Sie stiegen ins Auto.

»Krieg«, sagte Thomas Ilic.

Im Westen, über Frankreich, waren Gewitterwolken aufgezogen. Im Nordosten, über der Badischen Weinstraße und Offenburg, hing weißlicher Dunst. Blauer Himmel war nur noch im Rückspiegel zu sehen. Die Heizung und die Sweatshirts zeigten Wirkung, sie fror nicht mehr. Mit der Wärme kehrten die Zuversicht und die Entschlossenheit zurück.

Vielleicht lag es auch nur daran, dass der Gedanke an den Krieg die Relationen zurechtgerückt hatte.

»Ich hatte das Hinspiel in München gesehen, ich wollte das Rückspiel in Belgrad sehen«, sagte Thomas Ilic. »Ich wollte, dass sie verlieren.«

»Wer?«

»Die Bayern.« Er legte den Schnellhefter auf die Ablage, faltete die Hände im Schoß. »Ich dachte, das wäre was, wir schlagen die großen Bayern. Mein Vater liebte Roter Stern, aber 1990 hatten die Krajina-Serben die Autonomie ausgerufen, deshalb wollte er, dass Roter Stern verliert ... aber irgendwie wollte er auch, dass Roter Stern gewinnt.« Er lachte. »Er hat sich bei jedem Tor geärgert.«

»Was sind Krajina-Serben?«

»Die Serben, die in der Krajina leben. Lebten. Viele sind nicht zurückgekommen.«

Und wo war die Krajina?

In Kroatien. Das war doch das Problem gewesen. Eines von vielen. Das Enklaven-Problem. Die serbischen Enklaven in Kroatien und Bosnien, die kroatischen Enklaven in Bosnien.

Sie nickte. Enklaven, sie erinnerte sich vage. Schutzzonen und Enklaven, Schlagwörter eines europäischen Krieges.

Thomas Ilic sagte, sein Vater sei der Ansicht, der Krieg habe 1990 begonnen. Als die kroatischen Serben die Republika Srpska Krajina gegründet hätten. Andere sagten, dass es schon 1980 angefangen habe, mit dem Tod von Tito. Oder 1974 mit dem Kroatischen Frühling. 1941 mit Ustascha. 1918 mit der Gründung des Königreichs Jugoslawien.

1389 mit der Schlacht auf dem Amselfeld. Als die christlichen Serben den muslimischen Osmanen unterlagen. Das serbische Trauma.

»1389? Also, ich bitte dich.«

»Oder 1054 mit dem Schisma zwischen Katholiken und Orthodoxen.« Thomas Ilic zuckte die Achseln. »Es ist kompliziert. Es gibt viele verschiedene Geschichten.«

Sie nickte, obwohl sie die Geschichten nicht kannte.

»Luis, mach die Heizung aus, ja?«

Sie lächelte und drehte den Regler auf Null.

»Es ist kompliziert«, wiederholte Thomas Ilic. »Wenn man nicht weiß, wer gewinnen soll oder wann was angefangen hat, dann ist es kompliziert.«

»Wenn man nicht weiß, wann was aufgehört hat, auch«, sagte Louise.

Dann hatten sie Offenburg erreicht. Thomas Ilic zog die Fotokopie einer Stadtplanseite aus dem Schnellhefter und lotste sie ins Zentrum. Als sie an einer Ampel standen, sagte er, auch im Juni 1991 sei es kompliziert gewesen, seine Eltern in Stuttgart, die Schwester in Belgrad, Tanten, Onkel, Cousinen, Cousins in Zagreb und Banja Luka, und er, der »deutsche Sohn«, auf Schotterstraßen irgendwo in der serbischen Vojvodina mit dem serbischen Schwager unterwegs zur serbisch-kroatischen Grenze bei Vukovar.

Banja Luka, Vukovar, weitere Schlagwörter dieses Krieges. Dubrovnik, Sarajewo. Allmählich kehrte die Erinnerung zurück.

Aber sie wusste nicht mehr, was in Banja Luka, Vukovar, Dubrovnik, Sarajewo geschehen war.

Dann fielen ihr die anderen Schlagwörter ein, die diesem Krieg vor allem das Gesicht gegeben hatten: ethnische Säuberungen, Massenvergewaltigungen, Massengräber, Milošević, Karadžić, NATO-Bombardements. Völkermord. Srebrenica, das Versagen der UNO, des Westens. Später Den Haag.

Zu einem Ganzen ordneten sie sich nicht. Heute nicht, damals nicht.

Die Ampel sprang auf Grün, sie fuhr an.

Im Spätsommer 1991 saßen in der Stuttgarter Küche von Thomas Ilic' Eltern fünf, sechs alte kroatische Männer und reinigten noch ältere Pistolen. Am Freitagmittag fuhren sie mit dem Transporter seines Vaters in die Heimat und schossen die alten Pistolen leer. Am Montagmorgen waren sie zurück und erzählten von Gräueltaten der kroatischen Serben, der bosnischen Serben, der Belgrader Serben.

Irgendwann tauschten sie die alten Pistolen gegen neuere.

»Rottweil 92«, sagte Thomas Ilic, »die Kollegen haben nicht alle erwischt.«

Louise musste, trotz allem, lachen.

Es blieb kompliziert. Die Schwester kam nach Stuttgart, ihr Mann ging nach Bosnien in den Krieg, später wurden sie geschieden. In Banja Luka und anderswo kämpften Kroaten mit Muslimen gegen Serben, Kroaten mit Serben gegen Muslime, Serben mit Muslimen gegen Kroaten. Die Verwandten flohen, manche starben, die übrigen wurden vertrieben. Lange vorher, im Dezember 1991, hatte Deutschland Kroatien und Slowenien als souveräne Staaten anerkannt, früher als mit den USA, der UNO, den meisten anderen EG-Ländern abgesprochen. Kroatische Radiosender spielten das Lied »Danke, Deutschland«, Cafés nannten sich »Genscher«. Die alten Männer in der Küche von Thomas Ilic' Eltern schrien: Seht ihr, wir sind im Recht! Die Deutschen wissen das, und sie werden uns helfen!

Einer von ihnen wurde bald danach in Bosnien-Herzegowina erschossen. Die anderen fuhren weiterhin übers Wochenende in den Krieg. Die Deutschen halfen nicht. Niemand half.

Dann reichten den alten Männern die Wochenenden nicht mehr. Sie nahmen Urlaub. Heimaturlaub, Fronturlaub, scherzte Thomas Ilic' Vater. Er verlangte, dass der Sohn mit ihnen in den Urlaub fuhr. Thomas Ilic blieb in Stuttgart. Er war Polizist, deutscher Polizist. In der Kantine seiner Dienststelle erzählte er von den Gräueltaten der kroatischen Serben, der bosnischen Serben, der Belgrader Serben.

Sie hatten das Zentrum Offenburgs hinter sich. Thomas Ilic hielt den Stadtplan in der Hand und blickte aus dem Seitenfenster.

Dann, sagte er, wurde es noch komplizierter. Auch die Kroaten, hieß es plötzlich, begingen Kriegsverbrechen. Sie brachen Waffenstillstandsabkommen, schlossen die Grenze vor muslimischen Flüchtlingen aus Bosnien, richteten Massaker unter den Krajina-Serben an. Eine deutsche Zeitung schrieb: »Gefährliches Ziehkind Kroatien«. Tudjman und Milosevic trafen sich heimlich und sprachen angeblich darüber, Bosnien-Herzegowina untereinander aufzuteilen. Träume von Großkroatien, von Großserbien? Dieselbe Zeitung schrieb, Kroatien werde zunehmend zu einem ethnisch reinen Staat. Der gute, alte Franjo Tudjman und Milošević »geistige Zwillinge«?

Die Schuld der Serben wurde nicht relativiert. Aber nun gab es plötzlich auch auf kroatischer Seite Schuldige.

Und immer mehr Fragen.

»Ich wollte das nicht hören«, sagte Thomas Ilic.

»Kann man verstehen.«

»Man ist mal Deutscher, mal nicht.«

Sie sah ihn an.

»Mal ist man Deutscher, mal nicht«, sagte Thomas Ilic.

Sie hatten Offenburg durchquert, rechts und links waren keine Häuser mehr. Im Rückspiegel tanzte sekundenlang ein blauer Punkt, dann war der Punkt fort. Sie fuhren bis Zell, dort drehten sie um. »Immer geradeaus«, sagte Thomas Ilic, als sie wieder in der Stadt waren.

Mal war man Deutscher, dachte sie, mal nicht. Sie hatte sich immer als Deutsche gefühlt, nie als Französin. Ihr Vater war Franzose, sie hatte Gemeinsamkeiten vermieden.

Kurz darauf war der blaue Punkt im Rückspiegel wieder da, den Bruchteil einer Sekunde lang, irgendwo auf ihrer Netzhaut, aber sie reagierte zu spät, sah nur die Erinnerung, das Bild in ihrem Gedächtnis, ein blauer Punkt, der sich irgendwo hinter ihnen bewegt hatte, einer von vielen im Straßenverkehr, und doch war sie sicher, dass sie ihn in diesen Minuten zweimal gesehen hatte.

12

DAS BÜRO VON PADE befand sich südlich des Zentrums. Eine schmale, baumlose Straße, ein hellblaues Haus, gegenüber ein öffentlicher Parkplatz. Auf den Gehwegen zwei, drei Passanten, ein Jogger, der Louise entfernt an Richard Landen erinnerte, weil er groß war, sich sehr aufrecht hielt. Ob Richard Landen joggte? Kaum. Man machte sich schmutzig dabei, man *schwitzte*.

Aber es tat gut, an ihn zu denken.

Sie fuhr auf den Parkplatz, wendete, sodass sie auf das Büro blickten. Eine holzumfasste Glastür, ein Schaufenster. Im Fenster hingen Poster von Pakistan, an der Tür hing ein Schild. Sie kniff die Augen zusammen, um es lesen zu können – *Wegen Krankheit vorübergehend geschlossen.*

»Scheiße.«

Thomas Ilic nahm den Schnellhefter, blätterte, wählte eine Telefonnummer. »Anrufbeantworter.«

»Rufen wir Andrele an.«

»Sinnlos.«

Louise blickte auf das Schild, dann auf die Poster. Wüstenlandschaften, Berglandschaften. Ein alter Mann mit Vollbart und weißem Turban. Eine wunderschöne Frau im roten Kleid mit Spiegelstickerei. Darunter stand in Großbuchstaben *Belutschistan*. »Sieht aus wie ein Reisebüro. Ruf Andrele an, Illi.«

»Sie lässt uns da nicht rein.«

»Versuch es.«

Er versuchte es. Das Gespräch war kurz. »Nein«, sagte er dann. »Komm, fahren wir nach Kehl.«

Sie ließ den Motor an. In diesem Moment setzte die Satie-Melodie ihres Handys ein. Ein Mann mit einem unverständlichen Namen und einer fernen, strengen Stimme. »Was?«, sagte sie laut und stellte den Motor ab. Der Mann wiederholte seinen Namen, er blieb unverständlich, zu verstehen war nur »Botschaft«.

»Der BKA-Mann in Islamabad«, flüsterte Thomas Ilic.

Louise sagte: »Das ging ja schnell.«

»Erwarten Sie nicht zu viel«, entgegnete der Mann durch das atmosphärische Rauschen. »Das, was Sie wollen, habe ich noch nicht. Aber ich habe etwas anderes. Ich nehme an, Ihr Telefon ist abhörsicher?«

Sie grinste überrascht. »Natürlich.«

»Trotzdem kann ich am Telefon keine Namen nennen.«

»Verstehe.«

»Gestern Mittag wurden hier an der Botschaft Schengen-Visa für ein pakistanisches Ehepaar genehmigt. Beide sind Wissenschaftler – Geologen. Die Namen und digitalisierte Kopien der Visaanträge und der Deklarationen gehen in verschlüsselten E-Mails an Ihre Dienststelle und in Kopie an das Auswärtige Amt sowie das BKA. Sehen Sie sich die Adresse der einladenden Person an – Freiburg. Ich dachte, das interessiert Sie vielleicht.«

»Freiburg«, wiederholte sie.

»Ja.«

Thomas Ilic hatte den Schnellhefter genommen und schrieb auf einer Rückseite mit, was der Mann sagte. Louise folgte den blauen Wörtern mit dem Blick. »Haben Sie den Namen und die Adresse in Freiburg?«

»Nicht am Telefon, Kollegin.«
»Wann wurden die Visa beantragt?«
»Gestern Morgen.«
»Die Visa wurden gestern Morgen beantragt und gestern Mittag bewilligt?«
»Bei Wissenschaftlern geht es eben manchmal schnell.«
Thomas Ilic murmelte etwas, doch sie verstand nicht, was. »Aber nicht *so* schnell, oder?«, fragte sie.
Der Verbindungsbeamte schwieg.
»Wie lange dauert es normalerweise, bis ein Visumantrag genehmigt wird?«
»Drei Wochen und länger.«
»Kann man solche Genehmigungen beschleunigen? Hilft es, wenn man Beziehungen hat?«
Der Verbindungsbeamte schwieg.
»Ich brauche den Freiburger Namen«, sagte Louise.
»Kommt per Mail.«
»Das reicht nicht, ich brauche ihn sofort.«
Thomas Ilic berührte ihre Schulter. Ruhe bewahren, höflich bleiben. Der Mann aus Islamabad ist ein Freund. Wir brauchen Freunde in Islamabad. Sie schüttelte den Kopf und sagte: »Der Vorname beginnt mit ›A‹, der Nachname beginnt mit ›R‹, die Straße beginnt mit ›G‹.«
Der Verbindungsbeamte schwieg.
Sie sah Thomas Ilic an. Er hatte die Brauen gehoben. Die Einladung war von Abdul Rashid ausgesprochen worden.
»Noch etwas«, sagte der BKA-Mann.
Das pakistanische Ehepaar war auf die Vierzehn-Uhr-Maschine von Pakistan International Airlines nach Amsterdam gebucht. Von Amsterdam würde es um zwanzig Uhr mit der Lufthansa nach Frankfurt fliegen, geplante Ankunft einundzwanzig Uhr dreißig mitteleuropäische Sommerzeit.

Heute Abend, dachte Louise.

Der Audi, schrieb Thomas Ilic. *Die wissen es.*

Die wissen, dass die beiden kommen, dachte sie. Wie war das möglich?

»Ich maile Ihnen die Fotos mit, dann können Sie sie identifizieren«, sagte der Verbindungsbeamte.

Thomas Ilic wies mit dem Stift auf das PADE-Schaufenster. Sie begriff. Die Poster. »Woher kommen die beiden? Ursprünglich?«

»Warten Sie.«

Sie warteten.

»Beide aus einem Ort nahe Panjgur. Südwestpakistan.«

»Belutschistan?«

»Belutschistan.«

Louise bedankte sich. Der Mann sagte: »Wenn es für die Heimat ist.« Dann wurde die Verbindung unterbrochen.

Louise rief Marianne Andrele an, Thomas Ilic rief Bermann an. Marianne Andrele sprach mit ihrem Offenburger Amtskollegen, dann hatten sie den Durchsuchungsbeschluss. Der Kollege würde in einer Stunde kommen, auch Bermann war auf dem Weg. Sie stiegen aus. Louise deutete auf einen Park jenseits der Hauptstraße, Thomas Ilic sah auf die Uhr und nickte. Sie ging voran. Sie musste reden, rekapitulieren. Je mehr sie erfuhren, desto unübersichtlicher wurde der Fall. Ein Schutzkeller, ein Waffendepot, das gesprengt wurde, ein zweites im Wald. Zwei Männer, die davonliefen, der Mord an Hannes Riedinger. Der Jugoslawienkrieg, ein Pakistan-Verein. Halid Trumic in Islamabad. Abdul Rashids Adresse auf Schengen-Visa, zwei Männer in einem Audi vor seinem Haus. Poster von Belutschistan, ein Ehepaar aus Belutschistan, das von Islamabad nach Freiburg kam.

Der Park hieß Zwingerpark, lag an einem schmalen Fluss und war voller Bäume, Blumen, Brunnen. Thomas Ilic wandte sich einer Bank zu, Louise schüttelte den Kopf. Sie musste sich bewegen.

Sie gingen schweigend an der wuchtigen Zwingermauer entlang. Der Himmel lag im weißen Dunst. Es war schwül, und endlich war ihr warm. Sie zog erst das eine Bayern-Sweatshirt aus, dann das andere. »Die Schlüsselfigur ist Halid Trumic«, sagte sie schließlich. »Er war zweiundneunzig bei dem Waffenprozess angeklagt, er wurde von Söllien verteidigt, später war er auf dem Balkan in Waffengeschäfte verwickelt, jetzt leitet er das PADE-Büro in Islamabad. Er ist die Schlüsselfigur.«

»Ja«, sagte Thomas Ilic.

»Kommen wir zu Rashid.«

»Ja.«

»Du machst das nicht gern, über die Fälle zu sprechen?«

»Ich bin im Zuhören besser.«

»Ich muss darüber reden.«

»Dann passt es ja.«

Sie lächelte. Im Winter hatte sie selten Gelegenheit gehabt, mit einem Kollegen über den Fall zu reden. Sie hatte selten Kollegen um sich gehabt. Kollegen, die mit ihr hatten reden wollen.

Sie fuhr fort. »Abdul Rashid, Mitglied des PADE-Vorstands, habilitierter ... habi-li-tierter Physikdozent. Wird von zwei Männern in einem Audi mit französischem Kennzeichen observiert und taucht als Einladender auf den Schengen-Visa eines pakistanischen Ehepaares auf, das innerhalb weniger Stunden Islamabad verlässt und heute Abend in Deutschland ankommt. Wir nehmen an, dass er deswegen observiert wird ... weil die beiden kommen.«

»Ja.«

»Aber wir sind nicht sicher.«

»Nein.«

»Nein?«

»Nein, wir sind nicht sicher.«

»Weil wir nicht wissen, ob sie wirklich nach Freiburg kommen.«

»Ja. Nein.«

»Sag nichts, Illi.«

Thomas Ilic lachte leise.

»Falls Rashid wegen des Ehepaars aus Islamabad observiert wird: Woher wissen die Leute in dem Audi, dass sie kommen? Welche Verbindung besteht zwischen ihnen?«

»Woher wissen *wir*, dass sie kommen?« Thomas Ilic zog die Oberlippe zwischen die Zähne. Er ging rechts von ihr, im Schatten der Bäume. Unvermittelt dachte sie an 1991. Sah die alten Männer in der Küche, seinen Vater, der verlangte, dass er mit ihm hinunterfuhr nach Kroatien in den Krieg. Sah Thomas Ilic in der Kantine der Stuttgarter Dienststelle von serbischen Gräueltaten sprechen.

Mal war man Deutscher, mal nicht.

»Und die Verbindung?«, fragte sie.

»Wir wissen immer noch nicht, für wen die Waffen bestimmt waren.«

»Für ein pakistanisches Ehepaar?«

»Warum nicht? Waffen für einen kroatischen Obstimporteur, Waffen für ein pakistanisches Ehepaar.«

Sie kehrten um. Louise ließ den Blick über die Wege vor ihnen gleiten. Eine alte Frau, die Tauben und Enten fütterte, ein paar Passanten, niemand, der über das normale Maß hinaus auffällig gewesen wäre. »Dein Vater importiert Obst?«

»Er ging pleite, als das Embargo verhängt wurde. Er war auf Obst vom Balkan spezialisiert ... Kirschen, Zwetschgen, Himbeeren, Brombeeren. Als vom Balkan kein Obst mehr kam, war es vorbei mit seinem Betrieb.« Thomas Ilic blieb stehen. »Aber das hatte auch sein Gutes.«

Die Kirschen, Zwetschgen, Himbeeren, Brombeeren waren aus Serbien gekommen.

Sie überquerten die Brücke, gingen auf das hellblaue Haus zu. Als sie es beinahe erreicht hatten, rief Bermann auf Thomas Ilic' Handy an und sagte, seid ihr schon drin, geht *nicht* rein. Wir ändern den Plan, zieht euch zurück. Wir dürfen keine Aufmerksamkeit erregen, niemanden erschrecken. Wir wollen nicht, dass die Pakistaner auf halbem Weg umkehren, weil die Kripo bei PADE aufgetaucht ist. Wir wollen, dass sie nach Freiburg kommen, wir wollen wissen, warum sie kommen und was sie vorhaben.

Louise schüttelte den Kopf. Warten, warten, warten. Erst unfreiwillig, jetzt freiwillig.

»Er hat schon Recht«, sagte Thomas Ilic.

»Illi, wir suchen einen *Mörder*.« Sie nahm ihr Handy und rief Bermann an. »Wir suchen einen Mörder, wir suchen Marion Söllien, wir *müssen* da rein, Rolf.«

»Wir warten, Luis.«

»Ich geh da jetzt rein.«

»Nein, nein, du wartest«, murmelte Thomas Ilic rechts.

»Du wartest!«, schrie Bermann links.

Der Chor der Zauderer.

Sie bleckte die Zähne und blieb vor dem PADE-Fenster stehen. Warten, warten, warten. Natürlich hatte Bermann irgendwie Recht. Aber genauso hatte er irgendwie *nicht* Recht.

Der alte Mann mit dem Turban sah sie aus schwarzen Augen an. Die schöne Frau blickte an ihr vorbei in die Ferne.

Belutschistan.

Waffen für ein pakistanisches Ehepaar? Für pakistanische Terroristen? Für Islamisten? Wer hatte verhindern wollen, dass die Waffen ihren Adressaten erreichten? Wer war der vermummte Mann?

»Warten wir im Park im Schatten«, sagte Thomas Ilic. Er rief Bermann an, sagte ihm, wo er sie finden würde.

Im Inneren des Büros waren Regale, weitere Poster, ein Schreibtisch zu erkennen. Auf dem Tisch herrschte Unordnung. Die Krankheit war plötzlich gekommen.

Was tat PADE? Sie wussten so wenig.

Im Park setzten sie sich auf eine Bank. Thomas Ilic blätterte in seinem Schnellhefter, sagte aber nichts. Er schloss den Hefter, sagte noch immer nichts.

Sie verdrehte die Augen. Schweigen und warten – nicht gerade ihre Stärken.

Sie versuchte, sich ein wenig zu entspannen. Atmete in den Bauch, beobachtete eine Mutter mit Kinderwagen, einen Jogger, zwei alte Männer, zwei alte Frauen. Auf einer Wiese saßen drei Mädchen im Studentinnenalter. Ein Hund pinkelte an einen Baum.

Und Tauben und Enten, überall waren Tauben und Enten.

»Musharraf war vor kurzem in Deutschland«, sagte Thomas Ilic. »Aber nicht in Freiburg, sondern in Berlin.«

»Hm«, machte sie schläfrig. Musharraf in Deutschland? Sie versuchte, sich zu erinnern. Erinnerte sich nicht.

»Vielleicht gibt es einen Zusammenhang.«

»Wann war das?«

»Anfang Juli. Da warst du noch nicht zurück.«

Sie nickte. Anfang Juli war sie noch im Kanzan-an gewesen. Hatte sich auf Freiburg gefreut, hatte sich vor Freiburg gefürchtet, hatte die Rückkehr immer wieder verschoben. Einmal hatte Roshi Bukan gesagt: *We drink tea, we talk.* Aber dann hatte er kein Wort gesagt, hatte nur den Tee in der langwierigen Zen-Zeremonie zubereitet und mit ihr getrunken. Sie war davon überzeugt, dass er ihre Freude und ihre Furcht gespürt hatte. Trotzdem hatte er nichts gesagt. Als sie am Abend zu Bett gegangen war, hatte sie gedacht, dass die Freude und die Furcht zugleich da waren und nicht da waren. Sie hatte nicht den Eindruck gehabt, dass ihr dieser Gedanke helfen würde. Ein paar Tage später war sie gefahren und hatte sich noch immer gefreut und gefürchtet.

Satie riss sie aus den Gedanken.

Die ferne Stimme, der unverständliche Name. Sie machte Thomas Ilic Zeichen.

»Die Sache mit Belutschistan«, sagte der Verbindungsbeamte.

Für Belutschistan war nicht die Botschaft in Islamabad zuständig, sondern die Niederlassung in Karatschi. Also hatte er Karatschi angerufen. Karatschi hatte gesagt, dass drei Männer aus einem Ort nahe Panjgur dort gestern Morgen Schengen-Visa beantragt und sie gestern Mittag bekommen hatten.

»Drei Männer aus Panjgur«, wiederholte Louise.

»Ja.«

Die Männer waren am Mittag zwölf Uhr fünfzehn Ortszeit an Bord des Fluges Emirates EK 601 Richtung Dubai gegangen. Von Dubai startete um vierzehn Uhr zehn Ortszeit eine Emirates-Maschine nach Frankfurt. Auf diese Maschine waren die drei Männer gebucht. Ankunft in Frankfurt neunzehn Uhr.

Diesmal keine Geologen, sondern Bewässerungsexperten.

Diesmal keine Freiburger Adresse, sondern eine Emmendingener.

»Ich glaube allmählich, Sie bekommen ein Problem, Kollegin.«

»Verdammt, ich brauche *Namen*.«

Namen gab es nur per E-Mail. Sie fluchte im Stillen.

»Noch etwas«, sagte der Verbindungsbeamte. Sowohl die drei Männer als auch das Ehepaar gehörten dem Stamm der Jinnah an. »Schon mal von denen gehört?«

»Ich *bitte* Sie.«

Der Mann lachte väterlich.

Die Jinnah waren einer der zahlreichen Volksstämme Belutschistans. Stammesoberhaupt und Namensgeber war Kahlid Jinnah, nicht verwandt mit dem ersten Präsidenten Pakistans, Mohammad Ali Jinnah. Die Jinnah siedelten nahe Panjgur in einem Wüstenfort und umliegenden Dörfern. Wie die Bugti aus Quetta lieferten sie sich immer wieder Scharmützel mit Regierungssoldaten. Musharrafs Pakistan war ihnen zu amerikafreundlich.

Und Pakistan war labil. Ein künstlicher Staat, 1947 entstanden, um Muslime und Hindus voneinander zu trennen. Das »Land der Reinen« und doch so konstruiert wie sein Name: P war Pandschab, A war Afghan Province, K war Kaschmir, I war Islam, S war Sindh, TAN war Belutschistan.

Sie schüttelte den Kopf. Was man so alles erfuhr auf einer Bank im Zwingerpark in Offenburg an einem Tag des Wartens, Wartens, Wartens. Sie gähnte.

»Langweile ich Sie?«

»Ich nehme an, Sie wollen auf was Bestimmtes hinaus?«
»Will ich, Kollegin.«

Immer wieder brachen in Pakistan Konflikte zwischen Regierung und islamistischen Parteien, Stämmen, Regionen aus. Dass in Belutschistan und anderswo amerikanische Geheimdienstagenten und Soldaten unterwegs waren, um nach Taliban und Al-Qaida-Mitgliedern zu suchen, machte es nicht besser. Die Jinnah waren traditionsbewusste Muslime. Keine Extremisten, aber Fundamentalisten.

»Und da schließt sich der Kreis«, sagte der Verbindungsbeamte. Der Bosnier T., die pakistanischen Jinnah. Wie Glaubensgenossen aus anderen Ländern hatten im Jugoslawienkrieg auf seiten der bosnischen Muslime auch Jinnah gekämpft.

Der Himmel hatte sich verdunkelt, Wolken hatten sich ins Weiß geschoben. Sie waren aufgestanden, gingen wieder. Louise erzählte Thomas Ilic von den Bewässerungsexperten, den Jinnah in Belutschistan, im ehemaligen Jugoslawien. Davon, dass sich der Kreis schloss. Endlich waren die Gegner greifbarer. Endlich war eine Geschichte entstanden. Waffen aus dem ehemaligen Jugoslawien für die Jinnah aus Belutschistan. Die Waffen wurden in einem Depot in Deutschland zerstört, die Jinnah kamen nach Deutschland. Knotenpunkte im Netzwerk der Kontakte waren Ernst Martin Söllien, Halid Trumic, einzelne oder alle Mitglieder des Vereins PADE.

»Das ist die *eine* Geschichte«, sagte sie.

»Ja.«

»Die andere Geschichte ist: Jemand bringt Semtex in dem Waffendepot an und jagt es in die Luft. Ein vermummter Mann leistet erste Hilfe. Zwei Männer in einem

Audi mit französischem Kennzeichen observieren Abdul Rashid, erkennen Rolf, folgen mir in die Wiehre, verschwinden spurlos.«

»Vielleicht nicht nur *eine* andere Geschichte, sondern mehrere.«

»Und Riedingers Mörder? Zu welcher Geschichte gehört der?«

»Was für Geschichten?«, fragte Rolf Bermann hinter ihnen.

Es blieb dabei: Sie würden warten. Trotz Jinnah, trotz Balkan, trotz Musharraf, beziehungsweise gerade deswegen. Die Kollegen von der Direktion Flughafen Frankfurt würden, sagte Bermann, die Ankunft der Maschinen aus Dubai und Amsterdam beobachten, die Pakistaner observieren und nichts unternehmen. Die Freiburger würden auf Informationen warten, die Vereinsleute observieren und ansonsten ebenfalls nichts unternehmen.

Aber Bermann war unruhig. Auch ihm fiel das Warten schwer, dachte Louise. Vor allem ihm.

Sie wandten sich Richtung Ausgang.

»Ist der Kerl vertrauenswürdig?«, fragte Bermann.

Louise seufzte lautlos. »Welcher Kerl?«

»Der Verbindungsbeamte.«

»Wir kümmern uns später drum.«

»Wie heißt er?«

»Das war im Rauschen nicht zu verstehen«, sagte Thomas Ilic.

»Ihr habt seinen Namen nicht?«

»Nein«, sagte Louise.

»Es war ein Ferngespräch, Rolf. Es hat ziemlich gerauscht.«

»Und die hatten ein Gewitter in Islamabad.«

»Scheiße«, sagte Bermann, »ihr habt nicht mal seinen *Namen*?«

»Ruf Manu an, die kann ihn dir besorgen«, sagte Louise.

»Apropos«, meinte Thomas Ilic. »Wir müssen das BKA und den Generalbundesanwalt informieren. Und den Verfassungsschutz.«

»Und Stuttgart«, sagte Louise.

»Ja, ja, und Stuttgart.« Bermann wischte sich Schweiß von der Stirn. Sein dunkles T-Shirt war durchnässt. Jetzt roch sie den Schweiß auch.

»Hast du was von Almenbroich gehört?«

»Luis, lass mich in Ruhe mit Stuttgart und Almenbroich, ja? Ich muss *nachdenken*.« Bermann blieb stehen. Hob eine Hand, starrte in die Ferne und fasste zusammen. Ein Ehepaar aus Islamabad, das dem Stamm der Jinnah aus Belutschistan angehörte, war unterwegs nach Freiburg zu Rashid. Drei Männer, die ebenfalls den Jinnah angehörten, waren von Karatschi aus unterwegs nach Emmendingen. Das Ehepaar würde gegen halb zehn in Frankfurt landen, die drei Männer zweieinhalb Stunden früher.

Sie nickte, obwohl er sie nicht ansah.

Falls die drei Männer aus Karatschi von Frankfurt mit einem ICE weiterfuhren, sagte Bermann, würden sie wohl irgendwann zwischen zehn und elf in Emmendingen oder Freiburg eintreffen. Das Ehepaar aus Islamabad würde den letzten ICE am Frankfurter Flughafen kaum erreichen – er fuhr, wenn er sich recht erinnerte, gegen zehn vor zehn.

Vielleicht nahmen sie einen Mietwagen.

Vielleicht fuhren sie auch alle mit einem Mietwagen.

Vielleicht fuhren sie auch überhaupt nicht nach Freiburg

oder Emmendingen. Vielleicht fuhren sie ganz woanders hin.

Sie gingen weiter.

Was PADE betraf: PADE übernahm das Fahndungsdezernat. Die vier Mitglieder des Vorstands wurden ab sofort rund um die Uhr observiert – die Lehrerin in Ehrenkirchen, der Landtagsabgeordnete a. D. in Freiburg-St. Georgen, der Unternehmer in Lahr, Abdul Rashid im Stühlinger. Inzwischen waren auch die anderen Mitglieder des Vereins bekannt. Es waren drei: ein Rentnerehepaar aus Freiburg, die Mutter des Politikers. Das Rentnerehepaar befand sich seit Monaten im Zweitwohnsitz auf Mallorca, die Mutter des Politikers lebte in einem Seniorenheim nahe Stuttgart.

»Strohmänner«, sagte Louise.

»Ich weiß nicht«, sagte Bermann. »Die Mallorca-Rentner waren letztes Jahr in Panjgur.«

»Trotzdem. Ich meine, ein Rentnerehepaar auf Mallorca.«

»Rashid fliegt einmal im Jahr nach Panjgur. Dieser Politiker . . .«

»Dr. Johannes Mahr«, sagte Thomas Ilic.

»Der fliegt dreimal im Jahr nach Panjgur.«

Am Eingang des Parks blieben sie wieder stehen. Es war vollkommen windstill. Auch Louise begann jetzt zu schwitzen. Sie hob den Blick. Am Himmel standen noch immer dunkle Regenwolken im weißen Dunst. Aber es regnete nicht.

Bermann hatte sich bei der Landesstiftung Baden-Württemberg nach PADE erkundigt. Der Verein bekam seit dem Jahr 2000 Fördergelder für Projekte in Belutschistan. Kulturelle Projekte, soziale Projekte, landwirtschaftliche Projekte. »Das sind vielseitige Leute«, sagte er. »Gleichberechtigung der Frauen, Schulen, Aufforstung, Bewässerung. Viel Bewässerung. Panjgur und die Gegend da müssen inzwischen unter Wasser stehen.«

Niemand lachte.

»Wissen wir, wer PADE gegründet hat?«, fragte Louise.

Thomas Ilic blätterte in seinem Schnellhefter. Die sieben Gründungsmitglieder waren Johannes Mahr, Aziza Mahr, Wilhelmine Mahr, das Mallorca-Ehepaar, die Lehrerin, Abdul Rashid.

»Wer ist Aziza? Mahrs Frau?«

Thomas Ilic blätterte, schüttelte den Kopf. Mahrs Frau hieß Susanne. Eine Tochter hatten sie nicht, nur zwei Söhne. Wilhelmine war Mahrs Mutter.

Aziza, dachte Louise.

Bermann sagte: »Vielleicht war er ja schon mal verheiratet.«

Sie gingen zum Parkplatz.

»Und jetzt? Hat es überhaupt noch einen Sinn, dass wir beim Gemeinsamen Zentrum anfragen?«

»Keine Ahnung, Luis«, sagte Bermann. »Findet es raus. Wir haben viel Zeit. Bis heute Abend gegen zehn passiert erst mal nichts.«

Sie sah Thomas Ilic an, der ihren Blick erwiderte. Die Mütter Deutsche, die Väter nicht, die Kinder schienen zu wissen, was der andere dachte: Rolf Bermanns Wort in Gottes Ohr.

13

AUF DER KURZEN FAHRT NACH KEHL gerieten sie in dichten Grenzverkehr. Einmal standen sie minutenlang im Stau. Vereinzelte Regentropfen, groß wie Glasmurmeln, zerplatzten auf der Windschutzscheibe. Sie ließ den Blick zwischen Rückspiegel und Außenspiegel wandern. Immer wieder blaue Autos, schemenhafte Gesichter. Waren sie da? Sie hielt es für unwahrscheinlich. Weshalb hätte ihnen jemand nach Kehl folgen sollen?

Und doch . . . Sie fühlte sich *angesehen*.

Nachwirkungen des Mon Chéri? Sie grinste düster.

»Darf ich?« Thomas Ilic deutete auf den Kassettenrekorder. Sie nickte. Der Rekorder war neu, die Kassette nicht – leiernd erklang Beethovens »Für Elise«. Sie wechselte auf Radio, französische Popmusik. »Danke«, sagte Thomas Ilic lächelnd.

Als sie weiterfuhren, hatte der Regen schon wieder aufgehört.

In ihrer Erinnerung war Kehl grau, belanglos, steif. Der deutsche Wurmfortsatz der französischen Schönheit Straßburg jenseits des Rheins. Vielleicht lag es an den Umständen – Kehl, die Stadt ihres Vaters.

Heute fand sie es grün, nicht unhübsch, quirlig.

Sie war vor neun Jahren zum letzten Mal hier gewesen. Mick hatte ihren Vater kennen lernen wollen. Ein Jahr vor der Hochzeit, sechs Jahre vor den Demütigungen. Sie hatten sich gut verstanden, der graue, belanglose, steife Vater und der zuvorkommende, charmante, gelassene Verlobte mit dem »von« im Namen. Der eine wollte seiner Tochter näher sein, der andere wollte blindes Vertrauen erzeugen. Der eine hatte sein Ziel nicht erreicht, der andere schon.

Und das da, auf den Fotos, der hübsche Junge neben unserer Lou, ist das Germain?, fragte der Verlobte.

Das ist Germain, Herr von Kyburg, sagte der Vater.

Ich hätte ihn *so gerne* kennen gelernt, sagte der Verlobte.

»Da vorn dann links«, sagte Thomas Ilic. Er hatte eine Kopie eines Kehler Stadtplanes aus seinem Schnellhefter gezogen. Louise lächelte schief. Mit Henny verlief man sich nicht, mit Illi verfuhr man sich nicht.

Zumindest, so lange ihm keine Erinnerungen dazwischenkamen.

Dann standen sie auf einem Parkplatz, der zwischen zwei imposanten vierstöckigen Gebäuden aus dem 19. Jahrhundert lag. »Wenn die so groß sind, wieso weiß ich dann so wenig über sie?«, murmelte Louise, während sie die sandsteinfarbenen Fassaden betrachtete.

»Da ist nicht nur das GZ drin.«

»Im Winter hätten wir sie gut brauchen können.«

»Ihr hättet sie nur fragen müssen.«

»Wir hätten sie wirklich brauchen können.«

Thomas Ilic zeigte auf das kleinere der beiden Gebäude. Sie gingen zum Eingang. »Gehört zur Großherzog-Friedrich-Kaserne. Vor hundert Jahren war hier das Badische Pionier-Bataillon drin.«

»Du hast dich vorbereitet?«

Thomas Ilic lachte. Vor ein paar Jahren hatte er mit dem

Gedanken gespielt, sich ans GZ zu bewerben. Die erste binationale Behörde in *einem* Gebäude, eine alltägliche grenzüberschreitende Zusammenarbeit – eine schöne Idee, hatte er gefunden.

»Aber?«

Er zuckte die Achseln. »Die falsche Grenze, das falsche Land.«

Thomas Ilic hatte ein persönliches Gespräch mit einem Kriminalhauptkommissar arrangiert. Eine junge Polizeioberkommissarin führte sie zu einem Büro mit zwei Schreibtischen, zwei Computern, zwei Grünpflanzen. »Oh, er ist nicht da«, sagte sie verwirrt.

Sie warteten im Flur.

Louise schloss die Augen. Sie wusste, dass sie nicht mehr lange durchhalten würde. Für halbdurchwachte Nächte war in diesen wenigen Tagen viel zu viel geschehen. Sie dachte an Lisbeth Walters »Lesezimmer« und das gemütliche Bett mit der Täschle-Wärme, an Rachmaninow und ihren Vater, an die Sechzigerjahre, als sie Gemeinsamkeiten mit ihm noch nicht vermieden hatte. An Germain, der im Wohnzimmer auf seinem neuen gelben Fahrrad um den Esstisch herumgefahren war.

Sie würde sich, dachte sie, gern in den Sechzigerjahren ausruhen. Falls das nicht möglich war, dann wenigstens bei Lisbeth Walter.

Sie öffnete die Augen. »Warum gibt es das GZ eigentlich?«

»Eine gute Frage.« Thomas Ilic schmunzelte. »Wenn sie nicht ausgerechnet von einer Polizeibeamtin kommen würde.«

Sie nickte, lächelte und gähnte zugleich.

»Wegen des Schengener Durchführungsabkommens. Wenn es keine Grenzen mehr gibt, muss die Zusammenarbeit der Polizeien optimiert werden. Es hat eine Weile gedauert, bis die Politik das verstanden hat. Die Grenzen zwischen Deutschland und Frankreich sind 1995 weggefallen, das GZ wurde 1999 eingerichtet.«

Thomas Ilic schien am Reden Gefallen gefunden zu haben.

Insgesamt, fuhr er fort, arbeiteten im GZ etwa fünfzig Beamte von Grenzschutz, Zoll, Polizeien beider Länder. Ihre Aufgaben: besserer Informationsfluss, Unterstützung bei polizeilichen Ermittlungen, bei Demonstrationen, bei Castortransporten, Koordinierung von Fahndungen und anderen Einsätzen, Kooperation mit der Justiz.

Teamarbeit im Grenzbereich.

»Vor sechzig Jahren habt ihr euch noch umgebracht, jetzt sitzen eure Sicherheitsbehörden unter einem Dach. Das nennt man Vergangenheitsbewältigung. Wir haben uns in der Zwischenzeit wieder umgebracht.«

Sie unterdrückte ein Gähnen. Ihr Blick glitt zum Fenster, das auf das größere der beiden Gebäude der ehemaligen Kaserne hinausging. In einem schmalen Streifen zwischen den Häusern war die Europa-Brücke zu sehen. Weit hinten, jenseits des Rheins, war der Himmel blau. Über der Heimat ihres Vaters schien die Sonne.

Sie dachte an Rachmaninow, an Germain auf dem gelben Fahrrad.

Ist Germain wieder bei Tante Natalie?

Ja, *ma chère*, er ist bei Tante Natalie.

Als sie 1983 an Germains Grab gestanden hatte, hatte sie sich geschworen, nie mehr zu Tante Natalie nach Gérardmer zu fahren.

»Das könnten wir von euch lernen, Vergangenheitsbewältigung«, sagte Thomas Ilic. »Aber das ist schwer, wenn es so viele verschiedene Geschichten gibt und Fragen und man nicht weiß, was wahr ist und was nicht. Wenn man nicht weiß, wann was angefangen hat und wann was aufgehört hat . . .«

»Illi, ich bin leider zu müde für solche Gespräche.«

»Wenn es *kompliziert* ist«, sagte Thomas Ilic. »Das ist kein Gespräch, Luis. Das ist ein Monolog. Wenn ich Hunger habe, muss ich reden.«

»Möchtest du einen zerbrochenen Keks vom Polizeiposten Kirchzarten?«

Thomas Ilic schüttelte den Kopf und redete weiter.

Zehn Minuten später saßen sie in dem kleinen Büro, aßen französische Kekse, tranken Wasser ohne Kohlensäure, tauschten kollegiale Floskeln mit Commandant Bertrand Allehuit aus, der sie »übernommen« hatte, weil der deutsche Zimmerkollege zu einem auswärtigen Termin hatte fahren müssen.

»Übersetzt du?«, flüsterte Thomas Ilic. Sie nickte.

»Je vous en prie!«, sagte Allehuit lächelnd und wechselte ins Deutsche. Er sprach es perfekt und ohne Akzent. Seine Stimme war warm, ernst, wundervoll. Er war hager, Anfang Fünfzig, vollkommen konzentriert. Wenn er sie über den Rand seiner Brille hinweg ansah, hätte sie geschworen, dass die ganze Behörde samt Allehuit nur für sie existierte.

»Gut«, sagte sie schließlich. »Fangen wir an.«

Allehuit nickte. Er war informiert, kannte ihre Fragen, die Zusammenhänge, hatte Antworten. Nein, französische Polizisten, die in einem gestohlenen Auto auf deutschem Boden eine Observation vornahmen – das war kaum vorstellbar. Und es war, zumindest in der Grenzregion, auch nicht notwendig. Es gab ja das GZ. Er lächelte.

»Gestohlen?«, fragte Louise.

»Am vergangenen Montag. Der Wagen gehört einem Versicherungsvertreter aus Marseille, den die Kollegen von der Gendarmerie Nationale mittlerweile befragt haben.« Keine Verdachtsmomente, keine auffälligen Verbindungen, Reisen in Krisenregionen, Kontakte, schon gar nicht nach Pakistan. Ein Opfer, kein Täter. Eine tote Spur.

Allehuit reichte ihnen Kopien der Unterlagen aus Marseille. Sie überflogen sie. Louise sagte: »Und ein französischer Geheimdienst?«

»Möglich ist alles, wahrscheinlich ist es nicht.«

»Der französische Geheimdienst würde kein Auto mit einem französischen Nummernschild stehlen«, sagte Thomas Ilic. »Er würde ein Auto mit einem deutschen Nummernschild stehlen. Er will nicht auffallen, also stiehlt er ein deutsches Auto.«

»Ich glaube nicht, dass er *irgendein* Auto stehlen würde«, sagte Allehuit milde.

»Und ein pakistanischer Geheimdienst?«, fragte Louise.

Thomas Ilic und Allehuit sahen sie an.

»Auch das könnte eine Möglichkeit sein«, erwiderte Allehuit schließlich. Der pakistanische Militärgeheimdienst ISI habe keinen allzu guten Ruf. Man sage ihm nach, er stehe in Teilen den Taliban und Al-Qaida nahe, schüre bewusst den Kaschmir-Konflikt, habe in den Achtziger- und Neunzigerjahren mit Duldung der CIA den Heroin- und Opiumanbau in Afghanistan und Pakistan gefördert, um den Kampf der afghanischen Mudschaheddin gegen die Sowjets zu finanzieren. »Was davon nun stimmt und was nicht...« Allehuit breitete die Arme aus.

Louise runzelte die Stirn. »Welches Interesse könnte ein pakistanischer oder ein französischer Geheimdienst an einem pakistanischen . . .«

»Oder ein deutscher Geheimdienst«, warf Allehuit ein.

». . . oder ein deutscher Geheimdienst an einem pakistanischen Staatsbürger haben, der in Freiburg lebt?«

»Was wissen Sie über den pakistanischen Staatsbürger?«

»Nicht viel. Wir sammeln noch.«

»Mir fällt gerade ein, dass Musharraf Anfang Juli auch in *Paris* war«, sagte Thomas Ilic plötzlich. »Er ist von Berlin nach Paris geflogen. Er war in Washington, in London, in Berlin und in Paris.«

»Sie denken an einen Terroranschlag?«, fragte Allehuit. »An einen Plan, der nicht durchgeführt wurde?«

»Was wollte Musharraf in Paris?«, fragte Louise.

»Mirages«, erwiderte Thomas Ilic.

»Unter anderem«, sagte Allehuit.

»Was noch?«

Allehuit lehnte sich zurück. In seinen hellen Augen hatte sich etwas verändert. Man war, dachte sie, mal Franzose, mal nicht. Und was war man jetzt? Er sagte: »Internationale Anerkennung, engere wirtschaftliche Beziehungen, Investitionen . . .«

». . . aber vor allem die Mirages«, unterbrach Thomas Ilic. »Es ist eben immer dasselbe.«

Allehuit fixierte ihn. »Was genau ist immer dasselbe?«

»Rüstungsdeals mit zweifelhaften Staatschefs.«

»Pakistans atomares Knowhow kommt zum großen Teil aus Deutschland«, sagte Allehuit.

Thomas Ilic hob die Augenbrauen. »Und Indien? Was macht ihr mit Indien?«

»Was ist denn jetzt mit Indien?«, fragte Louise.

»So kommen wir nicht weiter«, sagte Allehuit.
Thomas Ilic nickte. »Sie haben Recht. Entschuldigen Sie.«
»Sagt mir einer, was mit Indien ist?«
Allehuit sah sie an.
Indien, der Erzfeind Pakistans. Wie die USA unterhielt Frankreich zu beiden Ländern militärische Beziehungen. Ein Verteidigungsabkommen mit Neu-Delhi beinhaltete französische Militärtechnologie, Investitionen französischer Rüstungsfirmen, gemeinsame Militärübungen. Pakistan besaß Kampfflugzeuge, Unterseeboote, Anti-Schiffs-Raketen, Minenjagdboote, Hubschrauber französischer Herkunft.
»Dann sind da noch die Russen, die Chinesen, die Briten«, sagte Thomas Ilic versöhnlich.
Allehuit nickte. »Und ein paar andere.«
»Erinnert mich an Kroatien und Bosnien und so«, sagte Louise.
»Und ein paar andere«, sagte Thomas Ilic.
Allehuit nickte erneut. »Aber das ist nicht unser Thema.«
»Hängt es nicht alles irgendwie zusammen?«, fragte Louise.

Allehuit brachte sie zum Haupteingang. Er verabschiedete sich von Thomas Ilic, dann reichte er Louise die Hand und sagte leise auf Französisch: »Ich war vor vier Jahren an dem Punkt, an dem Sie vor einigen Monaten waren, Madame Bonì. Ich weiß, wie schwer es ist, doch ich weiß inzwischen auch, wie sehr es sich lohnt. Das wollte ich Ihnen sagen. Dass es sich lohnt.«
Sie nickte wortlos. Es hatte sich bis Kehl herumgesprochen.

Allehuit lächelte aufmunternd. Dann küsste er sie auf die Wangen und wandte sich ab.

Sie aßen in einem Stehimbiss in der Fußgängerzone Curry-Wurst und Pommes frites. Thomas Ilic notierte auf den Rückseiten seiner Fotokopien, was das Gespräch mit Allehuit an Fragen und Antworten gebracht hatte. Louise folgte den blauen Linien mit dem Blick, doch in Gedanken war sie in die Großherzog-Friedrich-Kaserne zurückgekehrt, hatte sich in Allehuits kleinem Büro häuslich eingerichtet, lauschte seiner wundervollen Stimme, spürte seine intensiven Augen auf sich ruhen, sah ihm dabei zu, wie er die Belange des deutsch-französischen Grenzgebietes regelte und ihre gleich mit.

14

ALS SIE WIEDER IM AUTO SASSEN, sagte Thomas Ilic, er werde mit dem Zug nach Freiburg zurückkehren, dann habe sie mehr Zeit für ihren Vater. »Quatsch«, sagte Louise. »Ich brauch zehn Minuten, mehr nicht.«
»Vielleicht dauert es ja länger.«
»Es dauert nicht länger, verdammt.«
»Übrigens, ist er überhaupt da?«
»Keine Ahnung.«
»Ruf doch an.«
»Nein, ich rufe *nicht* an. Wir fahren hin, und wenn er da ist, wartest du zehn Minuten, und wenn er nicht da ist, fahren wir weiter.«
»Und wenn ihr mehr Zeit braucht?«
»Brauchen wir nicht, verdammt.« Sie ließ den Motor an.
Thomas Ilic blieb hartnäckig. Sie hatten sich seit Monaten nicht gesehen, nicht einmal miteinander gesprochen. Es gab so viel zu erzählen. Sie waren Vater und Tochter. Sie brauchten Zeit.
»*Wofür* denn, Herrgott?«
»Für euch.«
Sie sahen sich an, lachten gleichzeitig los. Der Halbkroate, die Halbfranzösin, sie hatten vieles gemeinsam, aber nur der Halbkroate war kitschig.
Zumindest tagsüber.

Dann stand sie vor dem Mietshaus, in dem ihr Vater seit dreizehn, vierzehn Jahren lebte, und verbrachte zwei von den zehn Minuten damit zu überlegen, ob sie tatsächlich klingeln sollte. Was sie sich zu erzählen hatten, ließe sich auch am Telefon erzählen.

Falls es *überhaupt* erzählt werden musste.

Und dann war da die Wut auf ihren Vater, der die Familiengeschichte umgeschrieben hatte, weil er der Wahrheit nicht ins Gesicht sehen wollte. Streits, Beschimpfungen, hysterische Auseinandersetzungen zwischen ihm und ihrer Mutter? *Aber nein, Louise. Man könnte sagen, wir waren unterschiedlicher Ansicht.*

Zehn hässliche Jahre getilgt, mit ihnen all das Leid. Germains Verzweiflung, ihre Verzweiflung.

Keine Handgreiflichkeiten. Keine Katastrophen.

Keine Eheprobleme, sondern gesundheitliche Probleme.

Deine Mutter war krank, Louise. Seelisch krank.

Quatsch.

Sehr, sehr krank.

So ein Quatsch, Papa.

Eine andere Geschichte, eine andere Familie.

Sie runzelte die Stirn. Telefonieren war besser. Sie würden nur streiten.

Aber wenn man schon mal in Kehl war ...

Sie klingelte. Der Türöffner summte, die Gegensprechanlage blieb stumm. Sollte sie, oder sollte sie nicht?

Nein, dachte sie, und betrat das Treppenhaus.

Die Tür zur Wohnung ihres Vaters stand halb offen. Ein Junge lehnte am Rahmen und sah ihr entgegen. Sie blieb stehen. »Hallo«, sagte sie überrascht.

»Hallo«, sagte der Junge.

Sie blickte auf das Namensschild an der Wand – BONÌ. Dann sah sie den Jungen an. Er war höchstens acht, hatte dunkle, lockige Haare, dunkle, skeptische Augen. Auf eine merkwürdige Art kam er ihr vertraut vor. Aber sie hätte geschworen, dass sie ihm noch nie begegnet war.

»Ich weiß, wer du bist«, sagte der Junge.
»Ach ja?«
Er nickte
»Na, dann sag mal.«
»Du bist die Louise.«

Plötzlich wurde ihr flau im Magen. Sie wusste jetzt, weshalb ihr der Junge vertraut vorkam. Sie kannte die dunklen, lockigen Haare, die dunklen, skeptischen Augen. Sie hatte sie in einem anderen Leben an einem anderen Jungen gesehen.

Eine Hand am Geländer, setzte sie sich auf den Treppenabsatz. Ihr Herz raste. Aus der Ferne der Erinnerung hörte sie die Stimme ihres Vaters. Germain?, rief die Stimme. Sie wollte erwidern, Germain ist bei Tante Natalie, aber sie brachte kein Wort hervor.

»Wir haben Fotos von dir«, sagte der Junge.

Sie nickte. Germain und sie am Ufer des Rheins. Germain auf den Schultern des Vaters, sie auf den Schultern der Mutter. Germain und sie in Gérardmer. Fotos aus der Zeit vor der getilgten Katastrophe.

Germain?, sagte ihr Vater in der Erinnerung.

Der Junge verschwamm vor ihren Augen. Besser so, sie wollte ihn nicht sehen.

Plötzlich spürte sie eine leichte Berührung. Der Junge hatte sich neben sie gesetzt.

»Willst du gar nicht wissen, wer ich bin?«
Sie schüttelte den Kopf.

Dann sprach ihr Vater wieder, viel näher jetzt, er sprach Französisch, du darfst es ihm nicht sagen, um Himmels willen, du darfst es ihm nicht sagen, ich flehe dich an, du darfst es ihm nicht sagen!

Später stand sie am Fenster der kleinen Küche ihres Vaters, blickte auf eine kleine Parkanlage mit gestutzten Bäumen und bunten Blumen, lauschte auf die Stille in ihrem Kopf, die Stille in der Küche. Er hatte wieder geheiratet, er hatte wieder einen Sohn, er hatte auch diesen Sohn Germain genannt, er hatte ihr nie von seiner zweiten Frau und seinem zweiten Sohn erzählt.

Das war die ganze Geschichte. Eine einfache Geschichte. Und zugleich sehr kompliziert.

Viel zu kompliziert.

»Ich muss gehen, mein Kollege wartet unten«, sagte sie.

»Chérie, bitte . . .«, sagte ihr Vater.

Sie wandte sich um. Sie saßen am Küchentisch, hielten sich an den Händen und starrten sie an, ein kleiner alter grauer Mann, ein kleiner blasser Siebenjähriger. Ihr Vater, ihr Bruder.

Ein *anderer* Bruder.

Zu kompliziert für heute, für diese Tage. Für dieses Leben. »Ich muss gehen.«

Sie setzte sich ans andere Ende des Tisches.

»Chérie«, sagte ihr Vater. Der Junge sagte nichts. Sie konnte ihn nicht anschauen. Die Haare, die Augen . . . Immerhin, der Rest war anders.

Stattdessen sah sie ihren Vater an. Die Katastrophen getilgt, den Tod getilgt. Germain getilgt. Und vor sieben Jahren einfach mal eben so ersetzt.

Sie spürte plötzlich, dass sie ihren Vater auf eine eher unbestimmte Art mochte und auf eine sehr bestimmte Art hasste. Sie dachte: Ich muss gehen, und blieb sitzen. »*Est-ce qu'il le sait?*«

Ihr Vater schüttelte den Kopf. In seinen Augen lag plötzlich Panik. *Du darfst es ihm nicht sagen.* Das also hatte er gemeint. Der andere Bruder wusste nicht, dass sie schon einmal einen Bruder namens Germain gehabt hatte. Die Lüge wurde fortgesponnen. Die falsche Geschichte wurde weitererzählt. Die richtige gab es nicht mehr.

Ihre Geschichte gab es nicht mehr. Alles war getilgt. *Sie* war getilgt.

Sie stand auf.

»Chérie«, murmelte ihr Vater.

Auf Französisch sagte sie, so wolle sie nicht leben, mit all diesen Lügen und Geheimnissen, die nur immer weitere Lügen und Geheimnisse erzeugen würden, Unaussprechliches, Tabus, wir produzieren Tabus, Papa, in Bezug auf unsere Vergangenheit, auf uns, unsere Identität, dabei wird nie was Gutes herauskommen, wie soll denn dabei was Gutes herauskommen? Die Lügen und die Tabus werden uns am Ende zerstören, nein, so will ich nicht leben, deshalb musst du dich entscheiden, Papa, entweder *unsere* Geschichte und mit mir oder *deine* Geschichte, aber dann ohne mich.

»Bitte setz dich doch, Chérie.«

»Ich muss jetzt gehen.« Sie setzte sich.

»Frag deinen Bruder, wie er heißt, Chérie. Wie er *noch* heißt.«

»Ich will's nicht wissen.«

Ihr Vater beugte sich zu dem Jungen. »Germain, sag deiner Schwester, wie du noch heißt. Wie du mit zweitem Vornamen heißt. Du weißt doch noch, wie du mit zweitem Vornamen heißt?«

In den Augen ihres Vaters lag jetzt ein seltsamer Glanz, seine Lippen zuckten in ein Lächeln. Sie erinnerte sich vage. So sah er aus, wenn er stolz war.

Sie spürte den Blick des Jungen auf sich. Widerstrebend sah sie ihn an. Er wirkte verunsichert, hatte die Unterlippe umgestülpt. Auf einmal tat er ihr ein bisschen Leid.

»Na, komm, Germain, sag es ihr, bitte.«

Plötzlich begriff sie, worauf ihr Vater hinauswollte.

Sie nickte dem Jungen zu. Sag es ruhig. Das ertrag ich jetzt auch noch.

»Luis«, sagte der Junge.

Sie nickte erneut. Germain Luis Bonì. Da waren sie, alle wieder vereint, in der neuen, in der falschen Geschichte. Alle getilgt.

Sie bedeckte die Augen mit den Händen und begann zu weinen.

Thomas Ilic rettete sie. »Ich nehme den Zug.«

»Ich komme runter.« Sie steckte das Handy ein, schnäuzte sich, stand auf.

»Aber, Chérie«, sagte ihr Vater, »du kannst doch jetzt nicht gehen, es gibt doch so vieles zu besprechen. Du musst Karin kennen lernen, Germains Mutter, und Germain möchte seiner großen Schwester sicher seine Spielsachen . . .«

Germain.

Sie schüttelte den Kopf. »Das ist zu kompliziert, das ist mir alles viel zu kompliziert.« Sie sah den Jungen an. Die Unterlippe wanderte nach links, nach rechts, der Blick blieb unverwandt auf ihr. Sie seufzte. »Bringst du mich zur Tür?«

Er nickte.

»Wiedersehen, Papa.«

»Auf Wiedersehen, Chérie.«

»Chérie, Chérie, lass doch um Himmels dieses blöde ›Chérie‹ weg!«

»Entschuldige.«

»Chérie, Chérie, Herr*gott*.«

Der Junge führte sie durch den Flur, öffnete die Tür. Sie tippte ihm an die Schulter. »Jetzt weißt du, wie's ist, eine große Schwester zu haben. Ist vielleicht gar nicht so toll, oder? Die schreien und heulen bloß.«

Der Junge zuckte die Achseln.

Sie wandte sich um. Ihr Vater war ihnen gefolgt. In seinen Augen stand wieder die Angst. *Du darfst es ihm nicht sagen.* Sie lächelte bitter. Er hatte sich entschieden. Die falsche Geschichte wurde beibehalten.

Sie tippte dem Jungen noch einmal an die Schulter. »Wiedersehen.«

Der Junge nickte.

»Auf Wiedersehen«, murmelte ihr Vater.

Während sie ins Erdgeschoss hinunterstieg, dachte sie an die dunklen, lockigen Haare, die dunklen, skeptischen Augen. Für einen Moment kehrte schmerzhaft die Sehnsucht nach dem ursprünglichen, dem *richtigen* Germain zurück.

Dann, als sie ins Freie trat, sagte die Stimme ihres Vaters in ihrem Kopf: Er ist doch da, Chérie. Er ist doch Gott sei Dank wieder da.

»Und?«, sagte Thomas Ilic.

»Und«, sagte Louise.

Sie ließ den Motor an, fuhr los.

»Neuigkeiten«, sagte Thomas Ilic schmunzelnd.

Almenbroich hatte Bermann angerufen, Bermann hatte ihn angerufen. In Stuttgart hatte man sich geeinigt. Die Informationen des Verbindungsbeamten aus Islamabad, dessen Identität über BKA und Auswärtiges Amt verifiziert worden war, hatten den Ausschlag gegeben. Die Zuständigkeit war einvernehmlich geklärt worden, die Aufgabenzuteilung wie folgt: Die Freiburger kümmerten sich um Baden und Pakistan, die Kehler um Marseille, die Stuttgarter um den Rest der Welt. Bermann, Löbinger, Alfons Hoffmann und Elly bildeten mit jeweils vier Beamten aus LKA und Kripo Stuttgart eine Kontaktgruppe, das Scharnier zwischen den einzelnen Behörden. Sie berichteten an Almenbroich beziehungsweise den Präsidenten des Landeskriminalamtes beziehungsweise den Leiter der Kripo Stuttgart.

»Toll«, sagte Louise.

»Klingt doch vernünftig.«

»Klingt total bürokratisch. Außerdem wird das BKA den Fall sowieso spätestens morgen übernehmen, und dann war die ganze Scheißmühe umsonst.«

Thomas Ilic schwieg.

»Und weiter?«

»Es gibt kein Weiter, Luis. Das . . .«

»Illi, ich heiße ›Lou-*ies*‹, verdammt. ›Lou-*ies*‹, Betonung auf dem ›I‹. Ich bin eine Frau, und Frauen heißen nicht ›Luis‹, höchstens ›Luise‹, aber nicht, wenn es die französische Variante ist wie bei mir. ›Luis‹ heißen bloß *Männer*, okay? Männer und kleine Jungen.«

»Okay. Entschuldige.«

Sie schnaubte. »Und was macht Stuttgart mit dem Rest der Welt?«

LKA und Kripo Stuttgart versuchten, endlich die Quellen jener Quellen aufzuspüren, von denen das Amt, der BND und der Staatssekretär anfangs auf die kroatisch-neonazistische Spur gelenkt worden waren. Vielleicht verliefen die Spuren zu diesen Quellen in dieselbe Richtung – zu einem Menschen, der nach der Explosion des Waffenlagers in Panik geraten war.

»Und Almenbroich?«

»Ist auf dem Rückweg, um mit uns zu warten.«

»Na toll.«

Sie fuhren nahe der Europa-Brücke auf die Straßburger Straße. Louise brummte, sie würde zu gern wissen, wer auf dieses Scheißluis gekommen sei, sie wette, das sei Rolf Bermann gewesen, richtig? Thomas Ilic seufzte. Ja, das »Luis« stammte von Rolf Bermann, es stammte aus einer anderen Zeit, dann hatte es sich verselbständigt, inzwischen war niemandem mehr bewusst, dass sie eigentlich ...

Aus einer anderen Zeit?

Als sie anders war. Schwieriger. Es war nämlich so, dass ... Der Dobermann von Bermanns Vater hieß Luis. Der war auch schwierig. Launisch. Bissig.

Sie lachte wütend auf. »Das ist vielleicht ein Scheißtag.«

»Ich habe dir angeboten, dass ich mit dem Zug fahre ...«

»So ein *Arschloch* ... Was hat denn *das* damit zu tun?«

»Dann hättet ihr mehr Zeit gehabt, und du hättest dich vielleicht nicht aufgeregt.«

»Ich hätte nicht mehr Zeit gebraucht, Illi, sondern einen anderen Vater.«

Stattdessen, dachte sie, hatte sie nun einen anderen Bruder.

Kurz vor Freiburg klingelte Thomas Ilic' Handy. Erneut Bermann. Thomas Ilic sagte »Nein« und »Gut« und »Gut«. Louise sagte: »Gib ihn mir.« Thomas Ilic legte die Hand auf das Mikrofon und flüsterte, also, jetzt beruhig dich mal, jetzt ist nicht die Zeit für Auseinandersetzungen mit Rolf. Sie nickte erschöpft. »Gib ihn mir.«

Thomas Ilic nahm die Hand vom Hörer und sagte: »Louise will dich sprechen.« Er schob das Handy in die Halterung der Freisprechanlage.

»Rolf, ich brauch den Nachmittag frei.«

»Spinnst du? Ausgerechnet heute?«

»Warten könnt ihr auch ohne mich, und ich bin todmüde, ich muss *schlafen*.«

Bermann begann, sich aufzuregen. Sie war für die Observierung der PADE-Leute eingeteilt, sie war der einzige Kontakt zu dem Mann aus Islamabad, sie musste sich die Unterlagen, die er gemailt hatte, ansehen, es war . . .

»Das kann doch Illi machen.«

. . . *helllichter Tag*, sie konnte doch nicht am *helllichten Tag* nach Hause gehen und schlafen . . . Bermann fluchte und schimpfte, als hätte er auf diesen Moment gewartet. Thomas Ilic sagte beschwichtigend, warum denn nicht, bis heute Abend gegen zehn passiere ohnehin nichts. Bermann fluchte erneut und sagte: »Um fünf bist du in der Direktion.«

Sie sah auf die Uhr. »Um fünf schlafe ich noch, ich komme um sechs.« Sie beendete die Verbindung.

Thomas Ilic seufzte, Louise zuckte die Achseln. In den vergangenen Tagen war Bermann beinahe nett zu ihr gewesen. Seit gestern Abend kam wieder der alte Bermann durch.

»Er ist gestresst«, sagte Thomas Ilic.

»Ich bin auch gestresst, und trotzdem bin ich höflich.«

Sie sahen sich an.

»Zumindest hin und wieder«, sagte sie.

Sie setzte Thomas Ilic an der Direktion ab. »Das sollten wir mal wieder machen«, sagte er. Sie nickte, sie wusste, was er meinte. Ein Team bilden. Zusammenarbeiten. Über Väter reden. Die komplizierten Dinge des Lebens.

»Wenn du mal Hunger hast, ruf an, Illi.«

Thomas Ilic lächelte. »Wenn wir die Pakistaner haben.«

»Wenn wir die Pakistaner haben.«

Zu Hause öffnete sie die Fenster, zog die Vorhänge zu, stieg aus der Jeans, streifte das T-Shirt ab. Sie klebte am ganzen Körper, die biochemischen Stoffe waren ausgeschwitzt. Auf dem Anrufbeantworter waren drei Nachrichten. Die ersten beiden stammten von ihrem Vater. Beide begannen mit »Chérie«, beide übersprang sie. Die dritte Nachricht stammte von Katrin Rein, die bei »Ihrem Kollegen« gewesen war und sagte: »Das war gut, dass ich bei ihm war, also, ich glaube, ich kann ihm helfen, ich kann ihm ein paar Namen und Adressen geben, ihn auf den Weg bringen und so.«

»Schön«, sagte Louise gähnend, während sie den BH auszog.

»Es war am Anfang etwas schwierig, aber dann, also, es ging dann besser, ich glaube, ich konnte ihn überzeugen...«

»Bestimmt.«

»Aber was ist mit *Ihnen*...«

»Was soll mit mir sein?« Sie streifte den Slip ab.

»... gehen nicht zu den AA, Sie haben keine Therapiesitzungen mehr, Sie...«

»Ach so, das«, sagte sie und betätigte die Stopptaste.

In der Duschkabine fiel ihr Thomas Ilic' letzter Satz ein: Wenn wir die Pakistaner haben. Sie hatte plötzlich den Eindruck, dass hinter diesem Satz ein weiterer Satz lauerte. Aber sie war zu müde, um darüber nachzudenken.

Die ausgeschwitzten biochemischen Stoffe klebten hartnäckig an ihrer Haut. Es dauerte eine Weile, bis sie sie in den Abfluss geschrubbt hatte.

Vor dem Spiegel dachte sie an den anderen Bruder und fragte sich, was sie mit ihm anfangen sollte.

Er ist doch da, Chérie. Er ist doch Gott sei Dank wieder da.
So also hatte ihr Vater die eigene Verzweiflung getilgt.

Dann dachte sie wieder an Thomas Ilic' Satz. Wenn wir die Pakistaner haben. Gähnend ging sie ins Wohnzimmer. Der Satz kam mit. Sie trat an den CD-Player. »Shine on you crazy diamond« in der Endlosschleife.

Im Schlafzimmer legte sie Handy und Schnurlostelefon auf den Nachttisch, stellte den Wecker auf Viertel nach fünf, dann auf halb sechs, dann auf Viertel vor sechs.

Als sie im Bett lag, wurde Thomas Ilic' Satz immer schneller. Wenn wir die Pakistaner haben wenn wir die Pakistaner haben. Ein Ohrwurm aus fünf Wörtern. Wieder dachte sie, dass dahinter, irgendwo in den Tiefen ihres erschöpften Gehirns, ein weiterer Satz lauerte.

Sie schloss die Augen.

Dann war der Satz hinter dem Satz da – und mit ihm ein weiterer.

Es ging nicht um die Pakistaner.

Es ging *nur* um die Pakistaner.

Dann war sie eingeschlafen.

IV

Die Nacht der Mörder

15

DAS TELEFON WECKTE SIE. Sie schlug die Augen auf, rührte sich nicht. Vivaldis »Frühling«, also war der Anruf nicht so wichtig. Nur Katrin Rein, Günter, ihr Vater und die Esten riefen noch im Festnetz an. Ihr Blick fiel auf den Wecker. Vier Uhr. Nicht einmal fünfzehn Minuten geschlafen. Sie schloss die Augen.

Doch etwas war anders als vor fünfzehn Minuten.

Sie öffnete die Augen. Die Musik war aus, die Pink-Floyd-Endlosschleife unterbrochen. Sie fuhr hoch, starrte auf das Nachttischchen. Dort lag nur noch das Mobilteil, das Handy war fort.

Vivaldi setzte aus, begann von neuem. Sie griff nach dem Telefon. Keine Nummer auf dem Display. Eine unbekannte Männerstimme sagte: »Wir müssen reden, Frau Bonì.« Die Stimme klang sehr freundlich, sehr nah. »Reden, Frau Bonì, nur reden. Haben Sie keine Angst, okay?«

Schauer liefen ihr über den Rücken.

Sie waren in ihrer Wohnung.

Als sie sich anzog, fror sie wieder. Sie zwang sich zur Ruhe. Sie hätten sie im Schlaf töten können, wenn sie das gewollt hätten. Sie hatten es nicht getan, also wollten sie sie nicht töten.

Reden, Frau Bonì, nur reden. Worüber? Über die andere Geschichte? Die Explosion des Waffendepots?

Sie hob das Vivaldi-Telefon ans Ohr. Die Leitung war tot, wie erwartet. Sie wollten zwar nur reden, aber allein.

Sie sah sich nach einer Waffe um. In der Nachttischschublade fand sie einen Korkenzieher – gelobt sei das Bonì'sche Chaos. Sie unterdrückte den hysterischen Drang zu lachen, steckte den Korkenzieher in die Hosentasche. Ruhig, dachte sie und atmete tief ein. Im Winter hatte sie die Invasion ihres Vaters überlebt, und was gab es Schlimmeres als einen Vater, der die benutzte Unterwäsche der Tochter vom Boden klaubte, wusch und zum Trocknen aufhängte?

Fremde, die an ihrem Bett standen, während sie schlief.

Sie waren zu zweit. Ein Mann im Wohnzimmer links, ein Mann in der Diele rechts. Den im Wohnzimmer konnte sie gut sehen, der in der Diele stand im Halbschatten. »Keine Angst, Frau Bonì«, sagte der Mann im Wohnzimmer. Der Mann, der angerufen hatte. Beruhigend hob er die gespreizten Finger. Er trug weiße Handschuhe, eine Waffe sah sie nicht. Trotzdem kroch ihr kalte Angst über den Körper. Sie hatten die Fenster geschlossen, die Vorhänge zugezogen.

Sie wandte sich dem anderen zu. »Ich will, dass Sie ins Wohnzimmer gehen, ich will, dass Sie aus meiner Wohnung verschwinden, verflucht, ich will Sie *sehen*!« Sie streckte die Hand nach dem Lichtschalter aus.

»Don't do that«, flüsterte der Mann.

»Er wird gehen, Frau Bonì«, sagte der Mann im Wohnzimmer. Sie sah ihn an. Er nickte dem Mann in der Diele zu, einen Moment später klickte die Wohnungstür ins Schloss. Sie rief sich ins Gedächtnis, was sie von dem Mann rechts gesehen hatte. Schmal, nicht größer als einssiebzig, Jeans, dunkles, vielleicht braunes Sakko. Kleiner Kopf, kurze dunkle Haare. Weiße Handschuhe. Das *»Don't do that«* hatte amerikanisch geklungen.

»Sie rühren sich nicht von der Stelle«, sagte sie zu dem Mann im Wohnzimmer.

»In Ordnung.«

Sie ließ den Blick über die Küchenzeile vor sich gleiten, trat zur Badezimmertür rechts, stieß sie auf. Niemand. Die Angst ließ nach, die Wut wuchs. Sie waren in ihrer Wohnung.

Ruhig, dachte sie. Er will nur reden.

Also reden wir. »Sind Sie bewaffnet?«

»Ja«, sagte der Mann.

»Haben Sie meine Waffe genommen?«

Er nickte.

»Auf den Tisch damit. Das Handy auch.«

Der Mann griff in die Sakkotasche, legte Telefon und Pistole auf den Couchtisch, trat zurück. Sie ging zum Tisch. Telefon und Pistole waren leichter als sonst. Kein Akku, keine Patronen.

»Später«, sagte der Mann.

Sie nickte.

Sie setzte sich auf einen der beiden Sessel, musterte ihn. Schmal, einsachtzig, in ihrem Alter, Jeans, blaues Hemd, schwarzes Sakko. Halblange, gewellte hellbraune Haare. Das Gesicht hager, düster, ernst, der Blick durchdringend. Er wirkte wachsam. Sie sah und hörte ihn nicht atmen, seine Bewegungen waren präzise und lautlos. Einer jener Männer, die es nicht gab. Die in einer anderen Welt lebten. Vielleicht in Lisbeth Walters Welt.

Nun waren sie in ihre Wohnung gekommen.

Was sie noch nicht begriff: Weshalb offenbarte er ihr sein Gesicht?

Die Angst kehrte zurück. *Reden, Frau Bonì, nur reden.* Sie glaubte ihm. Vielleicht, weil sie spürte, dass sie sich aus dem Wald südlich von Oberried kannten.

»Ich nehme an, wir sind irgendwie Kollegen?«

Er nickte. »Bundesnachrichtendienst.«

»Abteilung?«

»Fünf.«

Operative Aufklärung und Auswertung. Organisierte Kriminalität, Waffenhandel, Proliferation. Terroristenjäger. Sie nickte bedächtig. »Ich brauche eine Bestätigung.«

Keine Bestätigung. Kein Ausweis, kein Anruf beim BND. Sie würde dort nichts erfahren, von niemandem, weil so gut wie niemand etwas wusste. Das Team existierte nicht, *er* existierte nicht. Seine Stimme war dunkel, leise, fest. Er sprach langsam und mit einem Ernst, der sie erneut frösteln ließ.

»Und Ihr amerikanischer Freund?«

Er schüttelte den Kopf.

»Haben Sie wenigstens einen Namen?«

»Keine Namen.«

Sie seufzte. »Also, reden wir.«

»Fünf Reisende aus Belutschistan«, sagte der Mann. »Einer von ihnen ist für mich, für Sie, für unser Land von größter Bedeutung. Wenn wir erfahren, was er weiß, werden wir Terroranschläge in Europa und im Mittleren Osten verhindern. Wenn wir es nicht erfahren, werden unschuldige Menschen sterben.«

»Wird er es Ihnen freiwillig mitteilen?«

»Ja.«

»Was ist mit den übrigen vier?«

»Gehören zur anderen Seite.«

»Islamisten?«

»Auch. Vor allem Terroristen.«

»Kommen sie nach Freiburg?«

»Ja.«

»Und warum? Wegen PADE?«

Der Mann nickte. »Man plant weitere Geschäfte.« Er fuhr fort. Er wusste, wann die beiden pakistanischen Gruppen in Frankfurt eintrafen, dass sie dort von der Kripo observiert werden sollten. Er wusste, dass das Fahndungsdezernat der Freiburger Kripo die PADE-Vorstandsmitglieder beobachtete, darunter Abdul Rashid.

Und das war das Problem.

Falls Rashid oder einer der anderen Verdacht schöpfte, würden die Pakistaner vielleicht nicht kommen. Und der Informant des BND würde vielleicht sterben. »Ziehen Sie Ihre Leute ab. Nur bis morgen Vormittag. Dann haben wir mit ihm gesprochen und ihn in Sicherheit gebracht. Dann können Sie PADE hochnehmen.«

»*Keiner* wird Verdacht schöpfen.«

»Das Risiko ist zu groß.«

Sie spürte den Korkenzieher in der Hosentasche, zog ihn heraus. Der Mann lächelte flüchtig. »Keiner wird Verdacht schöpfen«, wiederholte sie. Er sagte nichts, und sie ließ ihn nachdenken. Über Zusammenarbeit, Kooperation, Unterstützung. Du gibst mir was, ich geb dir was. Früher oder später würde er ihr ein Angebot machen müssen, falls er es wirklich ernst meinte.

Ihr Blick glitt über Wohnzimmer, Küchenzeile, Diele. Dass sie in ihre Wohnung eingedrungen waren, an ihrem Bett gestanden hatten, hatte etwas fundamental verändert. Hatte sie verletzbar gemacht und verletzt. Auf irgendeine Weise war die Wohnung ein Ort in ihr gewesen, waren die Männer in *sie* eingedrungen. Ihre Schatten würden in ihr bleiben. Sie würde lernen müssen, mit ihnen zu leben.

»Ich brauche einen Namen.«

»Was?«

»Ich brauche einen Namen für Sie.«

»Sie sind ein komplizierter Mensch, Frau Bonì.«

»Kommen Sie, irgendein Name, das ist doch nicht so schwer.«

Der Mann schüttelte den Kopf. »Kein Name.«

»Ohne Namen geht es nicht.« Sie lächelte.

»Also schön – Marcel. Damit wir endlich vorankommen.«

»Mein Nachbar heißt Marcel.«

»Ich weiß.«

Sie nickte enttäuscht. »Und jetzt das Ganze von vorn.«

Sie begann mit den Waffen. Ja, Marcel und sein »Team« wussten schon seit längerem von den beiden Depots. Ja, die Waffen waren für die Jinnah bestimmt gewesen. Nein, wer das Depot auf Riedingers Weide gesprengt hatte, wussten sie nicht. Ja, sie hatten eine Vermutung – Rivalitäten unter islamischen Fundamentalisten. Die Jinnah, die irakischen Schiiten, die Al-Qaida. Man mochte sich nicht. Man wollte nicht zusehen, wie der andere zu mächtig wurde. Hin und wieder bekämpfte oder sabotierte man sich. Noch.

Marcel brach ab. Das »Noch« hallte in ihrem Kopf nach. Zusammen mit der Stimme, die sagte, der Kerl spinnt doch.

Er schien ihre Skepsis zu bemerken. »Die Welt hat sich vor zwei Jahren verändert, Frau Bonì. Auch *Ihre* Welt. Ihre Stadt, Ihre Arbeit. Sie sehen es, und Sie spüren es, jeden Tag. An all den kleinen und großen Dingen, die jetzt anders sind. Den Sicherheitsvorkehrungen, den Medienberichten, den Diskussionen, den Terrorwarnungen des BKA.

An Ihrer Haltung arabisch aussehenden Menschen gegenüber.«

Er schwieg für einen Moment. Louise sagte nichts.

»Plötzlich spielen Menschen aus einer anderen Kultur mit einer anderen Religion und einer anderen Vorstellung von Zivilisation eine grundlegende Rolle für Ihr Leben. Für Ihre *Zukunft*. Ihre kleine, scheinbar so heile Welt hat sich verändert, Frau Bonì.«

»Ich weiß, ich weiß, die Verteidigung Deutschlands beginnt am Hindukusch.«

»Und hier, in Ihrer Wohnung.«

»War ein Scherz.«

»Ein Scherz über den elften September?«

Sie seufzte und stand auf. »Kaffee?«

»Nein, danke.«

Den Korkenzieher in der Hand, ging sie zur Küchenzeile. Sie hatte gewusst, dass er den Kaffee ablehnen würde. Er würde nichts trinken, nichts berühren, keinerlei Spuren hinterlassen.

Sie stellte die Kaffeemaschine an, dachte, keine Bestätigung, kein Ausweis, kein Anruf, dafür, in einer der Küchenschubladen, ein Walkman mit Aufnahmefunktion.

Das Licht, das durch die Vorhänge in die Wohnung drang, war gelb. Die Luft wurde stickiger, immer heißer. Ein fremder Geruch lag darin, den sie nicht identifizieren konnte. Sie hatte sich wieder gesetzt, blies auf den Kaffee, den sie nicht trinken würde, weil es viel zu heiß war für Kaffee. Sie schwitzte unaufhörlich. T-Shirt und Hose klebten an ihrer Haut, von ihren Achseln liefen Tropfen zum Hosenbund. Auf Marcels Hemd hatten sich dunkle Schweißflecken gebildet, sein Gesicht glänzte. »Ernst Martin Söllien«, sagte sie und hoffte, dass ihre Stimmen laut genug waren für den Walkman in der Schublade.

»Ein Erfüllungsgehilfe von PADE. Skrupellos, geldgierig, tot.«

»Hannes Riedinger.«

»Wusste von nichts.«

Sie nickte. Sie dachte an das Wohnzimmer für fünf Menschen, die Küche für fünf Menschen. An die Fotos, auf denen nur die Kinder und die Frau zu sehen waren. An einen Mann, der mit geschlossenen Augen im Scheinwerferlicht wartete.

»Er hätte nicht sterben müssen«, sagte Marcel. »Ihr habt nicht aufgepasst, wir haben nicht aufgepasst.«

Sie schürzte die Lippen. »Wer hat ihn getötet?«

Ein weiterer Erfüllungsgehilfe von PADE. Ein junger bosnischer Muslim, kaum zwanzig Jahre alt, Kriegswaise. Sein Spitzname war »Bo«. Ein schwerer Mann, ergänzte Louise, um die einhundert Kilo. Schuhgröße sechsundvierzig, Sportschuhe, abgelaufenes Profil. Marcel lächelte. Unter die Schuhe hatten sie nicht gesehen.

Louise stellte die Kaffeetasse auf den Tisch, nahm die Wasserflasche, trank. »Die beiden Typen im Wald.«

»Bosnische Muslime. Haben das zweite Depot bewacht. Harmloses Kanonenfutter, zwei Brüder, denen im Krieg Familie und Dorf weggebomt wurden. Die wissen nicht mal, in welchem Land sie gerade sind.«

»Ihr habt sie observiert?«

»Sie und die anderen.«

»Seit wann?«

»Seit ein paar Monaten.«

»Gibt es andere Depots?«

»Nein. Aber es gab vor zwei Jahren eine erste Waffenlieferung an die Jinnah, und es gibt eine weitere Bestellung. Sie rüsten auf.«

»Wäre das über Afghanistan nicht viel einfacher?«

»Nein. Die Amerikaner sind auf beiden Seiten der Grenze. Über den Balkan und PADE ist es weiter, aber ungefährlicher.«

»Und wie sind die Waffen hierher gekommen?«

»In den Neunzigern gab es eine Route vom Balkan über Ungarn, die Slowakei, Polen, Rostock, Hamburg und Karlsruhe und dann weiter über Dunkerque nach Afrika. Wir vermuten, dass PADE diese Route reaktiviert hat. Ansonsten ginge es auch über Triest und dann mit Lkw's über die Alpen. Falls die Waffen überhaupt vom Balkan und nicht von irgendwo anders hergebracht worden sind.«

»Und was wollen die Jinnah? Geht es um Musharraf?«

»Um Musharraf, um die Macht. Sie wollen Pakistan ins Chaos stürzen, Musharraf loswerden, eine neue, fundamentalislamische Führung installieren, die die Kooperation mit dem Westen beendet. Die Unterstützung für die ISAF in Afghanistan.«

»Haben sie ein Attentat auf Musharraf geplant?«

»Das wissen wir nicht genau. Es gibt Hinweise, dass sie es in Paris versuchen wollten. Jetzt gibt es Hinweise, dass sie es in Islamabad versuchen wollen.«

»Und das möchten Sie verhindern?«

»Das *müssen* wir verhindern. Wenn wir den Kampf für Freiheit, Demokratie und Gerechtigkeit nicht verlieren wollen, brauchen wir Musharraf. Wenn wir ein fundamentalislamisches Pakistan verhindern wollen. Sein Vorgänger wollte die Scharia als alleiniges Rechtsprinzip, Musharraf hat das verhindert, indem er die Regierung übernommen hat. Der Westen braucht ihn.«

Louise lehnte sich zurück, versuchte, sich die vielen weiteren Fragen zu merken, die ihr durch den Kopf schossen, während sie andere Fragen stellte. Warum hatte Marcel ihr im Wald geholfen? Weil »der Polizist aus Kirchzarten« in die falsche Richtung gelaufen war. Er hatte die Frau dabei gehabt, hatte nicht gewusst, was er tun sollte. Marcel hatte nicht gewusst, wie schwer sie verletzt war. Und da sie Kollegen waren ... Er zuckte die Achseln. Außerdem sah er es als Teil seiner Aufgabe, zu helfen, zu schützen.

Sie lächelte. Sie war ein bisschen gerührt.

Er erkundigte sich, ob die Wunde gut verheilte. Sie nickte.

Dann dachte sie über ein Wort nach, das Marcel eben gesagt hatte – »Kirchzarten«. Er hatte es auf der ersten Silbe betont, hatte *Kirch*zarten gesagt wie die Menschen aus der Region, nicht Kirch*zarten* wie der Rest der Welt.

Was auch immer das bedeuten mochte.

Sie fragte weiter. Ja, seine Leute hatten den weißen Audi »besorgt«, waren ihr in die Wiehre gefolgt, waren ihr auch nach Offenburg gefolgt. *Er* war ihr gefolgt. In einem blauen Auto? Nein, nicht in einem blauen Auto. Sie dachte an die Raststätte, das Gesicht in der Fensterscheibe, die Augen, die auf sie gerichtet gewesen waren. War er dort gewesen? Er nickte, wirkte für einen Moment überrascht. »Sie sind nicht unsichtbar«, sagte Louise.

»Mit der Zeit denkt man, man wäre es.«

Sie waren allen gefolgt – Bermann, »dem Kroaten«, Heinz Schneider, ihr. Sie hatten die Kontrolle behalten wollen, den Überblick. Um notfalls eingreifen zu können.

»Wie jetzt.«

»Wie jetzt«, bestätigte Marcel.

»Und warum sind Sie ausgerechnet zu mir gekommen?«

»Weil Sie wissen, dass es mich gibt.«
»Obwohl es Sie *nicht* gibt.«
Marcel lächelte.
»Eins versteh ich nicht«, sagte Louise.
»Gut, dass Sie es erwähnen.«

Wie war es möglich, dass sie nicht wussten, wer das Semtex zwischen den Waffen deponiert hatte, obwohl sie PADE seit Monaten überwachten? Marcel zuckte die Achseln. Ganz einfach. Sie hatten den Schuppen nicht ununterbrochen beobachtet. Sie waren zu wenige.

Er trat zum Tisch, legte Akku und Magazin neben Telefon und Pistole. Dann sagte er: »Sie müssen sich jetzt entscheiden.«

»Habe ich denn eine Wahl?«
»Natürlich. Aber sie wird Ihnen leicht fallen. Schließlich sind wir auf derselben Seite.«
»Manchmal reicht das nicht.«
»Deswegen mache ich Ihnen ein Angebot.«

Das Angebot war verlockend. Sie würden Namen und Aufenthaltsort von Riedingers Mörder, den beiden Männern aus dem Wald sowie Marion Söllien bekommen. Und sie würden – morgen früh – Fotografien, Dokumente und Mitschnitte von Gesprächen beziehungsweise Telefonaten der PADE-Leute mit einem Waffenschmuggler aus dem ehemaligen Jugoslawien, deutschen Mittelsmännern, anderen Personen, die involviert waren, bekommen. All dies als Gegenleistung dafür, dass sie die Fahnder umgehend von Rashid, den PADE-Leuten und den Pakistanern abzogen – nicht mehr, nicht weniger.

»Und wie um Himmels willen soll ich das meinem Chef verkaufen?«, fragte Louise.

Marcel griff in die Innentasche, nahm ein digitales Aufnahmegerät heraus und legte es auf den Tisch. »Damit«, sagte er.

Dann kamen die Einzelheiten – wann die Kripo Details erfahren würde, wann sie zuschlagen sollte, wann sie morgen das Material erhalten würde. Sie machte sich nicht die Mühe, sich alles zu merken – das Aufnahmegerät blieb eingeschaltet. Stattdessen sah sie Marcel an, prägte sich unauffällig seine Gesichtszüge ein, die Form der Nase, Augen, Ohren, die Beschaffenheit der Haare, den Körperbau. Seine Art zu sprechen, seine Tonlage, seine Stimme. Die kleinen wichtigen Unterschiede – zwei Leberflecke auf der rechten Wange, eher geringer Bartwuchs, ausgeprägte Sorgenfalten auf der Stirn. Vielleicht würde es irgendwann einmal wichtig sein, dass sie ihn möglichst genau beschreiben konnte. Kein Name, kein Ausweis, keine offizielle Bestätigung, dachte sie, nur die Erinnerung an eine bizarre halbe Stunde in ihrer Wohnung, in der an einem unerträglich heißen Tag im Juli 2003 die Verteidigung Deutschlands fortgesetzt wurde.

16

»UND DANN?«, fragte Bermann.

Sie zuckte die Achseln. »Ist er gegangen.«

»Du hast ihn einfach *gehen* lassen?«

»Ja, ich hab ihn einfach gehen lassen.«

»Du hättest ihn aufhalten müssen. Du hättest ihn herbringen . . .«

»Rolf«, unterbrach Almenbroich heiser.

Bermann schwieg. Sie starrte in seine wilden, geröteten Augen, dachte an den Dobermann. Luis, der Dobermann.

Hundstage. Ein Hund ging auf sie los, ein anderer diente als Namensvetter.

Bermann wandte den Blick ab.

Marcel aufhalten? Sie hatte daran gedacht, es zu versuchen. Als er zur Tür gegangen war, hatte er ihr für ein paar Sekunden den Rücken zugewandt. Zeit genug, um die Pistole zu laden. Aber er hätte gewusst, dass sie nicht schießen würde. Er wäre weitergegangen.

»Sie hat alles richtig gemacht«, sagte Almenbroich.

Sie hatten sich in Bermanns Büro versammelt – Almenbroich, Anselm Löbinger, Thomas Ilic, Bermann, sie. Almenbroich saß auf dem Schreibtischstuhl, die anderen lehnten an den Wänden, als hätten sie nicht mehr die Kraft, ohne Hilfe zu stehen. Die Jalousien waren heruntergelassen, es war drückend heiß. Louise hielt eine Flasche Evian in der Hand, die hin und wieder die Runde machte.

»Alles richtig gemacht«, wiederholte Almenbroich mehr für sich.

Bermann fuhr sich mit beiden Händen über das Gesicht. »Ich werd hier noch wahnsinnig.«

»Niemand hindert dich daran, dich versetzen zu lassen«, sagte Almenbroich.

Ein paar Sekunden lang herrschte Schweigen.

Dann sagte Bermann: »Wie bitte?«

»Er meint es nicht so, Rolf«, beschwichtigte Thomas Ilic. »Wir sind alle . . .«

Bermann trat einen Schritt vor. »Was soll *das* denn heißen, Christian?«

»Wir sind alle ein bisschen gereizt und . . .«, sagte Thomas Ilic.

»Reiß dich zusammen, Rolf«, sagte Löbinger.

»Du hältst dich da raus!«

Almenbroich hob eine Hand, um die Diskussion im Keim zu ersticken. Dann entschuldigte er sich bei Bermann. Die Hitze, die fast schlaflosen Nächte, die anstrengende Besprechung am Vormittag in Stuttgart. Er war grau im Gesicht, hielt die Augen zusammengekniffen, obwohl der Raum im Dämmerlicht lag. Als er vorhin an ihr vorbeigegangen war, hatte sie einen unangenehmen Geruch nach Krankheit, Alter, Verwahrlosung bemerkt. Sie ahnte, dass alle im Raum sich dieselbe Frage stellten: Wie lange wird er durchhalten?

»Entschuldige, Rolf«, wiederholte Almenbroich.

Bermann nickte. Aber sein Blick blieb zornig.

»Komm später mit hoch, dann räumen wir das aus der Welt.«

»Und jetzt reißt du dich wieder zusammen«, sagte Löbinger.

»Ich würde das Band gern noch mal hören«, sagte Thomas Ilic.

Schweigend lauschten sie dem Gespräch zwischen Marcel und ihr ein zweites Mal, anschließend der Beschreibung der beiden Männer, die sie auf das Band gesprochen hatte, nachdem Marcel gegangen war. Dann klopfte Löbinger mit dem Finger auf seine Armbanduhr und sagte: »Also, was machen wir?«

Viertel nach sechs. Marcel würde gleich anrufen.

»Ich schlage vor, wir geben ihm, was er will«, sagte Almenbroich. »Fünfzehn Stunden.«

»Nein!«, sagte Bermann. »Christian, wenn wir zulassen, dass jetzt auch noch der BND mitmischt . . . das ist *unsere* Ermittlung, verdammt! Unsere Verantwortung! Scheiße, wir sehen doch aus wie die letzten Idioten, wenn wir jetzt . . .«

»Rolf«, sagte Löbinger warnend.

Bermann trat an den Schreibtisch und stützte die Hände darauf. »Wir sind dicht dran, Christian! Zum ersten Mal haben wir in diesem Fall fast alles unter Kontrolle! Wir wissen, wann die Pakistaner kommen, wir sind an PADE dran . . .«

». . . und wir gefährden eine Operation des Bundesnachrichtendienstes, die monatelang, vielleicht jahrelang vorbereitet worden ist«, ergänzte Löbinger. »Ganz abgesehen davon, dass wir einen *Informanten* gefährden.«

Almenbroich blickte Bermann an. »Das sind gewichtige Argumente. Wir stimmen ab, dann entscheiden wir. Anselm?«

»Wir ziehen die Fahnder zurück.«

»Illi?«

Thomas Ilic zuckte die Achseln. »Schwierig. Wir brauchen mehr Informationen und mehr Zeit.«

»Beides haben wir nicht. Louise?«

Sie trank einen Schluck. Es war ein Risiko. Zwischen heute Abend und morgen Vormittag konnte viel passieren. Ganz abgesehen davon, dass Bermanns Einwände berechtigt waren. Und dass sie nicht verstand, welche Rolle der Amerikaner in ihrer Diele spielte. Ein Amerikaner beim BND?

Aber sie fand, der mögliche Ertrag war die Risiken wert. Sie nickte.

»Ich sehe es genauso«, sagte Almenbroich. »Welche Al...«

»Das darf nicht wahr sein!« Bermann schlug mit der flachen Hand auf die Schreibtischplatte.

»Welche Alternative haben wir denn, Rolf?«

»Dranbleiben!«

»Was ist dein Problem?«, fragte Löbinger. »Dass das D 11 die Zuständigkeit schon wieder mit jemandem teilen muss?«

Bermann sah ihn an und rümpfte die Nase, als verströmte Löbinger einen unerträglichen Geruch. Dann sagte er: »Kann ich jetzt mein Büro wiederhaben?«

»Wenn Marcel angerufen hat«, sagte Almenbroich. »Aber wenn du dich setzen möchtest...« Er machte Anstalten aufzustehen. Es sah so aus, fand Louise, als würde es ihm womöglich nicht gelingen.

Bermann winkte ab und kehrte zur Wand zurück. Niemand sprach. Almenbroich hatte die Fingerspitzen zum Dreieck aneinander gelegt und starrte auf die Tischplatte. Thomas Ilic' Blick wanderte umher. Löbinger hatte die Arme vor der Brust verschränkt und sah auf den Wandkalender, als zählte er die Tage bis zu seinem Urlaub.

Das Team zerfiel, und alle, dachte sie, spürten es.

Sie warf einen Blick auf die Uhr. Fünf vor halb sieben. Mit einem Schlag war die Nervosität da. In einer halben Stunde landeten die drei Pakistaner aus Karatschi in Frankfurt. Die Kollegen bezogen in diesen Minuten Position. Und sie standen hier, stritten, machten sich von einem Mann abhängig, der den Namen ihres Nachbarn benutzte und ansonsten nicht existierte.

Sie zweifelte nicht daran, dass er anrufen würde. Aber Bermanns Einwände arbeiteten in ihr. Riefen Fragen und weitere Einwände hervor. Konnten sie es sich leisten, die Kontrolle wieder abzugeben? Sich damit zu begnügen, wieder nur zu warten? Einem Mann mit einem falschen Namen zu vertrauen?

Und was war mit dem Amerikaner?

»Und was ist mit dem Amerikaner? Ein Amerikaner beim BND? Oder gehört er zu einem amerikanischen Geheimdienst? Ich . . .«

»Ich *bitte* dich«, fiel Löbinger ihr stöhnend ins Wort. »Wann hatten wir zuletzt amerikanische Geheimdienste hier? In den Fünfzigern?«

». . . bekomme diesen Amerikaner nicht aus dem Kopf.«

»Wahrscheinlich hat er bloß Dialekt gesprochen.« Löbinger lachte. »Er hat gemeint ›Dou des ned‹ oder so.«

»Was soll das für ein Dialekt sein«, sagte Thomas Ilic.

»Das *weiß* ich nicht. Fränkisch? Sicher nicht texanisch.«

Niemand reagierte.

Dann begann das Warten.

Ein unruhiges Warten. Sie bekam den Amerikaner nicht aus dem Kopf. War in den letzten Tagen nicht schon einmal von einem Amerikaner die Rede gewesen? Aber in welchem Zusammenhang? Sie erinnerte sich nicht.

Und dann stahl sich auch noch der andere Bruder in ihre Gedanken.

Um zwei Minuten nach halb sieben spielte ihr Handy die Satie-Melodie. Sie sah auf das Display und sagte: »Täschle.«
»Mach's kurz«, befahl Bermann.
Sie nahm den Anruf an. »Bin in einer Besprechung, Herr Täschle.«
»Ich mach's kurz«, sagte Täschle. Einer von Hannes Riedingers Söhnen war heute Mittag eingetroffen. Falls sie mit ihm sprechen wollte, er war tagsüber auf dem Hof und wohnte im Hotel-Restaurant Fortuna in der Fußgängerzone. »Ich hab Sie erwähnt«, sagte Täschle.
»Und Kathi und die anderen Kinder?«
»Kommen nicht.«
Sie bedankte sich und beendete die Verbindung.
Almenbroich lächelte kraftlos. »Kathi?«
»Vergiss nicht, die Mithörfunktion einzuschalten«, sagte Löbinger. Er hatte den Satz noch nicht beendet, als das Telefon erneut läutete.

Sie hörte zu, Marcel sprach.
Bo – der Mörder von Hannes Riedinger –, die beiden Bosnier aus dem Wald und Marion Söllien hielten sich in einem Landhaus südöstlich von Heuweiler auf. Nur Bo war bewaffnet. Und er war, sagte Marcel, gefährlich. Er tötete ohne Skrupel. Es gab ein Festnetztelefon, außerdem hatten Bo und Marion Söllien Funktelefone. Das Haus lag in einem Funkloch, die Handys hatten erst einhundert Meter weiter Empfang, um die Handys mussten sie sich also nicht kümmern. Aber das Festnetz mussten sie unmittelbar vor dem Zugriff stören lassen.

Marcel schwieg.

»Sie wissen, wie wichtig das für uns ist«, sagt er dann.

»Ja.«

»Und kein Wort an die Presse vor morgen früh. Keinen Anwalt vor morgen früh. Sie wissen, was auf dem Spiel steht.«

Bermann trat zu ihr, hielt ihr einen Zettel hin: *Marion Söllien – Geisel?* Sie sprach die Frage aus. Nein, nein, erwiderte Marcel, Marion Söllien sei involviert. Noch einmal: keine Presse, keinen Anwalt vor morgen früh. Konnte sie das garantieren?

Almenbroich nickte.

»Ja«, sagte sie.

»Gut.«

Sie sah, dass Almenbroich Löbinger ein Zeichen gab. Löbinger verließ den Raum. Er würde den Kollegen vom Fahndungsdezernat mitteilen, dass sie sich zurückziehen mussten, und das Mobile Einsatzkommando in Umkirch anfordern.

Marcel beschrieb das Haus: Wohnzimmer und Küche im Erdgeschoss, drei Schlafzimmer, Bad, Toilette im Obergeschoss. Bo schlief im Zimmer links, Marion Söllien in der Mitte, die beiden bosnischen Brüder rechts. Keine Nachbarn, zumindest nicht in einem Umkreis von dreihundert Metern.

»Wem gehört das Haus?«, fragte sie. Ihr Blick fiel auf Thomas Ilic. Er hatte seinen Schnellhefter aufgeschlagen, schrieb mit. Sie dachte, dass sie sich ohne diesen Schnellhefter mittlerweile überfordert gefühlt hätte. Die blauen Wörter schienen zu gewährleisten, dass nichts verloren ging in diesen allzu schnellen Tagen.

»Wissen wir nicht. Wir wissen nur, dass PADE es nutzt.

Mahr und Busche treffen sich dort ein-, zweimal im Monat, manchmal sind auch andere dabei. Mittelsmänner, Waffenschmuggler, Kuriere.«

Mahr, der Landtagsabgeordnete a. D., dachte Louise, aber wer war Busche? Dann erinnerte sie sich. Der Unternehmer aus dem PADE-Vorstand. Mahr, Busche, Rashid – blieben die Lehrerin und als weitere Mitglieder das Mallorca-Ehepaar und Mahrs Mutter Wilhelmine. Können Sie alle vergessen, sagte Marcel. Strohmänner, Strohfrauen. Mahr, Busche und vermutlich Rashid seien die Drahtzieher, die anderen hätten keine Ahnung, was PADE wirklich tue.

»*Vermutlich* Rashid?«

»Er war bisher bei keinem Treffen dabei, die wir beobachtet haben. Aber er ist Pakistaner, er hat Kontakte nach Panjgur, er ist Physiker, und er hat früher im Bereich atomare Kernspaltung gearbeitet. Gründe genug, ihn nicht aus den Augen zu lassen.«

»Die veränderte Welt.«

»Ja«, sagte Marcel.

»Wer ist Aziza Mahr?«

Thomas Ilic sah auf. *Wissen wir inzwischen,* formten seine Lippen lautlos.

»Das wissen Sie nicht? Mahrs erste Frau.«

»Ist sie wichtig?«

»Nein. Sie ist vor Jahren gestorben.«

Thomas Ilic nickte und malte mit dem Zeigefinger »90« in die Luft. Louise nickte ebenfalls. »Und wie geht es morgen weiter?«

Marcel würde sie gegen zehn anrufen und ihr einen Treffpunkt nennen. Kommen Sie allein, und kommen Sie mit dem Auto, Sie kriegen kilowcise Material, alles, was Sie brauchen, um PADE hochgehen zu lassen, wir haben Ihnen viel Arbeit abgenommen. Er lachte spöttisch, Kollegen unter sich.

»Ich brauche eine Telefonnummer«, sagte Louise.

»Sie wissen, dass das nicht geht.«

Bermann schrieb wieder etwas auf einen Notizzettel, hielt ihn ihr hin. *Soll dich gegen 22.00 Uhr anrufen.*

»Rufen Sie mich heute Abend gegen zehn an.«

»Warum?«

Sie sah Bermann an, improvisierte. Damit sie ihm erzählen konnte, wie es bei Bo und seinen Freunden gewesen war. Damit sie besprechen konnten, ob alles zur beiderseitigen Zufriedenheit lief. Konnte ja sein, dass sie Gesprächsbedarf hatten. Die Kripo und der BND, das klappte nicht immer einwandfrei. Marcel lachte sanft. Er lachte oft bei diesem Telefonat. »Okay«, sagte er.

Bermann nickte.

»Okay«, sagte Louise.

Rasch klärten sie, was erledigt werden musste, bevor in zwanzig Minuten die Einsatzbesprechung beginnen würde. Bermann und Almenbroich gaben sich betont sachlich, Löbinger, der mittlerweile zurückgekehrt war, gab sich betont kameradschaftlich.

Louise wechselte Blicke mit Thomas Ilic. Das Team zerfiel.

Der Kern zerfiel.

Almenbroich würde sich mit Stuttgart beraten und seine BND-Kontakte aktivieren, Bermann die Frankfurter Kollegen informieren und mit der Telekom reden. Löbinger würde seine Leute vom D 23 zusammenholen, Thomas Ilic die Leute vom D 11, Louise die Begegnung mit Marcel und dem Amerikaner protokollieren. Löbinger ging, einer der

Techniker kam, um das Aufnahmegerät zu holen. Mit Hilfe von Sprecherdiagnostik und Stimmenanalyse würden sie Marcel ein wenig auf den Leib rücken – psychologisches und soziologisches Verhalten, sprachliche Auffälligkeiten, dialektale Einfärbungen, das musste schon sein. Er hatte Hochdeutsch gesprochen, aber das mochte antrainiert sein. Er hatte *Kirch*zarten gesagt.

»Lassen Sie die Tür bitte geöffnet«, sagte Almenbroich.

»Ob's hilft?«, fragte der Techniker.

»Für heute Nacht ist Regen angekündigt«, sagte Thomas Ilic.

»Warmer Regen«, sagte der Techniker und ging.

Thomas Ilic wollte ihm folgen, Louise hielt ihn zurück. Die Mails aus Islamabad – irgendwas Besonderes dabei? Er schüttelte den Kopf. Pakistanische Namen, Orte, Gesichter. Fünf eingescannte Visaanträge samt Deklarationen. Informationen zu Pakistan, Belutschistan, den Jinnah. Lag alles ausgedruckt in seinem Büro auf dem Schreibtisch, der Stapel mit dem Post-it »Louise«. Sie war gerührt. Ein Stapel »Louise«. Das hatte es in zehn Jahren Kripo nicht gegeben. Nicht einmal zu Zeiten Reiner Lederles, der legendäre Stapel gebaut hatte.

»Übrigens«, sagte Thomas Ilic. Der Emmendinger, der eingeladen hatte, war ein pakistanischer Student.

Sein Blick blieb auf ihr liegen. Der Halbkroate, die Halbfranzösin, auch jetzt schienen sie dieselben Gedanken zu haben: Das Ehepaar aus Islamabad nach Freiburg zu Rashid, die drei Männer aus Karatschi nach Emmendingen – und kein Kripobeamter sah zu.

Nachdem Thomas Ilic den Raum verlassen hatte, erhob Almenbroich sich mit einiger Mühe. »Wir sprechen später noch mal, Rolf. Ich möchte nicht, dass da etwas zurückbleibt.«

Bermann hob die Augenbrauen, sagte nichts.

Almenbroich ging um den Schreibtisch. Louise wollte ihn stützen, aber er wies sie wortlos zurück. An der Tür wandte er sich zu Bermann um. »Die Dinge entgleiten mir. Ich verliere den Überblick, ich bin zu müde und zu erschöpft, um mich zu konzentrieren. Wenn ich mich bis morgen nicht erholt habe, übernimmst du.«

Bermann nickte, Almenbroich nickte. Dann ging er.

Sie schloss die Tür hinter ihm und wandte sich Bermann zu. Er war blass, seine Miene ausdruckslos. »Was?«, sagte er.

Kein guter Moment, um mit ihm geheime Abmachungen zu treffen.

Trotzdem. »Was der BND alles weiß.«

Seine Brauen hoben sich.

»Marcel kennt das Haus, die Leute, weiß, wo sie schlafen. Er weiß, was sie getan haben, was sie planen. Er weiß über die Waffenlieferungen Bescheid, über die Händler, über die Mittelsmänner.«

Bermann lehnte sich gegen die Schreibtischkante und bedeutete ihr fortzufahren.

»Er beobachtet, fotografiert, hört Gespräche und Telefone ab, lässt die Leute tun, was sie tun wollen. Er sieht zu, während sie Verbrechen begehen, und greift weder ein, noch informiert er uns.«

»Jetzt hat er uns informiert.«

»Weil wir seine Operation gefährden.«

»Eine wichtige Operation mit einem wichtigen Informanten.«

»Ich dachte, du bist dagegen, dass wir uns zurückziehen.«

»Und du bist dafür.« Er zuckte die Achseln. »Was willst du von mir, Luis?«

»Ich will, dass . . . Rolf, ich heiße *Louise*. Nicht *Luis* wie der Dobermann deines Vaters, okay? Kannst du dir das merken? Sollen wir ein bisschen üben?«

Bermann unterdrückte ein Grinsen. »Das ist alles?«

»Ich will, dass wir jemanden in den Zug setzen.«

»In den Zug von Frankfurt nach Baden?«

Sie nickte. Sie würden jemanden allein und inoffiziell am Frankfurter Flughafen postieren. Jemanden, den Marcel und seine Leute garantiert nicht kannten und der ihnen garantiert nicht auffiel. Ein älterer Mann, eine ältere Frau. Vielleicht hatte so jemand beim Kriminalkommissariat Flughafen gerade Dienst. Falls die drei Pakistaner aus Karatschi einen Zug nahmen, würde dieser Jemand mit ihnen einsteigen. Falls sie in Frankfurt blieben und auf das Ehepaar aus Islamabad warteten, würde auch er bleiben und warten. Auf diese Weise wüssten sie wenigstens, was sich in Frankfurt tat. Gäben die Kontrolle nicht vollständig aus der Hand. Niemand musste etwas erfahren – nicht Almenbroich, nicht Löbinger. Niemand aus Freiburg oder, vor allem, Stuttgart.

Bermann atmete geräuschvoll ein und aus und nickte dann.

In ihrem Büro warteten die buddhistischen Kindermönche und mit ihnen der andere Bruder. Die Mönche lachten, der Bruder lachte nicht. Sie hatte ihn nicht sehr geschwisterlich behandelt, dachte sie, dabei konnte er nichts dafür, dass er der falsche Germain war, dass der richtige Germain seit vielen Jahren fort war. Jetzt ist er wieder da, Chérie, sagte ihr Vater in der Stille, der Hitze, der Müdigkeit. Sie wusste nicht, was in Bezug auf den anderen Bruder schlimmer war – das, was sie tat, oder das, was ihr Vater tat. Plötzlich hatte sie das Bedürfnis, Richard Landen von ihren Brüdern zu erzählen, den richtigen, den falschen, denen, die da waren, denen, die fort waren. Ein Besorgnis erregendes Zeichen, in jeder Hinsicht.

Sie griff nach dem Diktiergerät. Sie würde dem Diktiergerät von ihren Brüdern erzählen.

Anschließend protokollierte sie die Ereignisse in ihrer Wohnung, dann zog sie den Stapel »Louise« heran. Thomas Ilic hatte Recht gehabt. Wenig Neues, abgesehen von den pakistanischen Gesichtern. Dunkle, verschlossene Gesichter, die sie nicht recht einschätzen konnte. Zwei der Männer hatten Schnauzbärte, einer einen Vollbart. Die Frau gefiel ihr. Sie mochte ein paar Jahre jünger sein als sie, wirkte stolz, kultiviert. Die Männer aus Panjgur trugen traditionelle Kleidung, die Frau und der Mann aus Islamabad trugen westliche Kleidung.

Keiner sah auf den ersten Blick wie ein Terrorist aus.

Andererseits galt das wohl für viele Terroristen.

Man hätte, schrieb der Verbindungsbeamte, die Jinnah vor dem elften September im Westen vielleicht auch nicht »Terroristen« genannt, sondern »Freiheitskämpfer«. Die CIA und Musharrafs Leute nannten sie »Terroristen«. Sie leisteten politischen Widerstand, waren in der großen muslimischen Opposition gegen Pervez Musharraf engagiert. Eine radikalere Gruppierung innerhalb des Stammes um einen Enkelsohn des Oberhauptes – den Mann mit dem Vollbart – verübte auch Anschläge gegen militärische Einrichtungen, Kasernen der Grenzschutztruppe Bambore Rifles, Polizeistationen, die Infrastruktur, Staatsbedienstete.

Und hatte angekündigt, Musharraf zu töten.

Ob Terroristen oder Freiheitskämpfer, dachte Louise, das sind Mörder.

Kein pakistanischer Ableger von Al-Qaida, schrieb der Verbindungsbeamte.

Aber Mörder.

Aber natürlich Verbrecher, schrieb der Verbindungsbeamte. Er »plädiere« trotzdem dafür zu differenzieren. Komplexe politische Probleme erfasse man nicht, indem man pauschaliere. Pakistan sei ein komplexes politisches Problem. Belutschistan sei ein komplexes politisches Problem. Um die sechzig Volksstämme, die meisten davon streng muslimisch und nach feudalen Machtstrukturen organisiert, dazu die Armee des im eigenen Land so umstrittenen Amerika-Freundes Musharraf, der amerikanische Geheimdienst, versprengte Taliban, Al-Qaida, die vielen afghanischen Flüchtlinge, die Nähe zum Iran – ganz zu schweigen von Armut, Dürre, Hungersnöten, Drogenanbau.

Mehrere E-Mail-Seiten zur komplexen politischen Lage Pakistans folgten. Sie legte sie zur Seite, schwor dem Verbindungsbeamten im Geiste, trotzdem nicht zu pauschalieren, und sah die Visaanträge durch. Alle fünf Jinnah hatten bei Punkt 25, Aufenthaltsdauer, drei Tage angegeben und bei Punkt 29, Reisezweck, »Sonstige« angekreuzt. Die näheren Angaben zum Reisezweck waren in etwa gleich: Ausarbeitung sozialer und kultureller Projekte mit PADE e.V./Offenburg. Sie notierte sich den Namen und die Adresse des pakistanischen Studenten in Emmendingen, der auf drei der fünf Anträge auftauchte.

Da klingelte das Telefon, Bermann sagte: »Wo bist du, Louise, wir warten schon.«

»Bis später«, sagte sie zu den Kindern und den Brüdern und verließ das Büro.

Im Soko-Raum befanden sich eine Handvoll Kollegen von D 11 und D 23, Bermann und Löbinger, Almenbroich, der Chef des MEK sowie sein Kommandoführer und eine Sekretärin. Außerdem war Hubert Vormweg anwesend, der Leiter der Polizeidirektion, ein kleiner, untersetzter Schwabe mit eisgrauem Vollbart. Er trug Cordhose und Freizeithemd. Er war bereits zu Hause gewesen. »Wie geht's dem Arm?«, fragte er.

»Besser, danke.«

»Lassen Sie den Verband denn regelmäßig wechseln?«

»Wenn ich dazu komme.«

Anne Wallmer signalisierte ihr, dass sie das später machen könne. Louise hob skeptisch die Augenbrauen. Anne Wallmer grinste. Vertrau mir. Ich bin gut in so was.

»Sind wir so weit, wir haben's eilig«, sagte Bermann.

»Bevor wir anfangen . . .«, sagte Almenbroich.

Er sah noch müder und erschöpfter aus als vorhin. Zum ersten Mal hielt sie es für denkbar, dass er kapitulieren würde. Kapitulieren musste.

Er habe, berichtete Almenbroich, mit einem Bekannten telefoniert, der beim BND in der Abteilung Operative Aufklärung eine »nun, recht hohe« Position bekleide. Der Bekannte habe gesagt, er wisse wenig bis nichts über die Aktivitäten anderer Abteilungen. Pakistan? Nun, er wolle »nicht dementieren«, dass Pakistan schon länger unter besonderer Beobachtung des Dienstes stehe.

Bermann grunzte, ein paar andere lachten leise.

Der Bekannte, fuhr Almenbroich fort, wolle auch »nicht dementieren«, dass es seit dem elften September Spezialeinheiten gebe, die sich auf eine den neuen »Gegebenheiten« angepasste Weise mit dem Problem fundamentalistischer Islam befassten.

Du meinst, vor Ort?

Nun, so genau bin ich nicht informiert.

Und hier? In Deutschland? Monatelange Überwachung von Waffenhändlern, geheime Gespräche mit pakistanischen Informanten, Duldung von Verbrechen?

Nein, *das* kann ich mir nicht vorstellen!

»Also stimmt es«, sagte ein Beamter vom D II.

Wieder lachte jemand. Dann herrschte Stille.

Also stimmt es, dachte Louise.

Die folgende Besprechung diente in erster Linie dazu, die Kollegen vom MEK über das Haus bei Heuweiler, die Bewohner, die Hintergründe zu informieren. Über das Innenministerium war auch das SEK aus Göppingen angefordert worden, aber das befand sich in einem Großeinsatz gegen mutmaßliche Islamisten im Raum Ulm/Neu-Ulm und wäre erst morgen früh verfügbar. Falls die Lage bei Heuweiler statisch gehalten werden konnte, würde man das SEK auch nicht benötigen. Das fragliche Haus stand isoliert, eine Gefährdung Dritter sowie eine Geiselnahme waren wenig wahrscheinlich.

Hubert Vormweg erkundigte sich, ob man nicht trotzdem bis morgen früh warten könne. Um weitere Informationen über die Bewohner des Hauses zusammenzutragen. Um sich ein genaues Bild der Lage zu machen. Um den Zugriff gemeinsam mit dem SEK durchzuführen.

»Wir haben eine Ad-hoc-Lage«, sagte Bermann. »Wir *können* nicht warten.«

Vormweg runzelte die Stirn. Sie mochten sich nicht. Vormweg, der Altachtundsechziger, Bermann, der Altmacho. Der Nachdenkliche, der Unbeherrschte. Der Schwabe, der Badener. Louise schätzte Vormweg, im Gegensatz zu vielen ihrer Kollegen. Sie fand es wichtig, dass der Chef einmal zu oft nachfragte statt einmal zu wenig. Dass er abwog, manchmal vielleicht zauderte. Am Ende war Vormweg klug genug, um die Entscheidungen den Praktikern zu überlassen. Und um die Verantwortung für ihre Entscheidungen zu übernehmen.

»Wir gehen davon aus, dass Fluchtgefahr besteht«, sagte Almenbroich. »Wir sollten nicht bis morgen warten, Hubert.«

»Und wenn wir das Gelände abriegeln und . . .« Vormweg hielt inne, da Bermann schon den Kopf schüttelte.

»Da sind Felder, Hügel, Wald. Sie können das Gelände nicht so abriegeln, dass da keiner mehr durch kann.« Bermann wechselte einen Blick mit Pauling, dem Chef des MEK, einem großen grauhaarigen Mann.

Pauling nickte. »Es ist nur noch zwei Stunden hell.«

»Wenn überhaupt«, sagte der Kommandoführer. »Es soll bald regnen.«

Alle blickten für einen Moment aus dem Fenster, nur Hubert Vormweg nicht. Er sagte: »Wie groß ist das Kommando?«

»Zehn Mann. Mehr haben wir bis jetzt nicht erreicht«, erwiderte der Kommandoführer.

»Dazu kommen ein Dutzend Kripoleute, und aus Lahr ist ein Zug Bereitschaftspolizisten unterwegs«, sagte Löbinger beruhigend. Louise unterdrückte ein Schmunzeln. Bereitschaftspolizisten waren, auch für Löbinger, »Bepos«. Aber Hubert Vormweg verabscheute polizeiinterne Verstümmelungen. Da geht der Mensch verloren, pflegte er zu sagen. Anselm Löbinger wusste, worauf es ankam. Wenn er mit Vormweg sprach, ging kein Mensch verloren.

»Das sind genug, Hubert«, beruhigte Almenbroich.

»Ohne SEK haben wir keinen Präzisionsschützen«, sagte Vormweg.

Bermann verdrehte die Augen. Vormweg sah es nicht.

»Wir rechnen nicht damit, dass wir einen brauchen«, sagte Pauling.

»Aber sicher ist es nicht.«

»Sicher ist es natürlich nicht.«

»Sicher ist nur, dass es bald dunkel ist«, sagte Bermann.

Vormweg nickte. Aber er hatte weitere Fragen. Lagen schon Haftbefehle gegen »diesen Bo und Frau Söllien« vor? Marianne Andrele würde sich am Vormittag darum kümmern. Was wussten sie über Bo? Noch nichts. Interpol hatte nichts? Und die Behörden in Bosnien und Herzegowina? Die SFOR? Europol? Diese EU-Polizei in Bosnien – wie hieß die noch mal?

»EUPM«, sagte Thomas Ilic.

»Vielleicht kommt ja noch was rein«, sagte Almenbroich.

Hubert Vormweg nickte wieder. »Also dann«, sagte er endlich.

17

SIE EILTEN ZU DEN FAHRZEUGEN. Louise wollte bei Thomas Ilic einsteigen, aber Bermann ergriff ihren Arm und zog sie mit sich. In seinem Dienstwagen roch es nach Zigarettenrauch. Bermann verabscheute Raucher, doch er schien Ausnahmen zu machen. »Die Blondine von gestern Abend?«, fragte Louise.

Bermann sagte nichts.

Vor der Kreuzung zur Heinrich-von-Stephan-Straße reihten sie sich in der Mitte des Konvois aus zivilen Wagen ein. Vor ihnen stand ein Skoda, hinter ihnen hielt ein Renault. Das MEK legte Wert auf unauffällige Autos.

Zwei Streifenwagen setzten sich an die Spitze. Sie fuhren Richtung Norden. Mit Blaulicht und Martinshorn kamen sie rasch durch den Abendverkehr. »Hör zu«, sagte Bermann schließlich.

Der Frankfurter Kollege, der mit den drei Pakistanern in den Zug steigen würde, hieß Turetzki. Bermann hatte ihm seine und ihre Handynummer gegeben. Turetzki gehörte dem Kriminalkommissariat Flughafen an und machte jetzt offiziell Feierabend. Der Leiter des Kommissariats wusste Bescheid, sonst niemand. Außer ihm und ihr natürlich.

Und Almenbroich natürlich.

»Du hast . . .«

»Er ist der Chef«, raunzte Bermann. »Chefs informiert man.«

Sie runzelte die Stirn. Allmählich wurde es wieder einmal Zeit für offene Worte, fand sie. Stress hin, Stress her, lange würde sie Bermanns unerträgliche Laune nicht mehr hinnehmen. Von der Vertrauten zum notwendigen Übel – bei Rolf Bermann ging ihr das zu schnell.

Dann dachte sie daran, dass Almenbroich vielleicht mehr wusste, als er sagte. Daran, dass sie nur noch dem unerträglichen Rolf Bermann hundertprozentig vertraute und, seit ihrem Ausflug nach Offenburg und Kehl, Thomas Ilic.

Aber eben nicht mehr dem Chef.

Sie rasten mit hundertzwanzig über die B 3. Im Westen erhoben sich die Konturen der Vogesen messerscharf am Horizont. Im Osten, über dem Schwarzwald, lag das milde Abendlicht. Plötzlich ging ihr der Gedanke durch den Kopf, dass sie die Vogesen kaum kannte, den Schwarzwald kaum kannte. Sie war nie auf dem Schauinsland gewesen, nie auf dem Feldberg. Sie war ein paarmal auf dem Schlossberg gewesen, weil irgendjemand mit ihr dort hatte hingehen wollen.

Irgendjemand, der nicht mehr wichtig war.

Sie wusste nicht, warum diese Gedanken gekommen waren. Sie gefielen ihr nicht besonders. Sie besagten, dass mit ihrem Leben etwas Grundsätzliches nicht stimmte.

Dass sie in all den Jahren nichts aufgebaut hatte.

Keine Bindungen. Nicht einmal geographische.

Und sie warfen grundsätzliche Fragen auf. Welche Menschen, welche Orte bedeuteten ihr etwas? Bei wem und wo war sie daheim?

»Dann solltest du noch was wissen«, sagte Bermann.

Das BKA übernahm ab morgen. Der Akt wurde bereits vorbereitet, vervollständigt, kopiert.

Sie nickte enttäuscht. Sie hatten sich eingearbeitet, sie hatten sich engagiert, nun war es vorbei. Der Lauf der Dinge. Ein Fall mit diesen Dimensionen musste ans BKA übergeben werden. »Deshalb wollte Vormweg den Zugriff verschieben«, sagte sie.

Bermann zuckte die Achseln.

Sie passierten Gundelfingen, fuhren bei Denzlingen Richtung Glottertal. Sie fragte, ob jemand aus Freiburg in der Ermittlungsgruppe des BKA sein werde. Bermann nickte. Er und Alfons Hoffmann vom D 11, Löbinger und Peter Burg vom D 23. Sie nickte ebenfalls. »Endlich mal schlafen«, sagte sie.

Bermann sah sie nicht an, sagte nichts. Sie spürte, dass er noch etwas auf dem Herzen hatte. Etwas Grundsätzliches.

Er sprach es erst aus, als sie den kleinen Ort Heuweiler und den noch kleineren Ort Hinterheuweiler durchquert hatten. Auf einer schmalen Sackgasse fuhren sie an den letzten Höfen und Häusern vorbei. Dann endete die Straße in einem Wendebogen. Links oberhalb der Häuser begann der Wald, rechts grasten Pferde auf einer Weide. Die vordersten Wagen des Konvois hielten, und sie beobachtete, wie sich die MEK-Beamten um Pauling und den Kommandoführer sammelten, bedrohliche Schatten im Abendlicht. »Hör zu«, sagte Bermann. »Ich erwarte von meinen Leuten, dass sie zu mir stehen und mir nicht in den Rücken fallen, klar? Wenn du mich und das Dezernat schon nicht unterstützen willst, dann stimmst du wenigstens nicht gegen mich, sondern enthältst dich der Stimme, wie Illi es getan hat. Das Dezernat spricht nur mit *einer* Stimme, und das ist *meine* Stimme. Wenn dir das nicht passt, kannst du jederzeit in ein anderes Dezernat oder in eine andere Dienststelle wechseln.«

Er hatte angehalten, stieg jetzt aus, ohne eine Erwiderung abzuwarten. Louise blieb sitzen und versuchte zu begreifen, was gestern Abend in Rolf Bermann gefahren sein mochte und ihn seitdem umtrieb.

Dann beschloss sie, dass es im Augenblick Wichtigeres gab.

Die Männer des MEK hatten Schutzwesten und Visierhelme mit Sprechgarnitur angelegt, Maschinenpistolen umgehängt, die Schatten hatten Kanten und Spitzen bekommen. Noch immer studierten sie Landkarten, besprachen den Einsatzplan. Bermann war bei ihnen, Louise wartete ein paar Meter entfernt mit Löbinger, Anne Wallmer, Schneider, Thomas Ilic und weiteren Kripokollegen. Sie würden sich während des Zugriffs im Hintergrund halten. Die Kripo war der Auftraggeber, doch Planung und Ausführung oblagen dem MEK, das für solche Einsätze geschult war.

Die Vorbereitungen waren im Ort nicht unbemerkt geblieben. Über eine Wiese näherten sich Jugendliche. Sie lachten laut, gingen auf das MEK zu. Anne Wallmer eilte ihnen entgegen, schickte sie zurück. »Bumm, bumm«, machten die Jugendlichen und lachten wieder. Aber sie gehorchten. Vor der Einfahrt des am nächsten gelegenen Hauses stand eine Handvoll Dorfbewohner. Bereitschaftspolizisten aus Lahr waren bei ihnen. Hinter dem letzten Streifenwagen versammelten sich weitere Menschen. Auch die Pferde sahen herüber. Heuweiler im Ausnahmezustand. Sie konnten nur hoffen, dass ihnen niemand in den Wald folgte.

Dass Bo von all dem nichts mitbekam.

Louise warf einen Blick auf die Uhr. Acht. Sie dachte an

Turetzki, der jetzt vielleicht im ICE nach Freiburg saß, vielleicht auch noch am Frankfurter Flughafen war. An die fünf Pakistaner, die möglicherweise keine Terroristen waren, trotzdem Mörder blieben.

Und in den Breisgau kamen.

Noch konnten sie lediglich vermuten, weshalb sie kamen. Neue Geschäfte mit PADE, wie Marcel gesagt hatte, und vielleicht auch das alte Geschäft. Wenn man Hunderte Waffen bestellt hatte und diese Waffen auf mysteriöse Weise zerstört wurden, stieg man schon einmal in Pakistan ins Flugzeug und flog nach Deutschland.

Ihr Blick glitt über die Weiden, die Hügel, den Wald. Ob Marcel da war? Natürlich war er da. Marcel, der BND zogen die Strippen, die Pakistaner und die Ermittlungsbehörden tanzten nach ihren Vorstellungen.

Abgesehen von Turetzki. Turetzki war der Trumpf.

Sie wischte sich mit der Hand den Schweiß von der Stirn. Ihre Gedanken wurden langsamer, zäher. Die Wörter klebten.

Nur das eine noch, dachte sie. Nur Bo noch. Dann ist Feierabend.

Eine Bewegung holte sie aus der Erstarrung. Bermann kam herübergelaufen, sagte: »Illi, falls wir einen Dolmetscher brauchen, kannst du das machen?«

Thomas Ilic nickte und folgte Bermann, der zurückeilte.

Dann brach das Kommando auf.

Neben Anne Wallmer ging sie den Hügel hoch und in den Wald hinein. Das Haus, das Marcel beschrieben hatte, lag auf einer kleinen Lichtung etwa dreihundert Meter von Hinterheuweiler entfernt. Vor ihnen, kaum noch sichtbar in der hereinbrechenden Dämmerung, bewegten sich die

Beamten des MEK zwischen den Bäumen. Der Abstand wuchs rasch. Anne Wallmer begann zu laufen, und auch Louise beschleunigte ihre Schritte. Immer wieder dachte sie an Marcel, der die Strippen zog. Der so viel wusste und so spät den Kontakt zur Kripo hergestellt hatte. Und sie dachte an Almenbroichs Entscheidung, Marcel fünfzehn Stunden zu gewähren. Die alten Vorbehalte gegen den BND rührten sich. Die kochen ihr eigenes Süppchen. Die sind an Kooperation nicht wirklich interessiert. Die übertreiben wie immer. Und werden am Ende im entscheidenden Moment zu spät kommen.

Kurz darauf begann ihr Handy zu vibrieren. Im Laufen zog sie es aus der Hosentasche. Der Freund aus Islamabad. Aber der Empfang war schlecht. Sie lief ein paar Meter Richtung Waldrand. »Jetzt«, sagte sie keuchend. Aus dem Augenwinkel sah sie, dass Anne Wallmer stehen geblieben war und auf sie wartete. Unvermittelt fiel ihr ein, dass es in Islamabad gegen Mitternacht gehen musste. Ein Freund, der Überstunden machte. War das verantwortungsbewusst oder verdächtig? Sie verdrängte das aufkeimende Misstrauen.

»Der Mann, nach dem Sie gefragt haben.«
»Ja?«
»Er ist weg.«
Halid Trumic hatte das PADE-Büro mittags verlassen und war nicht zurückgekehrt. In seiner Wohnung hielt er sich, soweit man das überprüfen konnte, nicht auf. Ein pakistanischer Kontaktmann der Botschaft war noch unterwegs. Suchte nach Trumic' Auto, stellte unauffällig Fragen. Der Verbindungsbeamte sagte, er habe noch nicht alle Fluggesellschaften überprüft. Bis jetzt sei der Name nicht aufge-

taucht. Vielleicht reise er unter falschem Namen. »Sie sollten damit rechnen, dass er zu Ihnen unterwegs ist, Kollegin.«

Louise sagte nichts. Auch Halid Trumic auf dem Weg nach Freiburg?

Sie warf einen Blick auf Anne Wallmer, die ihr hektisch bedeutete zu kommen. Die Kollegen von MEK und Kripo waren nicht mehr zu sehen. Sie hob eine Hand. Gleich.

»Noch Fragen?«

»Im Moment nicht.«

»Sie hören von mir.«

Sie kehrte zu Anne Wallmer zurück. Die Pakistaner, dachte sie, nun vielleicht auch Halid Trumic. Und irgendwo warteten Marcel und der BND. Der Schwerpunkt schien sich zu verlagern, weg von den Waffen, PADE und Bo, hin zu den Pakistanern, Marcel, vielleicht Trumic.

Dorthin, wo in den nächsten fünfzehn Stunden keine Kripobeamten waren.

Der Hügel wurde steiler, der Wald dichter. Sie bekam Seitenstechen, blieb stehen, um zu verschnaufen. Anne Wallmer wartete, sie hob eine Hand, gleich, Anne Wallmer nickte verständnisvoll. Sie stützte die Hände auf die Knie, schloss die Augen, atmete in tiefen Zügen ein und aus. Das Seitenstechen blieb. Schlafen, dachte sie, endlich schlafen, für immer schlafen, *sofort* schlafen. In den nächsten fünfzehn Stunden, beschloss sie, würde sie keinen Schritt mehr tun. Sie würde der Müdigkeit, der Erschöpfung endlich nachgeben, sich auf den Waldboden legen und erst morgen Mittag wieder aufstehen. Erleichtert ließ sie sich auf den Hintern fallen. Sie hatte ohnehin keine Lust, heute in ihre Wohnung zurückzukehren. Marcel und der Amerikaner waren in ihrer Wohnung. Der Amerikaner aus Franken.

Sie musste lachen.

Plötzlich war Anne Wallmer neben ihr.

»Der Amerikaner aus Franken«, sagte sie und lachte. Vielleicht weinte sie auch. Warum ausgerechnet ich?, dachte sie. Warum schon wieder ich? Warum kommen die ausgerechnet zu mir? Nimmt das denn nie ein Ende? Warum immer ich?

»Na komm«, sagte Anne Wallmer.

»Nee.«

Anne Wallmer zog sie sanft, aber unnachgiebig hoch.

»Seitenstechen«, sagte Louise.

Anne Wallmer nickte. »Wir gehen langsamer, Luis, okay?«

»Luis, der Dobermann.« Sie lachte oder weinte wieder. Für einen Moment hielt sie es für möglich, dass sie betrunken war. Dass sie irgendwann getrunken hatte, ohne es zu bemerken. Oder es vergessen hatte. Das Gefühl im Kopf war ähnlich. Die Schwäche in den Beinen.

Aber es lag nur an der Erschöpfung.

»Der Dobermann?«

Sie nickte. Anne Wallmer blickte sie verständnislos an.

»Na komm«, sagte Louise.

Sie eilten weiter. Blut rauschte durch ihr Gehirn, Impulse sandten Informationen, einzelne Wörter entstanden, Gedanken formierten sich. Das ist jetzt wichtig, Luis, sagten die Gedanken. Das ist jetzt ein ganz wichtiger Moment. Du musst jetzt wach sein. Sie nickte. Sie fragte sich, weshalb die Gedanken in ihrem eigenen Kopf »Luis« sagten.

Sie waren allein. Von den Kollegen war nichts zu sehen und zu hören. Weit konnte es nicht mehr sein. Noch ein paar hundert Meter, und sie würden im Glottertal herauskommen.

Im Glottertal, wiederholten die Gedanken.

Denk doch endlich nach!, schrien die Gedanken.

Sie hielt inne. Endlich erinnerte sie sich, wo in den vergangenen Tagen von Amerikanern die Rede gewesen war. Adam Baudy hatte sie in seinem Bericht erwähnt. Amerikaner im Großen Tal.

Das nur drei, vier Kilometer von Riedingers Weide entfernt begann.

Thomas Ilic wartete auf sie. Er legte einen Finger an den Mund, gemeinsam gingen sie weiter. Dreißig Meter vor ihnen endete der Wald an einer Lichtung, auf der sich ein kleines weißes Haus befand. Jenseits davon führte eine Schotterstraße in den Wald, die einzige Zufahrt zum Haus. Sie verlief entlang des Hügels und mündete auf langen Umwegen im Glottertal.

Bermann, Pauling und zwei MEK-Kollegen waren hinter Bäumen in Deckung gegangen, die anderen mit dem Kommandoführer verschwunden. Thomas Ilic wies auf die Kripokollegen, die ein paar Meter hinter Bermann standen. So leise wie möglich gingen sie zu ihnen.

Niemand sprach. Es roch nach Schweiß, Pfefferminzkaugummi und Kaffee.

»Habt ihr *Kaffee* hier?«, flüsterte sie begeistert.

Thomas Ilic lächelte. Zellophan knisterte – Pocket Coffees. Er ließ eins in ihre Hand fallen, sie hob den Blick, sagte mit dem Blick, eins nur, spinnst du? Na gut, sagte Thomas Ilic mit dem Blick, und ein zweites fiel zum ersten. Mehr, sagte sie mit dem Blick, ich kauf dir den Rest ab, hundert Euro für die restlichen zwei, das ist doch mal ein

Geschäft, Illi, ihr seid doch in eurer Familie Händler, schlägt da jetzt bei dir nicht die Händlerseele durch?

»Na, weißt du«, flüsterte Thomas Ilic.

»Ihr seid doch Händler«, flüsterte sie zurück.

»Was?«

Sie schüttelte den Kopf, bekam die letzten Pocket Coffees, packte sie aus und aß alle auf einmal.

»Übrigens«, flüsterte Thomas Ilic. Sie brachte den Kopf kauend an seinen Mund. Neuigkeiten von Wilhelm Brenner. Er hatte – da Bermanns Telefon ausgeschaltet war – Schneider angerufen, Schneider hatte Löbinger angerufen, Löbinger hatte vorhin alle informiert. Die Kriminaltechniker hatten in Riedingers Schlafzimmer einen Teilabdruck eines Schuhs gefunden, der nicht von Bo stammte. Jemand war mit dem äußersten Rand eines Absatzes in die Blutlache auf dem Boden getreten. Jemand, der nach dem Mord in Riedingers Schlafzimmer gewesen war. Nicht sehr lange danach, aber doch eine Weile – eine Stunde vielleicht, schätzten Brenners Leute angesichts von Gerinnungsfaktor und Konsistenz des Blutes auf dem Boden, den Eigenschaften des Abdrucks.

Thomas Ilic sah sie an, wartete auf einen Kommentar. Sie sagte nichts, schluckte erst, spürte die Schokolade in ihren Magen rutschen, den Kaffee in ihren Kopf steigen. Das hilft jetzt, beschloss sie.

Der Schuhabdruck. Viele Möglichkeiten gab es nicht. Jemand von PADE, jemand vom BND. Doch Marcel hatte gesagt: Ihr habt nicht aufgepasst, wir haben nicht aufgepasst. Hieß das nicht, dass der BND *nicht* in der Nähe gewesen war, als Riedinger ermordet wurde? Aber weshalb hätte jemand von PADE, dem mutmaßlichen Auftraggeber, so kurz nach dem Mord auf den Hof kommen sollen?

Sie zuckte die Achseln. »PADE oder der BND«, flüsterte sie klebrig.

»Oder die Leute, die das Depot gesprengt haben.«

Die hatte sie vergessen. Sie nickte. Die Leute, von denen Marcel nichts wusste.

Sie erzählte von den Amerikanern im Großen Tal. Thomas Ilic sagte nichts. Sie spürte, dass er skeptisch war.

Eine Hand berührte ihren Arm, Anne Wallmer trat zu ihnen. Ihr Gesicht glänzte vor Schweiß, auf ihrer Stirn klebte ein kleines Stückchen Rinde. »Heute Nachmittag...«, begann sie. Louise entfernte das Stückchen Rinde, und Anne Wallmer fuhr sich überrascht mit der Hand über die Stirn. »Heute Nachmittag, während du geschlafen hast, hat ein Kollege vom LKA angerufen.«

Das Amt hatte die Quelle der Quelle der Quelle ausfindig gemacht, die am Montag erst Hinweise auf neonazistische, dann auf kroatisch-neonazistische Spuren gestreut hatte. Der Informant der Quelle hatte ausgesagt, er sei von einem Kontaktmann aus der »Politszene« angerufen und beauftragt worden, die Nachricht an die LKA-Quelle weiterzuleiten. Die Kollegen hatten den Kontaktmann aus der Politszene aufgesucht. Der Kontaktmann hatte seinen Anwalt kommen lassen und schwieg seitdem. Aber sie hatten herausgefunden, dass er häufig für ein ehemaliges Mitglied des Stuttgarter Landtags arbeitete.

»Johannes Mahr«, sagte Louise.

Anne Wallmer nickte.

Außerdem hatte das LKA den Staatssekretär überprüft, der vor baden-württembergischen Neonazis gewarnt hatte. Er war vertrauenswürdig, hatte die Nachricht von einem ebenfalls vertrauenswürdigen Mitarbeiter bekommen, der von einem Informanten angerufen worden war. Der Informant wiederum hatte als Auftraggeber ebenfalls den »Kontaktmann aus der Politszene« genannt.

»Mahr war in Panik«, sagte Louise. Anne Wallmer nickte. Sie sahen sich konzentriert an. Immer mehr Spuren führten zum selben Ziel. Das Depot war explodiert. Mahr war in Panik geraten. Um sich und PADE Luft zu verschaffen, hatte er Gerüchte über Neonazis lanciert. Aber er hatte die gewonnene Zeit nicht genutzt, um sich abzusetzen. Er war geblieben.

Warum?, dachte sie. Hatte er geglaubt, er würde es unbeschadet überstehen?

Dann, viel zu spät, der Mord an Hannes Riedinger, der vor gut zwei Jahren wegen der Weide und des Schuppens von Ernst Martin Söllien, dem PADE-Mitglied, angerufen worden war. Zu diesem Zeitpunkt musste Mahr bereits geahnt haben, dass er es womöglich *nicht* unbeschadet überstehen würde. Aber er hatte sich auch jetzt nicht abgesetzt, war in seinem Haus in Freiburg-St. Georgen geblieben, wo ihn das Fahndungsdezernat heute ein paar Stunden lang observiert hatte.

Warum hatte er sich nicht abgesetzt?

Sie mussten mit Mahr sprechen.

Aber sie konnten nicht. Sie mussten warten.

»Und wir haben noch was«, flüsterte Anne Wallmer.

»Ich hätte nicht schlafen sollen.«

Anne Wallmer lächelte.

Sie hatten die Listen aller ankommenden und abgehenden Telefonate gesichtet, die in den letzten Tagen über Marion Sölliens Festnetzanschluss geführt worden waren. Sie hatte mehrmals täglich mit Mahr telefoniert, auch am Mittwochmorgen, unmittelbar bevor sie aus der Wohnung verschwunden war. Hatte Mahr Bo geschickt, um sie zu holen, während Louise bei Uhlich & Partner mit Annelie Weininger gesprochen hatte?

Wie auch immer. Die Informanten, die Anrufe – Fäden, die bei PADE und Bo zusammenliefen, nicht bei Marcel. Vielleicht verlagerte sich der Schwerpunkt erneut – dorthin, wo sie waren.

Vielleicht, dachte sie, sah es auch nur so aus.

Weitere Minuten verstrichen. Das Warten, die Stille, die wundervolle Waldluft waren in ihrem Zustand Gift, sie gähnte immer öfter. Sie dachte an den Kaffee in den Pocket Coffees, den Duft von Kaffee, dachte, das hilft jetzt, verflucht. Vom Südwesten zogen Wolken heran, die Dämmerung kam rasch. Im Haus ging ein Licht an, dann noch eines. Auf der Vorderseite wurde ein Fenster gekippt, im Obergeschoss rauschte eine Toilettenspülung. Plötzlich sah sie vier Schatten zur Rückseite huschen, dann tauchten zwei davon an der ihr zugewandten Hausseite auf.

Da vibrierte ihr Mobiltelefon erneut.

Auf dem Display stand eine unbekannte Handynummer. Sie wollte das Telefon eben ausschalten, als ihr Turetzki einfiel. Rasch entfernte sie sich von der Lichtung, hob das Telefon ans Ohr, während sie weiterging.

»Turetzki«, sagte eine dünne Männerstimme. »Der Kollege Bermann ist nicht erreichbar.«

»Ich weiß.«

Die Verbindung war nicht allzu gut, aber Louise verstand, was er berichtete. Die drei »Freunde aus dem Osten« waren pünktlich gelandet. Sie warteten nicht auf »das Ehepaar«, sondern waren in den nächsten ICE Richtung Freiburg gestiegen. Sie saßen in einem Großraumabteil an einem Tisch, er saß ein paar Reihen dahinter. Im Augenblick allerdings befand er sich im »Waschraum«. »Ich steige mit ihnen aus, egal wo, richtig?«

»Ja.«

»Und folge ihnen weiter, egal wohin, richtig?«

»Ja.«

Turetzki hatte zwei einzelne Männer bemerkt, die den Pakistanern womöglich ebenfalls folgten. Einer war gerade in Mannheim ausgestiegen, der andere saß im Bordbistro, zwei Wagen von den Pakistanern entfernt. Sie bezweifelte, dass Marcels Männer sich identifizieren lassen würden. Trotzdem sagte sie: »Behalten Sie ihn im Blick. Aber passen Sie auf, dass er's nicht merkt.«

»Das merkt der nicht. Einen alten weißhaarigen Mann mit Gehstock bemerkt man nicht.« Turetzki lachte. Es klang melancholisch. Arthrose im rechten Hüftgelenk, erklärte er. Die Schmerzen und der Stock waren echt. Er lachte wieder, sagte: »Mich bemerkt keiner.«

»Weil Sie Erfahrung haben.«

»Klinge ich so larmoyant?« Er sprach das Wort Französisch aus, mit Nasal. »Hinterherrennen kann ich ihnen jedenfalls nicht.«

»Brauchen Sie auch nicht.«

»Richtig, das machen dann die Jüngeren.«

Louise sagte nichts.

Sie verabschiedeten sich. In diesem Moment erklangen auf der Lichtung laute Stimmen. Der Zugriff hatte begonnen.

Aber es lief ganz offensichtlich nicht wie geplant. Noch während sie zu Anne Wallmer und Thomas Ilic eilte, sah sie, dass zwei MEK-Kollegen das Haus rückwärts verließen, die Maschinenpistolen im Anschlag, dann folgten mit erhobenen Händen die beiden Männer, denen sie im Wald zwischen Oberried und Sankt Wilhelm hinterhergelaufen war, dann, ebenfalls rückwärts, zwei weitere Beamte des Kommandos. Dann kam niemand mehr.

Über die Lichtung, den Waldrand, die Wartenden legte sich Stille. Niemand sprach, alle blickten Richtung Haus.

Bo und Marion Söllien kamen nicht.

Louise ging zu Bermann und Pauling. »Er hält sie als Geisel«, flüsterte Bermann, ohne sie anzusehen. Quatsch, dachte Louise, sie gehört doch dazu, Marcel hat doch gesagt, dass sie dazu gehört. »Unten links, im Wohnzimmer«, flüsterte Bermann.

Bo hatte eine Pistole, ein Kampfmesser.

Quatsch, dachte Louise erneut.

Er tötet ohne Skrupel, hatte Marcel gesagt.

Die Stimmen gerieten in ihrem Kopf durcheinander, Bermann, Marcel, dann Pauling, der in sein Mikro flüsterte, der Bermann informierte, Bermann, der etwas erwiderte, Pauling, der Befehle flüsterte, »erster Stock« sagte, Bermann, der sie, ohne sie anzusehen, informierte, dass die Geisel unversehrt zu sein scheine, welche Geisel, dachte sie, die gehört doch dazu!

Dann plötzlich eine weitere Stimme, eine wütende, helle Männerstimme, die aus dem Haus zu ihnen drang und in einer fremden Sprache unverständliche Wörter rief, abbrach, sich von Neuem erhob, abbrach.

Dann herrschte wieder Stille.

Bermann winkte Thomas Ilic zu sich.

»Er flucht«, sagte Thomas Ilic.

Pauling hob eine Hand. Jetzt hörten sie es auch. Eine Frau, die weinte. Pauling flüsterte wieder, lauschte, strich sich mit der Hand über das kurze graue Haar, sagte schließlich, zu Bermann gewandt: »Sie kommen raus.«

Bo schrie wieder etwas.

Thomas Ilic sagte: »Er flucht.«

Jetzt erschien Marion Söllien im Eingang, unmittelbar nach ihr kam Bo. Er war so groß, dass er den Kopf unter dem Türstock beugen musste. Mit der linken Hand hielt er Marion Söllien an den Haaren fest, als trüge er ihren Kopf vor sich her, mit der rechten drückte er ihr die Pistole an die Schläfe. Sie traten vor das Haus, gingen in die Mitte der Lichtung, Bo brüllte voller Wut, Marion Söllien schrie vor Schmerzen und Angst, das kann nicht sein, dachte Louise, die gehört doch dazu, aber es war offensichtlich, dass Marion Söllien panische Angst hatte.

»Er flucht«, sagte Thomas Ilic.

»Du bist sicher, dass du ihn richtig verstehst?«, fragte Pauling.

»Er sagt: Scheiße, ihr Affen, ihr Arschlöcher, verfluchte Scheiße, fickt eure Mutter, fickt eure Mutter, fickt eure . . .«

»Schon gut«, sagte Pauling.

Marion Söllien hatte die Hände gehoben, nach Bos Fingern gegriffen, und Bo stieß sie jetzt ein Stück vor, ohne sie loszulassen, und brüllte noch lauter.

»Unternehmt doch was«, murmelte Louise.

Pauling wandte den Kopf und musterte sie. Sein Blick schien aus weiter Ferne zu kommen und war zugleich intensiv. Als hätten sie sich vor vielen Jahrzehnten einmal sehr nahe gestanden und dann nicht mehr. Dabei wussten sie kaum mehr voneinander als den Namen.

Zumindest galt das für sie. Wusste Pauling mehr?

Endlich drehte er sich weg.

Marion Söllien war auf die Knie gesunken, lehnte an Bos

Bein, den Rücken durchgedrückt, die Hände an seinen Fingern. Bo hielt die Pistole an ihren Kopf gepresst, schwieg jetzt. Einen Moment lang bewegten sie sich nicht, waren im porösen Abendlicht zu einer grausigen Skulptur erstarrt.

Der Henker und sein Opfer.

»Als wollte er sie hinrichten«, flüsterte Thomas Ilic.

Louise nickte. »Pauling . . .«

»Er wird nicht schießen«, sagte Bermann.

»Nein«, sagte Pauling.

Thomas Ilic zog sie ein Stück zur Seite und brachte den Mund an ihr Ohr. Vorsicht mit Pauling, sagte er, das ist ein Onkel von Theres, du weißt schon, *die* Theres. Sie nickte erschrocken. Die Theres, die Rallyes fuhr. Die mit Niksch verlobt gewesen war.

»Durchatmen«, sagte Thomas Ilic.

Sie nickte wieder. Theres und Niksch mussten warten.

Sie kehrten zu Bermann und Pauling zurück.

In Bo kam plötzlich Bewegung, deutlich war zu sehen, dass ein Zittern durch seinen massigen Körper lief. Abrupt riss er Marion Söllien hoch, begann wieder zu rufen, übertönte ihre Schreie mit seiner hellen, zornigen Stimme.

»Was sagt er jetzt?«, fragte Pauling.

»Er flucht«, erwiderte Thomas Ilic sehr ruhig.

Pauling fuhr sich mit der Hand über das Haar, flüsterte in sein Mikro, schwieg. Louise glaubte eine ferne Stimme und statische Geräusche zu hören, aber womöglich waren auch das nur eine weitere Stimme und weitere Geräusche in ihrem Kopf. »Gut«, sagte Pauling, »versuchen wir's.«

»Wartet«, sagte Thomas Ilic. »Ich rede mit ihm.«

Bo brach in begeistertes Gelächter aus, als Thomas Ilic ihn vom Waldrand auf Kroatisch ansprach. Sie wechselten ein paar Sätze. Bo nickte, lachte und sprach abwechselnd. Die Freude machte seine Züge kindlich, fand Louise. Er hatte sich in einem fremden Land in einen Krieg verirrt, nun war er einem Menschen aus der Heimat begegnet. Das machte den Krieg erträglicher.

Er winkte Thomas Ilic zu sich.

Thomas Ilic wandte sich Pauling und Bermann zu.

»Dein Mann«, sagte Pauling.

Bermann schwieg. Dann sagte er: »Okay, Illi.«

»Du spinnst«, sagte Louise. Sie wusste nicht, ob sie Thomas Ilic oder Bermann oder beide meinte. Sie warf einen Blick auf Bo. »Ihr spinnt.«

Thomas Ilic trat auf die Lichtung. Bo sagte etwas, und Ilic nahm die Dienstwaffe aus dem Holster und legte sie auf den Erdboden. Bo ließ ihn auf zwei Meter herankommen. Er lachte wieder. Dann stieß er Marion Söllien von sich und richtete die Pistole auf Thomas Ilic. Marion Söllien stürzte, blieb weinend liegen. Wieder hörte Louise Bo sprechen.

»Wir brauchen zwei Stühle«, sagte Thomas Ilic.

»Stuhl, ja, ja!«, schrie Bo begeistert.

»Unsere Chance«, sagte Pauling ins Mikro. »Otto, schick . . .«

»Mein Mann«, unterbrach Bermann ihn.

Pauling zögerte. Dann nickte er.

»Ich gehe«, sagte Louise. Ihr Herz begann zu rasen, die Müdigkeit war verflogen. Sie trat auf die Lichtung.

»*Pistol!*«, rief Bo.

Sie legte die Waffe auf den Boden. Bo lachte und nickte wieder. Er schien sich zu entspannen. Ein Fremder in einem fremden Land, aber die Verständigung klappte doch ganz gut. Jetzt sah sie ihn deutlich. Er war tatsächlich fast noch ein Kind, ein großes, dickes Kind mit Bartflaum, dunklen Warzen, winzigen Augen. Eine Kriegswaise, hatte Marcel gesagt. Sie schätzte ihn auf achtzehn. Als Kind in einen Krieg geraten, irgendwann zum Mörder geworden.

Sie warf einen Blick auf Marion Söllien, die noch immer dort lag, wo sie gestürzt war. Wo hätte sie auch hingehen sollen? Hinter ihr der Henker, vor ihr der Richter.

»Stuhl, Stuhl!«, schrie Bo lachend.

Sie ging ins Haus, ins Wohnzimmer, fand Stühle um einen Esstisch. Es roch nach Bier und gebratenen Zwiebeln. Auf dem Tisch standen halbleere Teller. Eine Bierflasche war umgefallen und ausgelaufen.

Bo lachte aufgeregt, als sie zurückkehrte. Sie stellte die Stühle in seine Nähe, deutete auf Marion Söllien. »Ja, ja, ja«, sagte Bo und winkte sie fort.

Marion Söllien hatte kaum noch Ähnlichkeit mit den beiden Zwillingsschwestern auf dem Foto. Die Dauerwelle war verschwunden, das Haar farblos und strähnig, das Gesicht aufgedunsen und picklig. Sie roch stark nach Zigarettenrauch. »Ich will nicht«, sagte sie und ließ sich nur widerwillig aufhelfen.

»Ich weiß«, sagte Louise.

Sie gingen um Bo und Thomas Ilic herum.

»Sprechen Sie seine Sprache?«

Marion Söllien schüttelte den Kopf. Sie presste die Hand auf den Mund und schluchzte.

»Ich weiß«, sagte Louise und hob ihre Waffe auf.

Bo und Thomas Ilic hatten die beiden Stühle einander gegenüber gestellt und sich gesetzt. Sie unterhielten sich wieder. Bo nickte, strahlte, sprach. Die Hand mit der Pistole lag auf einem Bein, der Lauf war auf Thomas Ilic gerichtet.

Unvermittelt sprang er hoch und schrie etwas in die Runde. Thomas Ilic übersetzte mit entspannter Stimme. Sind weitere Landsleute hier? Vielleicht irgendein Slowene oder noch ein Kroate? Oder ein Kosovare? Bo lachte, rief, Thomas Ilic übersetzte. Ein Kosovare wär schön, aber ich nehm auch einen Slowenen, aber am schönsten wär ein Bosnier, vielleicht einer aus Jaijce, dem schönen Jaijce? Na los, kommt zu uns, wir erzählen von der Heimat, wir sitzen zusammen und erzählen davon, wie es in der Heimat einmal gewesen ist, und dann sehen wir weiter.

Das kann nicht wahr sein, dachte Louise.

»Hat man so was schon erlebt«, sagte Pauling. Dann wieder Flüstern, Lauschen, Flüstern. »Peter? Tatsächlich?« Pauling strich sich übers Haar, flüsterte: »Gut, schick ihn raus.«

Auf der anderen Seite der Lichtung erschien ein kleiner dunkelhaariger MEK-Mann, den sie nicht kannte. Er rief Bo in der fremden Sprache etwas zu. Bo begann wieder zu lachen, stand auf, antwortete. Ohne Helm, aber mit Schutzweste trat der Kollege auf die Lichtung.

Pauling wandte sich Bermann zu. Peter aus Lahr, die Eltern in Deutschland geboren, die Großmutter Serbin aus dem bosnischen Banja Luka.

Peter hatte im Haus einen weiteren Stuhl geholt und sich in gleicher Entfernung zu Bo und Thomas Ilic gesetzt. Bo forderte ihn mit einer Geste auf zu sprechen. Peter sprach. Louise sah ihn zögern, als suchte er nach Worten. Serbisch war nicht seine Muttersprache. Bo lachte, nickte, fragte. Peter antwortete, dann mischte sich auch Thomas Ilic ins Gespräch. Dann sprachen alle gleichzeitig. Thomas Ilic und Peter lachten entspannt. Bo wurde ruhiger, wirkte nicht mehr so hysterisch. Aber seine Pistole zeigte nach wie vor auf Thomas Ilic. Und irgendwo, dachte sie, war ein Messer.

Zehn Minuten waren verstrichen. Die drei Männer auf der Lichtung lachten häufig, manchmal redeten sie gleichzeitig. Landsleute in der Fremde, das Reden brachte ein Stück Heimat. Am lautesten sprach und lachte Bo.

Die Wolkendecke hatte sich geschlossen, im Wald war es inzwischen beinahe dunkel. Die drei Männer würden noch ein paar Minuten gut zu erkennen sein, dann nicht mehr. Dunkelheit, dachte sie, wäre ein Albtraum. Ein unberechenbarer Mörder, zwei unbewaffnete Polizisten. Wer wusste schon, wie er reagieren würde? Würde er zu fliehen versuchen? Würde er in Panik geraten? Auch er würde nichts mehr sehen.

Pauling dagegen schien die Dunkelheit herbeizusehnen. Sobald es dunkel war, würde das MEK zugreifen. Flüsternd hatte er Berechnungen angestellt, Anweisungen erteilt, auf einem Fetzen Papier eine Skizze erstellt. Vier Beamte würden von schräg hinten auf Bo zukriechen, sie würden fünf bis sieben Minuten für die dreißig Meter benötigen, wegen des Lichts im Wohnzimmer konnten sie nicht am Haus loskriechen, sie würden am Waldrand loskriechen, in der Mitte zwischen Haus und Bo, dann einige Meter im rechten Winkel auf die Lichtung hinaus robben, dann im stumpfen Winkel auf Bo zurobben, dann würden sie aufstehen, dann hätten sie ihn, dann wäre auch dieser Arbeitstag zu Ende. Der Mond, hatte Pauling geflüstert und gemalt, wäre kein Problem, selbst wenn Bo sich umdrehte, würde er die Kollegen nicht sehen, der Mond stand hinter den Wolken und viel zu tief, selbst wenn die Wolken aufrissen.

Alles berücksichtigt, berechnet, die Winkel, die Dauer, die Chancen, die nie bei einhundert Prozent lagen, vor allem, wenn man keinen Präzisionsschützen hatte. »Otto, wenn ihr . . .«, flüsterte Pauling in sein Mikro – und verstummte.

Etwas hatte sich verändert.

Louise trat einen Schritt vor. Paulings Gerede schwirrte ihr durch den Kopf, dabei geschah dort etwas, auf der Lichtung, sie begriff nur nicht, was. Ihr Körper hatte längst verstanden, ihr Herzschlag beschleunigt, die Schmerzen im Kopf pulsierten.

Und dann wusste sie es.

Thomas Ilic sprach, Peter sprach – doch Bo sprach schon seit einer Weile nicht mehr. Reglos und still saß er da, ein massiger, krummer Schatten in der Dämmerung, die Kriegswaise, zurückgekehrt in die Fremde.

Jetzt verstummte auch Peter. Nur Thomas Ilic sprach noch. Seine Stimme klang, als sollte sie beruhigend wirken, und konnte doch die Sorge nicht verbergen.

»Vielleicht haben sie ihn überredet aufzugeben«, sagte Pauling.

»Ich weiß nicht«, sagte Bermann angespannt.

Sie schüttelte den Kopf. Bo würde nicht aufgeben. Kapitulation war eine Folge logischer Überlegungen oder der Angst. Bo schien nicht zu überlegen, schon gar nicht logisch, und Angst schien er nicht zu kennen. Diesen Gedanken immerhin brachte ihr erschöpftes Gehirn zustande.

Sie zog die Waffe aus dem Holster. Ihr Blick lag auf Bo, aber sie dachte an Thomas Ilic.

»Sie werden ihn überredet haben«, sagte Pauling. Er hatte eine Hand gehoben, als könnte er auf diese Weise verhindern, dass auf der Lichtung Unvorhergesehenes geschah.

Sie trat dicht neben ihn. »Wir müssen . . .« Sie brach ab.
Bo war aufgestanden. Wortlos richtete er die Pistole auf Peters Kopf.
»Zugriff!«, schrie Pauling.
Ein Schuss zerriss die Stille.
Bo ließ die Waffe fallen und setzte sich.

Peter lebte noch, als sie endlich bei ihm waren. Pauling hielt seinen blutüberströmten Kopf, der MEK-Sanitäter versuchte, die Blutung zu stoppen. Andere Kollegen des Kommandos knieten neben ihnen. »Licht!«, schrie Pauling, »wir brauchen Licht!« Taschenlampen sprangen an. In ihrem Schein sah Louise, dass Peter die Finger bewegte, ganz langsam, als übte er ein ungeheuer langsames Klavierstück ohne Klavier. Sie wandte sich ab, schlang die Arme um Thomas Ilic, der neben ihr stand, der unverletzt war, am Leben bleiben würde. Er zitterte, und sie strich ihm über Kopf und Rücken, aber das Zittern hörte nicht auf, auch dann nicht, als die Taschenlampen erloschen und niemand mehr sprach.

Sie hatten, sagte Thomas Ilic später, von »der Heimat« gesprochen, von Jaijce und Sarajewo, der kroatischen Insel Mljet und Zagreb, von Banja Luka und Belgrad. Sie hatten sich Geschichten aus ihrer Jugend erzählt, aber auch die Eindrücke der Gegenwart, hatten von den Zerstörungen gesprochen, die man noch immer sah, wenn man mit dem Auto an der Küste entlang durch die Krajina nach Dubrovnik fuhr oder durch Bosnien. Der Krieg war in den Geschichten präsent gewesen, aber eher so, als hätte er andere, frühere Generationen betroffen, nicht ihre. Als wären sie die Generation, die nur noch durch Erzählungen mit dem Krieg Kontakt gehabt hätte. Bo war fröhlich gewesen, und

Thomas Ilic hatte den Eindruck gehabt, dass es ihm nach einer Weile nicht mehr darum gegangen war, seine Haut zu retten, sondern nur noch darum, Geschichten über die Heimat auszutauschen. Noch ein paar Minuten, und er hätte vielleicht aufgegeben, sagte Thomas Ilic. Aber dann hatte Peter erzählt, wie schwierig es im Deutschland der neunziger Jahre für ihn und seine Familie wegen ihrer Herkunft und ihres Nachnamens gewesen sei, und Bo hatte gefragt, wie er denn heiße, und Peter hatte gesagt, er heiße Mladic, du weißt schon, wie Ratko Mladic, und da hatte der Krieg sie eingeholt.

Bermann sammelte die D 11-Kollegen um sich. Er selbst wollte bleiben, auf den Erkennungsdienst warten, sich das Haus ansehen, die anderen sollten in die Direktion zurückkehren. Thomas Ilic sagte, er wolle auch bleiben. Bermann sagte, nein, fahr in die PD, protokolliere das Gespräch mit Bo, dann fährst du heim, erholst dich. Thomas Ilic schüttelte den Kopf. Er wollte nicht heimfahren, sich erholen, er wollte bleiben. Er blickte über die Lichtung. »Ich muss jetzt hier bleiben«, sagte er.

Bermann zögerte, nickte schließlich. »Louise, dann . . .«

Sie hob abwehrend eine Hand. »Ich fahr heim, Rolf, ich *kann* nicht mehr, ich fahre heim.«

Bermann zögerte wieder, nickte wieder. Sie versprach, ihm eine kurze Nachricht auf der Mailbox zu hinterlassen, wenn Marcel angerufen hatte.

Oder sonst jemand.

Bermann wandte sich an Anne Wallmer. Sie sollte Bo und Marion Söllien, die bereits in die Direktion gebracht worden waren, erkennungsdienstlich behandeln lassen, alles vorbereiten für die Vernehmungen am Morgen.

»Nimmst du mich mit?«, fragte Louise.

»Ja«, sagte Anne Wallmer. Ihr erstes Wort seit dem Zugriff.

Als sie gingen, fiel Louises Blick auf Pauling. Er stand neben dem Kommandoführer, der hektisch auf ihn einsprach, hielt den Blick zu Boden gerichtet, fuhr sich mit der blutverschmierten rechten Hand über die Haare. Sie dachte an Theres und Niksch, an Peter Mladic, und dass sie und Pauling jetzt irgendwie quitt waren.

Sie hasste sich für diesen Gedanken.

Die Dunkelheit des Waldes war von zahlreichen Lichtschneisen durchbrochen. Bereitschaftspolizisten mit Taschenlampen liefen in die eine oder in die andere Richtung, Kriminaltechniker kamen ihnen entgegen. Bei den Autos sah sie Almenbroich, doch er brach Richtung Haus auf, ohne sie zu bemerken. Sie stiegen in Anne Wallmers Dienstwagen, fuhren durch Hinterheuweiler, durch Heuweiler. Überall standen Menschen in Gruppen, sahen zu, unterhielten sich. Bereitschaftspolizisten hielten die Straße frei. Alles war wie vorher, alles war jetzt anders. Das Leben davor, das Leben danach, in der Nahtstelle zerriss ein Schuss die Stille. Im Ort mussten sie vor einer schmalen Kurve warten. Ein Rüstwagen der Feuerwehr mit Lichtmast rangierte langsam um eine Häuserecke. Sie stieg aus, sagte dem Gruppenführer, dass sie über Heuweiler nicht zur Lichtung kämen, sondern nur über das Glottertal. Am Ortsausgang brach Anne Wallmer ihr Schweigen. Sie fragte, wer der Mann sei, von dem Thomas Ilic gesprochen habe, Ratko Mladic. Louise sagte, dass Mladic, soweit sie sich erinnere, im Jugoslawienkrieg der Armee der bosnischen Serben angehört habe und einer der Verantwortlichen für das Massaker von Srebrenica sei. Massaker an wem?, fragte Anne Wallmer. An bosnischen Muslimen, sagte Louise. Anne Wallmer nickte und sagte nichts mehr.

Louise dachte an Pauling. Er würde gehen. Als Polizist in leitender Funktion ging man nach einer solchen Katastrophe. Vielleicht hätte sie damals, im Winter, auch freiwillig gehen müssen. Offiziell hatte ihr niemand die Verantwortung für Nikschs Tod gegeben. Aber sie hätte sie übernehmen können, so wie Pauling die Verantwortung für Peter Mladic' Tod übernehmen würde.

Als Marcel anrief, waren sie eben auf die B 3 gefahren.
»Was ist passiert?«
»Sie waren dort?«
»Zumindest nah genug, um den Schuss zu hören.«
»Bo hat einen Kollegen vom MEK erschossen.«
Marcel schwieg. Dann sagte er: »Ich hatte Sie gewarnt.«
»Ja. Es wurde . . . unübersichtlich.«
»Und jetzt? Bleibt es bei unserer Vereinbarung?«
»Im Prinzip schon.«
»Im Prinzip, Frau Bonì?«
»Ich brauche eine Telefonnummer. Mein Chef hat Zweifel.«

Anne Wallmer sah sie mit einem Ausdruck müder Überraschung an. Sie zuckte die Achseln. Intuition, vielleicht auch nur Erschütterung. Die Erinnerung an Peters Finger, die vor ihrem inneren Auge unablässig Klavier spielten ohne Klavier.

»Ihr Chef hat Zweifel?«
»Er will irgendwo anrufen können und bestätigt bekommen, dass Sie existieren.«

Marcel seufzte.

Dann diktierte er ihr eine Telefonnummer mit Münchner Vorwahl.

Sie rief von ihrem Büro aus an, sprach mit einem Mann mit brummiger Stimme und bayerischem Dialekt aus der Abteilung fünf des BND. Ja, ja, der Mann, den sie »Marcel« nenne, arbeite für den Dienst und sei Mitglied einer verdeckt operierenden Einheit, der auch Geheimdienstler befreundeter Länder angehörten, seit dem elften September arbeite der Dienst, wie sie wisse, »modifiziert«, eben zum Beispiel so.

Und was tun die?

Kontakt mit einem pakistanischen Informanten aufnehmen, wenn ihr sie nicht dabei stört.

Anne Wallmer hob den Daumen.

»Reicht Ihnen das?«, fragte der Mann.

Louise bejahte.

Der Mann sagte: »Wählen Sie diese Nummer nie wieder.«

Sie legte auf, dachte: so ein Blödsinn. Informationen aus mysteriösen Quellen – begann das Scheißspiel von vorn? Sie betätigte die Wahlwiederholung, über den Lautsprecher erklang das Freizeichen. Niemand nahm ab.

»Also, damit ist es geklärt«, sagte Anne Wallmer. »Sogar das mit dem Amerikaner. Oder? Jetzt ist es geklärt.«

»Ja«, sagte Louise. Aber sie dachte, dass nichts geklärt war.

Sie bat Anne Wallmer, Bermann über die Telefonate mit Marcel und dem Mann in Pullach zu informieren.

Anne Wallmer nickte. »Aber jetzt komm.«

»Wohin?«

»In mein Büro. Du brauchst einen sauberen Verband.«

Während sie zur Tür gingen, dachte sie, dass sie über so vieles hätten sprechen müssen. Warum hatte Marcel ihr die Telefonnummer erst jetzt gegeben? Warum sollte sie dort nicht mehr anrufen? Wer war der Mann mit dem bayerischen Dialekt? Was genau war das für eine Einheit? Welche Aufgaben hatte sie? Warum bediente sie sich extralegaler Methoden, wenn sie dem BND angehörte? Und war es wirklich denkbar, dass Marcel, der doch fast alles wusste, nicht wusste, wer das Waffendepot in die Luft gesprengt hatte?

Aber sie war viel zu erschöpft, um jetzt über diese Dinge zu sprechen.

An der Tür warf sie einen Blick auf die lachenden Kinder in den roten Roben. Doch sie sah Peter Mladic' Finger, die Klavier spielten ohne Klavier.

Anne Wallmer verband ihren Arm schweigend. Louise war überrascht, wie sanft ihre kräftigen Hände sein konnten. Hände, die täglich Gewichte stemmten, Judogriffe ausführten, die Verhaftete ohne Chance auf Gegenwehr fixierten.

Ihre Blicke begegneten sich.

»Das machen wir jetzt jeden Tag, ja?« Anne Wallmer lächelte. Sie sah aus, als hätte sie gern eine Weile geweint, sich aber nicht getraut.

Louise nickte, bewegte den Arm. »Perfekt, danke.« Sie stand auf. »Sag mal ›Kirchzarten‹, Anne.«

Anne Wallmer stammte aus Köln. Sie sagte Kirch*zarten*. »Wie alle.«

Louise nickte. Wie alle, die nicht aus dem Breisgau stammten.

Im Auto hörte sie ihre Mailbox ab. Zwei neue Nachrichten, die erste stammte von Turetzki. Die drei Pakistaner aus Karatschi waren in Freiburg ausgestiegen, dort von einem Mann abgeholt worden. Er hatte sie in einem Wagen mit Offenburger Kennzeichen nach Emmendingen gebracht, zu einer Adresse im Zentrum. Turetzki nannte Kennzeichennummer und Straßennamen, wiederholte beides. Die Adresse kannte sie bereits – dort lebte der pakistanische Student, der auf den Visaanträgen erwähnt wurde. Turetzki sprach weiter. Er war dem Wagen von Freiburg aus in einem Taxi gefolgt, wartete nun in einer Seitenstraße auf »Anweisungen«. Keine Beobachter, keine auffälligen Begebenheiten, Verhaltensweisen, nichts. Drei harmlose Touristen aus dem Mittleren Osten im hübschen Emmendingen.

Und in einer Seitenstraße ein vergessener alter Mann mit Hüftgelenksarthrose.

Er lachte düster.

Sie speicherte die Nachricht, sah auf die Uhr. Halb elf. Mittlerweile musste auch das Ehepaar aus Islamabad gelandet und auf dem Weg nach Baden sein.

Die zweite Nachricht war von Richard Landen. Seine Stimme klang intensiv und nachdenklich. Hör mal, ich dachte, ich fahr nach Günterstal, bekämpf die Gespenster der Erinnerung, willst du nicht mitkommen. Räusper, Räusper. Ich dachte nur, wegen Niksch und der Küche, zusammen können wir es doch mal gegen die Gespenster versuchen, oder? Er lachte überrascht. Na, ich dachte nur. Ich mach mich jetzt auf den Weg. Ruf mal an.

Sie stöhnte. »Ich will heim, Ritsch, ich *kann* nicht mehr, ich will *heim*.«

Sie rief Turetzki an, bedankte sich, schlug vor, er solle doch in einem Hotel in Emmendingen übernachten, fertigte den alten, vergessenen Mann ein wenig schneller ab, als er es verdient hatte, um Richard Ritsch Landen anrufen zu können, ihm sagen zu können, dass sie eigentlich nach Hause wolle, aber dann auch wieder nicht, dass sie, na ja, endlich mit ihm schlafen wolle, aber zum Glück leider viel zu erschöpft dafür sei, es sei denn ...

Die Mailbox sprang an, sie legte fluchend auf.

In ihrer Wohnung war es dunkel, stickig, still. Marcel und der Amerikaner waren bei jedem Atemzug zu spüren. Auf dem Anrufbeantworter wartete eine Nachricht von Günter.

Er erzählte von Katrin Rein. Sie war nett. Sie war hübsch. Aber sie wollte ihn zu einem *Therapeuten* schicken. Sie glaubte, dass alles »psychisch« war. Dass es kein Geschwür war. Er lachte ratlos. Er wusste noch nicht, was er tun würde.

Er legte auf.

Louise nahm sich vor, ihm die Geschichten zu erzählen, die sie in Oberberg gehört hatte. Die Geschichten von der Übelkeit, der Atemnot. Der Wand, deretwegen man die eigene Wohnung nicht mehr verlassen konnte. Dass es Geschichten von Ängsten und Depressionen waren, sollte ihm jemand anders sagen, wenn er so weit war, es zu verkraften.

Sie würde ihm sagen, dass man nicht nur eine Sucht loswerden konnte, sondern auch das, was in ihm saß. Und dass es doch besser war, wenn das Geschwür *kein* Geschwür war.

Aber nicht jetzt. Jetzt würde sie sich um die eigenen Gespenster kümmern. Die toten, die lebenden.

Rasch warf sie Wäsche, Hose, T-Shirt in eine Sporttasche, die Waschutensilien hinterher, dazu den neuesten Roman von Nora Roberts, außerdem Barclay James Harvest, falls sie für den Rest ihres Lebens in Günterstal bleiben würde.

Sie hätte gern geduscht, doch das Duschen verschob sie auf später. Duschen in Günterstal, das war doch ein guter Anfang für den Rest ihres Lebens.

18

IM AUFGEREGTEN SOMMERNACHTSVERKEHR überquerte sie die Dreisam, bog in die Günterstalstraße ab. Einen Moment lang rang sie mit der Versuchung, umzukehren und in die Direktion zu fahren. Anne Wallmer war dort, später würden Bermann und Almenbroich zurückkehren. Thomas Ilic, den sie an diesem Abend fast verloren hätten. Alle waren dort. Sie würden sich besprechen, aufarbeiten, was geschehen war. Strategien für morgen festlegen, wenn sie Rashid, Busche, Mahr verhaften, das Büro von PADE in Offenburg durchsuchen würden. Sie sollte dabei sein, sie gehörte doch dazu. Aber sie würde keine zehn Minuten mehr durchhalten. Sie brauchte Schlaf. Sie brauchte einen Menschen, der neben ihr lag.

Am Beginn der Schauinslandstraße passierte sie die Messtafel, die ihre Geschwindigkeit anzeigte – sechzig, vierzig war erlaubt. Sie ging vom Gas, beschleunigte kurz darauf wieder. Gut einen Kilometer vor ihr funkelten die Lichter von Günterstal, darüber hingen schwere Wolken. Wenn heute Nacht noch runterkam, was da drin zu sein schien ... Einen Lidschlag später ragte die rote Ampel am ehemaligen Zisterzienserkloster vor ihr auf, eine hektische Straßenbahnsirene erklang. Sie bremste hart. Die Straßenbahn glitt vorbei, helle fremde Gesichter waren ihr zugewandt. Sie versuchte, sich an den Kilometer zwischen der

Wiehre und Günterstal zu erinnern, aber es gelang ihr nicht.

Sie hatte einen Kilometer lang geschlafen.

Sie fuhr weiter, mit angespannten, ausgestreckten Armen das Lenkrad haltend, um nicht wieder einzuschlafen.

Vor dem Haus mit der Trauerweide stand der Volvo. Sie hielt dahinter, stieg aus. Die Tasche ließ sie im Auto. Sie wollte Richard Landen nicht erschrecken.

Auf dem Armaturenbrett des Volvos lag ein Handy. Auf dem Beifahrersitz sah sie zerknüllte Papiertüten, Taschentücher, Plastikflaschen, Bücher. Mit der Landen'schen Ordnung war es ganz offensichtlich vorbei. Vielleicht war sie auch nur eine Tommo'sche Ordnung gewesen.

Das Haus war hell erleuchtet, durch alle Fenster drang Licht. Sie hörte schnelle, rhythmische Musik, die ihr bekannt vorkam. Am Gartentor dachte sie an Niksch. Aber die Musik vertrieb die Erinnerung.

Sie klingelte, Landen öffnete. Er lächelte, sagte: »Ich wusste es.«

Dann weißt du auch den Rest, dachte sie.

Er führte sie ins Wohnzimmer. Die Fenster zum Garten und die Terrassentür standen offen. Seit ihrem letzten Besuch Anfang des Jahres hatte sich nichts geändert. Der Esstisch aus hellem Holz, statt einer Sitzecke weiche beige Kissen. Auf dem Boden eines fensterlosen Erkers eine Blumenvase mit drei einzelnen Blumen, darüber hing eine Kalligrafie. Sie erinnerte sich. Tokonoma, die Bildnische.

Nur die Musik war neu und veränderte alles.

»Santana?«

»*Moonflower*, die Platte aller Platten.«

Sie musste schmunzeln. Sie waren im selben Jahrzehnt kulturell geprägt worden, das schlug manchmal durch. Sie begann, sich sehr wohl zu fühlen. Die Musik vermittelte ihr ein Gefühl von Heimat. Sie war nie auf dem Feldberg gewesen, auf dem Schauinsland, aber es gab ja auch eine Heimat in der Zeit.

Und es gab, zum Beispiel, Santana.

»Zusammen mit Pink Floyd, *Darkside of the Moon*«, sagte sie.

»Und Ende der Sechziger *The Doors*.« Richard Landens Augen glühten. Er war unrasiert, trug Jeans und T-Shirt. Sie sah und spürte, dass er auf dem Sprung in ein neues Leben war. Aber der Abschied vom alten fiel ihm nicht leicht.

Das eigene Kind am anderen Ende der Welt.

»Nicht zu vergessen Genesis, *Seconds Out*«, sagte er.

»Und viele andere.«

»Möchtest du was trinken?«

»Was hast du?«

»Mineralwasser, Apfelsaft, Orangensaft, Birnensaft, Pflaumensaft, Johannisbeersaft, Karottensaft, Tomatensaft.«

Sie lachte. Er hatte für sie eingekauft. »Ich hatte mit Tee gerechnet.«

»Na ja, du kannst natürlich auch Tee haben.«

»Ich nehm Birnensaft. Danach werd ich duschen. Und *danach* werd ich schlafen. Ist das okay?«

»Natürlich.«

Sie gähnte. »Oder dusche ich, bevor ich was trinke?«

»Wie du möchtest.«

Sie gähnte weiter. »Ich glaub, ich möchte erst mal Kaffee.«

»Espresso?«

Sie gähnte immer noch. »Einen doppelten.«

Ihre Blicke trafen sich. Sie zuckte die Achseln. So war das nun mal mit den Wörtern, wenn sie ihre Unschuld verloren hatten. Sie erinnerten immer nur *daran*.

»Kommst du mit in die Küche?«

Sie kam mit in die Küche.

Auch die Küche war unverändert. Die schwarze Porzellankatze auf dem Fenstersims, das Mobiliar aus hellem Holz, die Wände maisgelb gestrichen. Der Tisch, an dem sie im Winter gesessen hatten, Richard Landen, sie, Niksch.

Es war nicht ganz so schlimm, wie sie erwartet hatte.

»Ich war im Frühling an seinem Grab«, sagte Landen.

Sie sah ihn erstaunt an. »Warum?«

»Weiß ich nicht. Vielleicht, weil wir zusammen hier gesessen haben.« Er füllte Wasser in eine chromfunkelnde Espressomaschine.

»Ich gehe am Wochenende hin.«

Er nickte.

Das Espressotässchen glich dem zierlichen Teetässchen vom Winter. Sie hielt es am Rand, den Henkel hätte sie vermutlich abgebrochen.

Sie tranken im Stehen.

Niksch war da und nicht da.

Vielleicht war die Erinnerung an ihn nur deshalb noch so schmerzhaft, weil sie ihn damals im Wald gefunden hatte. Weil sie ihn wenige Minuten, nachdem er gestorben war, in den Armen gehalten hatte. Wenn sie ihn nicht gefunden hätte, hätte sie sich auf eine andere, schönere Weise an ihn erinnert.

Wenn sie ihn nicht in den Tod geschickt hätte.

Aber sie hatte ihn nicht in den Tod geschickt. Sie hatte ihn nur gebeten, auf Taro aufzupassen.

Sie fragte sich, wo Verantwortung begann und wo sie endete.

»Er war süß und lustig. Er fuhr Rallyes.«

»Rallyes?«

Sie nickte. Sie dachte an Theres, die auch Rallyes fuhr. An Pauling, Theres' Onkel, der auf die Dunkelheit gehofft und eine falsche Entscheidung getroffen hatte. Sie dachte an Peter Mladic, den Deutschen serbischer Abstammung. An Calambert, den sie vor zweieinhalb Jahren erschossen hatte. Aber das mit Calambert war etwas anderes gewesen.

Wo begann Verantwortung, wo endete sie?

Sie hatte Lust, mit Richard Landen darüber zu sprechen. Sie würde für den Rest ihres Lebens in Günterstal bleiben und mit ihm über die wichtigen Dinge der menschlichen Existenz sprechen. Über Wörter, die ihre Unschuld verloren hatten, und Verantwortung, die irgendwo begann, aber doch auch irgendwo enden musste.

Sie kehrten ins Wohnzimmer zurück. Santana spielten »Let the Children Play«. Sie liebte dieses Lied, sie hatte es seit Jahren nicht gehört. Die Sentimentalität der Vierziger. Plötzlich besann man sich auf die Kultur seiner Jugend, als hätte man etwas Liebgewonnenes am Wegrand vergessen und eilte nun zurück, um es aufzuheben. Man begann, das picklige, unreife, altkluge, zottelige Wesen jener Zeit zu mögen. Man begann vielleicht, es zu verstehen.

Dann holte sie ihre Sporttasche und ging hinter Landen in den ersten Stock. Auch hier waren alle Lichter eingeschaltet. Die Türen, die zu den Zimmern führten, standen offen. »Schlafzimmer, Gästezimmer, Arbeitszimmer, Bad.« Landen deutete flüchtig mit der Hand. Auch hier oben herrschte eine beeindruckende Ordnung. Kein Teppich lag ein bisschen schief, kein Hemd hing außen am Schrank, kein Buch stand ein bisschen vor. Sie musste grinsen, als sie sich vorstellte, wie es morgen früh in diesem Haus aussehen würde.

»Was ist?«

»Alles ist so ... unglaublich ordentlich.«

Richard Landen nickte. »Sie ist erst hier so geworden. So unglaublich ordentlich. Sie ist mit mir nach Deutschland gegangen, weil sie fand, dass es sich so gehörte. Die Frau geht dorthin, wohin der Mann geht. Sie dachte, irgendwann wird es ihr schon gefallen. Aber es hat ihr nicht gefallen, nie. Sie hat sich immer fremd gefühlt. Deshalb die Ordnung im Chaos. Daran hat sie sich geklammert. An gerade Linien, das offensichtlich Perfekte. Die schlichte, vollkommene Schönheit eines durch nichts gestörten Anblicks.« Er breitete die Arme aus. »Zen.«

»Ich werde euer Zen ziemlich in Unordnung bringen«, sagte sie.

»Das haben wir schon getan«, sagte Richard Landen.

Das Badezimmer roch nach Tommo. Doch bis auf den Geruch war sie daraus verschwunden. Kein Fläschchen, kein Tiegelchen, kein Döschen, das nur Frauen verwendeten. War Zen nicht auch Leere?

Und war Leere nicht die perfekte Ordnung?

Sie seufzte. Die Gedanken begannen wieder zu kleben.

Sie zog sich aus, widerstand der Versuchung, ihre Kleidung in eine Ecke zu werfen, um in einer Woche nachzusehen, was damit geschehen war. Vielleicht wäre Tommo aus Japan gekommen, um sie zu waschen und zu bügeln.

Sie lachte. Ein bisschen Gemeinheit war schon okay.

Vor dem Spiegel verging ihr das Lachen. Eine Woche Schlaf würde nicht annähernd genügen.

Die Lichter im Wohnzimmer waren ausgeschaltet. Die Musik war ausgeschaltet. Sie blieb an der Tür stehen, suchte in der Dunkelheit nach Landen, aber er war nicht da. Barfuß ging sie durch den Raum, setzte sich auf eines der Kissen. Ein wundervoller Ort, um mit ihm zu schlafen. Umgeben von der Stille und der Schönheit dieses kargen Raumes, in dem nichts vom Wesentlichen ablenkte.

Sie stand auf. Sie würde nicht in diesem Zimmer mit ihm schlafen. Nicht in diesem Haus. Sie mussten einen Ort finden, an dem es Tommo gegenüber nur ein bisschen gemein war.

Einen Ort im Raum oder in der Zeit.

Er war draußen, im Garten. Er saß auf einem Stuhl an der Rückseite des Hauses im Dunkeln. Auf einem Holztischchen standen Gläser und Flaschen, eine Kerze, die nicht angezündet war. Er lächelte, als sie kam. Das Lächeln war maßgeblich. Sie setzte sich frontal auf seinen Schoß, und sie küssten sich. Sie spürte erste warme Regentropfen auf den Armen. Fremde, warme Hände auf ihren Brüsten. Auch Richard Landen konnte also gierig sein.

Sie hatte den Eindruck, nach vielen Jahren in eine Art Heimat zurückzukehren. Sie dachte an Tommo, die in eine andere Art Heimat zurückgekehrt war.

Irgendwann später spürte sie, dass Landen die Augen geöffnet hatte. »Wir haben Zeit«, sagte er an ihren Lippen.

»Jetzt schon«, sagte sie, legte die Arme um seinen Hals und den Kopf auf seine Schulter.

Der Regen wurde für ein paar Minuten stärker, dann hörte er plötzlich auf. Aber in den tiefhängenden schwarzen Wolken grollte und knurrte es.

Sie hatte sich auf den zweiten Stuhl gesetzt, trank Birnensaft, kämpfte gegen die Müdigkeit. Jetzt nicht einschlafen, dachte sie. Nicht jetzt.

Die Luft war warm und feucht und schwer.

Sie legte eine Hand auf den Tisch, der zwischen ihnen stand. Nur für den Fall, dass Richard Landens Hand da war.

Sie war nicht da.

Sie hätte gern über sein Kind gesprochen, das in Japan zur Welt kommen, in Japan leben würde. Über ihre beiden Brüder, den toten und den lebenden. Aber sie dachte, dass dies nicht der Moment war für solche Gespräche. Sie war ja nicht gekommen, um zu reden.

»Machst du mir noch einen Espresso?«

»Natürlich.« Er stand auf, ging ins Haus.

Sie ließ den Blick über den Garten gleiten. Hier herrschte, soweit sie es in der Dunkelheit sehen konnte, keine Ordnung. Der Garten sah aus, als dürfte alles wachsen, wie es wachsen wollte, bis zufällig jemand kam, um es ein wenig zu kürzen. Dann wuchs es wieder, wie es wollte.

Als Landen mit dem Espresso zurückkehrte, sagte sie: »Der Garten, das ist dein Revier?«

»Sieht man das?«

»Kein Zen.«

Sie lachten.

Landen setzte sich. Sie füllte Zucker in den Espresso, sah, dass er sie dabei beobachtete. Fremde Hände, fremde Bewegungen. Er wirkte interessiert. Sie glaubte, dass ihm ihre Hände und ihre Bewegungen gefielen.

Sie dachte an seine Hände. An seine Gier.
»Warum ein Ring ausgerechnet am Daumen?«
Sie zuckte die Achseln, trank den Espresso.
»Silber steht dir.«
»Ja.«
»Und Gold? Warum kein Gold? Magst du Gold nicht?«
»Nein.«

Sie stand auf, zog T-Shirt und BH aus, ging zu ihm. Sie fühlte sich unglaublich erotisch, unglaublich erotisiert. Alles war warm, feucht, schwer, alles war geschwollen. Landen folgte ihr mit dem Blick. Noch bevor sie auf ihm saß, waren seine Hände wieder da.

Auch seine Hände waren warm, feucht, schwer.

Sie stützte die Ellbogen auf seine Schultern, während sie sich küssten. Sie dachte, dass sie Tommos Mann küsste, dass sie sich von Tommos Mann streicheln ließ, dass sie sich von Tommos Mann die Hose aufknöpfen ließ.

Sie drehte sich um, damit er eine Hand in ihre Hose bekam.

Als die Hand eine Weile in seiner Hose gewesen war, flüsterte Tommos Mann an ihrem Ohr: »Nicht hier, Louise. Nicht jetzt.«

Sie blieb noch einen Moment auf ihm sitzen, für den unwahrscheinlichen Fall, dass er es sich anders überlegte.

Und weil die Hand noch da war.

»Verstehst du mich?«

Sie hatte sich wieder angezogen, saß wieder auf dem anderen Stuhl. Gähnend antwortete sie: »Kommt drauf an.«
»Worauf?«
»Auf den Zeitpunkt.« Auf seinem Schoß verstand sie ihn nicht. Auf der anderen Seite des Tisches schon.

Er nickte und wandte den Blick ab. Seine Finger strichen über ihre Finger. Er sagte: »Auch wenn wir uns trennen, das ist ihr Ort. Sie ist hier. Das Haus ist ein Teil von ihr, es gehört zu ihr . . . Ich weiß nicht, wie ich es ausdrücken soll. Es würde sie zutiefst verletzen. Es würde etwas zerstören, das für sie und für mich einmal sehr wichtig war. Mein Gott, man kann doch nicht ohne Rücksicht auf einen Menschen leben, den man einmal geliebt hat.«

Sie gähnte erneut. Sie wusste nicht, was sie konnte und was nicht. Ob sie an dem Punkt, an dem sie gewesen waren, noch hätte aufhören können. Trotz aller Skrupel hatte sie angefangen.

Aber sie glaubte ihn zu verstehen. Für ihn waren auch Rücksichtnahme, Zurückhaltung, Verzicht auf irgendeine Weise Leidenschaft. Eine ganz persönliche Leidenschaft, die ihn erfüllte.

Sie verzichtete mit Bedauern. Er verzichtete mit Hingabe.

»Gut«, sagte sie, »aber irgendwann beginnt ein neues Leben.«

»Shizu und mein Sohn werden auch ein Teil meines neuen Lebens sein.«

»Ja, aber irgendwann wirst du nichts mehr zerstören, wenn du die Hand in meiner Hose hast. Außer vielleicht meine Hose.«

Er lachte überrascht.

»Ich meine, man kann's mit allem übertreiben«, sagte sie.

»Das ist wahr.«

»Auch mit der Rücksicht und den Skrupeln.«

»Tue ich das? Ja, manchmal vielleicht.«

»Ich werd dir helfen, das richtige Maß zu finden.«

Er lächelte. »Aber lass das T-Shirt erst mal an.«

Irgendwann fielen ihr die Augen zu. Sie spürte Landens Hand in ihrer, die warme, schwere Luft, die warme, schwere Müdigkeit. Endlich schlafen. Aber am Rande ihres Bewusstseins saß plötzlich ein Wort, das sie nicht schlafen ließ.

Marcel.

Sie öffnete die Augen. Marcel, der überall war. Auch hier?

Sie fand den Gedanken vollkommen absurd. Weshalb hätte er sie hier beobachten sollen? Trotzdem glitt ihr Blick über die dunkle, halbhohe Hecke, die den Garten vom Nachbargrundstück trennte. Er war in ihrer Wohnung gewesen.

Natürlich war nichts zu sehen.

Und doch – Marcel war da, wenn nicht da draußen in der Dunkelheit, dann irgendwo in ihr. Sie stand auf. »Gehen wir rein.«

Sie gingen ins Wohnzimmer, legten sich einander gegenüber auf die Kissen. Ihre bloßen Füße berührten sich. Louise schloss die Augen, öffnete sie. Mit Marcel war die Erinnerung an Peter Mladic gekommen.

Peter Mladic aus Lahr, die Großmutter Serbin aus Banja Luka in Bosnien.

Ihr wurde bewusst, dass ihr ein, zwei Sekunden Erinnerung fehlten. Wie auf dem Weg nach Günterstal, als ein Kilometer gefehlt hatte. Ihr fehlte die Erinnerung an den Moment, als Peter Mladic getroffen worden und zu Boden gestürzt war. Sie begriff, dass sie es nicht gesehen hatte. Sie hatte die Augen geschlossen, unmittelbar bevor Bo geschossen hatte. Sie hatte sie geöffnet, unmittelbar nachdem Peter Mladic gefallen war. Kein Sekundenschlaf. Sie hatte einem Instinkt gehorcht. Sie hatte es nicht sehen wollen.

Automatische Schutzmechanismen, die den Körper steuerten.

Richard Landens Blick lag auf ihr. Sie lächelte flüchtig. Jetzt nichts sagen, Ritsch, bin am Nachdenken.

Sie wusste, was Traumata anrichten konnten. Wie tief sie sich ins Unterbewusstsein fressen, was sie noch Jahre später anrichten konnten. Calambert war eine Art Trauma. Aber es gab schlimmere. Einer ihrer Kollegen war als junger Beamter von einem Bankräuber als Geisel genommen, erst nach Stunden befreit worden. Jahrelang hatte ihm nicht einmal seine Frau angemerkt, dass etwas nicht stimmte. Fünfzehn Jahre später war er im Urlaub weinend kollabiert und in einer Trauma-Ambulanz aufgewacht.

Sie war froh, dass sie manchmal die Augen schloss.

Sie dachte an Pauling, der die Augen sicherlich nicht geschlossen hatte. An Bo, der während des Krieges in seiner Heimat ein Kind gewesen war. An die zahllosen Menschen in Kroatien, Bosnien, Serbien, die Grauenvolles erlebt und keine Trauma-Ambulanzen hatten.

An Thomas Ilic, der sich die Angst nicht hatte anmerken lassen. Der minutenlang gezittert hatte, nachdem alles vorbei gewesen war.

»Ich habe absolut *keine* Ahnung, wo du mit deinen Gedanken bist«, sagte Richard Landen. »Du könntest überall sein. Vielleicht schläfst du auch.«

Sie lächelte wieder. Wie sehr sie solche Momente vermisst hatte. »Was weißt du über den Jugoslawienkrieg?«

»Welchen?«

»Den von 1991.«

Sie erzählte von Heuweiler und Bo, von Thomas Ilic und Peter Mladic aus Lahr.

Landen setzte sich auf. »Um Gottes willen, das ist ja...«

Sie sahen sich an. Mein Beruf, dachte sie. Das ist mein Beruf. An solche Geschichten musst du dich gewöhnen.
An Verbrechen.
Er schüttelte den Kopf. »Wie furchtbar.«
»Was weißt du über den Jugoslawienkrieg?«
Landen sagte nichts. Er hatte den Blick abgewandt.
»Ja«, sagte sie. »Es ist furchtbar.«
»Und verdammt verantwortungslos.«
»Du warst nicht dabei, Richard. Es hätte gut gehen können.«
»Er war Serbe. Es war ja wohl abzusehen, was geschehen würde.«
»Er war kein Serbe, er war Deutscher.«
»Dann wäre er noch am Leben, oder?«
Sie nickte zögernd. Mal war man Deutscher, mal nicht.
»Und du? Du musst doch ganz ... Du hast miterlebt, wie ein *Mensch* ermordet wurde. Ein *Kollege*. Und du bist ganz ruhig?«
Sie setzte sich ebenfalls auf. Sie fingen früh an, einander nicht zu verstehen. Vielleicht war das gut. So entstanden keine Illusionen.
Sie nickte wieder. »Ich habe es miterlebt, und ich werde es nie vergessen. Das ist vielleicht schon alles.«

Richard Landen war in die Küche gegangen, um sich eine Tasse Espresso zuzubereiten. Sie nahm an, dass er nachdachte. Sich fragte, ob er sich mit solchen Geschichten konfrontieren wollte. Sie legte sich auf den Rücken. Mein Beruf, meine Geschichten, dachte sie. Teil meines alten Lebens, Teil jedes neuen Lebens. Mit dem Menschen bekommst du seine Geschichten, Ritsch.
Als er zurückkam, sagte sie: »Du hast kein Recht, mich

dafür zu kritisieren, wie ich mit dem umgehe, was ich miterlebe.«

Er setzte sich neben sie, stellte die Tassen ab. »Ich weiß. Aber wie soll *ich* damit umgehen?«

Sie nickte. Auf diese Frage mussten sie eine Antwort finden, falls das, was heute geschah, eine Fortsetzung hatte. Sie dachte an Mick. Micks Antwort war einfach gewesen: Ich will das nicht hören, Lou. Ich will, dass du diesen Scheißberuf endlich aufgibst. Ich will jetzt vögeln, Lou.

Richard Landens Hand lag plötzlich auf ihrem Bauch, halb auf dem T-Shirt, halb auf der bloßen Haut. Aber sie schien nur dort liegen zu wollen, nicht mehr.

Immerhin, dass sie dort lag, war auch eine Art Antwort.

Auf welche Frage auch immer.

»Der Jugoslawienkrieg, Richard.«
»Hm. Das kann dauern.«
»Wir haben doch jetzt Zeit.«

Er zog die Hand weg, legte sich auf den Rücken. Nun, sagte er, eigentlich sei es ja ganz einfach gewesen. Die Slowenen und die Kroaten hätten den serbisch dominierten Staatenbund verlassen wollen, die Serben hätten das verhindern wollen. Die Slowenen und die Kroaten hätten sich für unabhängig erklärt, die Serben hätten den Krieg begonnen.

»Aber«, sagte Louise gähnend.
»Das Aber ist das Problem«, sagte Richard Landen.
»Wie immer«, sagte sie und schlief ein.

Sie träumte von Jugoslawien. Der Traum war chaotisch, blutig, unverständlich, ein einziges Durcheinander und doch sehr präzise. Der Zweite Weltkrieg kam darin vor, der Erste, Österreich-Ungarn, der faschistische kroatische Staat Ustascha mit seinen Konzentrationslagern, mordende serbische Tschetniks, Tito-Partisanen, die kroatische und deutsche Faschisten umbrachten und viele Zivilisten gleich mit. Das alte rotweiße Schachbrettmuster, Wappen der Ustaschen, Wappen des neuen, souveränen Kroatien. Krajina-Serben, die einst konstituierendes Volk gewesen und dann zur Minderheit erklärt worden waren, in einem plötzlich fremden Staat die Autonomie ausriefen. Serbische Milizen und serbische Schlächterbanden, serbische Massaker, serbische Flüchtlinge. Das Leid der Muslime, die ethnische Säuberung. Die kontraproduktive frühe Anerkennung der neuen Staaten durch Deutschland und Österreich, die manchmal tendenziöse Berichterstattung westlicher Medien. Die Propaganda der Nationalisten auf drei Seiten. Drei verblendete alte Männer. Srebrenica kam in dem Traum vor, das Massaker an den Muslimen vor den Augen der tatenlosen Welt. Und immer wieder träumte sie Fragen. Was stimmte, was stimmte nicht? Was war Propaganda, was nicht? Was war da wirklich geschehen? Alles, was berichtet worden war? Welche Rolle hatte die Religion gespielt? Wie sollte Versöhnung möglich sein, wenn keine wirkliche Aufarbeitung stattfand? War es zu früh dafür? Wie sollte es in dem künstlichen Gebilde Bosnien und Herzegowina mit seinen beiden Entitäten und seinen drei Ethnien weitergehen? Wann begann eine internationale, sachliche Rekapitulation der Ereignisse? Konnte man das nur dem Internationalen Gerichtshof überlassen? Konnte man Staaten in die EU aufnehmen, die sich nicht miteinander ausgesöhnt hatten? Warum arbeiteten die westlichen Medien ihre Berichterstattung nicht auf? Demokratie, träumte sie, war doch auch objektive Berichterstattung. Das mit uns, Louise, träumte sie, könnte vielleicht was werden, aber es wird Zeit brauchen. Das Aber, träumte sie, ist immer das Problem.

Stunden später schreckte sie hoch. Es regnete in Strömen, die Luft war feucht und schal. Von irgendwo war eine leise, vertraute Melodie zu hören.

Richard Landen lag ihr zugewandt auf der Seite und schlief. Er hatte die Arme vor der Brust verschränkt, den Mund leicht geöffnet, die Augenbrauen leicht gehoben. Er schien selbst im Schlaf nachzudenken. Sie legte ihm die Hand auf die Wange. Mach dir keine Gedanken, mach dir doch nicht immer Gedanken. Es ist einfach so, wie es ist.

Sie stand auf, um die Terrassentür und die Fenster zu schließen, hielt inne. Die Melodie stammte von Erik Satie.

Sie fand ihr Handy auf dem Dielenschränkchen.

»Illi«, stand auf dem Display.

Es war kurz vor drei Uhr.

»Wir haben uns reinlegen lassen«, sagte Thomas Ilic.

19

SIE GING, OHNE RICHARD LANDEN ZU WECKEN. Leise zog sie die Haustür zu. Am Gartentor blickte sie im Regen zurück. Die Zweige der Weide bewegten sich unter den schweren Tropfen auf und ab. Das Haus selbst war dunkel und stumm. Mehr denn je war es Tommos Haus. Sie wollte zurückgehen, um Richard Landen zu wecken, ihn aus diesem dunklen Haus herauszuholen. Sie wusste, dass das Unsinn war. Es war sein Haus. Er musste es schon von selbst verlassen.

Für einen Augenblick war sie nicht sicher, ob sie das wirklich wollte. Ob sie in dasselbe Haus passte wie Richard Landen.

Als sie im Auto saß, war sie beinahe völlig durchnässt.

Sie ließ den Motor an. Da merkte sie, dass sie die Sporttasche mit der benutzten Kleidung vergessen hatte. Mit Nora Roberts und Barclay James Harvest. Sie stellte sich vor, wie Richard Landen die Tasche öffnete, ihre Sachen herausnahm. Er würde viel über sie erfahren.

Der Gedanke gefiel ihr.

Noch während sie anfuhr, rief sie Thomas Ilic zurück. Vorhin hatte er das Nötigste erzählt, nun erzählte er ausführlicher.

Es änderte nichts. Sie hatten einen katastrophalen Fehler begangen. Sie hatten sich von Marcel reinlegen lassen. Marcel war kein Kollege. Er war... Sie wussten nicht, wer oder was er war. In wessen Auftrag er handelte. Nicht im Auftrag des BND, so viel zumindest schien nun klar zu sein.

Turetzki war nicht in ein Hotel gegangen, sondern hatte sich auf eine Bank an einem Emmendingener Bach gesetzt und das Haus beobachtet, in dem die drei harmlosen Touristen aus dem Mittleren Osten verschwunden waren. Bermann hatte ihn angerufen und gesagt, Danke für alles, er solle jetzt Schluss machen, er solle in ein Hotel gehen. Doch Turetzki wollte nicht in ein Hotel gehen. Er wusste nicht genau, weshalb, aber er wollte erst einmal auf der Bank sitzen bleiben und das Haus beobachten. »Er hat gesagt, wegen seinem Hüftgelenk«, sagte Thomas Ilic sehr ruhig. »Sein Hüftgelenk hat so komisch wehgetan, ganz anders als sonst, und da hat er gedacht, da ist was im Busch.« Er schwieg. Im Hintergrund schrie Bermann. Jemand anders schrie dazwischen.

Sie hatte das Zisterzienser-Tor erreicht, raste hindurch. Der Regen war schwächer geworden. In ihrem Kopf vibrierten Ziegelsteine und bohrten sich mit ihren Ecken und Kanten in alles, was weich und empfindlich war. »Und dann?«

»Warte«, sagte Thomas Ilic. Eine Tür wurde geschlossen. Die Stimmen waren nicht mehr zu hören.

Dann, gegen halb drei, waren vor dem Haus in Emmendingen vier Autos vorgefahren, drei große dunkle Offroader, ein schwarzer Mercedes. Ein halbes Dutzend Männer waren herausgesprungen und im Haus verschwunden. Turetzki hatte nach seinem Telefon gegriffen, da hatte eine Männerstimme hinter ihm Nein gesagt. Er hatte den sanften Druck einer Hand auf der Schulter gespürt. Okay?, hatte die Stimme sehr freundlich gesagt. Okay, hatte Turetzki erwidert. Er hatte dem Mann sein Handy und seine Dienstwaffe geben müssen, er hatte sich vom Haus abwenden müssen. Deshalb hatte er nur gehört, aber nicht gesehen, was ein paar Minuten später geschehen war. Plötzlich Schritte zahlreicher Personen, ein Mann hatte gestöhnt, Autotüren waren zugeschlagen worden, die Wagen weggefahren. Kurz darauf hatte ein weiteres Auto unmittelbar hinter ihm gehalten. Dann war er allein gewesen.

»Die wollten die drei Pakistaner und den Studenten«, sagte Thomas Ilic. »Darum ging es, von Anfang an. Sie wollten nicht mit einem Informanten reden, sie wollten die Pakistaner, wahrscheinlich vor allem den Jinnah-Enkel. Nur darum ging es, Louise. Die haben mit dem BND nichts zu tun, die haben mit uns nichts zu tun. Das sind Kopfjäger oder . . .« Er brach ab.

Sie nickte. Trotz der Kopfschmerzen begann sie allmählich zu begreifen. »Sie haben das Depot selbst in die Luft gejagt, Marcel und seine Leute.«

»Ja.«

»Weil sie die Pakistaner nach Freiburg locken wollten. Den Jinnah-Enkel.«

»Ja.«

Sie versuchte, sich den Mann mit dem Vollbart vorzustellen. Den Jinnah-Enkel. Es gelang ihr nicht. »Das kann alles nicht wahr sein, Illi«, sagte sie.

»Nein. Ja.«

Und doch, dachte sie, war alles irgendwie logisch.

Sie hatte die Wiehre erreicht. Die Straßen waren trocken. Der Regen war, wie so oft, in den Tälern hängen geblieben. Sie dachte flüchtig an Tommos Haus im strömenden Regen, an Richard Landen, der sich allein fühlen würde, wenn er irgendwann erwachte. Ohne Tommo, ohne die gierige Kommissarin, die nachts kam und nachts ging.

»Und die beiden anderen? Das Ehepaar aus Islamabad?«

»Auch verschwunden.« Gegen halb eins bei Rashid eingetroffen, gegen halb drei spurlos verschwunden. Sie nickte stumm. »Noch jemand ist verschwunden«, sagte Thomas Ilic.

»Ich weiß. Trumic.«

»Hast du die Mail gelesen?«

»Welche Mail?«

Am Abend war eine weitere E-Mail aus Islamabad eingetroffen. Trumic' Frau hatte ihren Mann als vermisst gemeldet. Vermisst auf dem Weg vom Büro zur Wohnung. Louise nickte erneut. Auch das kam ihr irgendwie logisch vor. In Freiburg und Emmendingen die Pakistaner, in Islamabad der Bosnier.

Marcel hatte aufgeräumt.

Die Polizeidirektion war hell erleuchtet. Schutzpolizisten und Kripobeamte eilten durch die Flure. Männer vom MEK. Auf der Treppe kam ihr Löbinger entgegen, aber er beachtete sie nicht. Plötzlich war Thomas Ilic neben ihr. Sie berührte seinen Arm. Sie hätte gern geweint vor Erleichterung darüber, dass ihm in Heuweiler nichts passiert war, aber das hatte sie, wenn sie sich recht erinnerte, auf der Lichtung in seinen Armen bereits getan.

Während sie nach oben eilten, berichtete er.

Abdul Rashid und seine Frau waren von Paulings Leuten verhaftet worden. Die Frau hatte einen Nervenzusammenbruch erlitten, die Kollegen hatten den Notarzt rufen müssen. Sie waren noch in der Wohnung. Rashid war mittlerweile in der Polizeidirektion, Pauling selbst hatte ihn gebracht. Vormweg hatte die höchste Sicherheitsstufe ausgerufen. Rashid mochte distinguiert und harmlos aussehen, er galt fürs Erste als Terrorist.

Nach den drei Pakistanern aus Karatschi und Marcels Leuten wurde gefahndet. Aus Stuttgart waren zwei Helikopter unterwegs, aus Lahr mehrere Züge Bereitschaftspolizisten, aus Wiesbaden das BKA.

Aber sie konnten überall sein.

»Vielleicht nicht«, sagte Louise.

»Was?«

»Der Amerikaner. Wenn Amerikaner dabei waren ...« Sie brach ab. Sie hatte an Militärbasen gedacht, aber dann war ihr Baudys Bericht eingefallen – Amerikaner im Großen Tal.

Doch dort hätten sie in der Falle gesessen.

»Du denkst an eine amerikanische Militärbasis?«

»Na ja, was man so hört und liest.«

Thomas Ilic sagte nichts. Er schien zu überlegen, was man so hörte und las.

»Söllingen bei Baden-Baden«, sagte sie.

»Wurde Anfang der Neunziger aufgegeben.«

»Ach? Dann Ramstein. Oder Spangdahlem.«

»Das sind zwei bis drei Stunden Fahrt, Louise.«

»Von dort können sie sie problemlos ausfliegen.«

Thomas Ilic nickte. »Übrigens, das Große Tal.«

»Da würden sie in der Falle sitzen, Illi.«

Thomas Ilic hatte in Adam Baudys Bericht nachgelesen. Als Baudy am Montagmorgen überlegt hatte, wer Riedingers Schuppen angezündet haben mochte, hatte er spontan an die Asylbewerber vom Keltenbuck gedacht, an die Holländer auf dem Campingplatz, an die amerikanischen Studenten, die im Großen Tal zelteten.

Sie schwiegen einen Moment. Amerikanische Studenten, das klang nun doch sehr weit hergeholt. Aber das galt auch für Ramstein und Spangdahlem.

Ihr fiel ein, dass Marcel *Kirch*zarten gesagt hatte. Dass er das Große Tal vielleicht kannte, weil er vielleicht einmal in der Region gelebt hatte.

Sie bekam das Große Tal nicht aus dem Kopf.

»Wir müssen mit Baudy reden«, sagte sie.

»Später«, entgegnete Thomas Ilic.

Sie nickte. Sie dachte, dass Baudy Recht gehabt hatte. Steht doch alles in meinem Bericht, hatte er gesagt.

Im Dezernat 11 im dritten Stock herrschte vollkommene Ruhe. Niemand war zu sehen, nur Vormweg und Almenbroich. Sie standen im Gang, blickten ihr entgegen. Almenbroichs Hand lag auf der Klinke zu einem der Büros. Aber es sah nicht so aus, als wollte er die Tür öffnen. Er schien sich abzustützen.

Sie blieb stehen. Zum ersten Mal, seit Thomas Ilic angerufen hatte, kam ihr die Frage nach der Verantwortung in den Sinn. Marcel war in *ihrer* Wohnung gewesen. Sie hatte ihn als Einzige gesehen, sie hatte als Einzige mit ihm gesprochen.

Sie hatte ihm geglaubt. Sie hatte den anderen von ihm erzählt.

Sie suchte in den Blicken von Vormweg und Almenbroich nach Schuldzuweisungen, Vorwürfen. Aber sie fand nur Ratlosigkeit, Entsetzen, Erstarrung.

»Wie geht's dem Arm«, sagte Vormweg.

»Eine Katastrophe, Louise«, sagte Almenbroich.

Auf der anderen Seite des Gangs wurde eine Tür geöffnet. Eine Frau, die sie nicht kannte, trat heraus. Sie war klein, blass, unscheinbar, roch nach Zigarettenrauch. Das Kostüm aus dem Billigkaufhaus, die Frisur aus der Frauenzeitschrift. Auf den ersten Blick eines jener traurigen, übergangenen Wesen, die in Drogeriemärkten an der Kasse saßen. Aber Vormweg und Almenbroich standen stramm.

»Die Kollegen sind in einer Stunde hier«, sagte die Frau.

Vormweg nickte.

»BKA«, erklärte Almenbroich Louise.

Vormweg erwachte aus der Erstarrung. »In fünf Minuten ist Besprechung im Soko-Raum.«

»Wo ist das?«, fragte die Frau.

»Im vierten Stock. Kommen Sie.« Vormweg ging mit ihr weg.

»Was für eine Katastrophe«, sagte Almenbroich wieder. Er sah noch grauer, kraftloser, kränker aus als am vergangenen Abend. Plötzlich wurden ihr die Konsequenzen der Katastrophe bewusst. Almenbroich würde die Verantwortung übernehmen. Sobald die Akte geschlossen war, würde er gehen, sich aus der Schusslinie nehmen lassen, was für Beamte des höheren Dienstes in aller Regel den Aufstieg ins Regierungspräsidium oder in die Landespolizeidirektion bedeutete. Falls er das nicht wollte, würde man ihn an irgendeine Schule versetzen, vielleicht die Polizei-Fachhochschule Villingen-Schwenningen, vielleicht die Außenstelle der Polizei-Akademie im fränkischen Wertheim, wo die wenigsten freiwillig hingingen.

Kein guter Moment, um ihn mit ihrem Misstrauen zu konfrontieren. Trotzdem. Sie trat dicht zu ihm. »Ich möchte wissen, was Sie mir verschweigen.«

»Wie bitte?«

»Ich *muss* es wissen. Ich kann nicht weitermachen mit dem Gefühl, dass Sie . . .«

Almenbroich straffte sich, nahm die Hand von der Klinke. Sie rechnete damit, dass er fiel, aber er fiel nicht. Mit einem Mal schien die Kraft zurückgekehrt zu sein. Vielleicht, dachte sie, gab es noch Hoffnung, in jeder Hinsicht.

Sie gingen Richtung Treppenhaus.

»Wenn diese Katastrophe vorbei ist, erzähle ich ...«

»Nein, nein«, sagte sie. »Jetzt.«

Sie blieben stehen.

»Also gut.« Almenbroichs Stimme und sein Blick waren streng und entschlossen. So kannte, fürchtete, bewunderte sie ihn. So brauchte sie ihn. »Mir ist gleichgültig, was in Ihrer Akte steht. Sie hatten eine Krise, Sie haben sie überwunden. Sie haben gezeigt, dass Sie stark sind, stärker als die meisten von uns. Aber wenn ich irgendwann mal nicht mehr hier bin, zählt meine Ansicht nicht mehr. Dann sind Sie ...«

»Ich glaube, ich will das nicht hören«, sagte sie erschrocken.

»... dann sind Sie das, was in Ihrer Akte steht. Eine schwierige, aufbrausende, intelligente, sehr anstrengende Kollegin mit einem Alkoholproblem. Eine *Alkoholikerin*. Und so wird man Sie dann inoffiziell auch behandeln, egal, ob Sie jemals wieder trinken werden oder nicht. Sie werden nicht mehr befördert, Sie werden niemals eine Soko leiten, Sie werden immer wieder, wie in der Sitzung vorgestern, mit Ihrer Geschichte konfrontiert werden«.

Almenbroich hielt inne, schöpfte Atem.

»Ich will das nicht hören, Herr Almenbroich«, sagte sie.

Er nickte. »Wenn ich irgendwann mal nicht mehr hier bin, kann ich Sie nicht mehr schützen, Louise. Dann sind Sie weitgehend auf sich allein gestellt. *Daran* habe ich in diesen Tagen gedacht. *Das* habe ich Ihnen, nun ja, verschwiegen. Wollen Sie sich jetzt entschuldigen oder dann, wenn diese Katastrophe vorbei ist?«

Sie antwortete nicht.

Sie gingen zum Fahrstuhl. Almenbroich betätigte die Ruftaste. »Sie haben wirklich geglaubt, dass ich Ihnen Informationen vorenthalte?«

»Ich . . .« Sie brach ab.

»Sie müssen sich nicht entschuldigen«, sagte er, plötzlich wieder grau, kraftlos, kränklich. »Wir waren alle . . . Diese furchtbare Hitze. Dieser furchtbare Fall.«

Die Türen glitten auf, sie betraten die Kabine. Almenbroich drückte auf »4«. Die Türen schlossen sich. Louise sagte: »Ich werde Ihnen jetzt heulend um den Hals fallen.«

Almenbroich nickte und drückte auf »Halt«.

Die Besprechung begann um drei Uhr fünfzehn und dauerte kaum zehn Minuten. Die meiste Zeit sprach Rolf Bermann. Niemand stellte kritische Fragen zu den Ereignissen der vergangenen Stunden. Keine Vorwürfe, keine Diskussionen, kein Streit. Jetzt war nicht die Zeit, Dinge aufzuarbeiten. »Jetzt holen wir uns PADE«, sagte Bermann. Er hatte tiefe Augenringe, war verschwitzt, ungeduldig. Er schaute niemanden an, während er sprach.

Löbinger und ein paar seiner Leute waren da, Pauling war da, Vormweg und die beiden BKA-Kollegen waren da. Schneider, Anne Wallmer, Thomas Ilic waren da. Paulings Kommandoführer war nicht da. Sie stutzte, dann begriff sie.

Pauling würde *nicht* gehen.

Im Gegensatz zu Almenbroich. Im Fahrstuhl, zwischen dem dritten und dem vierten Stock, die Katastrophe vor Augen, sein heulendes Sorgenkind im Arm, hatte er bestätigt, was sie befürchtet hatte. Er würde natürlich gehen.

»Anselm und seine Leute holen Busche«, sagte Bermann, »Anne und Heinz holen die Lehrerin aus Ehrenkirchen, Illi und Louise holen Mahr, ich fange mit der Vernehmung von Rashid, Marion Söllien und Bo an, das Ehepaar auf Mallorca übernehmen die spanischen Kollegen. Fragen?«

Vormweg hob die Hand. »Mahr ist der ehemalige Landtagsabgeordnete? Also, das ist heikel. Vielleicht sollte man . . .« Er brach ab, Bermann schüttelte schon den Kopf.

»Illi und Louise fahren.«

Vormweg sah Thomas Ilic an. Die Müdigkeit in seiner Miene war für Momente der Sorge gewichen. Denkt daran, ein Politiker. Das ist heikel. Thomas Ilic nickte beruhigend. Keine Angst, wir fassen ihn mit Samthandschuhen an. Heikle Politiker sind unsere Spezialität. Der Halbkroate, die Halbfranzösin, ein gutes Team.

Good man, bad woman.

Sie musste, trotz allem, lächeln.

»Also gut«, sagte Vormweg.

»Sonst keine Fragen?«

»Doch«, antwortete sie. Rashid – was sagte der? Bermann zuckte die Achseln. Was man eben sagte, wenn man verhaftet wurde. Das ist ein Irrtum. Ich habe mir nichts zuschulden kommen lassen. Ich kooperiere. Ich will einen Anwalt. Ich bin Deutscher.

Deutscher?

Eingebürgert durch Eheschließung.

»War's das jetzt?«, fragte Bermann in die Runde.

Niemand sagte etwas. Sie sah in die Gesichter der Kollegen. Müde Gesichter, die meisten apathisch, fassungslos, ratlos. Gesichter im Spiegel der Katastrophe. Sie begriff, dass niemand Lust hatte, sich über die in Emmendingen entführten Pakistaner Gedanken zu machen, über Marcel und seine »Einheit«. Terroristen im Breisgau? Extralegale Terroristen*jäger* im Breisgau? Darauf sind wir nicht vorbereitet. Dafür sind wir nicht zuständig. Wir sind da überfordert. Das kann auch alles nicht wahr sein. Also bitte, im Breisgau. Holen wir uns PADE, sagten die müden Gesichter, und dann Schluss.

»Nein, noch nicht«, sagte sie.

Die apathischen Gesichter wandten sich ihr wieder zu.

Die drei Pakistaner aus Karatschi. Marcel und seine Leute. Was war mit denen?

Bermanns Augen weiteten sich. Ein Funken glomm darin, den sie nicht interpretieren konnte. Nichts Angenehmes, das war klar. Die Fahndung laufe, erwiderte er, mehr könne man im Augenblick nicht tun. Im Übrigen sei das BKA dafür zuständig.

Jetzt verstand sie den Funken. Sei doch froh, verdammt, wenn der Kelch an uns vorübergeht. Terroristen und Terroristenjäger im Breisgau, Mensch, was sollen wir denn mit denen anfangen? »Wenn einer von Marcels Leuten Amerikaner . . .«, begann sie.

»Wir kümmern uns darum«, unterbrach die BKA-Kollegin.

»Wenn einer von ihnen Amerikaner ist, gilt das vielleicht auch für andere.«

»Ich sagte doch, wir kümmern uns darum.«

»Und dann fahren sie vielleicht nach Ramstein oder Spangdahlem und sind in zwei Stunden für immer verschwunden.«

Die BKA-Kollegin seufzte.

»Wir haben Fantasie hier unten im Breisgau.«

»Und wir die Erfahrung.«

»*Bitte*«, sagte Vormweg gequält.

»Amerikaner, Luis ...«, sagte Löbinger, die Brille zurechtrückend. »Also, ist dir klar, was du da unterstellst?«

Thomas Ilic sagte: »Man hört und liest so einiges.«

»Ach ja, und was zum Beispiel?«

Louise bedeutete Thomas Ilic, ihr die Antwort zu überlassen. Sie fand, dass er sich nicht zu weit aus dem Fenster lehnen sollte. Sie war für Rebellion zuständig, er für Integration. Das war wichtig. Nicht die Rollen und Aufgaben vermischen, Illi, trotzdem danke. Guantanamo, sagte sie, Entführungen durch die CIA, Verschleppung in Folterstaaten, und man brauche nicht viel Fantasie, um noch so einige andere Geschichten für möglich zu halten.

Löbinger nahm die Brille ab, rieb sich die Augenlider, setzte die Brille auf. »Also, ich versteh kein Wort«, murmelte er. »Wovon *spricht* sie?«

»Überlassen wir die Pakistaner und Marcel dem BKA, ja?«, bat Almenbroich.

Sie schüttelte den Kopf. Sie hatte weitere Fragen. Das Ehepaar aus Islamabad – wussten sie nur, dass es verschwunden war? Oder wussten sie mehr? Thomas Ilic erwiderte, sie wüssten nicht *viel* mehr – und das auch nur aus ersten Informationen von Rashid. Er war angeblich gegen halb drei aufgewacht, weil ein Telefon geklingelt hatte. Er hatte aufgeregte Stimmen gehört. Dann war die Tür ins Schloss gefallen. Er hatte nachgesehen, seine »Gäste« waren fort gewesen. Nach einer Weile war er ins Bett zurückgekehrt. Wenige Minuten später hatte das MEK an seinem Bett gestanden. »Aber ob das stimmt oder nicht ...« Thomas Ilic zuckte die Achseln.

Während sich die anderen erhoben, versuchte Louise zu begreifen, was Thomas Ilic da gesagt hatte. Es dauerte eine Weile.

Marcels Leute waren in Emmendingen, aber nicht bei Rashid in Freiburg gewesen. Das Ehepaar aus Islamabad war gewarnt worden. Es hatte Rashids Wohnung vor etwa einer Stunde verlassen, war nicht gekidnappt worden.

Sie wollte etwas sagen, ließ es. Bermann war schon fort, die anderen drängten zur Tür. Sie stand auf, trat hinter Thomas Ilic in den Flur. Ein Mann, eine Frau aus Islamabad, dachte sie, unterwegs in Freiburg, vielleicht auf der Flucht, vielleicht auf der Jagd.

Drei Uhr dreißig am Morgen, als sie das Gebäude verließen, noch immer kein Regen in der Stadt, noch immer drückende Schwüle, weil die schweren, tiefen Wolken – so erklärte sie es sich zumindest – die Luft hier unten stauten. Sie nahm sich vor, später, wenn sie Mahr geholt hatten, in den Regen zu fahren, sich in den Regen zu stellen. Er würde die Müdigkeit fortwaschen, die Kopfschmerzen, alles, was nicht in ihren Kopf und in den Breisgau gehörte. »Wohin würdest du an ihrer Stelle gehen?«, fragte sie Thomas Ilic.

»Hm.«

»Viele Möglichkeiten haben sie nicht.«

»Nein.«

»Busche, die Lehrerin, Mahr.«

»Ja.«

»Die Lehrerin gehört nicht dazu, hat Marcel gesagt. Vielleicht stimmt wenigstens das.«

»Ja, vielleicht.«

Sie stiegen in Thomas Ilic' Dienstwagen. »Ich würde zu Mahr gehen«, sagte sie.

»Warum?« Er legte den Schnellhefter auf die Ablage. Wenigstens, dachte sie lächelnd, würden sie sich nicht verfahren.

»Wegen Aziza.«

»Aziza ist seit dreizehn Jahren tot.«

»Vielleicht ist sie ein Bindeglied.«

»Noch eine Schlüsselfigur, meinst du?«

»Vielleicht, ja.«

Gähnend legte sie den Kopf zurück. Während Thomas Ilic den Motor anließ, fragte sie, ob sie ein aktuelles Foto von Johannes Mahr dabei hatten. Ja, hatten sie. Er wies mit dem Kopf auf den Schnellhefter. Sie nickte. Aber sie hatte keine Kraft mehr, sich das Foto anzusehen. Sie dachte wieder an den Mann und die Frau aus Islamabad, die in Freiburg auf der Flucht oder auf der Jagd waren. Doch als sie die Augen schloss, sah sie Bo und Peter Mladic und Thomas Ilic. Sie saßen auf der Lichtung nahe Heuweiler und hatten aufgehört zu sprechen.

Sie öffnete die Augen, legte die Hand auf Thomas Ilic' Arm, nahm sie wieder weg. Berühren oder heulen, dachte sie, und geheult hatte sie gerade erst.

»Alles in Ordnung«, sagte er.

»Gut.«

Aber sie glaubte ihm nicht. Seine Stimme klang belegt. Sein Gesicht leuchtete weiß in der Dunkelheit. Was in Heuweiler geschehen war, schien ihn erst nach und nach zu erreichen.

Wagen glitten vorüber, fahle Gesichter hinter den Scheiben, sie winkte Anne Wallmer, sah Löbinger, der sie nicht beachtete, auf einem Beifahrersitz, im Fond den jungen, nervösen Blonden aus seinem Dezernat. Er hatte die Nase gegen die Scheibe gedrückt und lächelte ihr schüchtern zu.

Sie lächelte mütterlich zurück. Die Jugendphase war vorbei. Jetzt waren die Gestandenen dran.

Dann fielen ihr die Augen zu, sie schlief ein, den Kopf am Fenster, schreckte hoch, als sie begriff, dass sie standen. Orangefarbenes Neonlicht umgab sie, eine Tankstelle, Thomas Ilic war draußen. Sie sah eine Frau in der Dunkelheit eines frühen Morgens aus einem französischen Auto steigen, in den Shop gehen, kleine Sonntagsparty, kleine Mittwochsparty, kleine Geburtstagsparty, auf dem Tresen standen Orangensaft, Cola und der Rest. Ein halbes Dutzend Flaschen, manchmal mehr, drei Tüten, ein paar Bögen von Ronescus *Badischer Zeitung*, die Rückkehr sollte ja lautlos erfolgen. Dann langsam zum Auto gehen, dort kamen die Tüten mit den schallgedämpften Flaschen in eine Reisetasche. Immer dasselbe, ein Ritual, Selbstverständlichkeit. Nur die Orte wechselten, manchmal war sie bis Lahr gefahren, bis Bad Krozingen. Manchmal erkannte sie an einem Blick, einer Geste, dass sie an einem vermeintlich neuen Ort doch schon gewesen war, die Frau mit der kleinen Party, den Flaschen, drei Tüten, ach ja, sie hatte sich gezwungen, dem Blick standzuhalten. Thomas Ilic kam zurück, stieg ein, während ihr Schauer über den Rücken liefen, was für ein Leben, ein Leben aus Lügen, Scham, Erniedrigung. Aber, dachte sie, sie hatte es doch geschafft, sie hatte dieses Leben doch beendet und ein neues begonnen, das war doch alles fast vorbei, das Leben davor, das Leben danach, da gab es eben doch gravierende Unterschiede. Nur die Erinnerung an die Scham, das Leid, die blieb, ein Gefühl in der Haut, das nicht mehr weichen würde. Eigentlich, dachte sie, ein gutes Gefühl. Es half bestimmt beim schwierigen Unterfangen Leben.

Später fragte sie, um nicht wieder einzuschlafen, nach Bermann, was war denn eigentlich mit dem Rolf los, von der

Vertrauten zum notwendigen Übel, an ihr konnte es diesmal doch nicht liegen.

»Rolf?«, murmelte Thomas Ilic.

»Weißt du da was?«

»Wir haben heute ... gestern ein bisschen gesprochen.«

»Während ich geschlafen hab.«

Er nickte.

Rita Bermann wollte, dass die Karriere ihres Mannes weiterging. Er sollte Inspektionsleiter werden, und langfristig war der Sprung in den höheren Dienst geplant. Ein Jahr Fachhochschule Villingen-Schwenningen, ein Jahr Führungsakademie Münster, nicht unbedingt sofort, irgendwann halt, da ließ sie ja mit sich reden, Hauptsache, dies war und blieb der Plan. Dass er ein hervorragender Dezernatsleiter war, nun, schön und gut, was half es, wenn es nicht weiterging? Besoldungsgruppe A 14 klang nun mal besser als A 13, und A 15 war doch ein lohnendes Ziel. Gib mir Status, dann halte ich den Mund, dachte Louise. Dann kümmer ich mich um deine vielen Kinder und übersch deine vielen Frauen. Sie musste grinsen. Alles hatte eben seinen Preis. Auch die zahllosen hübschen, schlanken, erotischen Blondinen gab es nicht umsonst.

»Und Rolf, was sagt der dazu?«

»Dass er eigentlich lieber bleiben will, was er ist.«

»Und jetzt muss er was werden, das er nicht werden will.«

Thomas Ilic schwieg.

»Und das alles für die Liebe.« Sie lachte.

»Ha, ha«, machte Thomas Ilic. »Apropos Rolf.« Er hatte mit Bermann auch über Pauling gesprochen. Pauling hatte seinen Kommandoführer von allen Aufgaben entbunden. Er hatte gesagt, er müsse sich als Chef des MEK auf die Informationen und Einschätzungen seiner Leute verlassen können. Wer falsche Informationen und Einschätzungen bekomme, könne keine richtigen Entscheidungen treffen. Der Kommandoführer sei ohne Zweifel ein guter Mann, aber vielleicht für eine andere Position besser geeignet.

»Demokratie.« Sie gähnte. »Die Großen überleben.« Demokratie und Liebe, dachte sie, was für scheinheilige Wörter, was für schleimige Wörter, damit war doch ursprünglich mal was anderes gemeint.

»Aber auf irgendeine Weise hat er auch Recht, findest du nicht?«, sagte Thomas Ilic.

Sie gähnte weiter. »Das Aber ist immer das Problem.«

»Schlaf ein bisschen.«

Sie lächelte. Das war ja mal ein Partner.

20

ALS THOMAS ILIC SIE WECKTE, standen sie in einer schmalen, dunklen Querstraße der Straße, in der Mahr wohnte. Sie wollte aussteigen, doch er hielt sie zurück. Er war, sagte er, zweimal an Mahrs Haus vorbeigefahren. In einem Zimmer im Erdgeschoss rechts war Licht, in der Küche links war Licht. Gesehen hatte er niemanden.

Sie blickte auf die Uhr. Viertel vor vier. Selbst Politiker schliefen morgens um Viertel vor vier.

Sie überlegten, ob sie Verstärkung anfordern sollten.

»Bis die da sind«, sagte sie gähnend.

»Die sind schnell da.« Thomas Ilic griff zum Telefon.

Aber nicht heute, heute würde es dauern. Die Fahndung nach Marcel und seinen Leuten, die Festnahme der Lehrerin in Ehrenkirchen, Busches in Lahr – jeder Beamte, der um diese Uhrzeit verfügbar war, war im Einsatz, andere wurden im Moment erst wachtelefoniert.

»Na, dann komm«, sagte Louise.

Aber Thomas Ilic blieb sitzen. Der Mann und die Frau aus Islamabad, dachte sie, und das Licht morgens um Viertel vor vier. Und Heuweiler. Heuweiler holte ihn ein.

»Nur umsehen, Illi.«

»Das wäre gegen deinen Ruf.«

»Den will ich doch loswerden.«

»Nachts um vier?«

»Wann sonst?«

Sie lachte.

»Na komm«, sagte sie.

Sie stiegen aus.

Thomas Ilic ging voran, in die falsche Richtung, aber sie folgte ihm, auf ihren Ruf bedacht, schweigend. Sie kletterten über einen Zaun, liefen an einer Hauswand entlang, arbeiteten sich in eine Thujenhecke hinein. Durch die Zweige sah sie den hellen Schimmer eines erleuchteten Zimmers. Thomas Ilic legte den Finger an die Lippen. Sie waren da.

Im Schutz eines Gartenhäuschens traten sie auf einen kurz gemähten Rasen, in der Dunkelheit gingen sie ein paar Schritte auf ein Haus zu. Das Haus war alt und gemütlich, hatte zwei Stockwerke, Balkone im ersten, Erker im zweiten, lag inmitten eines großen grünen Gartens. Es gefiel ihr. Ein Haus für ein neues Leben. Sie brauchten doch ein neues Haus, Richard Landen und sie.

Thomas Ilic blieb stehen. Jetzt war das erleuchtete Zimmer gut zu sehen. Ein großes Wohnzimmer, ein Esstisch, Stühle, ein Couchtisch, Sessel. Am Couchtisch saß ein Mann. Er war, soweit sie es über die Entfernung von dreißig Metern beurteilen konnte, um die Sechzig, dünn, groß, fast kahlköpfig, trug Anzug und Krawatte, eine Brille.

»Mahr?«, flüsterte sie.

Thomas Ilic nickte. Sie nickte ebenfalls.

Rücken an Rücken setzten sie sich auf den Rasen. Fünf, sechs Minuten lang beobachteten sie den Mann im Wohnzimmer, das Haus, den Garten, die Hecke. Mahr rührte sich nicht, niemand kam oder ging. Der Mann und die Frau aus Islamabad waren nicht da. Marcel war nicht da.

»Übrigens«, flüsterte Thomas Ilic dicht an ihrem Ohr.

Die Forensiker des BKA hatten sich die Aufzeichnung ihres Gesprächs mit Marcel angehört und erste Vermutungen geäußert. Kindheit hier in der Region, Jugend in Norddeutschland, vermutlich Bremer Raum, dialektale Einfärbungen aber durch langjähriges Sprechtraining fast vollkommen abgeschliffen. Anfang Vierzig, gehobenes soziales Niveau, akademische Ausbildung. Bestimmend, berechnend, klug. Kaltblütig. Leidenschaftlich. Sie sah Marcel vor sich, nickte.

Die Details würden folgen.

»Und was sagen die Forensiker über mich?«

»Sie rätseln noch, zu welcher Spezies du gehörst.«

Sie lachten lautlos.

Ihr Blick kehrte zu Mahr zurück. Zum ersten Mal fragte sie sich, wie er auf die Vorwürfe reagieren würde. Wie er war.

Auf wen er wartete.

»Illi . . .«

»Der wartet auf irgendwen.«

»Ja.«

»Die Frage ist: auf wen?«

Sie schüttelte den Kopf. Sie kannte die Antwort.

Die Thujenhecke zog sich um das ganze Anwesen. Am Gartentor und an der Einfahrt zur Garage war sie unterbrochen, der Blick auf das Gebäude frei. Das Licht links war jetzt aus, das andere brannte noch.

Ein gelbes Klingelschild aus Ton, eine fröhliche Sonne mit vier Namen. JOHANNES, SUSANNE, TOBIAS, FLORIAN MAHR. Susanne und die Kinder lebten in Stuttgart, hatte Thomas Ilic gesagt.

Sie überprüften die Waffen, zogen die Dienstausweise hervor. Sie dachte an Hannes Riedinger, der allein in Räumen für fünf Menschen gelebt hatte. An Richard Landen, der allein sein würde, wenn er heute aufwachte. An Johannes Mahr, der morgens um vier allein in seinem Wohnzimmer auf seine Verhaftung wartete. Sie dachte, dass das Leben letztlich darauf hinaus lief, allein zu sein.

Gedanken in der Dunkelheit, der Müdigkeit.

Thomas Ilic sah auf die Uhr. »Drei Minuten noch.«

Sie hob die Augenbrauen.

»Paragraph 104 StPO.«

»Ja?«

»Wir dürfen Wohnungen zwischen einundzwanzig und vier Uhr nur bei Verfolgung auf frischer Tat oder Gefahr im Verzug betreten und durchsuchen.«

»Ich wusste nicht, dass die StPO so viele Paragraphen hat. Ich habe bei Paragraph 1 aufgehört zu lesen.«

Thomas Ilic lächelte schwach. »Die sachliche Zuständigkeit der Gerichte wird durch das Gesetz über die Gerichtsverfassung bestimmt.«

»Der beste Roman könnte nicht spannender beginnen. Seit zwanzig Jahren überlege ich, was das bedeutet.«

»Ich erkläre es dir, wenn du möchtest.«

»Nächste Woche, Illi.«

»Zwei Minuten«, sagte Thomas Ilic.

Sie warteten.

»Okay«, sagte Thomas Ilic schließlich. Aber er bewegte sich nicht. Sie hatte den Eindruck, dass er am Ende seiner Kraft war. Seiner Selbstbeherrschung.

»Das muss jetzt sein, Illi. Nur das noch.«

Er nickte.

Sie öffnete das Gartentürchen, lief zum Haus, die Walther in der einen, den Dienstausweis in der anderen Hand. Ihr Blick glitt über die Tür, die Fenster des Hauses, die Ecken, immer wieder, hin und her, man wusste ja nie. Am Rande ihres Bewusstseins registrierte sie Obstbäume, einen Basketballkorb, ein kleines Fußballtor, ein Wäschekreuz, dachte, ein Garten für vier Menschen, und fragte sich, warum ihr so etwas immer auffiel.

Thomas Ilic schloss zu ihr auf.

Sie klingelte. Langsame Schritte erklangen, Mahr öffnete. Sie stellten sich vor, Mahr warf einen Blick auf die Ausweise, nickte. Er trat zur Seite, sagte nur: »Bitte«.

Nicht mehr.

Mahr hatte wieder auf dem Sessel Platz genommen, Louise und Thomas Ilic standen ihm gegenüber. Thomas Ilic informierte ihn, dass gegen ihn Haftbefehl erlassen worden sei, dass sie hier seien, um den Haftbefehl zu vollstrecken, dass ihm der Haftbefehl am Morgen in Kopie in der Polizeidirektion ausgehändigt werde. »Ja«, sagte Mahr und nickte und sah weder sie noch Thomas Ilic an.

»Möchten Sie Ihre Frau anrufen? Eine andere Person Ihres Vertrauens? Einen Ihrer Söhne?«

»Nein«, sagte Mahr. »Nein. Ich habe meinen Anwalt angerufen, aber er ist nicht da, er ruft nicht zurück.« Er hob die Hände, starrte auf seine Finger. Er hatte kleine Hände, kleine Finger, wirkte insgesamt zerbrechlich, obwohl er sehr groß war, so groß wie Täschle, schätzte sie, aber er saß krumm. Er hatte einen weißen, kurz gestutzten Vollbart, nur noch über den Ohren weiße, kurz gestutzte Haare. Seine Augen waren gerötet, er trug eine tropfenförmige Brille. Ein harmlos wirkender Hinterbänkler, der es auf Umwegen in den Landtag geschafft hatte, Experte für irgendwelche komplizierten internationalen juristischen Sachverhalte, für die man als Wähler gern einen Experten im Landtag wusste.

Mahr senkte die Hände, sagte, ohne aufzusehen: »Ich vermute, er ist im Urlaub, und jetzt weiß ich nicht genau, was ich machen soll.«

»Viele Möglichkeiten haben Sie nicht«, sagte Louise.

»Nein.« Mahr zog ein Stofftaschentuch hervor, hob ungelenk die Brille an, trocknete sich die Augen. »Ich bin froh, dass es . . .«

»Das ist keine Vernehmung, Herr Dr. Mahr«, unterbrach Thomas Ilic leise. »Sie müssen sich weder jetzt noch bei einer Vernehmung zu den Beschuldigungen äußern. Haben Sie das verstanden?«

»Ja.« Mit zitternden Händen faltete Mahr das Taschentuch zusammen, schob es in die Sakkotasche.

Sie warteten. An der Decke summte ein Lampenakku, für einen Moment das einzige Geräusch im Haus.

»Ich bin froh, dass es vorbei ist«, sagte Mahr. »Dass zwei Menschen sterben mussten, ist . . .«

»Herr Dr. Mahr«, sagte Thomas Ilic.

»Drei Menschen«, sagte Louise.

Mahr sah auf. »Drei?«

»Herr Dr. Mahr, das ist keine Vernehmung.«

»Lass doch, Illi.« Sie sahen sich an. »Einfach nur reden, okay?«

»Ja«, sagte Thomas Ilic. Sein Blick war glanzlos, unruhig. Durchhalten, Illi, dachte sie, nur noch ein paar Minuten. Er nickte. Also, dann erzähl's ihm. Ich schaff das schon.

Sie erzählte von Heuweiler, von Bo und Peter Mladic.

Lew Gubnik, Hannes Riedinger, Peter Mladic. Drei Tote.

Thomas Ilic hatte sich abgewandt. Mahr rieb sich mit den Händen über die Oberschenkel. »Ich wollte etwas Gutes tun, und dann mussten drei Menschen sterben.«

»Etwas Gutes«, sagte sie.

»Ja, natürlich. Ich . . .«

»Sie wollten mithelfen, Musharraf umzubringen«, sagte Thomas Ilic.

»Ich wollte mithelfen, Pakistan zu einem demokratischen Staat zu machen. Einem Vorposten der Demokratie im Mittleren Osten. Keine Demokratie von Amerikas Gnaden, abhängig von Amerikas Interessen. Eine Demokratie, die den komplizierten Anforderungen Vorderasiens gerecht werden würde und trotzdem Demokratie wäre. Das geht mit Musharraf nicht. Solange er regiert, bleibt Pakistan eine Diktatur – und ein Pulverfass. Pakistan ist eine Atommacht, Sie wissen das. Innenpolitisch ist es eine Melange aus unterschiedlichsten Interessen. Irgendwann werden die Fliehkräfte zu stark sein, dann . . . Aber das wird Sie nicht interessieren. Die drei Toten interessieren Sie.«

»Auch die anderen Toten«, sagte Louise.

»Musharraf wäre ermordet worden«, sagte Thomas Ilic, »vielleicht andere. Vielleicht hätte es einen Bürgerkrieg gegeben.«

»Ja, das wäre der Preis gewesen. Ein Bürgerkrieg. Eine kurze, blutige Rebellion der Mehrheit gegen die Minderheit. Jetzt wird es diese Rebellion vielleicht nie geben, sondern andere Kriege, Interessenskriege, wenn die Fliehkräfte zu stark geworden sind. Jeder gegen jeden. Ohne die Rebellion, die ich unterstützen wollte, wird Pakistan über kurz oder lang zu einem neuen Libanon werden. Das kann doch niemand wollen. Demokratie oder Chaos, ich bitte Sie, wir haben doch die Wahl. Und einen Preis müssen wir in jedem

Fall bezahlen – egal, wofür wir uns entscheiden.« Mahrs Stimme klang resigniert. Er wollte sie nicht bedrängen, nicht überzeugen.

»Gehen wir«, sagte Thomas Ilic. »Ich kann das nicht mehr hören. Sie sprechen zu leichtfertig über die Toten anderer Familien.«

»Nein, nein«, sagte Mahr. »Nicht leichtfertig, glauben Sie mir. Der Preis ist entsetzlich hoch, das weiß ich. Aber die Demokratie ist es wert. Es ist der Preis der Demokratie. Die Demokratie kostet Menschenleben.«

»Gehen wir«, sagte Thomas Ilic.

»Sie verstehen mich«, sagte Mahr beinahe sanft und hob die Hand, als wollte er Thomas Ilic berühren. Aber er saß zu weit von ihm entfernt. »Sie haben jugoslawische Vorfahren, nicht wahr? Sie haben einen jugoslawischen Namen.«

»Ich verstehe gar nichts. Zum Beispiel verstehe ich nicht, warum Sie die Morde an Hannes Riedinger und Peter Mladic so schockieren, wenn Sie in Pakistan einen ganzen Bürgerkrieg anzetteln wollten.«

Mahr zog die Hand zurück. »Mord und Bürgerkrieg, das ist ein Unterschied. Mord ist . . . Mord ist Diktatur. Ein Mensch entscheidet über das Leben eines anderen. Nimmt ihm die Hoheit über das eigene Leben. Das ist der Unterschied. Verstehen Sie?«

»Und das wussten Sie erst hinterher?«, fragte Louise.

»Nein, ich wusste es vorher. Ich dachte, es wäre nötig für das große Ziel. Aber ich habe mich getäuscht.«

»Weil Sie in Panik waren?«

»*Getäuscht*«, sagte Thomas Ilic angewidert.

»Ich dachte . . . Ja. So muss man es wohl nennen. Ich war in Panik.«

»Gehen wir endlich«, sagte Thomas Ilic.

»Ja«, murmelte Mahr und erhob sich. Er war einen Kopf größer als Thomas Ilic, ging aber leicht gebückt. Im Flur griff er nach einer Reisetasche, die unter dem Treppenabsatz stand. Thomas Ilic nahm sie ihm aus der Hand, durchsuchte sie, gab sie ihm zurück.

Louise öffnete die Tür.

»Haben Sie sie festgenommen?«, fragte Mahr.

»Wen?«

»Shahida und Jamal.«

Sie starrte ihn an. Die Gedanken klebten wieder. Mahrs Stimme und Wortwahl besagten, dass sie Shahida und Jamal hätten festnehmen *müssen*.

Langsam, dachte sie. Shahida und Jamal, die Gesichter auf den Fotografien, das Ehepaar aus Islamabad. Sie waren von irgendjemandem gewarnt worden. Sie hatten Mahr angerufen, kurz bevor oder nachdem sie aus Rashids Wohnung geflohen waren. Sie hatten natürlich geglaubt, die *Polizei* wäre in Emmendingen gewesen, hätte ihre Landsleute festgenommen. Sie waren vor der Polizei geflohen.

Haben Sie sie festgenommen?

Sie schloss die Tür. Endlich war die Antwort da.

Shahida und Jamal waren verfolgt worden.

Mahr saß wieder, Louise und Thomas Ilic standen wieder.

»Nicht die Polizei?«, sagte Mahr. »Nicht Sie?«

»Nein«, sagte Louise fiebrig.

»Aber wer dann? Wer um Himmels willen dann?«

Sie suchte Thomas Ilic' Blick, doch er hatte den Kopf gesenkt. Auf seiner Stirn standen Schweißtropfen, er war weiß im Gesicht, kalkweiß. Es schien jetzt sehr schnell zu gehen.

»Alles in Ordnung, Illi?«

Er sah sie mit kleinen Augen an, nickte und blinzelte beruhigend. Alles in Ordnung, gib mir ein paar Minuten, ist gleich vorbei. Aber er wirkte nicht so, als wäre es gleich vorbei.

»Wer dann?«, wiederholte Mahr.

Sie musterte ihn. Ein Mann, der den Namen ihres Nachbarn angenommen hatte. Ein Mann, der vielleicht Amerikaner war, vielleicht auch nicht. Andere, von denen sie noch weniger wussten.

Sie sagte nichts.

Sie waren also auch hinter Shahida und Jamal her gewesen. Dann, am frühen Morgen, war etwas schief gelaufen – Shahida und Jamal waren gewarnt worden. Sie waren aus Rashids Wohnung geflohen, hatten Mahr angerufen und ihn um Hilfe gebeten. Wir werden verfolgt, hatte Shahida gesagt. Ich kann euch nicht helfen, hatte Mahr gesagt. Kommt nicht hierher, kommt auf keinen Fall zu mir. Alles ist verloren. Ich kann euch nicht helfen. Dann werden wir dich töten, hatte Shahida gesagt. Heute Nacht, in einer Woche, in einem Monat, in einem Jahr. Wir werden dich töten.

Sie warf einen Blick auf die Terrassentür. Dahinter der Garten, die Thujenhecke, die Dunkelheit. Waren sie dort draußen?

Waren Marcels Leute dort draußen?

Thomas Ilic sagte: »Sie wollten Musharraf in Berlin oder Paris töten lassen.«

Sie drehte sich zu ihm. »Illi, das hat Zeit, das soll er Andrele und dem BKA erzählen, das *interessiert* uns jetzt nicht, wir müssen jetzt . . .« Sie brach ab. Ja, was mussten sie jetzt tun?

Sie mussten Adam Baudy nach dem Großen Tal fragen. Marcel und seine Leute finden. Shahida und Jamal retten.

Die Mörder retten.

Thomas Ilic räusperte sich, rieb sich die Nase, rieb sich mit der Hand über das Gesicht. »Wissen Sie, was Krieg ist?«

Mahr runzelte die Stirn. »Ich verstehe nicht...«

»Sie wollten helfen, einen Krieg zu entfachen. Wissen Sie, was Krieg ist?«

»Illi, bitte, ich muss *nachdenken*, hilf mir *nachzudenken*!«

»Sie wollten helfen, Musharraf in Berlin oder Paris zu töten. Sie haben ein Attentat in einer europäischen Millionenstadt geplant und Hunderte Tote in Kauf genommen. Sie wollten einen Krieg in Pakistan. Wissen Sie, was das ist, Krieg?«

»Das hilft uns jetzt nicht weiter, verdammt!«, sagte Louise.

Mahr schüttelte erregt den Kopf. »Nein, nein, das wollten wir *nicht*, wir haben das *verhindert*! Sie wollten Musharraf Anfang Juli in Berlin töten, und wir haben gesagt, nein, das können wir nicht zulassen, dann wollten sie es in Paris tun, aber wir konnten nicht zulassen, dass sie es in Europa tun, ihr müsst es in Pakistan tun, haben wir gesagt, der Konflikt muss regional begrenzt bleiben, er muss... Um Himmels willen, sie hatten wegen Paris schon Kontakt zur algerischen Armed Islamic Group aufgenommen, aber das wollten wir unter keinen Umständen, wir wollten nicht mit *Terroristen* zusammenarbeiten... wir wollten keinen Terroranschlag auf westeuropäischem Boden... und dann wurde das Depot gesprengt, und plötzlich war... Die ganze Situation war plötzlich kritisch... Sie glaubten uns nicht, dass wir mit der Sprengung nichts zu tun hatten, sie glaubten, wir hätten sie betrogen, sie wollten herkommen und verlangten, dass ich ihnen Visa besorge, und so...« Er sackte auf dem Sessel zusammen, schlug die Hände vors

Gesicht, sagte undeutlich: »Aber wer denn dann, wenn nicht Sie?«

»Wissen Sie, was das ist, Krieg?«, fragte Thomas Ilic.

Louise trat zu ihm, nahm seine Hände. Sie waren feucht und sehr kalt. Sie spürte keine Kraft darin. Der Schock kam nicht fünfzehn Jahre später, sondern in derselben Nacht.

»Gehen wir doch endlich«, murmelte er.

»Ja, wir gehen jetzt, Illi. Aber wir können noch nicht in die Direktion zurück.«

»Nein.«

»Wir müssen jetzt zu Adam Baudy.«

»Ja.«

»Nur noch zu Baudy, Illi, dann ist Schluss, den Rest überlassen wir Pauling und dem Kommando.«

»Ja«, murmelte Thomas Ilic.

»Was denn für ein Kommando?«, schrie Mahr.

»Aber wir müssen aufpassen, Illi«, sagte sie. »Vielleicht sind sie hier oder folgen uns.«

»Die einen oder die anderen«, sagte Thomas Ilic.

Sie nickte. Die einen oder die anderen.

Draußen nahmen sie Mahr in die Mitte. Vor ihm ging Thomas Ilic, hinter ihm ging Louise. Die Nacht war noch dunkler und stiller als vorhin. Ihr Blick hetzte über den Garten, die Hecke, alles dunkel und still, zu hören waren nur ihre Schritte, ihr Atem und eine Stimme in ihrem Kopf: Wir werden dich töten.

Aber da war niemand.

21

THOMAS ILIC FUHR, Louise saß hinten neben Mahr. Sie hatten ihm Handschellen angelegt, er hatte es wortlos akzeptiert. Jetzt sah er reglos aus dem Fenster, schien nichts mehr wahrzunehmen, nicht, dass es zu regnen begonnen hatte, dass sie vergeblich versuchte, Adam Baudy zu erreichen, dass sie die Verstärkung nach Kirchzarten umbestellte, mit Bermann stritt, der mitten in den Erstvernehmungen steckte und wie erwartet nichts wissen wollte von Shah-was und Jamal – schien nur noch die Dunkelheit draußen wahrzunehmen und dass dies das Ende war.

Als sie in den Tunnel kamen, schrak er zusammen.

»Erzählen Sie mir von Aziza«, sagte Louise.

Da senkte Mahr den Kopf und begann zu weinen.

Sie hatten sich 1975 in Karlsruhe kennen gelernt. Er war Lehrbeauftragter am Zentrum für angewandte Rechtswissenschaft gewesen, sie die Sekretärin eines pakistanischen Wissenschaftlers, der im Kernforschungszentrum ausgebildet wurde. Sie war nach Pakistan zurückgekehrt, er nachgekommen, ein Jahr später hatten sie in Deutschland geheiratet. Sie waren nach Bonn gezogen, später nach Stuttgart, schließlich nach Freiburg, dazwischen immer wieder für Monate in Pakistan gewesen, in ihrer Heimat, Panjgur, sagte Mahr, das werden Sie nicht kennen, eine Stadt in der Wüste, die Provinz heißt Belutschistan.

»Ja«, sagte Louise, »Belutschistan, hab davon gehört.«
»Unsere Heimat«, sagte Mahr.
Sie nickte.

Aziza hatte die Heimat immer wieder gern verlassen, er war immer wieder gern zurückgekehrt. Er hatte die Menschen ihrer Heimat verehrt, diese einfachen, armen, wilden Menschen, Ethnoromantik nannte man das vielleicht, sagte er, er war der Ethnoromantik verfallen. Er hatte Muslim werden wollen, ein muslimischer Wüstenmensch, doch das hatte Aziza ihm ausgetrieben, wir brauchen dich, hatte sie gesagt, aber nicht in einem Zelt in der Wüste.

»Wir?«
»Wir Belutschen, wir Pakistaner. Wir Muslime.«
»Verstehe.«
»Aber sie ließ mir Zeit«, sagte Mahr. »Sie ließ mich ethnoromantisch sein, in einem Zelt in der Wüste Urlaub machen, mit Turban und Bart durch Belutschistan reiten. Es gibt Fotos aus dieser Zeit, da sehe ich aus wie einer aus Bin Ladens Horde.«

Er lachte verzweifelt.

Als ob du das nicht wärst, dachte sie.

Aber sie fand Mahr nicht unsympathisch. Er wusste, dass er verloren hatte, und gab es zu. Das unterschied ihn von vielen anderen Politikern, die nie verloren, die immer gewannen, egal, was geschah. Andererseits, er hatte getan, was er getan hatte.

Thomas Ilic sagte etwas. Sie lehnte sich vor. »Was?«
»Und dann«, sagte Thomas Ilic.

Und dann war die ethnoromantische Zeit vorbei, sie wurden realpolitisch. Mahr nahm den institutionellen Weg, diente sich in der Partei nach oben, Aziza engagierte sich parteilos, erst gegen Zia ul-Haq, der 1977 geputscht hatte und das Land islamisierte, in den achtziger Jahren für Benazir Bhutto, deren Vater Zia ul-Haq hatte hinrichten lassen. Ein kurzer Traum von Demokratie und Freiheit, als Benazir 1988 zum ersten Mal Ministerpräsidentin wurde, aber sie regierte unglücklich, stand bald unter Korruptionsverdacht, zwei Jahre darauf wurde sie abgesetzt. Der Traum zerplatzte, sie gingen einen eigenen Weg, ohne Benazir. »Wir haben PADE gegründet, nachdem Benazir Ministerpräsidentin geworden war«, sagte Mahr, »im Dezember 1988. Wir wollten landwirtschaftliche Projekte fördern, die Demokratisierung des Landes unterstützen . . . Aber das wissen Sie sicher.«

Sie nickte.

»Wir wollten eine pakistanische Form der Demokratie schaffen. Wir dachten, das wäre möglich. Es *ist* auch möglich.«

Er schwieg.

»Dann starb sie«, sagte Louise.

»Dann starb sie«, sagte Mahr.

Auch über dem Dreisamtal hingen die schweren, tiefen Wolken, auch dort regnete es nicht. Sie verließen die B 31. Niemand folgte ihnen. Mahr hatte den Kopf abgewandt, blickte in die Dunkelheit links der Landstraße nach Kirchzarten, wo Riedingers Bauernhof lag, wo vor zwei Tagen ein junger Muslim aus Jaijce einen Mord begangen hatte, weil er, Mahr, in Panik geraten war.

»Dann kam der Jugoslawienkrieg«, sagte Louise.

Mahr nickte. Der Genozid an den Muslimen.

Thomas Ilic sagte etwas. Wieder musste sie nachfragen.

»Nicht jetzt, ja?«

Sie nickte. »Okay.«

Ihr Blick begegnete dem Mahrs. Sie kannte diesen Blick. Fast alle Täter, mit denen sie nach der Verhaftung gesprochen hatte, hatten sie irgendwann auf diese Weise angesehen. Ich muss jetzt reden, sagte der Blick. Ich muss erzählen. Die eigene Geschichte war so wichtig, dass sie ihretwegen ein Verbrechen begangen hatten. Aber das Verbrechen hatte keine Erlösung gebracht. Nur das Erzählen brachte Erlösung.

»Nicht jetzt, Mahr«, sagte sie.

Adam Baudys blaues Häuschen lag im Dunkeln, doch in der Tischlerei im Hof brannte Licht. Ein weiterer Mensch, der nachts nicht schlief. Thomas Ilic stieg aus. Sie klopfte gegen das Fenster, bedeutete ihm, eine Minute, Illi, okay? Er bemerkte es nicht. Er tat nichts, stand nur da, neben dem Wagen.

»Der Jugoslawienkrieg«, sagte sie, »aber machen Sie's kurz.«

Der Jugoslawienkrieg, wiederholte Mahr, der Krieg gegen die Muslime. Die Kroaten bekamen Milliardenkredite vom Vatikan, Waffen und Geld aus dem Westen, Waffen sogar vom BND über Ungarn. Die Slowenen kauften sich frei. Die Serben hatten die Waffen der Jugoslawischen Volksarmee. Also mussten die Muslime sterben, die anfangs weder Geld noch Waffen hatten, und das war ja auch das Ziel, es war ein Krieg Europas und der USA gegen die Muslime.

Sie sagte nichts. Was hätte sie sagen sollen? Nur eines: Dass dieser Krieg jedes Mal anders war, wenn jemand anderes von ihm sprach.

Draußen stand Thomas Ilic und tat nichts.

Denn darum ging es, sagte Mahr. Die christlichen Kroaten und die orthodoxen Serben und der Westen hatten ein gemeinsames Ziel: einen europäischen islamischen Staat zu verhindern. Sie wollen Beweise? Es gibt Beweise. Die USA wussten frühzeitig von Srebrenica, sie wussten, dass die Serben die Stadt angreifen wollten, das können Sie bei Amnesty International nachlesen. Die Kroaten zerstörten die Brücke von Mostar, kämpften gegen muslimische Truppen, verhinderten die Rückkehr muslimischer Flüchtlinge. Die UNO richtete eine No Fly Zone ein, um zu verhindern, dass iranische Flugzeuge mit Waffen in Tuzla landeten. Die Moscheen, die Basare, die islamischen Einrichtungen, sagte Mahr, alles Muslimische auf dem Balkan wurde zerstört, und wir saßen da und konnten nichts tun ... Louise dachte: wir, wir Belutschen, wir Pakistaner, wir Muslime, wir, Aziza und ich.

»Da hat es angefangen«, sagte sie. »Im Jugoslawienkrieg.«

Er nickte. Ja, da hatte es angefangen. Bewässerungsprojekte, Gender-Projekte, Kulturprojekte für Belutschistan, alles schön und gut, aber was, wenn eines Tages die Amerikaner kamen oder die Inder oder die Iraner? Er flog nach Panjgur, fuhr in Azizas Wüstenort, sagte, könnt ihr euch dann verteidigen? Der alte Jinnah winkte ab, die kommen nicht, der junge Jinnah war Feuer und Flamme, die kommen nur dann nicht, wenn wir stark sind. Der alte Jinnah sagte Nein. Dann kam der Kosovokrieg, der nächste Krieg gegen die Muslime, doch der alte Jinnah sagte immer noch Nein. Dann, 1999, kam Musharraf, und alles wurde anders. Ein Netzwerk entstand, der junge Jinnah und seine Aktivisten in Belutschistan, Shahida und Jamal in Islamabad, Halid Trumic in Bosnien, Busche, Söllien und Mahr in Deutschland. Es dauerte noch eine Weile, dann kamen die ersten Waffen aus dem ehemaligen Jugoslawien nach Baden, auf welchen Wegen wusste Mahr nicht. Für die Verkäufer, die Transporteure und die Wege waren Trumic und Busche zuständig, er, Mahr, hielt die Kommunikation mit Islamabad und Belutschistan. Die Waffen gingen nach Pakistan, die bewaffneten Jinnah begannen, Politik zu machen, eine muslimische Opposition gegen Musharraf zu schmieden, sie verlangten demokratische Wahlen, den Rücktritt Musharrafs als Armeechef, wenn er schon Präsident bleiben würde ...

Dann kam der elfte September, danach Afghanistan, dann kamen die Amerikaner nach Belutschistan, und Musharraf zog innenpolitisch die Schrauben an. Alles Muslimische, alles Islamische stand nun dem Freund Amerika zuliebe unter dem Generalverdacht der Nähe zu Al-Qaida. »Deshalb muss es jetzt weitergehen«, sagte Mahr erregt, »sie brauchen mehr Waffen, jetzt heißt es Demokratie und Freiheit oder Diktatur und Unterdrückung, verstehen Sie?«

Sie überlegte, ob sie Mahr von Marcel erzählen sollte. Der dieselben Wörter benutzte, der dasselbe Ziel hatte, dieselben Methoden benutzte, nur einen anderen Weg ging. Demokratie, Freiheit, Gerechtigkeit, hatte Marcel gesagt. Wenn wir das bekommen wollen, brauchen wir Musharraf.

Sie schüttelte den Kopf.

»Nein, Sie verstehen es nicht«, sagte Mahr.

Sie schwieg. Sie stellte sich diesen großen, krummen Mann inmitten kleinwüchsiger Pakistaner vor, sah ihn ungelenk über einen Basar laufen, sah ihn schlaksig, und von Begeisterung erfüllt, auf einem Pferd in der Wüste sitzen, vollkommen groteske Bilder, ein einziges groteskes Missverständnis.

Und Aziza? Hätte sie da mitgemacht? Waffen, ein Attentat auf Musharraf, ein Bürgerkrieg? Hätte auch für sie der neue Traum von Demokratie und Freiheit so ausgesehen? Voller Gewalt und Blut?

Sie stellte die Frage. Mahr wandte sich wortlos ab. Die Frage aller Fragen. Die Antwort, dachte sie, war klar. In seinen Träumen kam Aziza zu ihm und sagte, was um Himmels willen tust du da, du Mörder, und Mahr sagte, aber ich tu das doch für dich, für unsere Vision, du wirst sehen, es ist richtig! Nein, sagte Aziza in seinen Träumen, du bist ein Mörder, du bist nicht besser als die, die du bekämpfst, und Mahr sagte, aber nein, sprich nicht so, bitte sprich nicht so.

Louise hatte Recht gehabt. Aziza war das Bindeglied, die Schlüsselfigur. Der Anfang und das Ende.

»Das hätten wir dann also auch geklärt«, sagte sie und stieg aus.

Sie schloss die Tür, schloss die Augen. Für einen Moment Ruhe, Stille, Dunkelheit.

Dann trat sie zu Thomas Ilic, der die Lippen zusammenpresste, ratlos den Kopf schüttelte. Du hättest von Heuweiler aus heimfahren sollen, Illi, dachte sie, jetzt bist du hier, und ich brauche dich, verdammt. »Kannst du ein paar Minuten auf ihn aufpassen?«

Er nickte.

»Die Kollegen müssen jeden Moment kommen, dann fährst du heim.«

»Es tut mir Leid. Ich bin ... Ich kann mich nicht konzentrieren.«

»Ich weiß.« Sie legte ihm die Hand auf die Wange.

»Ich hätte gleich heimfahren sollen.«

Sie nickte, dachte, was mach ich bloß mit dir, Illi, ich brauch dich doch, was klappt ihr mir alle weg in diesem

Scheißsommer, Günter, Almenbroich, jetzt du, und Rolf will was werden, das er nicht werden will, und Löbinger buckelt und giftet, und von Terroristen und Terroristenjägern im Breisgau wollen beide nichts wissen, Herrgott, was ist bloß *los* mit euch.

»Jetzt bist du hier.« Sie tätschelte ihm die kalte Wange, dachte, dass sie die Hände in diesen Tagen überdurchschnittlich oft an kalte Kollegenwangen legte, dachte plötzlich an Richard Landens warme Hände auf ihren Brüsten, lächelte, was man so für Gedanken hat morgens um vier, wenn grad alles den Bach runtergeht.

Adam Baudy saß an einem Tisch, schraubte und machte an einer Schatulle aus dunklem Holz herum, fuhr zusammen, als sie die Tür aufstieß. »Verdammt«, sagte er.

Sie trat ein. »Ich muss mit Ihnen reden.«

Wortlos wandte er sich wieder der Schatulle zu.

Sie ging durch die Tischlerei zu ihm, atmete den Geruch des Holzes ein, andere Gerüche, je näher sie Baudy kam, Zigaretten, Bier, Kneipengerüche, die in Baudys Kleidung hingen.

Sie setzte sich neben ihn auf die Bank. Er beugte sich über die Schatulle, fuhr prüfend mit dem Finger an einer Kante entlang, unendlich langsam, als hätte er alle Zeit und Ruhe der Welt, und vielleicht war das auch so, dachte sie, morgens um vier.

Er streifte sie mit dem Blick. »Was ist passiert?«

»Die amerikanischen Studenten im Großen Tal.«

Er nickte. »Paul hat sie gesehen. Paul Feul.«

»Sie nicht?«

»Nein.«

Nicht das, dachte sie. Nicht wieder losfahren, wieder mit

jemand anderem sprechen, sich wieder auf jemand anderen einstellen, nicht wieder alles von vorn.

Sie legte eine Hand auf Baudys Schulter, das musste jetzt sein, fest halten an Adam Baudy, der zu einem harmlosen Brand ausgerückt und in ein Inferno geraten war und sich trotzdem alle Zeit und Ruhe der Welt ausbedingte.

Er blickte sie an. »Sie sehen so müde aus.«

»Ist grad alles ein bisschen viel.«

Er sagte nichts.

Sie nahm die Hand fort. »Wo wohnt Paul Feul?«

»Er ist hier.«

»Bei Ihnen?«

»Seit dem Feuer schläft er hier. Wenn er schläft. Er schläft nicht viel, er war mit Gubby am ersten Rohr.«

»Ja, ich weiß. Steht in Ihrem Bericht.«

Er nickte.

»Und Sie? Sitzen um vier Uhr morgens in der Werkstatt.«

»Da hat man Ruhe. Kein Telefon, keine Kunden. Nur manchmal ein müdes Nachtgespenst.« Er lächelte.

Und die Toten, dachte sie.

»Soll ich ihn holen?«

»Geben Sie mir eine Minute. Ich brauch eine Pause.«

Baudy wandte sich der Schatulle zu, strich mit den flachen Händen darüber, öffnete sie, schloss sie. Nahm einen Schraubenzieher, schraubte am Scharnier, strich mit dem Daumen Holzstaub weg. Sie legte die Hand auf seine Schulter, dort gehörte sie, fand sie, in diesen merkwürdigen Momenten nun mal hin.

So saßen sie da, schweigend und versunken, Baudy in seine Arbeit, sie in die Bedächtigkeit seiner Bewegungen.

Paul Feul kam in Jeans und blauem T-Shirt, beides verknittert, als hätte er darin geschlafen. Seine Augen waren zugeschwollene Schlitze, er roch nach Zigarettenrauch und Kneipe, nach Bier und Erbrochenem. Baudy reichte ihm ein Glas Wasser, er trank, schenkte sich nach, trank. Sah sie schweigend, trostlos, misstrauisch an.

»Die Amerikaner im Großen Tal, Paul«, sagte Baudy.

Paul Feul nickte.

»Erzähl's ihr.«

»Hab im Großen Tal zwei Amerikaner gesehen.«

»Und?«, sagte Baudy.

»Was denn und?«, nuschelte Paul Feul.

»Sie haben gesagt, es waren Studenten. Warum Studenten?«

»Ach so.« Vorsichtiges Nicken, angestrengtes Nachdenken.

Während sie wartete, dachte sie an Niksch, der in Paul Feuls Alter gestorben war. Anfang Zwanzig, und schon war das Leben in all seiner Grausamkeit über sie hergefallen. Den einen hatte es getötet, dem anderen hatte es den Kameraden verbrannt.

»Weil einer von denen ein T-Shirt anhatte, da stand Universität drauf«, sagte Paul Feul. »Also, University.«

»Stand da noch was drauf?«

»Virginia. Of Virginia.«

»Paul«, sagte Adam Baudy sanft.

»Entschuldigung. Mein Kopf.« Paul Feul presste die Hände an die Schläfen.

»Der Kater«, sagte Louise und lächelte falsch. »Wir stecken Sie am besten in eine Wanne mit kaltem Wasser.«

»Nein, nein, bitte.«

»Doch, doch, das machen wir«, sagte Adam Baudy.

Paul Feul stieß auf, runzelte die Stirn, nuschelte, zwei Amerikaner, Studenten, einer mit University-of-Virginia-T-Shirt, irgendwo im Großen Tal, nein, nicht irgendwo ... warten Sie ... die waren in der Nähe vom Parkplatz, am Bach, nicht am Reichenbach, sondern an dem, der vom Rappeneck runterkommt. Und wann war das noch mal, also, vor ein paar Wochen, er war mit den Brüdern und dem Vater unterwegs gewesen, manchmal wanderten sie zusammen, zuletzt Ende Juni oder so, und da hatte er die Amerikaner gesehen.

»Haben die anderen sie auch gesehen?«

»Nein, nur ich, ich musste pinkeln, da hab ich sie gesehen.«

»Was haben die gemacht?«

»Im Bach gestanden.«

»Paul«, sagte Adam Baudy.

»Entschuldigung. Also, die haben sich gewaschen ... wie man sich wäscht, wenn man zeltet und dann aufsteht, nur dass es abends war, nicht morgens.«

»Und haben sie was gesagt?«

»Ich glaub, einer hat ›*fucking warm*‹ gesagt. Der andere hat ›*yeah*‹ gesagt.« Er zuckte die Achseln. Was Amerikaner eben sagten? »Dann war ich fertig mit Pinkeln.«

»Haben Sie noch was gesehen? Außer dem T-Shirt und den beiden Männern? Was gehört?«

Paul Feul dachte nach, schüttelte vorsichtig den Kopf, schwieg.

»Stecken wir ihn in die Wanne«, sagte Adam Baudy.

»Nein, bitte, das *bringt* nichts«, murmelte Paul Feul.

Sie reichte ihm ihre Visitenkarte, für alle Fälle. Sah Baudy an und sagte: »Kümmern Sie sich um ihn.«

Baudy begleitete sie zur Straße. Die Verstärkung war da. Hinter Thomas Ilic' Dienstauto stand ein Streifenwagen, am Kotflügel lehnte eine Polizistin, die schüchterne Susie Wegener, mit der sie irgendwann in diesen dunklen, heißen Tagen geheult und gelacht hatte, auf dem Weg von Oberried nach Freiburg.

Auch sie gehörte zu den Jungen.

Susie lächelte, Louise lächelte gefasst zurück. »Kommt noch jemand?«

»Also, vielleicht später.«

Ihr Blick fiel auf Thomas Ilic, der wieder in seinem Wagen saß.

Sie atmete ein, atmete aus. Ein Kripokollege, den der Schock eingeholt hatte, eine kaum zwanzigjährige Polizeimeisterin, deren zwei grüne Schultersterne in den Falten ihrer Jacke verschwanden, eine übermüdete Hauptkommissarin, die in vier Tagen und vier Nächten kaum mehr als insgesamt zehn Stunden geschlafen hatte.

»Was macht ihr jetzt?«, fragte Baudy. »Fahrt ihr hin?«

»Ja.«

Sie gaben sich die Hand.

»Wenn Sie wollen, hol ich die Kameraden. Zehn, zwölf Männer bekomme ich zusammen.«

Sie lehnte ab. Noch mehr von den Jungen, dazu unbewaffnete, obwohl sie vermutlich mit den Feuerwehrbeilen kommen würden. Ein Dutzend Freiwillige mit Beilen gegen die Terroristen und die Terroristenjäger, die es im Breisgau nicht gab.

»Überlegen Sie es sich.«

»Nein. Aber danke für das Angebot.«

Baudy nickte.

»Und Sie?«

Er zuckte die Achseln, deutete dann mit dem Kopf auf die Tischlerei. Sie nickte. Noch ein bisschen arbeiten. Auf die Nachtgespenster und die Toten warten.

Sie saßen im Streifenwagen, um sich zu besprechen, Louise und Susie Wegener vorn, Thomas Ilic hinten, ein leuchtend weißes Gesicht im Schein der Straßenlaterne. Louise sprach, Thomas Ilic sagte Ja und Nein und Ja, Susie Wegener nickte, dann war das weitere Vorgehen abgeklärt. Sie konnten Mahr nicht ins Große Tal mitnehmen, sagte sie, viel zu gefährlich, wegen Shahida und Jamal, sie mussten ihn in die Direktion bringen.
»Ja«, sagte Thomas Ilic.
Susie Wegener nickte.
»Gut, dann . . .«
»Warte.« Thomas Ilic rieb sich mit den Fingerspitzen die Stirn, sammelte noch einmal alle Kräfte, fasste noch einmal zusammen, Shahida und Jamal, die untergetaucht waren, vermutlich von Marcels Leuten verfolgt wurden, vielleicht auch schon gekidnappt worden waren, dann bringt er sie ins Große Tal, sagst du, dort hat Paul Feul im Juni zwei Amerikaner gesehen, die haben da vielleicht gezeltet, du glaubst, da irgendwo haben oder hatten Marcels Leute ihr Lager, ja? Im Großen Tal.
Sie nickte.
Die Fingerspitzen hatten rote Streifen auf seiner weißen Stirn hinterlassen und rieben weiter. Sie wollte nach seinen Händen greifen, tat es nicht. Aber warum glaubte sie, dass die drei Pakistaner aus Karatschi nach Ramstein oder Spangdahlem gebracht wurden, fragte Thomas Ilic, und das Ehepaar aus Islamabad ins Große Tal, falls Marcel sie tatsächlich ebenfalls entführt hatte?

»In Emmendingen hatte er einen Vorsprung, jetzt hat er keinen mehr. Er muss durch sämtliche Fahndungsringe, durch sämtliche Absperrungen. Bleibt, wenn er das nicht riskieren will, das Große Tal.«

Und tausend andere Täler, dachte sie, tausend andere Verstecke.

Doch eine bessere Spur hatten sie nicht. Sie konnten nach Marcel fahnden, sie konnten sich ins Große Tal setzen und warten, mehr ging nicht.

»Nein, mehr geht nicht«, sagte Thomas Ilic und nahm endlich die Hände von der Stirn.

»Und es ist doch auch gar nicht *so* unwahrscheinlich.« Lisbeth Walter hatte Marcels Leute nachts im Wald südlich von Oberried gesehen, Paul Feul zwei Männer abends im Wald über dem Großen Tal. Zeugenaussagen wie andere auch. Spuren wie andere auch. Sie waren nachts unterwegs, zogen sich vor Tagesanbruch in die Wälder zurück, schliefen tagsüber. Warum nicht?

»Ja, warum nicht«, sagte Thomas Ilic.

»Wir nehmen deinen Wagen, Illi, du bringst Mahr mit dem Streifenwagen in die Direktion, los geht's.«

»Warte, warte, ich?«, sagte Thomas Ilic, und sie sah in seinem Gesicht einen Sturm heraufziehen, und dann brach der Sturm auch schon los, und wenn da tatsächlich jemand ist, rief er gequält, wenn Marcel und seine Leute *tatsächlich* da sind und das Ehepaar aus Islamabad dazu, und ich bin nicht bei dir, wie willst du die dann aufhalten zu zweit? Verdammt, was willst du denn dann tun, Louise?

»Ich weiß es . . .«

»Verdammt, was machst du dann?«, schrie Thomas Ilic.

»Ich weiß es nicht!«, schrie Louise.

»Ich fahre mit dir«, sagte Ilic, plötzlich wieder ruhig.

»Nein!«, schrie Louise, und dann schrie sie einfach weiter, weil Thomas Ilic schon wieder so beredt schwieg, ließ es zu, dass sich für Sekunden eine maßlose Wut Bahn brach, eine mörderische Melange aus Empörung, Enttäuschung, Müdigkeit, Sehnsucht nach Schlaf und Fallenlassen, stell dich nicht so an, Illi!, schrie sie, Herrgott noch mal, was willst *du* denn machen, wenn die tatsächlich da sind und du stehst da oben im Wald und denkst an Heuweiler und Peter Mladic, glaubst du, *das* bringt uns was?

Thomas Ilic antwortete nicht.

»Herr*gott* noch mal bist du stur!«

Sie sahen sich an, der Halbkroate, die Halbfranzösin, und wieder ahnte sie, was in ihm vorging. Sie hatte ihn verletzt, sie hatte ihn stur gemacht, sie würde die Schlacht verlieren.

»Dann sind wir uns ja einig«, sagte Thomas Ilic.

»Nein.«

»Wir machen einen Kompromiss.«

»Ich hasse Kompromisse. Na gut.«

Susie Wegener würde sie bis Kappel begleiten. Dort würden sie Bermann anrufen. Dann würden sie entscheiden, wer Mahr in die Direktion brachte. Wer mit ihr ins Große Tal fuhr.

Erschöpft stieg sie aus. Wie kompliziert es war, mit Kollegen zusammenzuarbeiten. Wie schön es war, allein zu arbeiten.

Allein zu sein.

Sie verließen Kirchzarten, fuhren in die Dunkelheit hinein, Susie Wegener im Streifenwagen vorneweg, Louise und Thomas Ilic mit Mahr hinterher. Rechts lag Riedingers Weide, ein schwarzer Schlund, links erhoben sich bucklige

Hügel mit Weiden, Höfen, Kuppen, auch davon war nicht viel zu erkennen. Nieselregen setzte ein. Später, auf halber Strecke zwischen Kirchzarten und Kappel, brach Mahr das Schweigen, fing wieder an mit seinem Belutschistan und seinem Jugoslawienkrieg und seinem Kampf für Demokratie und Freiheit. Dass sie seine Ideale nicht verstehe, seine Visionen, sagte er, sei ein Generationenproblem, dass ihre Generation die Ideale und Visionen seiner Generation nicht verstehe. Das ist unser *Trauma*, sagte er, das Trauma der Achtundsechziger, wir kämpfen weiter, wie wir in den Sechzigern und Siebzigern gekämpft haben, und unsere Söhne und Töchter, die in den Wunderjahren der bundesrepublikanischen Demokratie aufgewachsen sind, schauen uns verwundert und spöttisch zu, als wären wir Exoten, sie haben vergessen, dass *wir* diese demokratischen Wunderjahre erkämpft und ermöglicht haben, und sie begreifen nicht, dass man wieder kämpfen muss, dass unser Erbe gefährdet ist, die Demokratie und die Freiheit, das begreifen sie einfach nicht, und so lassen sie uns fallen, verraten uns, wenn wir den Kampf wieder aufnehmen, wieder Steine werfen . . .

»Sie meinen Bomben«, sagte sie. »Sie werfen Bomben.«

»Ich spreche metaphorisch, mein Gott . . . Das ist genau das, was . . . Das ist die unüberwindbare kulturelle Differenz zwischen den Generationen, von der ich spreche, zwischen unseren Visionen und eurem Alltagspragmatismus, zwischen unseren Metaphern und eurer Buchstabentreue. Wir lesen den großen Sinnzusammenhang, ihr lest das Wort.« Zwei Streifenwagen kamen ihnen entgegen, über dem Freiburger Osten sah sie einen Hubschrauber, immer wieder blitzte in der dunklen Ferne Blaulicht auf. Wir lesen das Wort, dachte sie, vielleicht stimmt das ja, wir lesen

»Demokratie«, und dieses Wort hat nichts mit Morden zu tun, wir sind da ein bisschen beschränkt, wir denken nicht *weiter*. »Achtundsechzig«, sagte Mahr, »ist für euch *Vergangenheit*.«

»Sie sind kein Achtundsechziger, Sie sind ein Verbrecher, *das* ist der Kern des Problems, Mord ist keine Metapher, Herr Mahr, ganz egal, zu welcher Generation Sie gehören, und jetzt halten Sie endlich den Mund.«

Und Mahr gehorchte.

In Kappel stieg sie aus, entfernte sich im Regen von den Autos, rief Rolf Bermann an. Bermann brüllte wie erwartet Nein!, keine weiteren Leute, kein Helikopter, kein scheiß Großes Tal, ihr kommt jetzt augenblicklich in die PD! Ich glaub's einfach nicht, Louise, schrie er, lass mich mit deinem Blödsinn in Ruhe, deinem Wahnsinn, deinen einsamen Kreuzzügen, warum musst du alles immer noch viel schlimmer machen, was du da jetzt wieder treibst, verdammte Scheiße!

»Ich gehe Spuren nach, du Arschloch«, schrie sie, legte auf und wählte Almenbroichs Büronummer, dann, weil niemand abhob, seine Handynummer, am Ende seine Privatnummer. Almenbroich hatte gesagt, wenn Sie Unterstützung brauchen, kommen Sie zu mir, und nun kam sie zu ihm.

»Ach, Louise«, sagte Almenbroich mit zerstörter Stimme.

Er saß am Küchentisch, trank Kamillentee, kaute Vitamin-C-Taler, an Schlaf war nicht zu denken.

»Gehen Sie nicht«, sagte sie, plötzlich den Tränen nahe.

Almenbroich sagte nichts.

»Gehen Sie nicht weg.«

»Ach, Louise.«

Sekunden verstrichen, ohne dass ein Wort fiel. Sie hörte schwerfällige, langsame Atemzüge.

»Was brauchen Sie?«, fragte er schließlich.

Sie berichtete von Mahr, Paul Feul, dem geflohenen Ehepaar aus Islamabad, den Amerikanern im Großen Tal, dass sie dorthin unterwegs waren ohne Verstärkung, dass sie nicht wussten, was sie erwartete. Sie brauchte eine Wärmebildkamera, mit einem Helikopter dran natürlich, sie lachte kurz, sie hatten doch ohnehin einen über Freiburg, der konnte doch einen kleinen Abstecher nach Süden machen, zwei-, dreimal über das östliche Große Tal fliegen, dann würden sie sehen, ob Marcel und die beiden Pakistaner da waren oder nicht.

»Oder jemand anderes«, sagte Almenbroich.

»So ist es immer.«

Sie hörte ihn trinken, schlucken, atmen. »Ich kümmere mich darum«, sagte er dann.

Sie informierte Thomas Ilic und Susie Wegener, die im Regen bei den Autos standen. Dann sagte sie, komm mal, Illi, und zog ihn mit sich. Sie hakte ihn unter, sagte, dass sie es nicht verkraften würde, falls ihm etwas zustieße, nicht schon wieder einen Kollegen verlieren, sie hatte doch erst vor ein paar Monaten Niksch verloren und Hollerer irgendwie auch, und Lederle war fort, und Almenbroich würde gehen. Thomas Ilic schwieg. Illi, sagte sie, wir wissen beide, dass du ... dass du nicht ... Jetzt sag doch endlich mal was, verdammt ... Thomas Ilic sagte: Es ist nicht deine Entscheidung, Louise.

22

BÄUME GLITTEN VORÜBER, dahinter lag ein langgestrecktes Getreidefeld. Dann kamen wieder Häuser, ein paar Höfe, dann kam nichts mehr. Die vom Regen glänzende Straße wurde schmal, rechts und links dichtes Gebüsch, eine schwarze Wand, sobald die Scheinwerfer darüber geglitten waren. Sie hatten das Große Tal erreicht.

»Hörst du?«, fragte Thomas Ilic.

Sie nickte. Der Helikopter.

Während sie der kurvigen, unbefestigten Straße langsam folgten, fragte sie sich, ob das, was sie tat, richtig war. Ob es verantwortungsbewusst oder verantwortungslos war.

Es war nicht ihre Entscheidung. Aber trug sie die Verantwortung?

Sie hielten auf dem Parkplatz am Fuß des Rappeneck und stiegen aus. Inzwischen regnete es in Strömen. Trotz des Geprassels waren die Rotorengeräusche deutlich zu hören. Sie blickte in den schwarzen Himmel. Die Geräusche veränderten sich nicht, der Hubschrauber schien hoch über ihnen zu stehen. Ein-, zweimal glaubte sie, die Positionslichter zu sehen. Aber das war natürlich Unsinn. Sie flogen ohne Licht und abgedunkelt, und der Suchscheinwerfer war auf Infrarotlicht geschaltet. Sie wollten vom Boden aus nicht gesehen werden. Wollten kein Ziel bieten.

Thomas Ilic trat mit einem bunten Regenschirm neben sie. »Und jetzt?«

»Warten wir, ob sie was finden.«

Er nickte.

»Wenn sie was finden, dann . . .« Sie brach ab. Das Geräusch entfernte sich.

Ruft an, dachte sie. Aber sie riefen nicht an.

Tausend andere Täler, tausend andere Verstecke.

Ganz abgesehen davon, dass die Wärmebildkamera nicht durch Blattwerk sehen konnte. Blätter produzierten Wärme. Der Wald war eine mehr oder weniger geschlossene graue Fläche. Was sich unterhalb der Blätter befand, sah die Kamera nicht, selbst wenn der Hubschrauber unter die Sicherheitsmindesthöhe von fünfhundert Fuß gehen würde. Laubbäume ohne Blätter waren gut. Lichtungen, Schneisen, Lücken im Baumbestand. Da nahm die Kamera einen Menschen auch aus eintausend Metern Höhe deutlich wahr. Hier, über dem Wald am Rappeneck, hatte sie kaum eine Chance. Selbst wenn Marcel und seine Leute hier waren, würde sie sie womöglich nicht sehen.

»*Was* dann?«, fragte Thomas Ilic.

Sie zuckte die Achseln.

Der Regen wurde immer stärker. Sie saßen wieder im Wagen, warteten, lauschten dem lärmenden Geprassel, teilten sich einen Müsliriegel aus Thomas Ilic' Handschuhfach. Ihre Kleidung war feucht, klebte am Körper, stank nach Schweiß und Nässe. Sie hielt das Funktelefon in der Hand, auch das half nicht, sie riefen nicht an. Marcel im Großen Tal, was für ein idiotischer Gedanke, die Studenten waren Studenten, wenn überhaupt, T-Shirts machten doch noch keinen Studenten. Sie schüttelte den Kopf, wollte vor Wut lachen, da nahm sie die Fluggeräusche wieder wahr. Sie öffnete die Tür, legte den Kopf lauschend zur Seite. Wieder schien der Hubschrauber irgendwo über der Flanke des Rappeneck in der Luft zu stehen. Ruft doch endlich an, dachte sie und schloss die Tür, das *darf* einfach nicht sein, dass ich einer fixen Idee aufgesessen bin.

Und dann riefen sie an. Ein Mann, der Schober hieß, sagte, dass sie eine Person ausgemacht hätten. Sie liege ziemlich genau unter ihnen in einer schmalen Schneise am Bach.

»Sie *liegt*?«, fragte Louise.

»Ja.« Schober sprach weiter, doch seine junge, hohe Stimme ging im Lärm der Rotoren und des Regens unter.

»Was?«, rief sie.

»Also, wenn sie tot ist, dann noch nicht lange«, schrie Schober. Sie konnten die Temperatur über die Kamera nur plus/minus fünf Grad schätzen. Die Körpertemperatur der Person lag im Bereich normal minus fünf. Abkühlung pro Stunde um ein Grad Celsius, dachte Louise mechanisch. Vielleicht ein bisschen schneller wegen des Regens. Falls dort oben ein Toter lag, dann seit höchstens drei, vier Stunden.

Sie stieg aus. Der Helikopter war zu hören, aber nach wie vor nicht zu sehen. »Wo liegt er?«

»Wenn ihr am Bach hoch geht auf halber Höhe.«

»Habt ihr noch jemanden gesehen?«

Nein, hatten sie nicht.

Nur eine Person, dachte sie. Wer mochte das sein? Schweigend blickte sie auf die dunkle Front aus Bäumen, die sich vor ihr erhob. Dann bat sie Schober, im Führungs- und Lagezentrum anzurufen und den PvD zu informieren. Ihm zu sagen, dass am Rappeneck ein Toter lag.

Und dann fliegt noch eine Runde.

»Also, eigentlich sollen wir ja zurück«, sagte Schober.

»Eine kleine Runde, Schober.« Da mussten weitere Personen sein. Wenn da eine war, waren da auch weitere. Selbst wenn sie sie nicht sahen.

Schober sagte nichts.

»Bitte, Schober.«

»Hans«, sagte Schober.

»Hans.«

Sie hörte, dass sich der Helikopter entfernte.

»Einer«, sagte Thomas Ilic.

Sie nickte.

Sie saßen im Wagen, starrten auf die Windschutzscheibe. Über das Glas schossen Sturzbäche, sie sahen nur noch Wasser, dahinter nichts, nicht einmal die schwarze Nacht. Nur Wasser. Tagelang lähmende Hitze und Trockenheit, dann, zumindest in den Tälern, die Sintflut.

Marcel im Großen Tal, dachte sie wieder, dazu Shahida und Jamal, Pakistaner aus Islamabad im Großen Tal, was für ein idiotischer Gedanke.

Aber an der Flanke des Rappeneck lag jemand.

»Illi, ich geh jetzt da hoch.«

Sie sah ihn an. Er nickte. »Ich komme mit. Es geht mir besser. Es geht mir wieder gut.« Aber er erwiderte ihren Blick nicht.

»Ja.« Sie wandte sich ab.

Es war nicht ihre Entscheidung.

Auf der anderen Seite war es vermutlich die Entscheidung, die sie auch getroffen hätte, wenn sie an Thomas Ilic' Stelle gewesen wäre. Die sie Jahre lang immer wieder getroffen hatte, obwohl sie oft genug zu viel Alkohol im Blut gehabt hatte. Obwohl es ihr oft genug nicht gut gegangen war.

Also *war* es ihre Entscheidung.

Sie stiegen aus. Thomas Ilic öffnete den Regenschirm, Louise hakte sich bei ihm unter. Sie lachten angespannt – der Halbkroate, die Halbfranzösin im Einsatz, spazierten gemütlich unter einem großen bunten Schirm durch den Regen. Für Momente kehrte das alte Gefühl zurück, das Offenburg-Gefühl, das Kehl-Gefühl. Die Zuversicht, dass da beruflich etwas Wichtiges zwischen ihnen geschah, dass da aus den Umständen heraus ein Team mit Perspektive entstand. Mit Gemeinsamkeiten und hilfreichen Unterschieden.

Dann dachte sie an Heuweiler und daran, dass Thomas Ilic nicht hier sein sollte, nicht hier sein wollte, und die Zuversicht schwand.

Der Parkplatz glich einer Landschaft aus Seen und Schlammlöchern. Auf einer leicht ansteigenden Schotterstraße kamen sie besser voran. Das Wasser floss in die Böschungen ab. Auf der Straße waren verschwemmte Reifenspuren, vage Fußspuren zu erkennen. Die Reifenspuren endeten, die Fußspuren begannen. Ein größerer Wagen, mehrere Menschen. Auch Thomas Ilic hatte die Eindrücke bemerkt. Er zuckte die Achseln. Sie wusste, was er dachte. Waldarbeiter, Wanderer, was auch immer. Und vielleicht waren die Spuren Stunden alt. Wer wusste schon, wann es hier angefangen hatte zu regnen.

Sie gingen weiter.

Eine Person, dachte sie. Wer mochte das sein? Wer lag da im Regen am Rappeneck?

Unmittelbar vor ihnen begann der dichte Wald, ein paar

Meter weiter verlief der Bach. Er war schmal und führte weniger Wasser, als sie erwartet hatte.

Thomas Ilic schloss den Regenschirm und lehnte ihn gegen einen Baum. Sie schmunzelte. Falls doch Verstärkung kam, würden die Kollegen sie finden.

Sie überprüften die Taschenlampen, die Handys. Noch hatten sie Empfang.

»Gehen wir«, sagte Louise.

»Warte.« Thomas Ilic tippte eine Nummer ins Telefon. Während er mit dem PvD sprach, schaute er sie an. Aber es war zu dunkel, um den Blick zu deuten. Er senkte das Telefon. Der PvD hatte versprochen, sich um Verstärkung zu kümmern. Dass da oben ein Toter lag, änderte manches. Aber es machte die Aufgabe, in dieser Situation zusätzliche Einsatzkräfte zu besorgen, nicht leichter. »Wir wissen nicht, ob da ein Toter liegt«, sagte Thomas Ilic.

»Das ist nicht der Moment für Paragraphen und Haarspalterei, Illi.«

»Ja«, sagte Thomas Ilic. »Nein.« Er sah auf das Handy, drückte ein paar Tasten. »Wenn wir schon dabei sind . . .« Er hob das Telefon ans Ohr, machte »Mhm«, lauschte, schwieg. Wieder lag sein Blick auf ihr, wieder ließ sich nichts darin erkennen. Sie hörte eine laute Stimme. Dann sagte Thomas Ilic: »Da liegt ein Toter, Rolf.« Sie hörte Bermann »Blödsinn« brüllen. Und noch einmal – »Blödsinn!«. Thomas Ilic erzählte von dem Helikopter und der Wärmebildkamera. Bermann brüllte »Scheiße!«. »Nur dass du weißt, wo wir sind«, sagte Thomas Ilic und steckte das Telefon ein.

»Was ist mit Susie Wegener und Mahr?«

»Sind eben in der PD eingetroffen.«

Sie nickte. »Du kannst es dir noch überlegen, Illi. Du

kannst doch hier unten bleiben und aufpassen. Das wäre gut, wenn hier unten jemand wäre.«

»Ja.« Er musterte sie reglos.

Sie dachte, dass auch er die Augen hätte schließen sollen auf der Lichtung im Wald bei Heuweiler. Mitansehen zu müssen, wie ein Mensch ermordet wurde, veränderte alles. Ganz gleich, ob man Polizist war oder nicht.

Hättest du nur die Augen zugemacht, Illi.

»Also, dann komm«, sagte sie.

Der Aufstieg war mühsam. Einen Weg oder Pfad entlang des Baches gab es nicht. Der Boden war von durchweichten Blättern bedeckt und rutschig. Sie wichen ein Stück in den Wald aus, wo weniger Regentropfen durchkamen, hielten sich an Baumstämmen und Ästen fest, aneinander, krochen zur Not auf allen vieren, mal der eine voran, mal der andere, meist im Dunkeln, manchmal im grellen Punktlicht einer Taschenlampe. Die Luft war feucht und warm, roch nach Erde, Nässe, Wald, nach Pilzen und manchmal nach Bärlauch. Sie begann zu schwitzen. Ihre Turnschuhe waren durchnässt, ihre Jeans von den Knöcheln bis zum Knie, das T-Shirt ohnehin. Sie dachte an Shahida und Jamal, die aus einem Landstrich kamen, den sie sich ausgetrocknet und wüstenähnlich vorstellte. Sie sah die beiden Gesichter auf den Visa-Dokumenten vor sich, das von Shahida deutlicher. Ein stolzes, kultiviertes Gesicht, ein stolzer, wacher Blick. Merkwürdig, wie vertraut ihr dieses Gesicht und dieser Name, Shahida, mittlerweile waren, obwohl sie sie nur von einem Foto kannte. Obwohl Shahida ganz offensichtlich eine Mörderin und Terroristin war. Der Klang des Namens, die Exotik des Gesichtes? Ethnoromantik, dachte sie amüsiert, sie waren *beide* verfluchte Romantiker, der Landtagsabgeordnete a. D. aus Freiburg-St. Georgen und die Kripo-Hauptkommissarin aus der Gartenstraße.

»Pause, Illi«, keuchte sie nach zehn, fünfzehn Minuten. Sie hockte sich auf die Fersen, verschränkte die Arme auf den Knien. Thomas Ilic blieb stehen, die Hände in den Hüften, auch sein Atem ging schnell.

»Was meinst du, wie viel haben wir?«, fragte sie.
»Vielleicht die Hälfte.«
»Die Hälfte von der Hälfte?«
Er nickte.
»Erst die Hälfte.« Sie legte den Kopf in den Nacken, schloss die Augen. Regentropfen fielen auf ihr erhitztes Gesicht, rannen ihre Schläfen, ihre Wangen hinunter, ihren Hals. Sie lauschte auf die Geräusche des Baches und des Regens. Andere, von Menschen verursachte Geräusche waren nicht wahrzunehmen. Wenn sie mit dem Großen Tal Recht hatte, mussten fünf, sechs Menschen an der Flanke des Rappeneck sein. Fünf, sechs Menschen, die mit Autos hergekommen sein mussten. Sie hatten keine Autos gesehen. Sie hatten nichts gesehen, nichts gehört. Sie hatten nur eine Person entdeckt, die irgendwo da oben am Bach lag.

Sie öffnete die Augen. Thomas Ilic' Gesicht war ihr zugewandt. Sie spürte, dass sein Blick auf ihr lag. Sie hatte keine Ahnung, wie es ihm ging. Ob es ihm schlecht ging, und wenn ja, auf welche Weise schlecht. Ob er Angst hatte vor dem, was sie da oben vielleicht erwartete.

»Sag was, Illi.«
»Es geht mir besser, wirklich. Es geht mir wieder gut.« Er legte die Hand an ihre Schulter, nur die Fingerspitzen. So

verharrten sie für einen Moment und sahen sich an, ohne etwas zu sehen.

Dann stand Louise auf. »Willst du jetzt einen zerbrochenen Keks vom Polizeiposten Kirchzarten?«
»Ja.«
»Und Wasser?«
»Ja.«
Sie aßen Täschles Kekse, tranken Wasser aus ihrer letzten Flasche. Kletterten weiter.

Wenige Minuten später hörten sie den Helikopter zurückkommen. Sie änderten die Richtung, gingen am Hang entlang zum Bach hinüber, damit Schober sie sah. Kurz darauf rief er an. Gleich habt ihr ihn, sagte er. Noch dreißig, vierzig Meter, dann fallt ihr drüber.
»Und die anderen?«
»Leider keine anderen zu sehen, Louise.«
»Fliegt ihr noch eine Runde? Bitte, Schober. Fliegt noch eine Runde.«
Schweigen. Dann sagte er: »Hans.«
»Hans.« Sie schmunzelte. Hans und Louise.
»Aber dann müssen wir zurück. Sind ja nur ausgeliehen.« Er lachte unsicher.
»Ja.« Sie steckte das Telefon weg. »Dreißig, vierzig Meter, Illi.«
Thomas Ilic nickte und tat nichts.
Sie zog die Waffe, kletterte weiter.

Dann fanden sie den Körper. Im Licht von Thomas Ilic' Taschenlampe tauchte ein Fuß auf, ein Bein in durchnässter Jeans, ein Oberkörper. Ein nasses, dunkles Gesicht, geschlossene Augenlider. Sie kannte dieses dunkle Gesicht.

Sie hatten Shahida gefunden.

»Illi, sie sind hier«, murmelte sie.

Aus Shahidas rechter Schläfe strömte Blut. Eine kleinkalibrige Waffe, die Wunde hatte kaum Schaden angerichtet.

Nur den Tod gebracht.

Ihr Blick glitt über den leblosen Körper. Eine dunkle, verschmutzte Jeansjacke, ein dunkles Hemd. Auch die Brust war voller Blut. Links, in der Herzgegend, war der Stoff der Jacke zerfetzt. Eine Kugel in die Brust von vorn, eine Kugel in die Schläfe von der Seite. Sie hatten sicher gehen wollen.

Was war geschehen? Warum hatten sie Shahida erschossen? Und wo waren sie? Wo war Jamal? Louise hob den Blick, ließ den Lichtkreis der Taschenlampe über den Wald auf beiden Seiten des Baches gleiten, sah nur Bäume, Gebüsch, Regen.

Sie wandte sich Thomas Ilic zu, der noch immer auf Shahida hinabstarrte. Sie berührte seinen Arm. »Wir müssen Rolf anrufen.« Er nickte.

Sie kniete neben der Leiche nieder, legte die Hand an ihre Wange. Die Haut war warm, Shahida konnte nicht länger als eine Stunde tot sein. Erst jetzt bemerkte sie, dass ihr linkes Auge blutunterlaufen war. Dass die linke Schläfe und die linke Wange blaue Male aufwiesen. Sie hatten sie geschlagen, dann zweimal auf sie geschossen.

Sie hob den Saum der Jacke an. Der Stoff von Jacke und Hemd war blutgetränkt. Die Brust schien sich zu bewegen.

»Sie lebt«, murmelte Thomas Ilic.

Erschrocken sah Louise auf. Shahidas Augen standen jetzt halb offen. Folgten ihr, als sie sich bewegte. Vorsichtig legte sie die Hände an die dunklen Wangen, starrte in die dunklen Augen. »Ruf Rolf an, Illi«, flüsterte sie und begann, die dunklen, warmen Wangen zu streicheln. Sie dachte an Shahidas ausgetrocknete, wüstenähnliche Heimat, daran, dass sie jetzt in einem fremden Land im Regen starb. Dass ihr das Leid tat, obwohl Shahida eine Mörderin und Terroristin war.

Sie hörte, dass Thomas Ilic mit Bermann sprach, plötzlich rief, sie bräuchten Verstärkung, sie bräuchten einen Rettungshubschrauber, sie hätten Shahida gefunden, sie ist schwer verletzt, Marcel und seine Leute sind hier, schick uns doch endlich Verstärkung ...

Ruhig, Illi, dachte sie, sie stirbt, sei doch ruhig.

»Wir brauchen Hilfe, Rolf!«, rief Thomas Ilic.

»Ruhig, Illi.«

Die dunklen Augen lagen noch immer auf ihr. Sie versuchte zu lächeln, aber sie spürte, dass ihr Tränen über die Wangen liefen. »*Shahida*«, flüsterte sie, »*help will come.*«

»Hör doch zu, Rolf!«, rief Thomas Ilic.

»Illi, bitte!«

»Sie sind alle hier«, sagte Thomas Ilic.

»Shahida«, flüsterte Louise.

Sie spürte den langen, letzten Atemzug. Dann glitten die dunklen Augen kaum wahrnehmbar zur Seite.

Minutenlang saßen sie nebeneinander in der Dunkelheit, warteten, ohne zu wissen, worauf. Vielleicht auf Marcel oder Jamal, die in der Nähe sein konnten, die auch längst fort sein konnten, vielleicht auf Bermann, der nun endlich Kollegen schicken würde, selbst mitkommen würde, auf einen weiteren Anruf von Schober. Als ihr das Warten zu lang wurde, wählte sie Schobers Nummer. Bevor sie etwas sagen konnte, schrie er, er habe sie eben anrufen wollen, da sei noch jemand, da komme noch jemand.

Sie sprang auf. »Wie viele? Einer?«

»Ja, ja, einer!«

Schober und der Pilot befanden sich direkt über einer weiteren Person. Sie kam den Bach herunter. Ging langsam, aber stetig am Bach entlang nach unten, Entfernung um die zweihundert Meter. Schober berichtete, sie seien zum Gipfel geflogen, hätten die Person in der Nähe der Rappenecker Hütte ausgemacht. Da sei sie noch gerannt, am Waldrand entlang. Bemüht, nicht gesehen zu werden, aber auch nicht so bemüht, dass es Zeit gekostet hätte.

»Bleibt an ihr dran«, sagte sie. »Hans.«

»Ein paar Minuten. Aber dann müssen wir wirklich zurück.«

Sie beendeten das Gespräch.

»Illi, von oben kommt jemand.«

Thomas Ilic hatte sich ebenfalls erhoben. Sie sah ihn nicken. Aber er sagte und tat nichts. Es schien keine Rolle mehr zu spielen.

Dann warteten sie wieder, diesmal getrennt voneinander, hinter Bäumen zu beiden Seiten des Baches. Doch die zweite Person kam nicht. Sie rief Schober an, der sagte, Moment, wir schauen nach. Dann starrte sie wieder hangaufwärts, wartete wieder. Sie hatte den Eindruck, dass es über ihnen, am Gipfel des Rappeneck, ein wenig heller zu werden begann. In das Schwarz der Nacht mischte sich dunkles Grau. Warum auch nicht, selbst diese Nacht musste einmal zu Ende gehen.

Na komm schon, dachte sie.

Aber niemand kam.

Das Telefon vibrierte. »Hans«, sagte Schober.

»Ja?«

Die Person war verschwunden. Kam vielleicht durch den Wald heruntergelaufen, war jedenfalls nicht mehr zu sehen. Sie würden noch ein paar Minuten weitersuchen. Aber dann mussten sie zurück. »Passt auf«, sagte Schober.

Sie schob das Telefon in die Hosentasche, stieg über den Bach, ging an Shahida vorbei, die im Regen lag, weil sie nichts hatten, um sie zu bedecken.

Thomas Ilic saß hinter einer Baumgruppe auf dem Erdboden. Er hatte den Kopf an den Stamm gelehnt, sah sie an. »Verschwunden«, sagte sie.

Er nickte. Er war zum Erbarmen blass. Sie wollte sich neben ihn setzen, aber er sagte: »Nicht.« Erst jetzt roch sie, dass er sich erbrochen hatte. Sie reichte ihm die Wasserflasche. Er füllte den Mund mit Wasser, bewegte es hin und her, spuckte es, zur Seite gewandt, aus. »Bleib sitzen, Illi«, sagte sie, »ich sehe mich hier mal um.«

Sie begann, den Boden um Shahidas Leiche herum mit der Taschenlampe abzusuchen. Sie fand Schuheindruckspuren, zu viele unterschiedliche, als dass sie nur von ihr und Thomas Ilic stammen konnten, außerdem ein Projektil. Sie merkte sich die Stelle, ließ es liegen. Mehr war, zumindest für den Augenblick, nicht zu sehen. Aber das überraschte sie nicht. Marcels Leute waren Profis.

Sie kehrte zu Thomas Ilic zurück. Er stellte keine Fragen. Sie kniete sich vor ihn, nahm seine Hand, die kalt und leblos war. Alles in Ordnung, Illi? Ja, alles in Ordnung, es ging ihm besser, alles war wieder in Ordnung, das Sitzen und Ausruhen tat ihm gut. Sein Blick und seine Stimme waren sanft und abweisend zugleich. Sie drang nicht mehr durch zu ihm.

Als sie sich ihm gegenüber auf eine Wurzel setzte, hörte sie, dass sich der Hubschrauber näherte. Sekunden später rief Schober an. Die zweite Person blieb verschwunden. War einfach nicht mehr zu sehen. Schober klang verlegen, als wäre es seine Schuld, dass die Kamera nicht durch das Blätterdach sehen konnte. Sie würden jetzt nach Freiburg zurückkehren. Sie *mussten* zurückkehren. Waren schließlich nur ausgeliehen. Diesmal lachte er nicht. »Kommt ihr klar, Louise?«

»Ja. Danke für alles, Hans.«

»Nichts zu danken, ja?«

»Okay.«

Den Blick hangaufwärts gerichtet, lauschte sie dem sich entfernenden Rotorengeräusch. Das Schwarz, in dem die Bäume verschwanden, schien wieder um eine Nuance grauer geworden zu sein.

Und jetzt?, dachte sie.

Diesmal war es ihre Entscheidung. Hier bleiben und auf Thomas Ilic aufpassen oder Marcel suchen und auf Jamal aufpassen.

Ihre Entscheidung, ihre Verantwortung.

Na los, dachte sie, entscheide dich.

Aber sie war viel zu müde und zu erschöpft.

Sie brauchte fünf Minuten, um eine Entscheidung zu treffen. Dann stand sie auf. »Ich muss da hoch, Illi.«

Thomas Ilic räusperte sich. »Warte, bis die Kollegen hier sind.«

Sie blickte in das Grau hinauf. Plötzlich begriff sie, dass es ihr nicht um Jamal ging. Es ging allein um Marcel. Sie musste ihn wiedersehen. Marcel, der in ihre Wohnung eingedrungen war, der sie hereingelegt hatte. Der tatenlos zugesehen hatte, wie Menschen ermordet wurden, vielleicht selbst ein Mörder war. Marcel, der die Strippen zog. Der wie Johannes Mahr kurzfristig mit den Methoden arbeitete, die er langfristig bekämpfte. Sie musste ihn wiedersehen, mit ihm sprechen, jetzt, am Ende, da sie fast alles wussten.

»Nein, Illi, ich gehe sofort.«

»Also, ich glaube, ich . . .« Thomas Ilic beendete den Satz nicht.

»Ich weiß. Mach dir keine Gedanken, ja?«

»Bitte warte, Louise.«

Sie schüttelte den Kopf. Strich ihm übers Haar und ging.

23

WIEDER STIEG SIE NICHT DIREKT in der Bachschneise nach oben, sondern lief erst ein Stück in den Wald hinein. Am Bach wäre sie von weitem zu sehen gewesen.

Allein war der Aufstieg durch das nasse Dickicht noch mühsamer. Immer wieder glitt sie auf dem durchweichten Blätterboden aus, rutschte zurück. Sie war völlig durchnässt, völlig verdreckt. In ihren Turnschuhen stand das Wasser. Ihre Hände taten weh vom Hochziehen, Festhalten, Abstützen. Die Wunde am linken Arm schmerzte.

Die Wunde, die Marcel verbunden hatte.

Ja, sie musste ihn wiedersehen. Musste ihn dort aufspüren, musste dort eindringen, wo *er* sich sicher fühlte.

Irgendwann kroch sie über eine Böschung, stand auf einem breiten Wanderweg, der entlang des Hangs verlief. Auf den Fersen hockend, ruhte sie sich für einen Moment aus. Keine Spur von Marcel, von Jamal, keine Geräusche, nichts. Nur die Geräusche des Regens und des Waldes. Vor allem den Helikopter vermisste sie. Die aufgeregte, vertrauliche Stimme von Hans Schober. Wie gern hätte sie in dieser dunklen Stille mit ihm telefoniert. Sie überlegte, ob seine Vertraulichkeit einen bestimmten Grund gehabt hatte. Ob man nicht nur im Gemeinsamen Zentrum in Kehl, sondern auch bei der Hubschrauberstaffel in Stuttgart von ihr gehört hatte.

Almenbroich hatte Recht. Obwohl sie sich so verändert hatte, blieb sie, was sie gewesen war.

Aber das war nicht wichtig. Die Veränderung war wichtig.

Sie richtete sich auf, überquerte den Weg, trat auf der anderen Seite wieder in die Dunkelheit des Waldes.

Minuten später erreichte sie eine Lichtung. Aus dem kniehohen Gras stieg dünner Nebel. Es hatte aufgehört zu regnen. Der Himmel hellte sich allmählich auf, die Wolkendecke wurde brüchig. Aber noch drang kein Sonnenstrahl hindurch. Sie hatte keine Ahnung, wo sie war, wie weit sie vom Gipfel entfernt war, wie weit vom Bach, von Thomas Ilic. Keuchend trat sie auf die Lichtung hinaus, stapfte über den weichen Boden. Sie dachte an Shahida, die unter ihren Händen und Blicken gestorben war, fragte sich, ob auch Jamal hier irgendwo lag mit einer Kugel im Kopf und einer Kugel in der Brust. Sie dachte an die anderen Toten dieser schrecklichen, schlaflosen Sommertage, Lew Gubnik, Hannes Riedinger, Peter Mladic, die Aziza Mahrs unschuldiger Traum von Demokratie und Freiheit das Leben gekostet hatte. Vier Tote in vier Tagen, seit am Montag im Morgengrauen Hannes Riedingers Schuppen in Flammen aufgegangen war. Dazu fünf Menschen entführt, Existenzen zerstört. Almenbroich vor dem Abschied. Die schreckliche Bilanz eines schrecklichen Plans ...

Ein Geräusch ließ sie innehalten. Ein leises Rascheln, als wäre der Wind über die Blätter gefahren.

Aber es war windstill.

Sie drehte sich um die eigene Achse. Nichts zu sehen, nichts mehr zu hören. Doch sie spürte, dass sie nicht allein war. Dass sie beobachtet wurde.

Ihr Herz begann zu rasen. Marcel war hier.

Sie zwang sich weiterzugehen.

Als sie die Lichtung zur Hälfte überquert hatte, wurde der Wald vor ihr lebendig. Eine schwarze, vermummte Gestalt löste sich von den Bäumen, schräg rechts von ihr eine zweite, schräg links eine dritte. Sie trugen unförmige Rucksäcke, hielten Pistolen in den erhobenen Händen.

Lisbeth Walters schwarze Horden.

Am Ende hatte sie sie doch gefunden.

Als hinter ihr wieder das Rascheln zu hören war, drehte sie sich um. Ein vierter Mann kam auf sie zu. Wie die anderen war er vermummt, doch er hielt keine Waffe in der Hand. Er wusste, dass sie nicht auf ihn schießen würde.

Dass sie keine Chance hatte, ihn und seine Leute ins Gefängnis zu bringen.

»Okay«, sagte sie.

»Okay«, sagte Marcel. In seiner Stimme lag keine Überraschung. Vielleicht war er ungewöhnliche Orte für ungewöhnliche Begegnungen gewohnt. Ein Hang im Wald über Sankt Wilhelm. Die Wohnung einer Freiburger Hauptkommissarin. Eine kleine Lichtung am Rappeneck im Großen Tal morgens um sieben.

Sie starrte auf die Augenschlitze der Maske, wartete auf ihre Wut, ihre Enttäuschung. Aber sie kamen nicht. Für Wut und Enttäuschung brauchte man Kraft. Sie fühlte nur Erleichterung, weil diese furchtbaren Tage bald ein Ende finden würden.

»Ihr seid verhaftet«, sagte sie, wiederholte es lauter auf Englisch. Niemand reagierte. Sie lächelte. In Würde untergehen, das war doch immerhin etwas. Sie zog sich den Tragriemen der Tasche über den Kopf, hielt sie Marcel hin, drehte sich, ließ sich die Waffe aus dem Gürtelholster ziehen.

»Gehen wir.« Er deutete in die Richtung, aus der sie gekommen war.

»Shahida holen?«

Er nickte. »Du hast viel herausgefunden.«

»Das Wichtigste nicht.«

»Kommt darauf an, wie man es sieht.«

»Nein, das Wichtigste nicht.« Wohin sie von hier aus verschwinden würden. Wer sie waren. Wie man sie zur Rechenschaft ziehen konnte. Wer mit drin steckte. Steckte der BND, das BKA mit drin? Das Bundesinnenministerium? Die CIA? Es kann doch nicht sein, dass ihr ohne Deckung von sehr weit oben agiert, also wer steckt mit drin?

Das und anderes hatten sie nicht herausgefunden.

»Du könntest es mir erzählen.«

»Und dann?«

»Versuche ich, euch Ärger zu machen.«

»Dafür hast du viel Talent.«

»Das ist mein Beruf, weißt du. Verbrechern Ärger machen.«

Marcel reagierte nicht.

Sie warf einen Blick auf die anderen drei Männer. Reglose, lautlose Schatten, kaum wahrnehmbar vor dem dunklen Wald. Sie hatten die Hände mit den Waffen gesenkt, schienen aber nicht sie und Marcel, sondern die Lichtung und den Wald im Auge zu behalten. Profis eben.

Profis aus welchem Land? Mit welchem Auftraggeber? Sie würde es nie erfahren.

Weitere Fragen zogen langsam und bruchstückhaft durch ihr Bewusstsein. Warum musste Shahida sterben? Wer hat sie erschossen? Du, Marcel? Habt ihr denn nicht gemerkt, dass sie noch gelebt hat? Sie verschob die Fragen auf später. Jetzt musste sie sich auf die wesentlichen Dinge konzentrieren. Wesentlich war, wenn Marcels schwarze Horden Shahida holen wollten, Thomas Ilic. »Mein Kollege ist bei ihr.«

»Der Kroate?«

Sie nickte.

»Sonst ist niemand gekommen?«

»Nein. Aber sie sind unterwegs.«

»Das könnte problematisch werden.«

»Warum? Erschießt sie.«

Marcel sagte nichts.

»Erschießt sie«, wiederholte sie. Endlich flackerte ein bisschen Wut auf. Sie trat dicht zu ihm, sagte: »Nimm die Maske ab.«

»Wozu?«

»Nimm die scheiß Maske ab. Ich rede nicht mit Leuten, die ihr Gesicht vor mir verstecken.«

Er legte einen Finger an den Mund.

»Die Maske«, sagte sie leiser. »Na los.«

Einen Schritt zurücktretend, zog er sich die Maske vom Kopf. Die halblangen, hellbraunen Haare klebten ihm nass an Kopf und Stirn. Er sah so müde und erschöpft aus, wie sie selbst aussehen musste. Seine Miene war wachsam wie in ihrer Wohnung, wenn auch ein wenig ungeduldig. Die Zeit schien knapp zu werden.

Die vier Toten waren ihm nicht anzusehen. Genauso wenig die anderen, die es geben mochte.

Tu was, drängte eine Stimme in ihrem Kopf. Lass ihn nicht so davonkommen. Das ist doch deine Aufgabe. Deswegen bist du doch hier.

Ihre Augen füllten sich mit Tränen. Keine Kraft mehr für

Empörung, Wut, den Kampf. Sie war am Ende ihrer Möglichkeiten angelangt.

Marcel berührte ihren Arm, deutete erneut hangabwärts. Nebeneinander gingen sie Richtung Wald, zwei übernächtigte Wanderer am Morgen, die sich vieles zu erzählen hatten und über das Wichtigste nicht sprechen würden.

Doch auch die unwichtigen Fragen verlangten nach Antworten. »Warum hattest du die Maske in meiner Wohnung nicht auf?«

»Du kennst den Grund.«

Sie nickte zögernd. Er hatte ihr Vertrauen gebraucht. Ihr Vertrauen war für den Plan von grundlegender Bedeutung gewesen. Er hatte es sich erkauft, indem er ihr sein Gesicht gezeigt hatte. »Und jetzt? Ich kann dich identifizieren. Löst du dich in Luft auf?«

»In gewisser Hinsicht, ja.«

»Ach, wir gehen in den Vorruhestand?«

»Wir bekommen einen Schreibtisch.«

»Mit Blick auf die Wälder von Virginia?«

Er zögerte. Wenigstens das war noch möglich – Marcel überraschen. »Mit Blick auf weiße Wände.«

»Auf denen die Namen von Toten stehen.«

»Einer oder zwei, ja.«

»Lew Gubniks Name zum Beispiel?«

Er antwortete nicht gleich. Dann sagte er: »Der Feuerwehrmann aus Kirchzarten?«

Sie nickte. Da war es wieder, das verräterische Wort. *Kirch*zarten. Sie ließ sich nichts anmerken. »Der Kollateralschaden.«

Er zuckte die Achseln. »Ein bedauerlicher Unfall.«

»Ach so. Keiner wollte es, keiner kann was dafür.«

»Ja«, sagte Marcel. »Genau so ist es.«

Am Waldrand hielt Marcel inne. Wieder berührte er mit einer Hand ihren Arm, diesmal, damit sie stehen blieb. Mit der anderen hob er ein Funkgerät ans Ohr. Aber er sprach nicht, hörte nur zu. Dann wandte er sich zu den anderen Männern, die ihnen, über die Lichtung verstreut, gefolgt waren, flüsterte etwas auf Englisch. Die Männer verteilten sich links und rechts am Waldrand, waren bald nicht mehr zu sehen. »Wir bleiben hier«, sagte er.

»Keine Zeit mehr für Shahida?«

Er antwortete nicht.

Ihr Blick fiel auf die Lichtung. Endlich verstand sie. Auch die schwarzen Horden hatten einen Helikopter.

Am Ende, dachte sie, kam noch das Glück dazu. Wenn Schober hätte bleiben können, wenn seine Kontrollinstrumente den anderen Hubschrauber registriert hätten, wenn Stuttgart in Berlin Abfangjäger angefordert hätte ...

Sie rieb sich mit der Hand über die Stirn. Endlich aufhören zu denken. Endlich schlafen.

Sie spürte, dass Marcel sie ansah. Auf irgendetwas wartete. Eine weitere Frage, eine weitere Auseinandersetzung. Darauf, dass der Groschen fiel.

Dann fiel der Groschen.

Wo verdammt war Jamal?

Marcel nickte. »Jamal ist ein Problem.« Sie wussten nicht, wo er war. Shahida hatte versucht zu fliehen, im Tumult war Jamal entkommen. Deshalb hatten sie Shahida erschossen – sie hatten Jamal verfolgen müssen. Aber sie hätten sie, sagte Marcel ruhig, ohnehin erschossen. Mit zwei Terroristen hätten sie es zu viert nicht geschafft. Jamal war wichtiger.

Sie nickte. Der Wichtigere durfte leben, der weniger Wichtige musste sterben. Auch das klang, wie alles andere, was Marcel betraf, auf eine verheerende Weise logisch. So logisch wie Mahrs Argumente und Pläne und Aktionen. Wie jeder Mord, selbst ein Mord im Affekt. Wenn man die Logik nicht mehr an allgemeingültige Werte, an die Menschenrechte koppelte, wenn man sie dem Einzelnen überließ, konnte alles logisch sein.

Wenn der Standpunkt des Einzelnen vom gesellschaftlich vereinbarten abwich.

Und da kam sie ins Spiel. Ihr Job war es, den vereinbarten Standpunkt durchzusetzen. Konnte man das so sagen? Ja, konnte man, nach vier Tagen und Nächten fast ohne Schlaf.

Sie legte die Hände an die Schläfen. Die Wörter und die Gedanken klebten wieder. Tränen der Erschöpfung liefen ihr über die Wangen. Sie verspürte den Drang zu lachen. Da stand sie hilflos im Wald am Rappeneck und dachte über Logik und Standpunkte nach.

Sie lachte nicht. Ihre Beine zitterten, ihre Arme zitterten. Hinter ihren Augen saß schmerzend die Müdigkeit.

Marcel hatte nicht weiter gesprochen, schien auf eine Erwiderung zu warten, doch sie war auch für Erwiderungen und Diskussionen zu erschöpft. Jetzt sagte er, sie hätten Jamal auf der anderen Seite des Rappeneck aus den Augen verloren. Im Regen und in der Dunkelheit sei er spurlos verschwunden.

Jamal war bewaffnet. Hatte ein Messer. *Sein* Messer.

Sie nickte erneut. Da waren sie Profis und begingen einen Fehler nach dem anderen. »Er wird zurückkommen«, murmelte sie. »Sie war seine Frau. Er wird seine Frau rächen wollen.«

»Eine romantische Vorstellung.« Aber er nickte.

Sie lächelte matt. Romantisch, warum nicht, dies waren

irgendwie doch auch Tage der Romantik gewesen. Die Stunden bei Richard Landen, die politischen Träume von Aziza und Johannes Mahr, der groteske Deutsche auf seinem Wüstenritt, das dunkle Gesicht Shahidas, ihr dunkler Tod im Regen auf einem fremden Kontinent.

Da fiel ihr Schobers zweite Person ein. Die über das Rappeneck-Plateau gelaufen, dann am Bach heruntergekommen, dann verschwunden war. Jamal? Marcel nickte alarmiert, wandte sich ab, um ins Funkgerät zu sprechen. Irgendwo in der Nähe war eine leise Stimme zu hören. Ein paar englische Silben, statisches Rauschen, das abrupt endete, eine flüchtige Bewegung im Augenwinkel, dann herrschte wieder Ruhe. Ihr Blick irrte über die Lichtung. Hielt Jamal sich in der Nähe versteckt? Oder kehrte er zu Shahida zurück?

Traf dort auf Thomas Ilic?

»Scheiße, ich muss meinen Kollegen warnen!«

Marcel schüttelte den Kopf. Nein, natürlich nicht. Thomas Ilic durfte nicht wissen, dass sie sie gefunden hatte.

»Wenn ihm was passiert, bring ich dich um«, flüsterte sie.

»Jamal will uns, nicht ihn.«

»Dann bringe ich dich um.«

Ein ernster, fast intimer Blick. »Und wechselst die Seiten?«

Sie nickte, dachte: Und wechsle die Seiten.

Und wieder warten, warten, warten. Sie hockte auf dem Erdboden, an einen Baum gelehnt, vermied es, Marcel anzusehen. Das Grau wurde immer heller, die Wolken brachen auf, dahinter war gleißendes Licht zu erahnen. Der Morgen, an dem alles ein Ende finden würde. Noch nie in ihrem Leben hatte sie sich so auf die Sonne gefreut wie in diesem Moment. Mit der Sonne würden Lisbeth Walters schwarze Horden verschwinden. Würden zurückkriechen in ihre Unterschlüpfe, ihre Nicht-Existenz, um dort weitere fatale Pläne zu entwerfen, weitere bedauerliche Unfälle einzukalkulieren.

Sie schloss die Augen.

Falls Thomas Ilic etwas zustieße, würde sie ihnen in ihre Unterschlüpfe folgen.

Jamal will uns, nicht ihn, sagte Marcels Stimme in ihrem Kopf. Sie nickte. Klammerte sich an die Hoffnung, dass auch Jamal logisch dachte. Zwischen den einen und den anderen unterscheiden konnte.

Als sie ihr Telefon in der Umhängetasche vibrieren hörte, öffnete sie die Augen.

Marcel schüttelte den Kopf.

Kurz darauf war in der Ferne ein Helikopter zu hören. Die Geräusche klangen anders als vorhin bei Schobers »Bussard«. Abgehackt, bedrohlich, tonlos. Nach Krieg.

Sie dachte an Wilhelm Brenners Worte – da will jemand Krieg führen. Mahr, die Jinnah und ihr Bürgerkrieg. Marcel und sein geheimer Krieg.

Sie stand auf.

Aus Marcels Funkgerät drang eine unverständliche Stimme. Er hörte zu, sagte ein paar spanische Wörter, am Ende »*Bien*«.

Bien, dachte sie. Das war's dann. Der Krieg verloren, die wichtigen Fragen unbeantwortet.

Aber man konnte es ja noch mal versuchen.

Sie trat neben ihn, sagte: »Kindheit im Breisgau, Jugend in Norddeutschland, Bremer Raum. Langjähriges Sprechtraining, um Dialektreste abzuschleifen. Anfang Vierzig, gehobenes soziales Niveau, akademische Ausbildung. Englisch, Spanisch in Schrift und Wort. Du warst, da möchte ich wetten, mal bei der Kripo. Du weißt, wie sie funktioniert. Du magst sie. Du verachtest sie ein bisschen, aber du magst sie. Irgendwie spüre ich bei dir nostalgische Anwandlungen, wenn es um die Kripo geht.«

Marcel zog sich die Stoffmaske wieder über das Gesicht. Sie starrte auf die Augen, die freien, schmalen Lippen. Die Lippen lächelten sanft. Sie versuchte es weiter – später dann ein MEK oder ein SEK oder gleich ein Geheimdienst. Kontakte mit den USA, später Ausbildung durch die Amerikaner, in Deutschland hatte er all das nicht gelernt – oder? Marcel schwieg noch immer. Sie sagte: »Mit einem Phantombild, einem Persönlichkeitsprofil und deiner Stimme finde ich raus, wer du bist. Ich finde raus, wo du die letzten zwanzig Jahre warst, wo du bist. Komme in dein Büro in Virginia und schreibe die Namen der Toten an die Wand.«

»Dann machen wir ein Picknick in den Wäldern dort.«

»Ich hasse Picknicks.«

Die Lippen verzogen sich zu einem Schmunzeln.

»Die Pakistaner, die ihr in Emmendingen entführt habt ... Deine Leute bringen sie nach Ramstein oder Spangdahlem, richtig? Setzen sie in ein Flugzeug, fliegen sie irgendwohin, wo ihr anders mit ihnen umgehen könnt als hier. Wo es nicht diese dämlichen demokratischen Regeln gibt.«

Marcel nahm ihr Handy aus ihrer Umhängetasche und reichte es ihr. »Ruf den Kroaten an.«

Sie ergriff das Telefon. In ihrem schmerzenden Kopf hallten die schleimigen, scheinheiligen Wörter wider, die Marcel und Mahr so gern benutzten. »Doch nicht *so*«, sagte sie, »doch nicht mit diesen Methoden, Marcel. Was ist Demokratie denn noch wert, wenn sie die Methoden der Diktatur braucht, um zu überleben? Was wird dann aus uns? Ich meine, sind wir dann überhaupt noch Demokraten? Und wer bestimmt, wann welche Methoden gegen wen eingesetzt werden? Was unterscheidet uns dann ...«

»Ruf an, Louise.«

»Was unterscheidet uns dann von Leuten wie Jamal? Die Methoden jedenfalls nicht.« Sie tippte Thomas Ilic' Kurzwahl ein. »Ihr zerstört *alles*.«

»Wir *retten*, Louise. Wir retten.« Marcel war dicht neben sie getreten. Sie spürte den warmen Hauch seines Atems an der Wange. »Wir bringen Freiheit und Gerechtigkeit in die dunklen Winkel dieser Welt.«

»Quatsch«, sagte sie. »So ein blöder Quatsch.«

An ihrem Ohr erklang das Freizeichen, dann sagte Thomas Ilic: »Louise, Gott sei dank ...«

Marcel entfernte sich einen Schritt, doch sein Blick blieb auf ihr liegen.

Jamal war nicht aufgetaucht, sagte Thomas Ilic, dafür waren Bermann, Pauling und weitere Kollegen eingetroffen. Sie nickte schweigend. Plötzlich war Bermanns Stimme zu hören: »Ich hab versucht, dich anzurufen, aber wenn du nicht an dein Scheißtelefon gehst.«

»Ich war pinkeln.«

Marcel lächelte, Bermann schnaubte ungeduldig. »Der Helikopter.«

»Ja.«

»Wo ... Verdammt, erzähl mir nicht, dass du sie gefunden hast! Bist du bei ihnen?«

»Ja.«

»Scheiße! Wir kommen hoch.«

»Nein, bleibt, wo ihr seid, ich komme runter.«

Sie beendete die Verbindung, ließ das Telefon auf die Tasche fallen. Einen Moment lang starrte sie es an, dann wandte sie sich Marcel zu. Sie hatte damit gerechnet, dass Bermann noch einmal anrief. Er tat es nicht. Sie wusste, was das bedeutete.

Er kam hoch.

»Beeilt euch, ja?«, sagte sie.

Nur Augenblicke später tauchte der Helikopter über der Lichtung auf, ein schwarzes, schmales, nervöses Insekt. Der Lärm wurde zur Tortur. Die Baumkronen neigten sich im Rotorabstrahl zur Seite, Blätter wurden herumgewirbelt. Sie kniff die Augen zusammen und beobachtete gespannt, wie das Insekt über der Lichtung kreiste, schließlich langsam heruntersank. Sie wusste nicht viel über Hubschrauber, aber ihr war klar, dass nur militärische Einheiten Hubschrauber wie diesen flogen. Zwei Rotoren, spitze Nase, eine Art Doppelcockpit mit zwei schräg hintereinander liegenden, wabenähnlichen Zellen. Auf der Flanke stand in Großbuchstaben »Tiger«. Vielleicht war es besser, dass Schober und sein Pilot nach Freiburg zurückgeflogen waren. Ein »Bussard« der baden-württembergischen Hubschrauberstaffel hätte gegen diesen Tiger keine Chance gehabt.

Plötzlich waren Marcels Leute wieder da. Einer lotste den Helikopter herunter, die anderen sicherten das Gelände. Falls Jamal nicht gewusst hatte, wo sie sich aufhielten, wusste er es jetzt.

Das Gleiche, dachte sie, galt für Rolf Bermann.

Der Helikopter stoppte einen Meter über dem Boden. Die Piloten in den Cockpits trugen Helme, aber keine Gesichtsmasken. Im geöffneten Passagierraum warteten zwei Männer. Einer von ihnen hielt ein Präzisionsgewehr an der Schulter, kontrollierte den Waldrand. Trotz des Lärms nahm sie eine Stimme wahr – Marcel, der über Funk mit dem Piloten sprach. Sie sah den Piloten nicken, den Daumen heben.

Dann geschah nichts mehr.

Sekunden verstrichen. Die Bäume und Blätter bewegten sich im Wind. Die Menschen rührten sich nicht.

Bleierne Sekunden, bis sie verstand.

Sie warteten auf Jamal.

Jamal kam eine halbe Minute später. Sie hatte ihn nicht gleich gesehen, weil er von der anderen Seite auf das Heck des Helikopters zu lief. Plötzlich fielen Schüsse, jemand brüllte eine Warnung auf Englisch, die schwarzen Köpfe fuhren herum. Jamal tauchte auf ihrer Seite des Helikopters auf, ein riesiges Kampfmesser in der Hand, das dunkle Gesicht starr vor Konzentration und Entschlossenheit. Dann war er mitten unter ihnen, sprang und drehte sich in einem bizarren, rasend schnellen Tanz, rang mit der einen Hand, stieß mit der anderen zu. Sie hörte Schreie, sah schwarze Leiber stürzen, Jamals Hände und Arme waren blutüberströmt, das Messer rot, überall war Blut. Sie wurde nach hinten gerissen, stolperte rücklings an Marcel vorbei, sah im Fallen wieder Blut, ein Regen aus Blut, hörte Schüsse aus einer automatischen Pistole, dann kam sie auf dem Wiesenboden auf, sah, wie über ihr der Himmel aufbrach, die Sonne durch die Wolkendecke stieß, schloss die Augen, dachte, wann ist das alles endlich vorbei, wann ist das alles nur endlich vorbei.

Als keine Schüsse mehr fielen, setzte sie sich auf. Im grellen, heißen Morgenlicht beobachtete sie, wie Marcel und seine Leute zwei Tote und einen offensichtlich schwer Verletzten in den Helikopter hoben. Einer der Toten war Jamal. Dann kam Marcel zu ihr, kniete sich vor sie. Er sagte etwas, doch im Lärm der Rotoren, in der Erschöpfung verstand sie kein Wort. Über seine Wange lief Blut, seine Schulter war voller Blut, überall Blut. Sie dachte, dass er vielleicht »Virginia« gesagt hatte, wir sehen uns irgendwann in Virginia, wenn du die Namen der Toten an die weiße Wand schreibst, aber sie war nicht sicher, vielleicht hatte er auch nur gefragt, ob alles in Ordnung sei. Sie zuckte die Achseln. Sein Mund bewegte sich, wieder verstand sie nicht. Diesmal hatte sie tatsächlich den Eindruck, dass er »Virginia« gesagt hatte, vielleicht auch, weil er lächelte, und sie nickte und sagte, ich komm in fünfzehn Jahren, denn so lange gehst du in den Bau, dafür sorge ich, fünfzehn Jahre, wegen der Standpunkte. Er lächelte, sprach erneut. Sie wollte schon den Kopf schütteln, weil sie kein Wort verstanden hatte, als sie seinen Blick sah und begriff, was er ihr zu sagen versuchte.

Komm mit mir.

Sie schüttelte den Kopf. Der Standpunkt, sagte sie, der ist mir wichtig. Wer bin ich ohne meinen Standpunkt? Du glaubst doch nicht im Ernst, dass der Standpunkt nichts mehr zählt, dass die Toten, die Morde nichts mehr zählen, nur weil jetzt gleich alles vorbei ist?

Über Marcels Lippen glitt ein dunkles Lächeln, dann reichte er ihr die Umhängetasche. Sie wusste nicht recht, was sie da tat, doch plötzlich hielt sie ihre Pistole in der Hand, spannte den Hahn, die gute, alte, schwere Walther P5, ein Auslaufmodell, aber wenn man sich daran gewöhnt hatte ... Die Calambert-Waffe. Hatte Schlimmes angerichtet, aber das lag ja nicht an der Waffe.

Sie setzte Marcel die Mündung an die Stirn.

Seine Augen verengten sich. Ja, das gelang ihr doch immer wieder, Marcel überraschen. Langsam standen sie auf. Marcel sprach, sie zuckte die Achseln. Sie hörte nicht mehr, wollte, konnte nicht mehr hören. Hörte nur noch den infernalischen Lärm der Rotoren und eine Stimme in ihrem Kopf, die gebetsmühlenartig und wie entfesselt über Logik und Standpunkte sprach, Wörter in ihrem Bewusstsein herumwarf, Wörter wie Ziegelsteine, jedes Wort ein dumpfer Schmerz. Sie legte den freien Arm um Marcels Hals, zog seinen Kopf an sich, starrte in seine warnenden Augen, das muss jetzt sein, mein Lieber, jetzt jage ich dir eine Kugel in den Kopf, jetzt bist du mal Shahida, und ich bin du. Schauer liefen über ihre Schläfen, ihre Arme, ihren Rücken, sie kannte diesen Moment, war es mit Calambert nicht ähnlich gewesen? Nur war sie nicht so dicht bei ihm gewesen, den hatte sie nicht berühren wollen, den hatte sie nur töten wollen, und der hatte ja auch eine Waffe gehabt. Anders Marcel, den sie gern berührte und nicht so gern töten würde, aber jetzt bist du mal Shahida zum Beispiel, und ich bin du. Aus dem Augenwinkel nahm sie Bewegungen wahr, verschwommen sah sie den Mann mit dem Gewehr näher kommen, ein kleines, dunkles Etwas zeigte auf sie, dahinter ein aufgerissener Mund in einer schwarzen Maske, aber sie ignorierte den brüllenden Mann und das Gewehr, durch den Schmerz in ihrem Kopf würde keine Kugel dringen, der Schmerz schützte sie, der Schmerz, der plötzlich in ihrem Bauch war, links in ihrem Bauch, sie schloss die Augen und legte den Kopf auf Marcels Schulter und bat ihn, es nicht zu tun, senkte den Arm mit der Waffe, tu das nicht, wie kannst du das tun, ich hätte es doch auch nicht getan, ich hätte doch am Ende nicht geschossen, wie kannst du das nur tun. Sie ließ die Pistole fallen und schlang die Arme um ihn, weil ihre Beine sie nicht mehr trugen. Marcel hielt sie. Der Schmerz in ihrem Bauch wuchs kalt und beißend, dann war das Messer plötzlich fort, und sie spürte Marcels Hand an der Wunde und begann beim Weinen zu lachen, links, immer links, das drohte zur Gewohnheit zu werden, und dass Marcel erst ein Messer in ihren Bauch stieß und dann versuchte, das Blut zu stoppen, das war nun auch irgendwie komisch. Sie spürte noch, dass er sie vorsichtig aufs Gras legte, dass er ihr T-Shirt nach oben schob, sah noch einmal den vermummten Kopf dicht vor ihren Augen, die Lippen, die schon wieder etwas sagten, das sie beim besten Willen nicht verstand, dann war es endlich vorbei, dann war all das endlich vorbei.

24

WIRRE, VERSCHWOMMENE TAGE FOLGTEN. Ein Wochenende im Krankenhaus, vor allem wegen der Erschöpfung, weniger wegen der Wunde. Die Wunde war nicht tief und schon gar nicht lebensgefährlich. Marcel schien darauf geachtet zu haben, dass er sie nicht allzu schwer verletzte. Er hatte erreichen wollen, dass sie aufgab, nicht mehr. Dann hatte er die Wunde notdürftig verbunden.

Während fremde und vertraute Gesichter um sie herum auftauchten und wieder verschwanden, versuchte sie zu verstehen, was in den letzten Minuten auf der Lichtung geschehen war. Hatte Marcel ihr womöglich das Leben gerettet? War er davon ausgegangen, dass der Mann mit dem Gewehr schießen würde?

Noch mehr Fragen, auf die sie nie eine Antwort erhalten würde.

Rolf Bermann, Thomas Ilic, Anne Wallmer kamen, auch Almenbroich, aber kaum einen von ihnen nahm sie wirklich wahr. Sie nickte, murmelte etwas, nickte im Halbschlaf, dann schloss sie die Augen und schlief wieder ein. Irgendwann in diesen Stunden bekam sie von irgendjemandem erzählt, was auf der Lichtung am Rappeneck geschehen war, nachdem der Helikopter abgehoben hatte. Bermann war Sekunden später mit ein paar MEK-Kollegen eingetroffen. Er hatte sie zum Wanderweg hinuntergetragen, mit ihr auf die Sanitäter gewartet. Hatte sie zum zweiten Mal in diesen Tagen gerettet – zum zweiten Mal, fand sie, reichlich spät.

Sie begann, sich in ihrem kleinen weißen Krankenzimmer wohl zu fühlen. Den ganzen Tag liegen, schlafen, nichts tun, das war doch mal was. Nachdenken, die Gedanken strömen lassen. Im Kanzan-an hatte sie monatelang kaum etwas anderes getan, in den wenigen Wochen Freiburg war sie nur selten dazu gekommen.

Nachdenken, dachte sie und schlief ein.

Wenn sie aufwachte, galten ihre ersten Gedanken Marcel. Hatte er ihr das Leben gerettet? Hatte er sogar in den letzten Momenten auf der Lichtung die Strippen gezogen? Marcel, der das eine tat und anschließend das Gegenteil und im Widerspruch keinen Widerspruch sah. Der die Regeln brach, um die Regeln zu schützen. Wie konnte er mit diesem Widerspruch leben? Wie konnte man mit Menschen wie ihm leben? Aber »Regeln« war vielleicht das falsche Wort. Schließlich ging es um grundlegende Übereinkünfte. Du darfst nicht Menschen gegen ihren Willen außer Landes bringen. Du darfst nicht deine Pistole an die Schläfe einer Verbrecherin setzen und abdrücken. Solche Übereinkünfte. Hier geht das nicht, dachte sie gähnend. Wenn es doch passiert, verändert das die Basis. Dann sind wir nicht mehr die, die wir zu sein behaupten. Es verändert *alles*, dachte sie und schlief ein.

Thomas Ilic kam zum dritten oder vierten Mal. Er sah aus, als hätte er seit Tagen kein Auge zugemacht und seit Wochen nichts gegessen. Schweigend setzte er sich an ihr Bett. Irgendwann schlief sie ein. Als sie erwachte, saß er immer noch da. »Es ist doch nicht *deine* Schuld«, flüsterte sie. Thomas Ilic nickte und sagte nichts, und dann verschwamm sein Gesicht in einer Sturzflut von Tränen vor ihren Augen. Er reichte ihr Taschentücher, säuberte ihre Nase, saß dann wieder da und sagte nichts. »Es ist doch nicht deine Schuld, Himmel«, wiederholte sie, und Thomas Ilic nickte.

An einem dieser Tage kamen auch Lisbeth Walter und Heinrich Täschle. Sie setzten sich links und rechts an ihr Bett und versuchten, einander nicht anzusehen. Später weinte Lisbeth Walter. Louise ahnte, was ihr zu schaffen machte. Auch ihre Welt hatte sich verändert. Nichts war mehr wie vor dem Tag, an dem Henny die Polizistin aus Freiburg zu ihr gebracht hatte. Die Hülle um ihre Welt hatte Risse bekommen. Es würde schwierig sein, die Risse zu flicken. Und: Täschle war wieder da. War zu dem einsamen Haus hinaufgestapft, obwohl er dort nicht hingehörte, war wieder in ihren Gedanken. Also weinte Lisbeth Walter, und Louise tröstete sie, bis sie die Müdigkeit übermannte.

Dann, am Sonntagnachmittag, dünnte der Besucherstrom aus. Thomas Ilic kam erneut, blieb für eine halbe Stunde, sagte kaum etwas, sonst kam niemand. Sie hatte befürchtet, dass ihr Vater auftauchen würde, wie im Winter, aber das blieb ihr erspart. Den anderen Bruder dagegen hätte sie, stellte sie überrascht fest, gern an ihrem Bett gesehen. Kleinen Brüdern gefielen Geschichten von Helikoptern und schwarzen Horden und Messern, die sich in Bäuche bohrten. Geschichten aus ihrem Berufsalltag eben. Auch Richard Landen hätte sie gern an ihrem Bett gesehen, obwohl dem die Geschichten aus ihrem Alltag nicht gefielen. Auch Richard Landen kam nicht.

Am Dienstagmorgen wurde sie entlassen. Anne Wallmer hatte sich erboten, sie nach Hause zu bringen. Halbblind vom grellen Licht der Sonne ließ sie sich zum Wagen führen. Schon als sie einstieg, war sie in Schweiß gebadet. Die Wüstenhitze war zurückgekehrt.

Während der kurzen Fahrt schlief sie.

Anne Wallmer kam mit hoch. In ihrer Wohnung war es heiß, muffig, still. Anne Wallmer öffnete die Fenster, zog die Vorhänge vor. Louise war an der Tür stehen geblieben. Sah den Amerikaner in der Diele, Marcel im Wohnzimmer.

Die Besucher hatten sich eingenistet.

Sie ging zum Telefon. Drei Nachrichten auf dem Anrufbeantworter, alle von Freitag, alle von Richard Landen. Ich erreich dich auf dem Handy nicht, ich muss sofort nach Japan, unser Sohn kommt heute oder morgen, ich ruf dich aus Japan an ... Ich hoffe, du hörst dein Band ab, ich muss weg, ruf an, wo bist du bloß ... Ich bin jetzt am Flughafen, ich ruf dich in ein paar Tagen aus Japan an, wo *bist* du? ...

Anne Wallmer musterte sie schweigend. Louise zuckte die Achseln.

Sie gingen zur Tür.

»Wenn du jemanden brauchst, der die Verbände wechselt.« Anne Wallmer klopfte ihr auf die Schulter. Schien sie umarmen zu wollen und tat es nicht.

Louise wartete, bis ihre Schritte im Erdgeschoss verklungen waren. Dann ging sie zur Tür der Nachbarwohnung. Einen Moment lang blickte sie auf das Namensschild.

Marcel Meier.

Sie klingelte.

Niemand öffnete.

Am Abend rief Richard Landen an. Er hatte einen Sohn, er war glücklich, er vermisste sie. Er war, dachte sie, weit, weit weg.

Sie gratulierte, ließ schöne Grüße an die Mutter ausrichten.

Während er von der Geburt und dem zerknautschten Gesichtchen seines Sohnes sprach, sah sie die Wiese am Rappeneck vor sich, Jamal, der tötete und getötet wurde, all das Blut, Marcels warnende Augen, bevor er das Messer in sie stieß, die Lichtung bei Heuweiler, den rufenden, lachenden Bo, die Finger von Peter Mladic, die sich bewegten, als hätte er im Sterben Klavier gespielt ohne Klavier. Wie sollten diese beiden Leben jemals zusammen gehen? Am Tag die Toten und die Mörder, am Abend ins traute Heim zurückkehren, gemeinsam essen, erzähl doch mal, was hast du deinen Studenten heute Tolles erzählt, was hast du Tolles geschrieben, was macht das zerknautschte Gesichtchen, dann die Yucca-Palmen, die Alpenveilchen, die Orchideen gießen, und wie das Zeug so hieß. Auch mit Mick war es doch nicht zusammen gegangen, und seitdem hatte sich noch einmal viel verändert. Calambert, der Alkohol, die Neigung zur Selbstzerstörung. Zwei Mal innerhalb weniger Monate verletzt im Krankenhaus, da konnte man sich schon die Frage stellen, wohin das noch führen würde.

Warum sie es so weit kommen ließ.

»Louise?«

»Ja.«

»Vielleicht war das jetzt nicht so deutlich herauszuhören, aber ich freue mich auf dich.«

Sie trat ans Küchenfenster, blickte auf den kleinen Platz rechts von ihrem Haus hinunter. Cafétische, Stühle, aufgespannte bunte Sonnenschirme, Palmen in Plastikkübeln. Junge Bedienungen eilten hin und her, am Bächle spielten Kinder. Ich freue mich auf dich. Sie dachte an die Wunde, den furchtbaren Moment, in dem sie gespürt hatte, wie das Messer in sie drang. »Wie soll das zusammen gehen, Richard?«, fragte sie sanft. »Ich meine . . .«

Sie hörte, dass er sich räusperte. Aber er sagte nichts.

»Sechs Tote in fünf Tagen. So sieht mein Leben manchmal aus. Soll ich dir beim Abendessen davon erzählen?«

Wieder das Räuspern, wieder das Schweigen.

»Wenn ich überhaupt zum Abendessen kommen kann.«

»Lass es uns versuchen. Lass uns einen Weg finden.«

»Der springende Punkt ist: Ich *will* dir nicht davon erzählen.«

»Weil ich es nicht verstehe?«

»Ja. Und weil ich mich nicht rechtfertigen will. Es ist, wie es ist. Ich tue, was ich tue.«

»Leben im Zen.« Sein Lachen klang traurig.

Sie kehrte zum Sofa zurück, ließ sich auf den Rücken sinken. Ein kalter Schmerz zuckte durch ihre linke Bauchseite. Sie legte die Hand auf den Verband, hielt den Atem an, dann war der Schmerz fort. »Und *ich* verstehe *dein* Leben nicht.«

»Trotzdem. Lass es uns versuchen, Louise. Lass doch einfach weiterlaufen, was letzte Woche angefangen hat. Dann sehen wir, was daraus wird.«

Sie schwieg.

»Es ist mir wichtig. Ich meine, *du* bist mir wichtig.«

»Weil ich so bin, wie ich bin.«

»Und weil *ich* so bin, wie *ich* bin.«

Sie nickte. »Ich bringe dein Leben durcheinander, und du bringst ein bisschen Ruhe in meins. Am Anfang ist das toll, aber irgendwann werden wir uns genau deswegen nicht mehr mögen.«

»Wir leben nicht irgendwann, sondern jetzt.«

»Alles Zen, was?«

»Richtig. Leider hilft uns das nicht weiter. Das scheint mir das Problem mit Zen zu sein – kurzfristig hilft es nie.«

Sie rollte sich auf die rechte Seite. Der Schmerz kam, ging wieder. Sie starrte auf den Couchtisch. Die Flaschen waren fort, die Dämonen auch. Vielleicht nicht für immer, aber immerhin schon seit einer Weile. Das war das Gute an Tagen und Nächten wie denen der vergangenen Woche. An Verletzungen, Krankenhausaufenthalten, der großen, großen Müdigkeit. An all der Euphorie, dem Adrenalin.

Keine Zeit für die Versuchung. Keine Lust auf den Ersatz.

Keine Einsamkeit.

»Lass es uns versuchen, Louise. Bitte.«

»Wann bist du wieder hier?«

»In zwei Wochen.«

»Dann kommst du zu mir, und wir vögeln endlich, und dann sehen wir weiter.«

Sie lachten leise.

Verabschiedeten sich.

Sie blieb den Rest der Woche zu Hause. Schlief, hörte Musik, las, ließ sich von Anne Wallmer den Verband wechseln. Stand am Küchenfenster, versuchte zu verstehen, ob der Platz und das Café und die Menschen unter den Sonnenschirmen zu ihrem Leben gehörten oder nicht. Warum sie sie mit einem Mal nicht mehr in ihrem Leben haben wollte.

Thomas Ilic rief an, Alfons Hoffmann, Heinrich Täschle. Almenbroich. Sie bat ihn, nicht einfach spurlos zu verschwinden. Er versprach es.

Bermann kam vorbei, ließ sie Protokolle bestätigen, Aussagen ergänzen, unterschreiben. Ungeduldig saß er auf dem Sofa, drängte zur Eile. Mahr und Marion Söllien hatten umfassende Geständnisse abgelegt, doch Busche und Bo schwiegen. Mit Busche schien sich ein Deal anzudeuten. Sie bekamen die Routen der Waffentransporte, die Namen der Helfer, der Helfershelfer, stuften im Gegenzug Busches Verantwortung für Konzeption, Organisation, Durchführung herunter. Marianne Andrele, Anselm Löbinger und Busches Anwalt saßen in diesem Augenblick zusammen und feilschten. Bermann wollte zurück, den Deal fix machen.

»Und Marion Söllien?«

»Heult ohne Ende. Sitzt da mit dem Rotz im Gesicht und hört nicht auf zu heulen.«

»Steckt sie mit drin?«

»Sie hat die ganzen Jugos drübergelassen, das musst du dir mal vorstellen.« Bermann lachte angewidert. »Bo und die ganzen anderen Jugos, die irgendwann mal einen Fuß in das Waldhaus gesetzt haben . . . Ich muss zurück, hast du's bald?«

»Steckt Marion Söllien mit drin, Rolf?«

Bermann nickte unwillig. »Sie hat ausgeholfen, wenn PADE sie gebraucht hat. Hat die Post erledigt, Anrufe gemacht, so was. Mitgliederversammlungen einberufen. Und irgendwann hat sie angefangen, die Beine breit zu machen.« Mit zappeligen Bewegungen und künstlich hoher Stimme sagte er: »Aber Sie müssen das verstehen, ich bin nicht *so* eine, ich war so einsam, als der Ernst Martin nicht mehr war, da war ich so einsam und so *verzweifelt*.« Er stand auf. »Bist du endlich fertig?«

Sie schob die Unterlagen zu einem Stapel zusammen, reichte sie ihm. »Und der Schutzkeller? Woher wusste Söllien davon?«

»Sein Großvater saß neunzehnvierundvierzig drin, als die Briten kamen.« Bermann war schon auf dem Weg zur Tür.

Sie folgte ihm. »Was ist mit Rashid?«

»Wär möglich, dass wir uns da getäuscht haben.«

»Heißt?«

»Dass er womöglich wirklich nichts wusste.«

»Tja, kommt vor.«

»Ein unschuldiger Araber?«

»Dass wir uns täuschen.«

Sie sah, dass er die Achseln zuckte. An der Tür wandte er sich um, sein Blick wurde intensiv. »Hey, neulich da im Wald . . . steht dir gut, der blaue BH.«

»Und der rote erst.«

Er stutzte.

Ja, das gelang ihr auch hin und wieder, Bermann überraschen.

Sie schob ihn hinaus, schloss die Tür. Einen Vorteil hatten Männer wie Bermann – sie verharrten ihr Leben lang auf ein und derselben zivilisatorischen Stufe, während sich der Rest der Menschheit weiterentwickelte. Das machte sie berechenbar.

Unterlegen.

Dann war sie wieder allein, dachte, auf dem Sofa liegend, Pink Floyd in der Endlosschleife, an Marcel, hatte er ihr nun das Leben gerettet oder nicht? Wie sollte sie mit einer solchen Frage leben? Wie lebte man mit einem solchen Menschen? All den anderen Marcels, die es hier und überall geben mochte? Die Terrorverdächtige mit geheimnisvollen »Tigern« und Gulfstreams in Länder flogen, in denen sie auf eine andere Weise mit ihnen umgehen konnten, als man es im Westen für westlich hielt? Die Mörder, Bombenleger, Unschuldige in den zivilisatorischen Zwischenräumen verschwinden ließen. Übereinkünfte brachen, um dieselben Übereinkünfte zu schützen. Sie gähnte, dachte: Demokratien beschützten, die sich von ihnen beschützen ließen. Dann schlief sie ein.

Epilog

AM 13. AUGUST, IHREM GEBURTSTAG, stand sie gegen halb fünf auf. Um fünf saß sie im Auto. Im ersten grauschwarzen Morgenlicht kam sie an Kirchzarten vorbei, passierte das Himmelreich am Anfang des Höllentals. Als sie eine Dreiviertel Stunde später in die Ebene hinausfuhr, stand die Sonne am Horizont. Sie nahm die Autobahn Richtung Singen, geriet hinter Radolfzell in den Berufsverkehr. Nördlich des Bodensees hingen dunkle Regenwolken. Konstanz lag im gleißenden Sonnenlicht.

Sie ließ den Wagen in einem Parkhaus am Rand der Altstadt. Es war kurz vor sieben. Sie ging durch schattige kleine Gassen, kam an bunten Häusern vorbei, die »Zum Stern« hießen oder »Zum goldenen Löwen«. In einem italienischen Stehcafé trank sie Espresso. Sie fühlte sich wohl in dieser bunten, lebendigen, gelassenen Stadt, in der selbst die Häuser Namen hatten.

Dann saß sie auf einer Bank in der Sonne und dachte, was für ein Wahnsinn, lass doch den armen Mann in Ruhe, er ist nach Kaiserslautern geflohen, später in den Odenwald, am Ende nach Konstanz, lass doch den armen Mann in Ruhe.

Aber sie konnte ihn nicht in Ruhe lassen. Sie wollte sich endlich davon überzeugen, dass es ihm halbwegs gut ging.

Wollte den Winter abschließen.

Vor ein paar Tagen war sie an Nikschs Grab gewesen, dann auf dem Flaunser, wo Taro gestorben war. Nun war Hollerer dran.

Sie nahm das Handy und wählte die Nummer seiner Schwester.

Die Schwester wusste nicht, wer sie war. Eine ehemalige Kollegin, ach so? Wie schön, dass die Kollegen sich nach so langer Zeit interessierten. Aber der Johann Georg war nicht da, um diese Zeit nie.

»Wo ist er denn?«

»Wo er ist? Der geht morgens immer am Pier spazieren, allmählich gewöhnt er sich ans Wasser, lang hat's gedauert, er mag ja das Wasser nicht, er mag bloß sein Dorf und seine Felder und seine Hügel, wissen Sie?« Die Schwester lachte. »Aber jetzt sitzt er morgens immer am Wasser und gewöhnt sich dran.«

»Wissen Sie, wo?«

»Wo er sitzt und sich gewöhnt? Bei der ›Imperia‹, die mag er ja, bloß mehr mag er nicht von Konstanz, erst recht nicht das viele Wasser, aber . . .«

»Ist das ein Schiff?«, unterbrach Louise den Redefluss.

Die Schwester lachte überrascht. »Ein Schiff?« Sie lachte weiter.

Louise legte auf.

Die Imperia war eine Statue und stand unmittelbar vor der Hafeneinfahrt. Eine neun oder zehn Meter hohe Frauengestalt, großbusig, im halb geöffneten Kleid, das eine Bein leicht nach vorn geschoben, zwei gnomartige Männerfiguren in den erhobenen Händen. Langsam drehte sie sich um die eigene Achse. Ein draller, steingewordener Traum und Alptraum von Frau.

Louise überquerte Bahnschienen, ging Richtung See. Zu beiden Seiten des Fußwegs standen in dichten Reihen knorrige Bäumchen. Ein gutes Stück vor ihr ging ein dicker, krummer Mann mit Stock. Sie sah den Mann im Schnee liegen, aus seinen Augen liefen Tränen, aus seinem Leib Ströme von Blut. Dann lag der Mann in einem Krankenbett, sie hielt seine kraftlose Hand, dann war der Mann fort.

Sie wartete, bis er sich auf eine Bank am Wasser gesetzt hatte, dann ging sie zu ihm.

»Hollerer . . .«

Er wandte den Kopf. Sein Gesicht war faltiger und blasser als im Winter, aber er wirkte weniger schlampig, weniger verwahrlost. Keine Krümel auf der Hemdbrust, keine Bartstoppeln, und das Hemd steckte in der Hose. Die Schwester, dachte sie. Redete nicht nur, sondern kümmerte sich auch.

»Na so was«, brummte er. Es klang nicht unfreundlich.

»Hollerer.« Sie legte ihm die Hand auf die Schulter, strich darüber.

»Au.«

»Entschuldigung.« Sie zog die Hand zurück. Jetzt erinnerte sie sich. Eine Schulter zerschmettert, eine Niere zerfetzt.

»Wen haben wir denn da«, sagte Hollerer.

»Jagen Sie mich nicht fort.«

»Fortjagen? Ach wo.« Er sprach langsamer als früher, bewegte sich langsamer. Das Leben schien langsamer und ordentlicher geworden zu sein bei der Schwester in Konstanz.

Sie setzte sich neben ihn. »Wie geht's Ihnen? Geht's Ihnen gut? Was machen die . . .«

»Die Löcher?« Er schnaubte durch die Nase. »Sind zugewachsen. Die Schulter ist kaputt, und die Niere ist raus, aber von beidem hat der Mensch ja zwei.«

Sie schmunzelte.

»Bloß den Mensch selbst, den gibt's halt immer nur einmal.«

Kein Vorwurf, dachte sie. Nur eine Feststellung.

Sie wandte sich ab, blickte schweigend auf den See hinaus. Das gegenüberliegende Ufer war in der diesigen Luft nur als schmale dunkle Linie zu erkennen. Dicht darüber hingen die Regenwolken.

Was für die Toten galt, dachte sie, galt auch für die Lebenden.

Sie spürte, dass Hollerer sie ansah.

»Und Sie? Was machen Sie hier? Urlaub an diesem scheußlichen See? Ist das nicht ein *scheußlicher* See? Viel zu groß, viel zu viele Menschen drum rum. Und dieser Ort, Konstanz.« Er schnaubte. »*Scheußlicher* Ort, viel zu sauber. Rausgeputzt wie so ein geziertes Dämchen, das glaubt, es wär was Besseres.«

Sie lächelte. Das Brummige kannte sie, doch das Nörgelige war neu. Vielleicht, dachte sie, lag's ja an der Schwester. Schwestern schrien und heulten und redeten gern, da half man sich vielleicht mit Nörgeln.

»Kommen Sie zum Mittagessen zu uns«, sagte Hollerer.

»Ich kann leider nicht.«

»Schade. Es gibt Fisch, bestimmt mögen Sie Fisch. Nora kocht immer Fisch, jeden Tag, als gäb's hier keine Metzger. Aber das ist eben die Strategie der Frauen. Du frisst so lange Fisch, bis er dir so gut schmeckt, dass du dich freiwillig zum Angelkurs anmeldest.«

Sie lachten.

»Können Sie nicht kommen, oder wollen Sie nicht?«

»Ich bin zum Kaffeetrinken in Kehl verabredet.«
»Sie Arme. Auch so ein scheußlicher Ort.«
»Ich hab da Verwandschaft.«
»So.«
»Ich hab da einen Bruder.«
»So.« Hollerer nickte. »Und, haben Sie's zu Ende gebracht, damals im Winter?«
»Ja.«
»Gut. Und das andere?« Er hob eine Hand, machte Kippbewegungen.

Sie errötete. »Das auch.«

Er ließ die Hand sinken. »Gut.«

Und irgendwie, fand Louise, war damit für den Moment alles gesagt.

Anmerkung des Autors

Manches, das Sie in diesem Roman gelesen haben, ist tatsächlich geschehen, vieles ist reine Erfindung. Ich habe das eine nach Gutdünken mit dem anderen gemischt und bisweilen das Wahre ein wenig ans Erfundene angepasst – »Rottweil 2002« beispielsweise ereignete sich in einem anderen Jahr (»Rottweil 1992« dagegen fand 1992 statt). Einen »Verein zur Förderung der deutsch-pakistanischen Freundschaft e.V.« (PADE) gibt es natürlich nicht, die »Förderlinie Entwicklungszusammenarbeit« der Landesstiftung Baden-Württemberg« dagegen schon. Die Daten und Fakten zum Jugoslawienkrieg und zu Pakistan stammen aus entsprechenden Publikationen, Zeitungen, Magazinen, den Monatsberichten politischer Stiftungen und den Jahresberichten von Amnesty International. Den Stamm der Jinnah gibt es nicht, er ist jedoch teilweise dem existierenden Stamm der Bugti (Quetta/Belutschistan) nachempfunden. Alle handelnden Figuren sind fiktiv. Ähnlichkeiten mit lebenden oder toten Personen wären zufällig und nicht beabsichtigt. Das gilt auch und vor allem für Romanfiguren, die existierenden Organisationen angehören wie Polizeidienststellen, der freiwilligen Feuerwehr etc.

Dank

Ich danke allen, die mich bei der Arbeit an diesem Kriminalroman unterstützt haben, vor allem – in mittlerweile auch freundschaftlicher Verbundenheit – KHK Karl-Heinz Schmid von der Polizeidirektion Freiburg, außerdem KHK Roland Braunwarth von der Kriminaltechnischen Untersuchungsstelle des Regierungspräsidiums Freiburg (Abt. 6), PHK Rolf Bürer vom Polizeiposten Kirchzarten, PHK'in Sabine Heitz vom Gemeinsamen Zentrum der deutsch-französischen Polizei- und Zollzusammenarbeit in Kehl, PHK Rolf Gröner von der Hubschrauberstaffel des Landes Baden-Württemberg sowie ihrer jeweiligen Dienststelle für die Offenheit und Freundlichkeit, mit der meine Anliegen dort behandelt wurden. Ich danke den vielen Gesprächspartnern, die meine Fragen zum ehemaligen Jugoslawien beantwortet haben, darunter vor allem Goran, Irena und Matja, meinem Agenten Uli Pöppl für ausführliches Feedback und freundschaftliche Betreuung, meiner Frau Chiara Bottini für die zahlreichen konzentrierten Gespräche über das Manuskript – und allen anderen, die hier nicht genannt werden können oder wollen.

Oliver Bottini
Mord im Zeichen des Zen
Kriminalroman
Band 16545

»So stark, so bildmächtig
hat lange keiner mehr angefangen...«
DIE ZEIT

In einem kleinen Ort östlich von Freiburg taucht im dichten Schneetreiben ein asiatischer Mönch auf, der nur Sandalen und Robe trägt. Niemand kennt ihn, niemand hat ihn je gesehen. Woher kommt er? Was hat er vor? Klar scheint nur: Er ist verwundet und auf der Flucht. Hauptkommissarin Louise Bonì von der Freiburger Kripo soll herausfinden, was geschehen ist – und kommt einem furchtbaren Verbrechen auf die Spur ...

Fischer Taschenbuch Verlag